GRETCHEN BERG

Die Telefonistin

GRETCHEN BERG

# Die Telefonistin

## Mrs. Dalton hört mit

ROMAN

Aus dem Amerikanischen
von Janine Malz

DIANA

FSC
www.fsc.org
MIX
Papier aus verantwortungsvollen Quellen
FSC® C014496

Verlagsgruppe Random House FSC® N001967

Originalausgabe 08/2020

Neumarkter Straße 28, 81673 München
Redaktion: Ingola Lammers
Umschlaggestaltung: t.mutzenbach design, München
Umschlagmotive: © Jacques Rouchon/akg-images;
© GraphicaArtis/Bridgeman Images;
Shelby Allison/Shutterstock.com
Herstellung: Helga Schörnig
Satz: Leingärtner, Nabburg
Druck und Bindung: GGP Media GmbH, Pößneck
Printed in Germany

ISBN 978-3-453-29235-2

www.diana-verlag.de
Dieses Buch ist auch als E-Book lieferbar.

*Für Elaine Gladys McAnanay Stoddard.*
*Großmutter*

# KAPITEL 1

## *15. Dezember 1952*

Vivian Daltons alte, abgetragene Stiefeletten stapften knirschend über den festgetretenen Schnee vor Freedlander's, während das helle Licht des Kaufhauses bis nach draußen auf den Gehweg fiel, wo es sich mit dem Leuchten der Straßenlaternen vermischte. Vivian winkte kurz höflichkeitshalber mit einer Handschuhhand Betty Miller zu, die sie durch das beflockte zentrale Schaufenster hindurch entdeckt hatte. Freedlander's hatte sich für die Feiertage herausgeputzt mit Lichtern und Glöckchen und was sie noch alles ins Schaufenster gehängt hatten, damit es aussah, als hätte es darin geschneit.

Vivian wusste vom Hörensagen, dass man es beflocktes Glas nannte, kannte den Begriff aber sonst nur in Zusammenhang mit Textilien. Diese konnte man beflocken, sprich, bedrucken lassen. Vielleicht weil es Farbe auf sie rieselte wie Schneeflocken? Wer weiß? Vivian wusste nur, sie selbst wäre lieber im Inneren des hellen Ladens, auf der anderen Seite der beflockten Scheibe, wo es schön warm und behaglich war, anstatt sich hier draußen die Zehen abzufrieren in Stiefeletten, die so wenig gegen die Kälte schützten, dass sie ebenso gut aus Frischhaltefolie hätten sein können.

Betty Miller allerdings musste nicht arbeiten, nicht wahr? Nein, *sie* stand schön warm und behaglich im Kaufhaus mit ihren beiden Jüngsten, Little Bitty und Charles Junior, in der langen Schlange, damit sie beim Weihnachtsmann vorsprechen konnten. Das überraschte Vivian kein bisschen. Dieses Jahr hatten sie einen wirklich stattlichen Weihnachtsmann, wie sie zugeben musste. Schön fett, vergnügt und nüchtern, also hatten sich die Millers eingefunden, und diesmal war die Schlange deutlich länger. Letztes Jahr hatte Jimmy Hixson berichtet, der Weihnachtsmann hätte einen Geruch verströmt, als stünde man an einer Sunoco-Tankstelle. Jimmys älterer Bruder Albert arbeitete an der Tankstelle, insofern wusste er, wovon er sprach.

Als sie hörte, was Jimmy Hixson erzählte, war Betty Miller die erste Mutter gewesen, die den Weihnachtsmann boykottiert hatte, und bald schon waren die anderen Mütter, wie jedes Mal, ihrem Beispiel gefolgt. Sie hatte sich gar nicht erst die Mühe gemacht, zum Hörer zu greifen und Freedlander's mit ihrer Überbetonung der Konsonanten höflich zu erklären: »Ihr *Weihnachts*-mann scheint *fürchter*-lich stark *ähäm alko*-holisiert zu sein.« Das hätte sie viel zu viel Zeit gekostet. Vivian wusste zwar nicht genau, was Betty mit ihrer Zeit anstellte, aber sie wusste, dass sie der Meinung war, ihre Zeit sei kostbarer als die anderer Leute. Betty Miller wusste, dass der Boykott funktionieren würde, ebenso wie es die anderen Mütter wussten, und schon bald wusste auch Freedlander's, dass sie sich wohl besser einen neuen Santa Claus suchten. Ganz gleich, was Little Bitty und Charles Junior dem stocknüchternen Santa auf seinem glänzenden roten Thron auch erzählen würden, Vivian Dalton wusste, die Millers würden ein wundervolles Weihnachten verbringen. Die Millers verbrachten jedes Jahr wundervolle Weihnachten.

So war das mit Kleinstädten. Jeder kannte jeden, und alle wussten über alle Bescheid. Vivian wusste ebenfalls über alle anderen Bescheid, vor allem aber besaß sie Menschenkenntnis. Vivian Dalton besaß Menschenkenntnis, so viel war gewiss, und sie wäre die Erste, die das von sich behaupten würde. Allerdings würde sie auch behaupten, das sei vor allem auf ihre Intuition, nicht auf das Belauschen von Telefongesprächen zurückzuführen, aber ihre Tochter Charlotte würde entgegnen: »Nein, es kommt vom Belauschen.«

Gegenüber ihren Freunden witzelte Charlotte gerne, indem sie vornehm tat und sagte, ihre Mutter besitze *profunde* Kenntnis von *mannigfaltigen* Unterhaltungen unter den braven Bürgern von Wooster. Nun, »profund« und »mannigfaltig« wären beides Wörter gewesen, die Vivian verwendet hätte, hätte sie ihre Bedeutung gekannt. Nicht dass sie dumm gewesen wäre, aber sie hatte es nie über die achte Klasse der Bowman Street School hinausgeschafft. Die Worte »profund« und »mannigfaltig« waren ihr in ihren Mode- und Filmzeitschriften neben den aufsehenerregenden Fotos nie untergekommen. Wie Charlotte ihren Freunden seufzend und die Augen verdrehend erklärte: »Meine Mutter traut Leuten nicht über den Weg, die Bücher lesen.«

Es war schade, dass Vivian Wörter wie »profund« und »mannigfaltig« nicht kannte, denn sie hätte sie begeistert aufgenommen. Sie klangen exklusiv und teuer. Sie klangen wie Wörter, die die Bluffer im Norden von Wooster sicher ständig benutzten, selbst wenn sie bei Buehler's einkauften, was auch immer man dort kaufte. Roastbeef und Hummerscheren und Kaviar und sonst was. Vivian belauschte die Menschen, aber sie spähte auch gerne in fremde Einkaufswagen im Supermarkt. Ja, Leute wie die Millers verwendeten Wörter wie »profund« und »mannigfaltig« bestimmt auch bei Buehler's. Ihre vier stinkreichen Kinder profundeten und mannigfaltigten bestimmt die ganze Zeit. Vermutlich benutzten Little Bitty und Charles Junior diese Worte auch gegenüber dem stocknüchternen Santa im Freedlander's.

Vivian dachte indes nicht über Wörter nach, die sie nicht kannte, während sie über den knirschenden Schnee zur Arbeit stapfte und kleine Atemwolken ausstieß. Sie dachte vielmehr daran, wie froh sie war, dass Betty Miller sie mit ihrem neuen Hut gesehen hatte. An jenem Nachmittag im Beulah Bechtel's war nur noch einer übrig gewesen, und Vivian hatte das Geld mit schuldbewusst zitternden Fingern auf die Ladentheke gelegt, anstatt es auf ihr Sparkonto einzuzahlen. Sie hatte Betty gesehen, die bei den Pelzmänteln herumlungerte und ihren Hut gierig beäugte. Ihn ansah, als wollte sie ihn mit ihren kleinen spitzen Zähnen am liebsten zum Mittag verspeisen. Betty Millers Zähne waren gar nicht spitz, aber so stellte Vivian sie sich immer vor. Spitze Zähne in einem Lästermaul, bei dem es schien, es könne ebenso gut lächeln und über das Wetter plaudern wie einem die bloße Haut abziehen.

Vivian hatte Monate auf diesen Hut gespart. Nur diesen einen Hut. Diesen hinreißenden Hut, von dem sie wusste, dass er eigentlich nicht für Leute wie sie gedacht war, aber vielleicht würde sie dank ihm ein wenig erahnen, wie sich die Bluffer fühlten. Wie es sich anfühlte, wenn man es wert war, sich etwas Schönes zu gönnen. Herrje, wenn Edward erfuhr, wie viel der Hut gekostet hatte, würde er sie ins Irrenhaus stecken. Betty Miller hätte vermutlich mit einem Schlag gleich vier oder fünf solcher Hüte kaufen können, einfach so. Vorausgesetzt, sie hätten noch welche gehabt. »Sie haben Glück«, hatte die Verkäuferin (hieß sie nicht Doris?) zu Vivian gesagt, als sie den Hut in lavendelfarbenes Seidenpapier einschlug. »Das war der Letzte.«

Mit ihren abgetragenen Stiefeletten, aber schickem neuen Hut trat Vivian aus der klirrend kalten Nacht hinein in das Backsteingebäude und zog die Tür mit einem »Brrr!« hinter sich zu, ehe sie sich auf den Weg in den Umkleideraum machte. Zuerst streifte sie den Mantel ab, dann setzte sie vorsichtig den hinreißenden neuen Hut ab. Doris bei Beulah Bechtel's hatte ihn als »Preußisch Blau« bezeichnet, doch Vivian wusste nicht, was das hieß. Für sie sah er mehr nach marineblau aus. Bei Beulah halfen Studentinnen aus, und bestimmt studierte Doris etwas wie Preußisch oder so. Jedenfalls passte das Blau gut zu Vivians Augen, und es gefiel ihr besonders, wie tief der Hut über der rechten Augenbraue auf einer Seite saß. *Chic*, hatte sie in einer der Modezeitschriften gelesen und sprach es im Kopf wie »Tschick« aus. Behutsam hängte sie den Hut über ihrem alten Wintermantel an einen der Haken im Umkleideraum und trottete dann über den abgewetzten Dielenboden in die Telefonzentrale, zog ihren Drehstuhl heraus und rollte damit zur Tischplatte, um den Kopfhörer aufzusetzen.

»Wer nimmt noch mal jemanden zur Frau?«, fragte sie Dorothy Hoffman, die vermutlich bereits seit einer Viertelstunde an ihrem Platz saß.

»Was?« Dorothy schob den Kopfhörer hinters Ohr und drehte sich zu Vivian um.

»Wer nimmt jemanden zur Frau in diesem Kinderreim ›Der Bauer in dem Tal‹? Der Bär?«

»Der Bär?« Dorothys mit Kajal aufgetragene Augenbrauen verzogen sich zu einem gezackten M auf ihrer blassen Stirn.

»Nicht?«, fragte Vivian und studierte Dorothys Augenbrauen. Sie sollte schwarzen Kajal benutzen, nicht braunen. Dieser ließ sie wütend aussehen, dabei war sie vermutlich einfach nur ein wenig genervt, so wie immer, wenn Vivian ein wenig zu spät kam und dann auch noch über Kinderreime sprach.

»Wieso sollte der Bär jemanden zur Frau nehmen?«

»Weiß nicht. Aus irgendeinem Grund ist das bei mir hängen geblieben. Irgendwas mit einem langen *äää* in der Mitte.« Sie wandte sich den erloschenen Glühlämpchen vor ihr zu und betrachtete sie mit schräg gelegtem Kopf. *»Der äää nahm sich ein Weib …«*

»Der Bauer nimmt jemanden zum Weib«, sagte Dorothy, denn obwohl sie entnervt war, wollte sie Vivian nicht in dem Glauben weiterleben lassen, der Bär habe geheiratet.

»Der Bauer? Bist du sicher?« Vivian wandte sich wieder Dorothy zu, der Zweifel stand ihr ins Gesicht geschrieben. Es war immerhin ein Kinderreim, Herrgott noch mal. Wieso konnte da nicht ein Bär eine Frau haben?

»Ich glaube, das Wort ›Bär‹ kommt nicht einmal in dem Reim vor. Du dachtest bestimmt an ›Käse‹ wegen dem *ä*.«

»Käse?«

»Ja, Schätzchen, ganz genau: Käse.«

Vivian drehte sich wieder dem Schrank zu und schüttelte einmal kräftig ihre dunklen Locken durch, die sie sorgfältig mit dem Lockenstab eingedreht hatte, damit sie aussah wie Bette Davis in *Alles über Eva*.

»Wieso sollte der Käse jemanden zur Frau nehmen?«, murmelte sie vor sich hin und begann zu kichern angesichts der Vorstellung von zwei Käsestücken vor dem Traualtar, eins davon mit Schleier.

»Tut er ja gar nicht.« Dorothy blickte Hilfe suchend gen Himmel, wie sie es manchmal zu tun pflegte. *»Der Käse stand allein da, der Käse stand allein da«*, sang Dorothy, während sie die Telefonmuschel mit einer Hand abdeckte.

Ab und an gab es einen Kurzschluss bei der Elektroverteilung, und selbst wenn die Telefonistin noch daran dachte, den Stummschalter umzulegen, konnte man ihre Stimme trotzdem noch in der aktiven Leitung hören. Dorothy hatte einmal am eigenen Leib erfahren, wie unangenehm eine solche Panne sein konnte, sodass sie nun besonders peinlich darauf achtete, den Stummschalter umzulegen und die Sprechmuschel abzudecken, wenn sie mit den anderen Mädchen in der Telefonzentrale sprach. Der Bürgermeister von Wooster höchstpersönlich hatte mitgehört, wie sie das *F*-Wort gesagt hatte, woraufhin sie zwei Wochen ohne Lohnanspruch vom Dienst suspendiert worden war. Vivian hatte nie das *F*-Wort gesagt, nahm aber ansonsten kein Blatt vor den Mund und war stets darauf bedacht, die Sprechmuschel mit der Hand abzudecken, wenn sie mit ihren Kolleginnen plauderte.

Vivian betrachtete einen Moment lang stirnrunzelnd den Schrank, als sie wieder an den allein dastehenden Käse dachte. Sie konnte ihn bildlich vor sich sehen. Ein löchriger Schweizer Käse im Scheinwerferlicht, der ganz allein in der Mitte ihres Esstisches lag. Alleinstehender Käse. Jungfernkäse. Plötzlich begann eines der Lämpchen vor ihr zu blinken. Schnell steckte sie den Abfragestöpsel in die Klinke, legte den Schalter um und rückte ihre Sprechmuschel zurecht.

»Nummer, bitte.«

Vivian war von dem alleinstehenden Käse doch ein wenig in Beschlag genommen, sodass sie den Anruf verband und den Stummschalter betätigte. Wäre sie nicht abgelenkt gewesen, hätte sie in das Gespräch reingehört.

»Da kann man jede Menge lernen«, hatte sie Edward bei einer ihrer ersten Verabredungen erzählt.

Auch wenn es eigentlich nicht erlaubt war, hörten Vivian

und die anderen »Fräulein vom Amt«, die in der Schaltzentrale der Ohio Bell Telefongesellschaft in der East Liberty Street saßen, die Telefongespräche mit. Tagein, tagaus steckten sie ihre Stöpsel in die Klinken, legten die Schalter um und setzten ihre Kopfhörer auf, um herauszufinden, was in Wooster vor sich ging. Man könnte sagen, sie waren die Ohren der Stadt. Fragte man Vivian, ging es sogar weit darüber hinaus.

Sie würde felsenfest von sich behaupten, dass sie eine ausgezeichnete Menschenkenntnis besaß und dass ihr das Abhören bei Bell dabei half, diese weiter zu schärfen. Anhand weniger Details konnte sie ganze Situationen rekonstruieren. Zum Beispiel, als Ray Barnes seine Mutter aus New York anrief, um ihr zu sagen, er habe eine Überraschung für sie, wusste Vivian instinktiv, dass es sich um seine neue Verlobte handelte, und sie wusste auch, dass Mrs. Barnes darüber keineswegs erfreut sein dürfte. Wahrscheinlich aus gutem Grund, wenn sie ehrlich sein sollte; besagte Verlobte war ein durchtriebenes Flittchen. Anständige Mädchen gingen aus kleinen Städten *nach* New York, nicht umgekehrt.

Ruth Craven hatte an jenem Tag mitgehört, als Ray Barnes' Mutter ihre Schwester in Mansfield anrief, um sich über »dieses leichte Mädchen aus New York« zu beschweren, das Raymond angeschleppt hatte und den »armen, unschuldigen Jungen« verdarb. »Diese Negermusik, die er inzwischen hört!« Ruth war so nett gewesen, den anderen Telefonistinnen davon zu berichten und sie daran zu erinnern, was Vivian gesagt hatte. Einige Kolleginnen belächelten sie, wenn sie sich einer guten Menschenkenntnis rühmte, aber nach diesem Anruf sahen sie sie mit anderen Augen.

»Man braucht keinen angeberischen Universitätsabschluss

oder auch nur Abitur, um die Menschen zu kennen«, sagte sie dann.

Zuletzt jedoch gab es kaum Nennenswertes zu erfahren, und Vivian wäre ein paarmal beinahe am Klappenschrank eingeschlafen. Die Einwohner von Wooster redeten über die ödesten Dinge, die man sich nur vorstellen konnte. Nehmen wir zum Beispiel diese Woche. Am Montag hatte Mrs. Butler sich bei Mrs. Young darüber beklagt, dass ihre Tochter Maxine gar nicht mehr anrief, nicht einmal nachdem sie ihr eine wunderschöne Windrad-Patchworkdecke geschickt hatte, an der sie so lange gesessen hatte. Am Dienstag hatte Earl Archer seine Frau Dora vom Fahrkartenschalter am Bahnhof aus angerufen, weil er mal wieder sein Portemonnaie auf der Küchenablage vergessen hatte und sie bitten wollte, mit dem Bus hinzufahren und es ihm zu bringen. Am Mittwoch hatte Clyde Walsh Ginny Frazier angerufen, um zu fragen, ob sie mit ihm am Nachmittag ins A&W gehen würde, sobald er damit fertig wäre, den Weg vor dem Haus seiner Mutter umzugraben, was Ginny Frazier (zum zigsten Male) verneinte.

Vivian hatte all diese Anrufe durchgestellt, und obwohl ihr Inhalt wenig spektakulär war, hatte sie mitgehört und sich eine eigene Meinung gebildet. An Mrs. Butlers Stelle wäre sie geradewegs nach Columbus gefahren, in Maxines Haus eingebrochen und hätte sich die Patchworkdecke zurückgeholt. Sie fand auch, Earl sollte seinen runzligen alten Hintern gefälligst selbst nach Hause bewegen, um sein Portemonnaie zu holen, anstatt Dora bei dieser Kälte hinauszujagen, nur weil er so ein schussliger Trottel war. Außerdem war sie der Meinung, Ginny Frazier sollte einmal gründlich darüber nachdenken, ob sie wirklich jemand Besseres als Clyde Walsh finden würde. Wenn er gnädig über ihre Mondvisage hinwegsah, war er vielleicht einen Hamburger und ein Glas Wurzelbier im A&W-Restaurant wert. Wie viele Jungen seines Alters gruben noch den Vorgarten für ihre Mutter um? Und sie hatte oft genug mitgehört, wie Clyde Ginny anrief, um zu wissen, dass es ihm ernst war. Vivian war der Meinung, so viel Engagement sollte belohnt werden. Aber Mrs. Butler, Earl und Ginny würden Vivians Ratschläge nie zu hören bekommen, was überaus schade für sie war.

Nicht immer kannte Vivian die Stimmen der Anrufer oder die Telefonnummern, die sie ihr durchgaben. Wooster war klein, aber auch nicht so klein. Wenn ihr die Nummer unbekannt war, konnte sie unmöglich sagen, wer am anderen Ende der Leitung saß, und dennoch hatte Vivian immer Lösungen für die Probleme der Leute parat. An manchen Tagen dachte sie, es wäre vielleicht besser, die Anrufer wüssten, dass sie mithörte, sodass sie nicht nur zuhören, sondern sich bei Bedarf einschalten und ihnen gute Ratschläge geben konnte. Das hätte ihnen sehr weitergeholfen, so viel war sicher. Aber das ging nicht. Die Telefonistinnen sollten nicht mithören. Wenngleich Vivian nicht mehr sicher war, ob es dafür eine eigene Vorschrift gab oder ob es einfach nur nicht gut angesehen war; es war lange her, seit sie die Vorschriften gelesen hatte. Hätte jemand sie darauf angesprochen, hätte sie verächtlich geschnaubt und gesagt, es gäbe sowieso nichts Interessantes zu belauschen. Patchworkdecken, vergessene Geldbörsen und das A&W. Ich bitte Sie!

Die Anrufe, die den Puls der Mädchen hochschnellen ließen, waren jene, die für das Krankenhaus, das Polizeirevier oder die Feuerwache eingingen. Vivian war so verständig, diese Anrufe unverzüglich durchzustellen. Wenngleich sie zugegebenermaßen manchmal heimlich lauschte, wenn auch nur, um sicherzugehen, dass der Notruf nicht von ihrem eigenen Haus ausging. Denn so klug ihre Tochter Charlotte auch war, so fahrlässig war sie manchmal im Umgang mit dem Herd, auf dem sie zuletzt oft nach der Schule Popcorn gemacht hatte, und Gott weiß, es war nur eine Frage der Zeit, bis Edward sich mit einem der scharfen Gartengeräte im Schuppen einen Arm absägen oder mit dem Hammer an der Werkbank im Keller auf die Hand hauen würde.

Worauf sie jedoch die ganze Zeit hoffte, war etwas Skandalträchtiges. Etwas nicht Alltägliches. Etwas wie die Angelegenheit mit Julius und Ethel Rosenberg, von der Edward ihr erzählt hatte. Sowjetische Spione! Der Skandal hatte international für Furore gesorgt, aber Vivian hatte sich vorwiegend deshalb dafür interessiert, weil die beiden Spione ein Ehepaar gewesen waren. *Das* nannte sie mal einen Skandal! Und hätte sie jemals ein Gespräch zwischen Julius und Ethel belauscht, darauf konnte man Gift nehmen, hätten sie etwas zu hören bekommen!

Nach dem zu urteilen, was Vivian in der Telefonzentrale zu hören bekam, gab es keine Spionagetätigkeiten in Wooster. Nein, das Einzige, was in Wooster passierte, war, dass Mrs. Butler ihre Zeit damit verschwendete, eine aufwendige Decke für ihre undankbare Tochter zu nähen, Earl Archer ein vergesslicher Trottel war, der die aufopfernde Hilfe seiner Frau für selbstverständlich hielt, und dass Ginny Frazier glaubte, sie könne einen Besseren finden als Clyde Walsh. Ansonsten war es kalt draußen, Weihnachten stand vor der Tür, und der nette, stocknüchterne Santa bei Freedlander's war der beste Beweis dafür.

Vivian hegte immer noch die Hoffnung, dass an diesem bitterkalten Dezemberabend doch noch etwas Aufregendes passieren würde, während sie am Klappenschrank saß. Rastlos, gelangweilt, summte sie im Kopf Kinderreime und hoffte beinahe darauf, dass sie in ihrer kleinen Stadt im Bundesstaat Ohio Spione entlarven oder zumindest einen Skandal um ein Ehepaar aufdecken würde. Wäre es ihr gelungen, für einen kurzen Moment den Bauern in seinem Tal, den einsamen Jungfernkäse und Julius und Ethel Rosenberg zu vergessen, hätte sie vielleicht die Stimme ihrer alten Großmutter vernommen, die sie stets vor Wünschen warnte, die nach hinten losgehen konnten: *Sei vorsichtig, was du dir wünschst – es könnte in Erfüllung gehen.*

# KAPITEL 2

Der Glühlampenschrank war bereits seit ein paar Minuten dunkel. Vivian schob die Sprechmuschel ein Stück weg und stützte ihr Kinn auf der Hand ab, während sie sich einen Spionageskandal in Wooster vorstellte. Nicht allzu wahrscheinlich, wenn man sie fragte, aber Wooster hatte durchaus aufregende Zeiten erlebt. Es hatte besondere Ereignisse gegeben. Jene Art von Ereignissen, die sich in das kollektive Gedächtnis der Kleinstadtmenschen einbrannten und ihnen in seltenen, einsamen Momenten zu denken gaben. Ereignisse, die Gesprächsstoff lieferten, auch nachdem sie lange vorbei waren.

Wie die Aufregung vor fünf Jahren um den versuchten Raubüberfall und die Schießerei im William Annat Company-Kaufhaus zu Weihnachten. Eine Schießerei! In Wooster! Wer hätte das je für möglich gehalten, aber da hatten doch tatsächlich drei bewaffnete Männer aus Akron versucht, den Laden auszurauben! Akron, woher auch sonst. Von jemandem aus Wooster würde man nie hören, dass er zu Weihnachten mit einer Pistole in einem Kaufhaus herumballerte, Herrgott noch mal. Wären nicht der beherzte Kaufhausleiter gewesen und jene Verkäuferin, die blitzschnell schaltete und in der Telefonzentrale anrief, um sich zur Polizei durchstellen zu lassen, wer weiß, was dann passiert wäre? Die blitzschnell mitdenkende Verkäuferin war Vivians jüngere Schwester Violet gewesen, und Vivian wäre regelrecht durchgedreht, hätte sie an jenem Abend Dienst gehabt. Stattdessen hatte Ellen Leonhard den Anruf entgegengenommen.

»Grundgütiger!«, hatte Vivian ausgerufen, als ihr Ellen den Tumult in der Bell'schen Telefonzentrale an jenem Abend schilderte. »Jesus Christus, Allmächtiger im Himmel!«, hatte sie zu Violet gesagt. Denn sie wusste zwar, wie man sich in Gesellschaft ausdrückte, bei ihrer eigenen Familie jedoch wollte sie nicht jedes Wort auf die Goldwaage legen müssen.

Violet hatte kurz darauf bei William Annat gekündigt, da sie bereits einen Ehemann, zwei Kinder und zwei Katzen hatte und nicht noch mehr Scherereien brauchte. Ellen Leonhard war infolge des Krisenabends in der Telefonzentrale nach Cleveland gezogen, um dort für Bell zu arbeiten, da sie sich nun bereit fühlte für eine größere Stadt und größere Herausforderungen. Vivian dachte bei sich, das sollte sie auch besser sein, denn wenn schon Leute aus Akron zu Weihnachten in Kaufhäusern herumballerten, was würde sie dann erst in Cleveland erwarten?

Der versuchte Raubüberfall war die nächsten Jahre Stadtgespräch gewesen. Zumindest bis letzten Juni, als der gerissene Gilbert Ogden 250 000 $ der Wayne-Building-&-Loan-Kreditanstalt in der North Market Street veruntreute, wo er als Kassier arbeitete. Er hatte sich laut Titelblatt des *The Daily Record* mit dem Geld abgesetzt und war mit der Sekretärin des Bankdirektors durchgebrannt. Auch wenn Vivian die Bedeutung erahnte, hatte sie »veruntreuen« in dem Wörterbuch nachgeschlagen, das sie Charlotte für die Schule gekauft hatte.

**Veruntreuen**

hinterziehen, in die eigene Tasche stecken, (umgangssprachlich) auf die Seite bringen/schaffen

Beispiel: Gelder veruntreuen

Charlotte ging in die zehnte Klasse der Wooster Highschool. Sie hatte ein Jahr übersprungen, nachdem sie ihre Lehrerin auf ihre fälschliche Verwendung von »wieder« anstelle von »wider« aufmerksam gemacht hatte, und kannte Wörter wie »veruntreuen« und »profund« und »mannigfaltig«. Sie las außerdem gerne Bücher und war dafür bekannt, dass sie jedes Mal die Augen verdrehte, wenn sich ihre Mutter ihrer »guten Menschenkenntnis« rühmte.

Vivian hatte sich tagelang den Kopf zerbrochen, ob sie je ein Telefongespräch zwischen Gilbert Ogden und der Sekretärin mitgehört hatte, bevor sie die Gelder *veruntreut* hatten. Wie sie sagte, hätte sie schon immer »so eine Ahnung gehabt«, was diesen Gilbert Ogden anging, mit seinem unsteten Blick hinter der runden Nickelbrille, und seiner Krawatte, an der er nervös herumfummelte mit seinen Stummelfingern, an denen er die Nägel bis aufs Fleisch abgeknabbert hatte. »Ein klares Anzeichen für einen Zappelphilipp«, pflegte sie immer über Leute zu sagen, die an den Nägeln kauten; von ihren Äußerungen über Brillenträger ganz zu schweigen.

Insofern, nein, Vivian war keineswegs überrascht, als sie von dem Verdacht der Untreue las. Während für eine Stadt wie Wooster auch eine Unterschlagung von Geldern aufregend war, war das für Vivian wenig aufsehenerregend. Wirklich aufsehenerregend war für sie Gilberts illegitime Beziehung mit der Sekretärin Flora Parker. »Illegitim« war ein Wort, das sie nur zu gut aus ihren Filmzeitschriften kannte.

»Flora Parker, meine Güte! Wer hätte das gedacht?«, hatte sie während einer ruhigen Phase am frühen Nachmittag zu Ruth Craven gesagt. »Obwohl …« Dann hatte sie mit einem Finger auf den Lippen innegehalten. »War sie nicht aus New York?«

Ruth hatte genickt. »Aus New York. Und ein bisschen älter. Aber hübsch.«

»Hatten sie Kinder, ihr Mann und sie?« Denn das hätte das Ganze noch schlimmer gemacht, und je schlimmer ein Skandal war, desto mehr gab es zu tratschen.

»Glaube nicht.«

Vivian hatte mit den Achseln gezuckt und gedacht: *Ein Mops kam in die Küche und stahl dem Koch ein Ei*. Damit hatte sie wirklich nicht gerechnet. Wooster hatte nun seine eigene Version von Bonnie und Clyde, und man sollte ja nicht glauben, es wäre ihr nicht verdächtig vorgekommen, dass Bonnie mit Nachnamen ebenfalls Parker hieß. Denn Namen kam weitaus mehr Bedeutung zu, als man gemeinhin annahm.

Vivian hatte immer geglaubt, Flora und Bill Parker seien eines dieser unsäglichen glücklichen Pärchen, so oft hatte sie sie beobachtet, wie sie sich tief in die Augen schauten und Arm in Arm durch die Stadt schlenderten. Zwei Turteltäubchen, wie sie im Buche standen. Aber wer wusste schon, was wirklich hinter geschlossenen Türen vor sich ging? Vivian nahm ihre »gute Menschenkenntnis« überaus ernst, und vor allem nach dem Skandal um Gilbert und Flora machte sie sich schwere Vorwürfe, die Anzeichen nicht eher (bzw. überhaupt) entdeckt zu haben.

Sie tröstete sich mit dem Gedanken, dass sie Flora Parker zwar gelegentlich über den Weg gelaufen war, jedoch nur ein einziges Mal mit ihr geredet hatte, ein paar Jahre vor dem Raubüberfall. Damals waren sie in der Schlange bei Buehler's ins Gespräch gekommen.

»Die Kassierer sind heute ganz schön geschwätzig, nicht wahr?«

»Ja, damit halten sie ein wenig den Verkehr auf.«

Dann hatte Flora Parker irgendetwas Interessantes in ihrer Handtasche gefunden, was Vivian signalisierte, dass sie wohl nicht in der Stimmung zum Plaudern war, auch wenn sie noch einiges über die Kassierer zu sagen gehabt hätte. Von den wenigen Worten, die sie miteinander wechselten, hatte Vivian sich kein rechtes Bild von Flora machen können.

Ihr war allerdings die Packung Pflanzenfett in Floras Einkaufswagen aufgefallen, immerhin das. Wäre Flora eine gute Hausfrau gewesen, hätte sie mit Margarine oder Butter gekocht, aber Vivian würde sie nicht nach so etwas beurteilen. Außerdem war sie an jenem Nachmittag in ihre eigenen Gedanken versunken gewesen. Anlässlich ihres zehnten Hochzeitstages hatte sie Edward seinen Lieblingskäse, den Amish Baby Swiss Cheese, besorgt, und während sie noch im Kopf das restliche Abendessen durchgegangen war, hatte sie sich gefragt, was für ein schreckliches Geschenk aus Blech er wohl diesmal für sie bereithielt. Der zehnte Hochzeitstag war die Zinnhochzeit. Was auch immer es sein mochte, bestimmt hatte er es an seiner Werkbank im Keller zusammengeschustert. *Hoffentlich nicht schon wieder eine verdammte Gießkanne.* Davon hatte sie einmal eine zum Geburtstag bekommen.

Dorothy räusperte sich und holte Vivian wieder in die Gegenwart zurück, wo etliche Lampen vor ihr am Klappenschrank blinkten. Schnaubend stöpselte sie die Verbindungsschnur ein.

»Nummer, bitte«, sagte sie und verband flugs den Anruf, ehe sie den nächsten entgegennahm. Vielleicht wären diesmal die kommunistischen Spione dran.

»Nummer, bitte.«

»Viv, bist du das?«

»Ja, Liebling.«

Nach all den vielen gemeinsamen Ehejahren konnte Edward sie mit nichts mehr überraschen, aber dennoch war Vivian beinahe überrascht, als ihr Mann ihre Stimme am anderen Ende der Leitung erkannte. Edward hatte einen partiellen Hörverlust erlitten, zumindest behauptete er das. Dieser schien jedoch zu kommen und zu gehen. Am stärksten ausgeprägt war der Hörverlust, wenn sie ihn ermahnte, seine Nasenhaare zu trimmen oder seine dreckigen Socken in den Wäschekorb zu legen. Aber sobald sie mit Charlotte über ein neues Kleid oder eine andere nicht unbedingt notwendige Anschaffung sprach, Junge, Junge, da hatte er plötzlich Ohren wie ein Luchs. Ja, er hätte sogar eine Hundepfeife gehört, wenn diese etwas davon tönen würde, sein Geld auszugeben.

»Das Treffen heute Abend wurde abgesagt, ich bin also zu Hause.« Er klang müde wie üblich.

»Okay.« Vivian konnte sich ohnehin nicht vorstellen, was sie bei diesen blöden Treffen dauernd so Wichtiges zu besprechen hatten. Freimaurer. Pah. Erwachsene Männer, die sich heimlich trafen und Gott weiß was besprachen. Klang so, als wollten sie einfach wie früher ihr eigenes Baumhaus haben mit einem »Mädchen verboten«-Schild davor, nur dass sie es jetzt »Gesellschaft« nannten. Dabei hatte Edward mit zwei Jobs bereits genug um die Ohren. Zum Glück hatte sie ohnehin gerne mal das Haus für sich, sonst hätte sie sich geärgert, dass er den Großteil seiner Freizeit lieber mit seinem Männerverein verbrachte anstatt mit seiner Familie.

»Ich lass dir das Verandalicht an.«

»Danke.«

Damit kappte sie die Verbindung und ging zum nächsten Anrufer über.

»Nummer, bitte.«

Die Anruferin, deren Stimme sie nicht erkannte, gab ihr Betty Millers Festnetznummer, mit der sie sie verband. Vivian sah auf die Wanduhr, die zehn Minuten vor elf Uhr anzeigte. Ganz schön spät, um jemanden mit kleinen Kindern anzurufen. Bestimmt war Betty Miller inzwischen von Freedlander's nach Hause zurückgekehrt, hatte ein schickes Abendessen mit gebratenem Pfau oder so was auf erlesenen Porzellantellern und mit waschechtem Tafelsilber verspeist und dann ihre perfekten, stinkreichen Kinder in Schlafanzüge aus feinstem gesponnenen Gold gesteckt. Dabei musste sie an *König Cole* denken. *König Cole erging es wohl. Die Diener standen Reihe. Er rief nach ner Pfeife, rief nach nem Kohl, und hatte der Geiger dreie …*

Vivian war müde. Edwards Anruf und die Erwähnung des Verandalichts hatten sie daran erinnert, wie gerne sie jetzt zu Hause das Verandalicht ausschalten, die Treppe hochschlurfen und ins Bett kriechen würde. Außerdem hatte sie keinerlei Interesse zuzuhören, wie Betty Miller davon schwärmte, was für ein fantastisches Leben sie führte, dass ihre Weihnachtsfeier das Ereignis der Saison werden würde und Gott höchstpersönlich seine Termine abgesagt hätte, um mit der Crème de la Crème der besseren Gesellschaft von Wooster im Wohnzimmer der Millers zu sitzen und Champagner zu schlürfen. Aber etwas ließ sie innehalten, als die Anruferin sagte: »Hey, ich bin's.«

Die unbekannte Frau am anderen Ende der Leitung hatte eine so tiefe, geheimnisvolle, beinahe verführerische Stimme, dass es Vivian unangenehm war. Wie damals, als sie mit dreizehn ihren Bruder mit Edith Cramer auf dem Rücksitz des Ford Modell T ihrer Familie erwischt hatte. Sie erschauderte ein wenig und unterdrückte ein Würgen, dann spähte sie auf den Glühlampenschrank vor ihr, als ob ihr das helfen würde, herauszufinden, wer »ich« war.

»Du wirst nicht glauben, was passiert ist«, sagte die Stimme.

Und obwohl Vivian sicher war, dass diese unglaubliche Nachricht etwas mit einer erstaunlichen neuen Zubereitungsart für Hummer oder Krabbe oder irgendeinem anderen teuren Meeresgetier zu tun hatte, blieb sie in der Leitung, hielt den Atem an und horchte. Nach nur einer Minute war sie am ganzen Körper erstarrt und presste die Fingerkuppen so fest auf die Tischplatte, dass sie weiß wurden. Das Herz hämmerte in ihrer Brust, und ihr Mund war trocken. In einem Zustand erstaunter Lähmung starrte sie mit offenem Mund auf den Schrank und spürte, wie ihr der Boden unter den Füßen weggezogen wurde.

# KAPITEL 3

## *1925*

Es war ein warmer Frühlingsabend; die Art von Abend, bei der man alle Fenster und Türen aufreißen möchte, um die Blumen zu riechen, die laue Brise zu spüren und die Grillen zirpen zu hören. Die zehnjährige Vivian McGinty war mit allem gleichzeitig beschäftigt, während sie den Tisch im Esszimmer deckte. Dabei hob sie jedes der leeren Wassergläser mit Diamantmuster hoch, spähte hinein, schüttelte sie leicht neben dem Ohr und stellte sie auf dem Tisch ab. Onkel Frank und Tante Emma und die Cutter-Cousinen kamen mit ihrem Sheridan aus Apple Creek zu ihrem Backfischfreitagabend angefahren, und wie üblich war Vivian gleichermaßen erfüllt von Vorfreude und Grauen. Vorfreude ihrer Verwandten wegen, und Grauen des Fisches wegen. Der Backfisch war eine Tradition, die Vivians Papi nach Ohio mitgebracht hatte, nachdem er die Michigan- und Wisconsin-McGintys besucht hatte.

Die Vorfahren der McGintys waren quer über den weiten Ozean aus dem County Tyrone in Irland in die Vereinigten Staaten hinübergesegelt, irgendwann Anfang des 19. Jahrhunderts. Sie waren am Hafen von Philadelphia angelandet und hatten sich wie eine Pusteblume quer über die Mittelatlantikstaaten und den Mittleren Westen verteilt. Onkel Frank und Tante Emma waren zwar keine McGintys, gehörten aber zur Familie, waren mit dem Auto gut zu erreichen und freuten sich über so einen Backfischfreitag.

Emma war Vivians Tante mütterlicherseits. Von der Seite der russlanddeutschen Mennoniten. Familie Kurtz. »Schaftijch aus en topptje mies, se wie?«, war nur einer der seltsamen Ausdrücke auf Plautdietsch, die Tante Emma augenzwinkernd benutzte, wenn sie ihrer Schwester, Vivians Mutter, in die Seite knuffte, um ihr ein Lächeln zu entlocken. *Wir sind fröhlich wie ein Topf voller Mäuse, nicht wahr?* Myrtle Kurtz McGinty schien nie fröhlich wie ein Topf Mäuse zu sein. Eher so fröhlich wie die zerfetzten Mäuse, die Zipper, die Nachbarskatze, auf ihrer Türschwelle ablegte. Myrtle musste man ein Lächeln entlocken, der McGinty-Seite nicht.

»Na, wie geht's dir, Paddy? Wie laufen die Bahngeschäfte?«, fragte Onkel Frank und klopfte Vivians Vater auf die Schulter.

Bei Onkel Frank klang es so, als ob Patrick McGinty die Bahn gehören würde, dabei stanzte er lediglich die Fahrkarten. Vivian hatte Onkel Frank über ihren Vater einmal sagen hören, er sei ein »Charmebolzen und irischer Helm«, woraufhin sie sich gefragt hatte, ob er damit etwas meinte wie den Helm des Heils in Epheser 6, mit dem Gott uns schützt. Später hatte sie Vera danach gefragt, und diese hatte lang und schallend gelacht.

»Schelm, nicht Helm, du Dummie. Gott, bist du doof.«

Wie üblich war Vera keine große Hilfe gewesen. Was auch immer gemeint war, Helm oder Schelm, Vivian war stolz, dass die Leute über ihren Papi redeten. Er war beliebt in Wooster, die Leute mochten ihn. Einmal hatte sie einen Nachbarn sagen hören: »Der gute alte Paddy. Im einen Auge ein Zwinkern, im anderen die Kehrseite einer vorbeispazierenden Schönheit.« Das nächste Mal, dass sie ihn sah, hatte sie seine lachenden blauen Augen näher betrachtet, aber nichts dergleichen darin entdeckt.

Was sie allerdings gesehen hatte, war, als Papi ihre Mutter zu überzeugen suchte zum Katholizismus überzutreten, und sie sich weigerte. Auf sein Ansinnen hin hatte sie lediglich den Kopf geschüttelt. Für Myrtle war Kirche einfach Kirche. Ob man beim Gottesdienst nun dabei ständig aufstehen und sich hinknien musste oder nicht. Und zur Beichte gehen? Bei dem Gedanken winkte sie lediglich ab. Sie hatte ohnehin nichts zu beichten. Die Forest Chapel Methodist Church erfüllte auch ihren Zweck. Sonntags kam Papi nicht mit in die Kirche. Angeblich ging er zur Messe in der St. Mary's Church, aber Myrtle und die McGinty-Kinder hielten es für wahrscheinlicher, dass er stattdessen in der Behaglichkeit des heimischen Wohnzimmers zum heiligen Schutzpatron des *Meine Frau und Kinder sind endlich aus dem Haus* betete.

Der Backfischfreitag wurde so zu einer Art Ersatzgottesdienst für Paddy, und Vivian genoss diese Abende ebenso sehr wie ihre Kirchgänge. Sie hatte kein Problem damit, Ofenkartoffeln mit Apfelmus zu essen, aber wenn diese alle waren, blieb ihr nur noch der Fisch übrig. Dann sah sie sich verstohlen um, ob die anderen ihren schon gegessen hatten. Dieser Fisch war alles, was nun noch zwischen Vivian und ihrem Apfelstreuseldessert stand, aber sie brachte es einfach nicht über sich, ihn zu essen. Sie konnte ihn nicht essen, wusste aber auch keinen Weg, wie sie ihn loswerden konnte. Er würde auf ihrem Teller liegen, während sie ihn mit der Gabel von einer Seite zur anderen schob.

»Vivian, iss deinen Fisch«, befahl ihre Mutter.

»Ach, lass doch, Myrtie, Vivian muss den Fisch doch nicht essen, wenn sie nicht mag.«

Vivian versuchte ihr Lächeln hinter der Serviette zu verbergen. Sie liebte es, wenn ihr Vater »angeschickert« war, wie er gerne sagte, weil es entweder hieß, dass er das Betragen seiner Kinder nicht bemerkte oder es ihm egal war. An den Tagen, an denen Papi früher Feierabend machte, nahm er zwei Verandastufen auf einmal zu ihrem zweistöckigen Haus mit der Schindelfassade an der Buckeye Street, schwang die Haustür auf und strebte direkt auf die Hausbar zu. Den ersten Whiskey hatte er sich bereits genehmigt, wenn ihre Mutter noch im Kochtopf rührte, aus dem es stets mehr nach dreckigen Socken und Unterhosen roch denn nach Essen.

»Machste deine Wäsche heut' Abend aufm Herd, hä, Myrtie?«

Nach ein paar kräftigen Schlucken aus der Flasche war die Chance groß, dass Papi sowieso nichts mehr vom Abendessen schmeckte. Und bis sie alle mit gesenktem Haupt zum Gebet um den Tisch saßen, war Mr. McGinty so betrunken, dass man ihm hätte weismachen können, sie hätten bereits gegessen.

Vivian sah wieder auf ihren Fisch auf dem Teller. Zumindest bei den Mahlzeiten und beim Gebet vor dem Schlafengehen versuchte sie sich daran zu erinnern, dankbar zu sein, dass sie etwas zu essen hatte. Sie versuchte für vieles dankbar zu sein, aber das war schwieriger, wenn man das mittlere Kind war. Henry und Will beanspruchten den Titel des mittleren Kindes beide für sich, aber Vera erinnerte gerne mit der vollen Autorität der Ältesten alle anderen daran, dass »Vivian das *wahre* mittlere Kind« sei, denn sie »wird zumeist übersehen und braucht permanent Aufmerksamkeit«. *Permanent.* Vivian sprach sich das Wort nochmals vor. *Permanent.* Sie fragte sich, was es bedeutete.

Während die Erwachsenen und die älteren Kinder sich über den langen Esstisch und ihre Teller mit dem ekligen Fisch hinweg unterhielten, traten sich Will und Violet unter dem

Tisch gegenseitig vor die Schienbeine. Gabeln und Messer kratzten über die Teller, während Vivian, noch nicht alt genug, um sich mit den Erwachsenen zu unterhalten, aber auch ein wenig zu alt, um wie früher unter dem Tisch Will und Violet zu treten, ihren Gedanken daran nachhing, was sie nach dem Abendessen vorhatte. Sie blickte auf die Wassergläser und begann herumzuzappeln. Heute Abend würde es keine Rolle spielen, dass Ruby, Opal und Vera sie wie üblich nach dem Essen nicht mitspielen ließen.

»Wir ›spielen‹ nicht, Vivy«, lautete Veras verächtliche Begründung, mit der sie jedes Mal ihre Tür zumachte und Vivian draußen stehen ließ.

Das letzte Stück Streuseldessert war vom Teller gekratzt, die Stühle zurechtgerückt, und alle verließen langsam das Esszimmer. Vivian blieb zurück, um ihrer Mutter beim Abräumen zu helfen, und rieb dann mit dem Geschirrtuch theatralisch über den groben Holztisch und erntete dafür von ihrer Mutter ein seltenes Lächeln sowie von ihrem Onkel Frank ein anerkennendes Kopftätscheln.

»Braves Mädchen!«

Papi zwinkerte ihr zu und zog ihre Mutter unter Protesten an der Hand mit sich ins Wohnzimmer. Er ließ nie zu, dass sie direkt nach dem Bratfisch den Abwasch machte, woraufhin sie sich jedes Mal beschwerte, dass die Essensreste an den Tellern und Töpfen verkrusten würden, wenn sie es nicht sofort erledigte. Vivian hielt sich derweil an der Lehne eines Esszimmerstuhls fest und wippte auf den Füßen vor und zurück, rollte sich von den Zehen auf die Ferse, von der Ferse auf die Zehen, während es sich die Erwachsenen im Wohnzimmer bequem machten. Sie wartete, bis die swingenden Rhythmen und die schmetternden Hörner des Paul-Whiteman-Orchesters aus dem Radio ertönten. Dann schlich sie in die Küche zurück, griff nach einem der leeren Wassergläser neben dem Waschbecken, wischte den Rand mit dem Saum ihres Kleides ab und ging auf Zehenspitzen die Treppe nach oben in das Zimmer, das sie sich mit Violet teilte. Wenn das Wetter schön war, so wie heute Abend, spielte Violet gerne nach dem Abendessen mit ihren Puppen im Garten, sodass Vivian das Zimmer ganz für sich hatte.

Papi und Henry hatten vor ein paar Wochen Fliegengitter in die Schlafzimmerfenster eingesetzt, und Vivian konnte das frisch gemähte Gras des Nachbarn riechen und die Grillen zirpen hören. Außerdem hörte sie schwach, von weit weg, die leise Stimme von Violet, die unter der Wäscheleine saß und mit ihren Puppen sprach.

Vivian legte das leere Wasserglas in die Mitte von Violets Kissen, ehe sie auf das niedrige Bett kroch. Auf diesem Bett musste Violet schlafen, da es an der Wand stand, die ihr gemeinsames Zimmer von Veras trennte. Vivian hielt den Atem an und bewegte sich langsam, damit die Bettfedern nicht knarzten. Vera hatte ein Gehör wie eine Fledermaus. Als sie eine bequeme kniende Position gefunden hatte, nahm sie das Glas vom Kissen, legte es mit der offenen Seite gegen die Wand, wobei sie es an den alten, verblichenen lila-grünen Streifen der Tapete ausrichtete, und als sie sicher war, dass es nicht wegrutschen würde, presste sie ihr Ohr direkt an die Unterseite des Glases.

Es war zwar nicht dasselbe, wie im selben Raum zu sein, aber die Glas-gegen-die-Wand-Abhörmethode war äußerst praktisch, um ihre ältere Schwester und ihre beiden Cousinen zu belauschen. Sie brachten Stunden damit zu, sich in Veras Zimmer über ihre Klassenkameraden auszulassen. Ruby und

Opal gingen an eine Highschool in Apple Creek, und Vivian kannte keinen der genannten Mitschüler, aber sie stieß dennoch leise Laute des Erstaunens aus angesichts der Geschichten, denen sie durch das Glas noch ein wenig besser folgen konnte.

»… er hält sich für einen dicken Fisch«, schnaubte Vera. »Und er ist mit Mabel Fiske gegangen. Mabel Fiske!«

*Mabel Fiske,* dachte Vivian bei sich.

»Ich kann nicht glauben, dass du dir einen Bob hast schneiden lassen«, sagte Ruby, unbeeindruckt von Mabel Fiske und mit wem sie früher gegangen ist.

Vivian verdrehte die Augen, als sie Vera antworten hörte: »Tja, dann glaub es halt.« Vera hatte seit ihrem Besuch beim Friseur über nichts anderes geredet und hielt sich seither für soooo erwachsen. Vivian konnte sich bildlich vorstellen, wie Vera auf der anderen Seite der Wand kokett lächelte und an den Spitzen ihrer modischen neuen Frisur herumfingerte.

»Sylvia Emerich hat sich auch einen Bob schneiden lassen«, schaltete sich Opal ein. »Und dann musste sie von der Schule abgehen und hat geheiratet.«

*Sylvia Emerich,* dachte Vivian bei sich und fragte sich dann, ob Vera auch von der Schule würde abgehen müssen wegen ihrer Frisur. Andererseits hatte sie nicht vor zu heiraten.

»Tja«, fügte Ruby an, »das war nicht der einzige Grund, weshalb Sylvia die Schule verlassen musste.«

»Nein!«, erklang Veras Antwort leise und ungläubig.

»Und ob!«, sagte Ruby.

»Nein!«, rief Vera erneut aus, diesmal so laut, dass die Worte durch die Wand drangen wie ein heftiger Knall.

So laut, dass Vivian von der Wand zurückprallte und das Glas weich auf die Steppdecke plumpste. Um ein Haar wäre sie seitwärts aus dem Bett gekugelt. *Mann, ist Vera laut. Was war wohl der andere Grund, weshalb Sylvia von der Schule abgehen musste?* Vivian rappelte sich auf und kroch vorsichtig zu ihrem Platz zurück, nahm das Glas und hielt es gegen die Wand, wobei sie ihr Ohr noch fester an die Unterseite presste. Aber diesmal hatte Ruby ihre Stimme gesenkt, und Vivian konnte nicht hören, was sie sagte. Sie kniff die Augen zusammen.

»Was machst du denn da?«

Vivian schnellte herum, dass die Bettfedern wie verrückt knarzten, während das Glas hinter ihr auf die Steppdecke fiel. Ihr älterer Bruder Henry stand in der Tür, die Daumen in seine Hosenträger eingehakt und ein gerissenes Lächeln auf den Lippen. Vivian hatte die Tür gar nicht gehört.

»Was machst *du* denn da?«, gab sie die Frage zurück.

»Ich hab dich zuerst gefragt.«

»Neugierde in Butter gebraten. Das geht dich nichts an.« Sie verschränkte die Arme vor der Brust und kroch auf ihren Knien umher, damit er das Glas nicht entdeckte.

»Tja, wenn du fertig bist mit deinem ›Neugierde in Butter braten‹, Mom muss das Glas da abwaschen.« Er streckte den Zeigefinger nach ihrer rechten Hüfte aus und machte dann ein Gesicht, als habe er nichts mehr hinzuzufügen, als er sich umdrehte und wieder hinunterging.

Vivian seufzte und erwog, mit dem Glas nach ihrem Bruder zu werfen, wusste aber, dass es dann etwas mit dem Holzlöffel setzen würde. Ihre Mutter wusste ganz genau, wie viele Gläser, Teller und Schüsseln sich in der Küche befanden. Sie mochte es nicht, wenn etwas fehlte, aber sie hasste es, wenn etwas zu Bruch ging. »Das kostet alles Geld!« Vivian fragte sich, wie viel es wohl kosten würde, sich ein eigenes Glas zu kaufen. *Eines Tages habe ich mein eigenes Telefon, noch vor Vera.*

Sie lauschte und wartete, bis sie Henrys Schuhe unten auf

dem Kachelboden der Küche auftreten hörte, ehe sie das Glas wieder gegen die Wand hielt. Die Mädchen sprachen nun nicht mehr über Sylvia Emerich, stattdessen redete Vera über den Ring. Aber Vivian wollte unbedingt den *anderen* Grund erfahren, weshalb Sylvia Emerich die Schule verlassen hatte.

»Er ist aus Irland«, erklärte Vera ihren beiden Cousinen, die das nicht waren. »Man nennt es einen Claddagh-Ring. Er ist aus Gold und …«

»Unsere Oma hat auch einen goldenen Ring«, unterbrach sie Opal.

»Mag sein«, sagte Vera und blieb wie immer geduldig Opal gegenüber, die nicht die Hellste der Cutter-Schwestern war. »Aber vermutlich ist es ihr Hochzeitsring, oder nicht? Aber der, den ich meine, ist anders. Er ist aus Gold …«

»Sie hat auch noch andere Goldringe«, beeilte sich Ruby, ihre Schwester sowie den Inhalt des Schmuckkästchens ihrer Mutter zu verteidigen. Vivian konnte beinahe hören, wie sie die Arme vor der Brust verschränkte.

»Na schön. Aber ich wollte euch von *diesem* Ring erzählen. Über eure können wir danach reden.«

Vivian erkannte Veras gereizten Tonfall. Er war nur zwei Stufen vom Schreien entfernt.

»Jedenfalls hat er ein Herz in der Mitte mit einer Krone obendrüber und zwei Hände, die aussehen, als würden sie das Herz halten.«

Sie machte eine Pause, vielleicht, damit sich ihre Cousinen den Claddagh-Ring bildlich vorstellen konnten, vielleicht skizzierte sie aber auch mit den Händen den Ring.

»Solange man ein unverheiratetes Fräulein ist, trägt man ihn mit der richtigen Seite nach oben, und wenn man dann heiratet, trägt man ihn nach unten gedreht.«

*Quatsch mit Soße,* dachte Vivian. Das war das Nervige an solchen Besserwissern. Manchmal verstanden sie alles falsch, merkten es aber nicht. Typisch.

»Und meine Tante Catharine hat einen, der seit rund hundert Jahren in unserer Familie ist, und die Erste von uns Schwestern, die heiratet, bekommt ihn.«

»Ah«, machten Opal und Ruby gleichzeitig.

»Und da ich die Älteste bin, werde ich das sein.«

»Klar wie Kloßbrühe«, pflichtete Ruby bei.

Vivian fand, wenn Vera schon Tante Catharines Claddagh-Ring bekäme, sollte sie wenigstens wissen, wie man ihn richtig trug. Als unverheiratetes Fräulein trug man ihn so, dass die Herzspitze von einem weg zeigte, war man verheiratet, zeigte die Herzspitze hingegen zum Handgelenk. Vera war immer so redselig und wollte allen alles Mögliche erzählen, wovon sie keine Ahnung hatte, hörte aber nie hin. Vivian hörte zu.

Sie nahm das Glas von der Wand und fiel hintüber auf das Bett, das verräterisch quietschte.

»Vivian!«, schrie Vera durch die Wand. »Bist du das? Was treibst du denn da drüben?«

*Neugierde in Butter gebraten.*

»Ich ruhe mich aus!«, schrie Vivian zurück.

Vivian versuchte sich ihre eigene Hochzeit vorzustellen und sah sich in einem wunderschönen weißen Brautkleid und einem Spitzenschleier, der bis zum Boden reichte. Ihr Mann wäre so reich, dass er ihr so viele goldene Claddagh-Ringe kaufen könnte, wie sie wollte. Am besten für jeden Finger einen, auch wenn man ihn eigentlich nur am Ringfinger trug, aber Vera kannte die Regeln ohnehin nicht. Sie würde einfach nur all die Ringe sehen. Wie ihr das wohl gefallen würde?

Onkel Frank, Tante Emma und ihre beiden Cousinen blieben nie länger als bis neun Uhr an Bratfischfreitagen, und um Viertel vor rief Tante Emma die Treppe hoch: »Kinder! Es wird Zeit zu gehen!«

Die Tür nebenan ging auf, und Vera, Ruby und Opal kamen, immer noch plaudernd, heraus und liefen auf dem Weg nach unten im Gänsemarsch an Vivians und Violets gemeinsamen Zimmer den schmalen Flur entlang. Vivian stieg vom Bett herunter, hielt das Glas hinterm Rücken versteckt und folgte ihnen leise.

An der Haustür verabschiedeten sich alle mit Umarmungen und Küsschen, und die Erwachsenen schmiedeten bereits Pläne für den nächsten Bratfischfreitag. Vivians Mutter schob die Fliegengittertür auf und scheuchte die Cutters nach draußen, wobei sie mit den Armen wedelte, damit die Mücken und Motten nicht reinkamen. Die McGintys standen direkt hinter dem Fliegengitter und winkten den Cutters hinterher, bis die Rücklichter des Sheridan am Ende der Straße verschwanden. Dann kehrten sie in die Küche zurück, und Papi genehmigte sich einen weiteren Whiskey, während Mom die getrocknete Kruste von den Tellern kratzte und sich beschwerte: »Hab ich doch gesagt, dass alles eintrocknet.«

»Worüber habt ihr denn da oben so lange geplaudert, Vera?«, fragte Papi mit einem Zwinkern, während er die bernsteinfarbene Flüssigkeit im Glas schwenkte.

»Ach, nichts«, antwortete Vera. Die Art, wie sie sich eine Strähne ihres Bobs hinters Ohr strich und ihre Fingernägel besah, erinnerte Vivian an die Sekretärin aus der Schule. »Das ist Mädchenkram, Papi. Das brauchst du nicht zu wissen.«

Vivian hasste es, sich aus Gesprächen ausgeschlossen zu fühlen. »Genau, Papi, du brauchst nicht zu wissen, was Mabel

Fiske oder Sylvia Emerich so treiben«, mischte sie sich ein und verschränkte mit einem selbstzufriedenen Lächeln die Arme vor der Brust.

»Vivian!«

Bei diesem Aufschrei richteten sich alle Blicke zuerst auf Vera, dann auf Vivian, die die Stirn runzelte und ihre Arme fester verschränkte. Sie mochte es, im Mittelpunkt, nicht aber in einem schlechten Licht dazustehen.

»Mom! Vivian hat uns belauscht!«, kreischte Vera nun, beugte sich über den Tisch und zerrte mit ihren Sekretärinnennägeln am Kragen von Vivians feinstem Wochentagskleid.

»Vera Eileen!«, ermahnte sie Papi scharf mitsamt zweitem Vornamen und hieb sein leeres Glas mit solcher Wucht auf den Tisch, dass Vera Vivians Kragen losließ. »Lass sofort deine Schwester los!«

Vivian saß noch immer wie erstarrt da, die Augen groß wie Teller. Sie verspürte das dringende Bedürfnis, ihr Kleid glatt zu streichen.

»Aber …«, protestierte Vera.

»*Ich* rede mit ihr.« Papi schob den Stuhl zurück, nahm das Glas und bedeutete Vivian, ihm ins Wohnzimmer zu folgen.

Während sie hinter Papi herging, strich sie ihren zerknitterten Kragen glatt, richtete ihre Seemannsschleife und zog den Rock hinunter, der hinten hochgerutscht war. Papi setzte sie ans hinterste Ende der Couch, so weit wie möglich von der Küche entfernt, und ging zur Hausbar, um sich nachzuschenken. Dann kehrte er zur Couch zurück, ging vor ihr in die Hocke und nippte an seinem Whiskey.

»Vivy, Liebes.« Er sah in die blauen Augen, die seinen so sehr glichen, und streckte ihr den Zeigefinger entgegen. »Du sollst deine Schwester und deine Cousinen nicht belauschen, hörst du?«

Vivians Lippe zitterte, als sie nickte.

»Behalt die Geheimnisse einfach für dich, dann wirst du das nächste Mal nicht erwischt.«

Er beendete seinen Tadel, indem er seine gerötete Nase rümpfte und dann kurz an ihrer zog, wobei er das Gleichgewicht verlor, seitwärts auf den Flechtteppich kippte und seinen Whiskey verschüttete.

Ihre Mutter hatte den Aufprall des Glases gehört und kam, die Hände in die Hüfte gestemmt, ins Wohnzimmer gestampft.

»Liebe Güte, Patrick«, fauchte sie ihn flüsternd an. »Vivy, geh sofort nach oben. Schäm dich.«

Vivian war sich nicht sicher, ob das »Schäm dich« ihr galt oder Papi, aber sie tat wie befohlen, glitt von der Couch und zog erneut ihren Rock runter, während sie über das ausgekippte Glas und den Flechtteppich hinwegstieg. Dann ging sie die Treppe hoch in ihr Zimmer.

Später kam Papi noch vorbei, um Violet und sie ins Bett zu bringen. Auf dem Metallbettgestell abgestützt, drückte er ihr einen nach Whiskey riechenden Kuss auf die Stirn.

»Denk daran, was ich dir gesagt habe, Liebes«, sagte er leise und tippte ihr mit dem Zeigefinger gegen die Nasenspitze. »Lass dich bloß nicht erwischen.«

Mit dieser beschwipsten Ermutigung hatte Vivians Lauschkarriere offiziell begonnen. Sie lächelte, rutschte tiefer in die Kissen, wackelte unter der Decke mit den Zehen und hoffte, sie würde von heimlichen Unterhaltungen über heiratende Highschool-Mädchen und haufenweise irische Claddagh-Ringe träumen. Stattdessen träumte sie von einem Backfisch mit großen wackelnden Augenbrauen, der ihr in einem riesigen Wasserglas hinterherjagte, aber es gab kein Entkommen, denn sie hatte das Schwimmen verlernt.

# KAPITEL 4

Betty Miller legte den Telefonhörer auf die Gabel und ließ sich wie eine zufriedene Katze in ihrem goldenen Samtsessel nieder. Die Arme vor der Brust verschränkt, trommelte sie mit ihren glänzenden, scharlachroten Nägeln gedankenverloren auf den anderen Arm. Das war doch zur Abwechslung mal eine echte Neuigkeit, nicht wahr? Nicht der übliche Alltagsklatsch, den man in Wooster gewöhnt war. Nein, das war besser. Skandalöser.

Betty verbrachte nicht viel Zeit damit, in sich hineinzuhorchen, da ihr das ein unangenehmes Gefühl in der Magengrube verursachte, und sie wusste selbst nicht, was sie an den privaten Angelegenheiten anderer Leute so sehr faszinierte, hinterfragte es aber auch nicht. Wooster war eine Kleinstadt. Da war das ganz normal. Einige ihrer Gegner, aber auch einige ihrer Freunde hätten es vielleicht darauf zurückgeführt, dass es ihr Gelegenheit gab, sich zu vergleichen. Sich mit anderen zu vergleichen vermittelte ihr stets das sichere Gefühl, dass sie mit ihrer vornehmen Art und ihrem kultivierten Lebensstil den Menschen in Wooster ein echtes Vorbild war. Wahrscheinlich, so dachte sie, gefiel es ihr einfach, wenn alles nach ihren Vorstellungen lief. Jedermann wollte ihre Anerkennung, und wenn man eines ganz sicher nicht wollte, dann Betty Miller gegen sich aufbringen, so einfach war das.

Letztes Jahr im Dezember hatte Freedlander's genau diesen Fehler begangen mit seinem übel riechenden, unerhört betrunkenen Santa Claus, der die unschuldigen, wundergläubigen Kinderseelen von Wooster gefährdet und Weihnachten beschmutzt hatte. Jesus Christus wurde nicht in einer Krippe in Bethlehem auf Stroh geboren, damit irgendein Trunkenbold und Landstreicher in der Spielwarenabteilung von Freedlander's sein Unwesen trieb und diesen heiligen Tag unseres Herrn und Erlösers entweihte. Das hatte Betty all ihren Freunden gesagt, die daraufhin treu ergeben ihrem Boykott des Kaufhauses gefolgt waren, bis der Säufer-Santa gefeuert wurde.

Im Jahr zuvor hatte Woosters Schulamt Bettys Zorn auf sich gezogen, weil es die Dreistigkeit besessen hatte, zu erwägen, die Schule mit der Quinby-Grundschule zusammenzulegen. Die Neger lebten südlich der Bowman Street, und dort gingen sie am besten auch zur Schule. Es war geradezu grotesk, dass sie ihre Viertel verlassen sollten, wo sie doch selbst annehmbare Schulen hatten. Das ergab überhaupt keinen Sinn. 1949 hatten Betty und ihr Mann Charles auch die Hammonds, die weiter unten in der Straße wohnten, davon abbringen müssen, ihr Haus an eine schwarze Familie zu verkaufen. Sie hätten einfach nicht in die Nachbarschaft gepasst, und es war Betty ein Anliegen, dass in Wooster jeder dort lebte, wo er hingehörte. Das war einfach nur logisch, wenn man das Zusammenleben regeln wollte. »Jeder hat seinen angestammten Platz, meine Liebe«, hatte sie beim Teekränzchen bei Clara Weaver zu Hause erklärt, überrascht darüber, dass Marilyn Dean das nicht einzugehen schien. Da wollte man lieber gar nicht erst von dem Skandal letzten Sommer um die veruntreuten Gelder in der Bank ihres Vaters anfangen. Nein, das wollte man wirklich nicht.

Und nun hatte sie enorm interessante Neuigkeiten über Vivian Daltons Familie erfahren. Als Vivian ihr vorhin durch das Schaufenster bei Freedlander's zugewinkt hatte, war sie beinahe zusammengefahren. Und dann noch mit diesem Hut aus dem Bechtel's. Für wen hielt sie sich eigentlich, dass sie Betty so salopp zuwinkte? Ein zufälliger Blickkontakt war keinesfalls eine Aufforderung zu einer vertraulichen Begrüßung. Aber Vivian vergaß manchmal, was ihr angestammter Platz war. Sonntags setzte sie sich mit ihrer Familie oft in eine der ersten fünf Reihen in der Kirche. Betty hatte das im letzten Jahr mindestens zweimal beobachtet. Dabei sollte sie Vivian eigentlich nicht daran erinnern müssen, dass die ersten fünf Bankreihen jenen Gläubigen vorbehalten waren, die der Forest Chapel Methodist Church jährlich mindestens tausend Dollar spendeten. Betty wusste aus sicherer Quelle, dass die Daltons weit weniger gaben.

Ihre *Familie,* dachte Betty gehässig, wobei sie ein heiseres Lachen ausstieß, und schlug sich die blasse Hand vor den Mund. Sie wollte die Kinder nicht aufwecken. Momentan war es schwer genug, sie zum Schlafen zu bewegen. Wenn *Howdy Doody* vorbei war, waren sie immer völlig aufgekratzt, von all dem Gejohle und Geschrei und diesem gruseligen Clown, der alle zwei Sekunden auf seine Hupe drückte. »Guck mal, Mom, da ist er wieder: Clarabell!« Außerdem waren sie ganz aufgeregt, weil die Schulferien und Weihnachten vor der Tür standen. Sie stöhnte bei dem Gedanken an lärmende Kinder im Haus und die schier endlosen Tage, an denen sie mit vor Matschschnee triefenden Hosen und Stiefeln nach Hause kamen und Dreckspuren auf ihrem makellosen Teppich hinterließen.

Sie blickte zu dem perfekt dekorierten Christbaum, der in der Ecke des luxuriösen Wohnzimmers stand. Little Bitty freute sich bereits ungemein darauf, nächste Woche in der Schule Weihnachtsschmuck zu basteln, sodass Betty Charles unbedingt daran erinnern musste, den Kinderbaum in ihrem Zimmer aufzustellen. Dann konnten sie dort die Rudolf-das-rotnasige-Rentier-Wäscheklammern, die zerknitterten Papierschneeflocken und all den anderen reizenden, aber unansehnlichen Schmuck, den sie nach Hause mitbrachten, aufhängen. So hatten sie etwas Eigenes, und Betty konnte ihre wunderbar symmetrische, mit Christbaumkugeln geschmückte Edeltanne bei der jährlichen Familienweihnachtsfeier präsentieren. Kein Christbaum wurde in so hohen Tönen gelobt wie der von Betty Miller.

»Betty hat einfach ein Auge für Dekoration!«

»Absolut umwerfend!«

»Da sitzt jeder Zweig perfekt!«

Denn wie jeder wusste, war alles in Bettys Leben perfekt.

Während sie noch über Menschen, die vergaßen, wohin sie gehörten, und den richtigen Christbaumschmuck sinnierte, wandten sich ihre Überlegungen bald schon ganz der Weihnachtsfeier selbst zu, sodass Betty eine geschlagene Viertelstunde stirnrunzelnd dasaß und über Häppchen nachdachte. Sie versuchte sich vorzustellen, welche kleinen Köstlichkeiten sich auf den Silbertabletts perfekt machen würden, wenn sie durch das Wohn- und Esszimmer getragen wurden und sich die Leute bedienten, während sie mit der anderen Hand weihnachtliche Drinks in Waterford-Whiskeygläsern umklammert hielten. Sie würde Dolly daran erinnern, die Kristallgläser aus der Truhe im Keller zu holen und ordentlich auszuwaschen. Sie waren zwar staubgeschützt in Seidenpapier verpackt in der Truhe verstaut, aber sie wollte ganz sichergehen, dass sie bei der Feier schön sauber glänzten. Zu Weihnachten würden sie nicht aus den normalen Gläsern trinken, die die Millers jeden Tag benutzten, sondern aus den guten Kristallgläsern.

»Mommy?«

Als Betty den Kopf drehte, erblickte sie Little Bitty, die auf der untersten Treppenstufe stand, eine Hand am Geländerpfosten, mit der anderen rieb sie das Auge. Ihr Schlafanzugeinteiler fusselte allmählich und sah abgetragen aus. Zum Glück würde Santa einen neuen bringen.

»Baby!«, rief Betty mit gedämpfter Stimme und stand vom Sessel auf. »Was machst du denn da?«

Little Bitty hopste die letzte Stufe herunter und wimmerte.

»Hast du wieder schlecht geträumt?«, fragte Betty, als sie die Kleine hochnahm und eng an sich kuschelte. Little Bitty nickte schniefend. Sie roch ganz leicht nach den Hamburgern, die sie zum Abendessen gegessen hatten, und Betty stöhnte auf, als ihr einfiel, dass sie vergessen hatte, Charles Junior und sie zu baden. Die Kinder wurden immer, wirklich immer, nach dem Abendessen gewaschen, sodass ein wohliger Duft in ihren Haaren zurückblieb.

»Na, na.« Betty streichelte über Little Bittys Hamburgerhaar und drückte ihr einen Kuss auf die Stirn. »Was hältst du davon, wenn wir wieder hochgehen und ich dir noch ein wenig aus *Ginger Pye* vorlese?«

Little Bitty gab keine Antwort, aber Betty spürte, wie das kleine Köpfchen nickte. Sie verlagerte das Gewicht der Kleinen auf die linke Hüfte und stieg die Stufen hinauf in das rosa Rüschenkinderzimmer, deckte Little Bitty zu und setzte sich neben sie auf die Tagesdecke. Sie brauchte nur zwei Seiten vorzulesen, bis sie eingeschlafen war.

Betty legte eine Hand auf den Oberkörper ihrer schlafenden

Tochter und kehrte dann zu ihren Tagträumen zurück, wie die Gäste angetan lächeln und sie für ihr perfektes Festtagsmenü loben würden. Kurz darauf beschäftigte sie die Frage nach der perfekten Weihnachtsmusik. Zwanzig Minuten später lief sie in ihrem begehbaren Kleiderschrank auf und ab, als ihre Gedanken sich der perfekten Festtagsrobe zuwandten.

Schon bald hatte Betty alles andere vergessen: den kleinen Welpen Ginger Pye, der nach langem Suchen endlich die Schule gefunden hatte, in die sein Herrchen Jerry ging, Little Bittys Albtraum und ihr Hamburgerhaar sowie Vivian Dalton und den Anruf. Besonders die Frage, welches Kleid sie zur Party tragen würde, trieb sie um. Das war letztlich der wichtigste Aspekt der Feier. Das Kleid musste genau richtig sein. Sie hatte bereits am Vortag darüber nachgedacht, war aber von Charles Juniors Schaukeldrama samt festgefrorener Zunge im Hof abgelenkt worden. Zum Schaukeln war es natürlich viel zu kalt und verschneit und viel zu gefährlich für einen Siebenjährigen, aber die Erfahrung sollte Charles Junior selbst machen. Zum Glück war das Malheur schnell behoben, indem sie seine Zunge mit einem Glas warmem Wasser übergossen und so von der Metallstange gelöst hatten, aber Charles Juniors eigentümliche Schreie hatten ihre Gedankengänge gestört.

Jedenfalls, das Kleid. Darauf sollte sie sich konzentrieren. Geschmackvoll und gleichzeitig ein wenig verführerisch musste es sein. Es sollte Charles daran erinnern, welches Glück er mit ihr hatte, und es würde auch nicht schaden, den anderen verheirateten Männern zu zeigen, welches Glück Charles hatte. Die letzten beiden Wochen hatte sie bei Beulah Bechtel's gestöbert, aber nicht annähernd etwas Passendes gefunden. Vielleicht würde sie einen Ausflug nach Akron unternehmen müssen.

*Teigtaschen mit Garnelenfüllung!*, dachte Betty, als sie in ihrem pfirsichfarbenen Satinnachthemd dasaß und ihre Haare vor dem Spiegel der Schminkkommode ausbürstete, während Charles im Bett schnarchte. Teigtaschen mit Garnelen waren genau das Richtige.

# KAPITEL 5

»Daddy, ich habe *genau* das Richtige für dich«, war ihm vom Hauseingang die überschwängliche und atemlose Begrüßung entgegengeschlagen, damals im Juni, kurz nach seiner persönlichen Katastrophe. J. Ellis brauchte einen Moment, um die Tatsache zu verarbeiten, dass ihn nicht Horden von Fotografen mit ihren höllischen, wie Zündplättchen explodierenden Blitzlichtern erwarteten, sondern seine Tochter Betty, die allein auf dem teuren fächerförmigen Pflaster stand. Entschlossen, geschäftsmäßig und mit einer elfenbeinfarbenen Tortenplatte aus Emaille in der Hand.

Nun rieb er sich mit den Handballen beide Augen, wie um die Erinnerung an den Juni gänzlich fortzuwischen. Das Zimmer war dunkel und still, wie er es am liebsten hatte, nur der Lichtschein der Schreibtischlampe fiel auf die Prägung, die vor ihm auf der Löschwiege aus glattem Leder prangte. Er griff nach seinem Füllfederhalter, kritzelte seine Unterschrift auf den Scheck für Phil Stanley und wiederholte den Vorgang mit der Weihnachtskarte für Betty, Charles und die Kinder. Florence hatte sie für sie ausgesucht.

J. Ellis Reed war einer der geachtetsten Männer in Wooster. Je nachdem, mit wem man sprach. Er war auf jeden Fall der vermögendste, wenn man über die Tatsache hinwegsah, dass bei einem Überfall auf seine Bank vor sechs Monaten 250 000 $ erbeutet worden waren. In jener Woche war es *das* Thema in den Zeitungen gewesen, und in der ganzen Stadt hatte man über nichts anderes geredet. *»Da hat Gilbert Ogden aber eine hübsche Summe abgehoben, was, Ellis?«* Ellis war außer sich gewesen und zutiefst erschüttert, ganz Wooster in Aufruhr, und dann war Betty aufgetaucht, um alles mit irgendeinem beliebigen Kuchen wiedergutzumachen.

J. Ellis' Kinder waren für ihn eine nie versiegende Quelle des Stolzes. Keines von ihnen hatte sich je einen Fehltritt geleistet. Johnston Reed Junior und Elizabeth Reed Miller waren beides Universitätsabsolventen, die wie es sich ziemte geheiratet und fortgepflanzt hatten und in Wooster als höchst angesehene, aufrechte Bürger galten. Säulen der Gesellschaft. J. Ellis hätte nie zugegeben, dass er einem von beiden den Vorzug gab, aber Betty war sein Liebling. Betty war ein Papakind.

»Daddy, ich weiß, ich wiederhole mich, aber ich kann es *ein*-fach nicht *fas-sen.*« Sie hatte seine ausgestreckten Hände ignoriert und war mit der Tortenplatte geradewegs zum Ahornholzbuffet ins Esszimmer marschiert, wo sie sie energisch auf dem Spitzenläufer abstellte. »Wie *kann* es jemand *wa*-gen, *dir* das anzutun!«

Betty hatte ihre weißen Handschuhe aneinander gerieben, sie Finger für Finger ausgezogen und auf dem Esstisch abgelegt, und dann mit in die Hüfte gestemmten Händen zu erfahren begehrt, wo sich die Teller und das Tortenmesser befänden. Oh, und die Gabeln. Die Kuchengabeln.

J. Ellis war nicht sicher gewesen, ob er genug Energie für diesen Besuch seines Lieblingskindes aufbringen würde, und hatte sich an der Haustür angelehnt, die er immer noch offen hielt. Es tat gut, endlich wieder die Sonne hereinzulassen, seit die Fotografen weg waren.

»Weißt du, wenn du jemanden wie Dolly anstellen würdest«, hatte Betty mit ihm geschimpft, »müsstest du das nicht alles alleine machen.«

Er wusste es. Diese Unterhaltung hatten sie bereits geführt, und J. Ellis würde nicht wieder davon anfangen, insbesondere nicht, wenn er sich Sorgen um seine Bankgeschäfte machen musste. Es war ihm einfach unangenehm, eine Farbige einzustellen, die für ihn kochte und putzte. Als Argument hatte er angeführt, dass er nicht wollte, dass sich Bettys Mutter unnütz fühle. Sie neigte zur Depression, wenn sie nicht genug zu tun hatte (was stimmte). Und außerdem war sie nach Florence Nightingale benannt worden, Herrgott noch mal! Es war praktisch ihr *Job*, sich um ihn zu kümmern.

»Wo ist eigentlich Mutter?« Als ob sie seine Gedanken lesen könne. »MUTTER?«

Betty war zum Fußende der Treppe marschiert und brüllte zum Schlafzimmer ihrer Eltern hinauf, wo Florence Augen und Hals schonte. Sie hatten darüber gestritten, wie er mit den Nachwirkungen des Bankraubs umzugehen gedenke. J. Ellis bedeutete seiner Tochter mit einem Kopfschütteln, es nicht weiter zu probieren, und machte endlich die Tür zu.

»Also, Betts, was hast du denn da Schönes für uns?«, fragte er und strebte zum Buffet.

Seit mindestens zwei Tagen dröhnte ihm der Kopf vom Versuch, die jüngsten Ereignisse zu begreifen und sich zu überlegen, wie er damit umgehen sollte. Er hoffte, was auch immer sie mitgebracht hatte, ließe sich mit einem starken Drink kombinieren.

»Ich werde gar nicht erst *vorgeben*, er stamme von *mir*«, hatte Betty, immer noch unten am Treppenabsatz stehend, geträllert. »Du *weißt*, ich *hasse* Küchenarbeit. Dolly hat ihn gemacht, aber ich habe ihr das Rezept aus dem *Home-Comfort-Kochbuch* vorgelesen. Ich wusste, das ist *genau* das Richtige!«

*Natürlich*, dachte J. Ellis bei sich.

»Ein *gestürzter* Ananaskuchen«, fuhr sie fort. »Denn genau *das* haben diese *nie-der-trächtigen Diebe* gemacht: Sie haben die ge-*samte* Stadt ins Unglück gestürzt. Eine *Frech*-heit!«

J. Ellis war aufgefallen, dass seine Tochter ein elegantes kurzärmliges gelb-weißes Kostüm trug und vermutete, dass sie ihr Outfit auf den mitgebrachten Kuchen abgestimmt hatte.

»MUTTER!«, rief Betty erneut.

J. Ellis war mit großen Schritten zur Hausbar hinübergegangen und griff nach dem Myers's Rum.

»Elizabeth, Liebes, bitte hör auf zu schreien«, kam eine Stimme von oben.

J. Ellis brauchte sich nicht umzudrehen, um die eingefallene Miene und die kaum wahrnehmbar zusammengesackten Schultern zu sehen. Er hatte es oft genug gesehen. Wie jede Zurechtweisung ihrer Mutter Bettys gute Laune sichtlich dämpfte. *Hör auf, so zu brüllen!, Sprich deutlich!, Steh gerade!, Hör auf, deinen Busen so rauszustrecken!* Florence hatte eindeutig ihre Berufung als nobler, widersprüchlicher Feldwebel verfehlt.

Florence Reed kam die Treppe herunter, wie sie am Tag ihrer Hochzeit zum Altar geschritten war. Langsam, anmutig und mit einem strahlenden, aufgesetzten Lächeln. Genau so hatte sie auch die riesigen, mit Schleifen und Federn geschmückten Hüte in der Damenabteilung des Kaufhauses in Syracuse vorgeführt, wo J. Ellis sie zum ersten Mal erblickt hatte. Gemeinsam mit den anderen Burschen aus der Studentenverbindung war er regelmäßig von Colgate nach Syracuse gefahren, das nur eine Autobahnstunde entfernt lag, um sich Fußballspiele anzuschauen und »mit der hiesigen Kultur« vertraut zu machen. Diese Kultur fand sich zuweilen in der Damenabteilung des Dey-Brothers-Kaufhauses.

J. Ellis hatte sich mit der Universität Colgate abgefunden, nachdem er eine Absage von der Cornell bekam, die eigentlich nur sein Notnagel sein sollte, falls er bei den »Großen Drei« (Harvard, Yales und Princeton) abgewiesen wurde, und noch immer brachte er den Namen seiner Uni nur angewidert über die Lippen. Nach der Absage von der Cornell hatte er sich für die nächstbeste Option, sowohl in alphabetischer als auch in geografischer Hinsicht, entschieden. Außerdem hatte er gehofft, dass es für die Wall Street keinen Unterschied machen würde. Florence machte es nichts aus, dass er kein Harvardstudent war. Sie selbst studierte die Schönen Künste. *Die schöne Kunst, sich einen Ehemann zu angeln*, prusteten seine Kumpels, während sie auf ihren Flachmännern mit Old-Highland-Whiskey pfiffen, Zigarren rauchten und ihre dreieckigen Wimpel schwenkten.

Er seufzte. Colgate, Syracuse und Florence. Das Dreiergespann seines Elends. Diese Mistkerle an der Wall Street hatten ihn abblitzen lassen, vermutlich wegen seines nicht ganz standesgemäßen Hintergrunds. Zugegebenermaßen war ihm damit auch der Börsencrash von 1929 erspart geblieben, aber letztlich hatte sich die Börse ja wieder erholt, nicht wahr? Das Bankwesen in Ohio hatte daran nicht unerheblichen Anteil, nicht wahr, das hatte es. Diese Bonzen konnten sich ihre Harvard-Yales-Princeton-Absolventen und ihr Geld in den Arsch schieben.

»Hat dein Vater dir erzählt, was er mit *unserem* Geld vorhat?«

J. Ellis hielt den Blick fest auf den Rum fixiert, als er ihn in das Whiskeyglas goss, spürte aber Bettys Augen auf sich.

»Was meinst du damit?«

J. Ellis nahm einen großen Schluck, während seine Frau die unterste Stufe der Treppe erreicht hatte. Sie hielt sich mit einer Hand am Pfosten fest, als sie sich vorbeugte, um Betty einen Kuss auf die Wange zu geben.

»Wie geht es dir, Liebes.«

Es war mehr eine Floskel als eine Frage, und Florence wartete ihre Antwort nicht ab.

»Er beabsichtigt, die braven Bürger und Kunden der Wayne Building & Loan zu entschädigen. Mit unserem Geld.«

Er hatte die Augen geschlossen, um die dunkle Flüssigkeit zu genießen, die seinen Hals hinabrann und eine warme Spur bis hinunter in seinen Magen legte.

»Daddy!«

J. Ellis fuhr mit der Hand über sein pomadisiertes Haar und ging zurück zum Buffet, um den umgestürzten Ananaskuchen in Augenschein zu nehmen.

»Der sieht aber prächtig aus! Wie lange hat Dolly dafür gebraucht?«

»Daddy«, erklang Bettys warnende Stimme.

Er würde das nicht zu einer Familienangewohnheit verkommen lassen, beschloss er. Es war ein Fehler gewesen, es Florence gegenüber überhaupt zu erwähnen, aber die Atmosphäre hatte ihn schier in den Wahnsinn getrieben. Dieses unablässige Klingeln des Telefons und der Pulk Fotografen vor dem Haus. Er hatte sich über die ganze Situation aufgeregt und sich so hineingesteigert, dass es ihm am Ende herausgerutscht war. J. Ellis würde die Kunden der Wayne Building & Loan aus eigener Tasche entschädigen. Oder zumindest die meisten von ihnen. Vor allem natürlich seine Freunde vom Klub, das war nur logisch. Sein Sohn Johnston hatte zudem insbesondere darauf gedrungen, die Dalton-Familie zu entschädigen, was nicht schwer war. Da gab es nicht viel zu entschädigen. Und dann würde J. Ellis natürlich die Leute ausbezahlen, die ihm potenziell Schwierigkeiten bereiten könnten. Die, die sich am lautesten beschwerten. Wenn jemand wie Phil Stanley sein Geld nicht zurückbekam, hätte J. Ellis keine ruhige Minute mehr.

Er hatte sich über die Jahre einen tadellosen Ruf aufgebaut, und er würde nicht zulassen, dass irgendwelches Gerede rund um den Bankraub ihn zerstörte. Wenn man ein so bedeutender Mann war wie J. Ellis Reed, trug man Verantwortung dafür, sein Ansehen in der Gesellschaft zu erhalten. Und das hieß mitunter auch, etwas vom eigenen hart verdienten Geld zu opfern, wenn nötig. (Sein Vater hätte dieser Aussage vermutlich in bester Pfadfindermanier mit »Bei meiner Treu!« zugestimmt, allerdings war er auch immer ein vorbildlicherer Pfadfinder gewesen als J. Ellis.) Wenn man J. Ellis Reed aus Wooster war, kannte einen jeder. Und jeder interessierte sich für sein Tun und Lassen.

# KAPITEL 6

## *1931*

»Ach, als ob sich irgendjemand dafür interessiert, was du machst«, hatte Vera sie aufgezogen, als Vivian bei Papis Vorschlag mit der Pension beinahe in Ohnmacht gefallen wäre.

Im April 1931 hatten die Brinkerhoffs von nebenan damit begonnen, zwei ihrer Zimmer an Männer unterzuvermieten, die ihre Fabrikjobs in Cleveland verloren hatten und nach Wooster gezogen waren, wo sie hofften, niedrigere Mieten und im Idealfall neue Arbeit zu finden. Ihr Atem beschlug die Fensterscheiben, während die sechzehnjährige Vivian von ihrem Zimmer aus mit neugieriger Panik verfolgte, wie die Männer bei den Brinkerhoffs im Laufe des nächsten Jahres ein und aus gingen. Als Papi vorschlug, die McGintys könnten ebenfalls ihr Heim für Fremde öffnen, um ein wenig dazuzuverdienen (»Wir könnten es ›McGintys' Come-On Inn‹ nennen!«), hatten ihre Hände beinahe geblutet, so sehr hatte sie ihr Taschentuch bei der Vorstellung davon gewrungen, dass fremde Männer aus Cleveland irgendwelche intimen Details aus ihrem Leben erfahren könnten.

»Intime Details?«, hatte Vera geschnaubt. »Woher hast du den Ausdruck überhaupt? Hast du das aus einer deiner Zeitschriften?«

In der Tat, sie hatte es in der Zeitschrift *Motion Picture* gelesen, entweder in der Story über Bebe Daniels oder über Carole Lombard. Sie wusste, dass Vera sie ebenfalls gelesen hatte, es aber nicht zugab. Vera glaubte, sie sei die Einzige in der Familie, über die es Interessantes zu berichten gäbe, was womöglich auch mit einem der Untermieter von nebenan zu tun hatte. Vivian hatte Mrs. Brinkerhoff darüber mit Mrs. Kessler reden hören.

Die Glas-gegen-die-Wand-Methode war nicht in allen Situationen zum Belauschen geeignet, aber wenn Mrs. Kessler und Mrs. Brinkerhoff morgens auf den robusten Holzschaukelstühlen auf der Terrasse vor dem Haus der Brinkerhoffs saßen und plauderten, musste sie sie auch gar nicht anwenden. Ihre Stimmen waren bis hoch in Vivians Zimmer zu hören, wo das Fenster offen stand. Auch wenn es manchmal langweilig war, zog Vivian einen Stuhl herbei, setzte sich und hörte zu. Die beiden älteren Damen redeten wirklich gern über ihre Nachbarn, Mannomann! Vivian interessierte sich vor allem für die Geschichten über Geraldine Sigler, die auf der anderen Straßenseite lebte und sich offenbar in derselben misslichen Lage befand wie Sylvia Emerich aus Apple Creek.

Das war es also gewesen. Der *andere Grund*, weshalb Sylvia Emerich von der Schule abgehen musste. Abgehen zu müssen, weil man den Bastard von irgendeinem Bauernbengel im Leib trug, war ja wohl etwas vollkommen anderes, als die Schule verlassen zu müssen, weil die Wirtschaft des Landes zusammengebrochen war und man arbeiten musste, um etwas zu essen zu haben. Da konnte man sich schon einmal dazu hinreißen lassen zu fluchen.

Im Laufe der Zeit entwickelte Vivian einen regelrechten Hass auf diese verfluchte Sylvia Emerich wegen dem, wofür sie stand. Nämlich die Chancen, die Vivian entgangen waren. Hätte Sylvia sich nicht selbst in Schwierigkeiten gebracht, hätte sie die Highschool schließlich beenden können, nicht wahr? Und wer weiß, vielleicht wäre sie sogar an die Uni von Wooster gegangen, um einen Abschluss in irgendwas zu machen?

Es war nicht Vivians Schuld, dass das Land in eine große Depression gefallen war, und sie bedauerte, ihrer Schulbildung beraubt worden zu sein, wie all die anderen einfachen Leute, die ihre Träume aufgeben und sich einen miesen Job suchen mussten, nur um über die Runden zu kommen. Was sie aber wirklich ärgerte, war, dass Vera und ihre Cousine Ruby sämtliche vier Jahre der Highschool durchlaufen konnten, bevor sie von Papi beziehungsweise Onkel Frank dazu herangezogen wurden, ihren Beitrag zur Ernährung der Familie zu leisten. Und sie schienen sich aus der Schule nicht einmal etwas zu machen.

Ihre Cousine Opal hatte es bis zur zehnten Klasse geschafft, ehe sie abgehen und auf einer Farm in Apple Creek aushelfen musste, aber Opal war ohnehin nie besonders helle gewesen. Vivian hatte sie einmal dabei erwischt, wie sie einem Honigglas Zungenküsse gab, in dem sich eine Biene verfangen hatte. Opal hatte erklärt, sie »übe nur«. Die Biene, vermutlich zu Tode erschrocken, hatte sie in die Zunge gestochen, woraufhin sie eine Woche lang herumjammerte, die Leute sollten »aughören gu laggen«, weil der Stich »egt wegugt«. Zum Glück heiratete Alonzo Halstead sie, sodass sie nicht mehr allzu viel selbst nachzudenken – oder zu üben – brauchte. Im darauffolgenden Jahr bekam sie ein Baby.

Jede Menge zu stopfende Mäuler und zu zahlende Rechnungen. Da machte es keinen Unterschied, dass die McGintys kein Geld investiert hatten. Der Börsencrash war nur der erste Dominostein, der alle anderen zu Fall brachte. In ganz Amerika suchten die Leute fortan nach Möglichkeiten, Geld zu sparen. Alle waren hellauf begeistert von den neu aufkommenden Automobilen, aber gleichzeitig beschnitten sie das Geschäft der Eisenbahnbetreiber. Mit den Automobilen kamen die Lastwagen, und mit den Lastwagen kamen günstigere Transportmöglichkeiten, und die Eisenbahn fing an Stellen zu streichen. Paddy McGintys Stelle wurde gestrichen – so stellte sich die Lage im Jahr 1931 dar.

Der Vorschlag mit dem McGintys' Come-On Inn wurde kurzerhand von Vivians Mutter abgeschmettert, deren Sorge allerdings mehr darin bestand, dass diese fremden Männer, die Kost und Logis suchten, Teil der kriminellen Elemente waren, die zu jener Zeit in die Landesmitte von Ohio einsickerten. Wie eine Schlammlawine von New England und New York ausgehend, kamen umherziehende Männer jeden Alters mit der Eisenbahn nach Pennsylvania und Ohio, die den Gerüchten von günstigen Mieten und fairer Bezahlung folgten.

»Das hier wird zu einem Auffangbecken für Kriminelle«, grummelte Mrs. McGinty, als sie die Kinder aus dem Haus scheuchte, damit sie sich Arbeit suchten, während sie gleichzeitig grummelte, dass sie vermutlich sowieso alle verhungern würden.

Doch anstatt zu verhungern, karrten Violet und Will Waggons voller weggeworfener Asche von den Kohleöfen die Straßen und Gassen Woosters hoch und runter. Wenn sie zum Abendessen auftauchten, waren sie immer noch über und über von Ruß geschwärzt, wohingegen Henry und Papi übersät waren mit Farbspritzern, nachdem sie den ganzen Tag die Häuser im nördlichen Teil der Stadt auf Vordermann brachten, und Vera war mit allem vollgeschmiert, was die Kinder der Deans und Thompsons im Laufe des Tages an ihr abgestreift oder ausgespuckt hatten, während sie auf sie aufpasste. Wie sich herausstellte, waren die Kinder der Bluffer genauso unordentlich wie alle anderen auch. Vivian und ihre Mutter waren die Einzigen, die beim Abendessen noch ungefähr genauso sauber waren wie beim Frühstück. Kurz nach ihrem Geburtstag im Juni jenen Jahres hatte Vivian eine Anstellung bei der Telefonzentrale von Ohio Bell gefunden. Das Abhören mittels an die Wand gepresstem Glas war nicht zu vergleichen mit einem in einen Klappenschrank eingestöpselten Kopfhörer.

Nachdem sie jahrelang bevormundet worden war – von ihrem Vater, ihrer Mutter, ihren Tanten, ihren Onkeln, ihren Schwestern, ihren Brüdern –, hatte sie nun, mit gerade einmal siebzehn, einen Erwachsenenjob mit regulären Arbeitszeiten und festem Gehalt und musste nur auf einen hören: ihre Vorarbeiterin Leona, die außerdem mehr eine beobachtende denn eine tadelnde Instanz war. Sie beobachtete die Telefonistinnen bei der Arbeit, und man hörte nur von ihr, wenn man sich einen Schnitzer geleistet hatte. Vivians Job bei Bell gab ihr das Gefühl, wichtig zu sein. Sie war Teil von etwas Stabilem in einer Welt voller Ungewissheiten. Glühlämpchen, Stöpselschnüre und Kippschalter und völlig Fremde, die auf ihre Hilfe zählten, um verbunden zu werden. Sie übernahm Verantwortung außerhalb des McGinty-Haushalts, und diese Verantwortung erlaubte es ihr, etwas zum Haushalt beizutragen. Nie hatte sie sich stolzer gefühlt als an dem Tag, da sie ihrem Papi mit strahlendem Lächeln ein kleines Bündel Geldscheine überreicht hatte. Vivian war ein wenig ins Stocken geraten, und ihr Herz hatte einen Moment ausgesetzt, als sie die Tränen in seinen Augen glänzen sah und er krächzte: »Bin stolz auf dich, Vivy.« Dieser Gefühlsausbruch war ihr unangenehm gewesen, aber die damit verbundene Wärme hatte sich gut angefühlt.

Der Job in der Telefonzentrale vermittelte ihr auch ein prickelndes Gefühl von Unabhängigkeit, sich auftuenden Möglichkeiten sowie einen Vorgeschmack auf Macht. Für jemanden wie Vivian war es ein erhebendes Gefühl, auch wenn sie nie das Wort »erhebend« verwendet hätte. Sie hätte es einfach »verrückt« genannt.

Für Vivian war es immer noch schwer vorstellbar, dass fremde Menschen auf ihre Hilfe zählten, um verbunden zu werden. Auf die kleine Vivian. Mittleres Kind der McGintys. In den ersten Monaten hielt sie sich bis ins letzte Detail an die Vorschriften. Aber sobald man ihr zutraute, allein zurechtzukommen, fing sie an ihre Autorität auszuweiten.

»Nummer, bitte«, sagte sie.

»Gib mir MAson-8812, Schwester, und zwar zackig.«

Wenn ein Anrufer ihr so kam, ruppig und unhöflich, ohne »bitte« und dann noch mit einem »und zwar zackig«, ließ sie sich das nicht gefallen. Beim besten Willen nicht! Dann legte Vivian den Schalter um und zog die Stöpselschnur raus, sodass der Anrufer in eine tote Leitung hineinhorchte, während sie mit dem nächsten Glühlämpchen weitermachte.

»Nummer, bitte.«

»Ja, könnten Sie mich bitte mit Garden-3662 verbinden?«

Nun, das klang schon besser. Ein freundlicher Tonfall und ein »bitte« und schon nickte Vivian, legte den Schalter um, stöpselte den Klinkenstecker ein, um den Anruf zu verbinden, und wandte sich dann dem nächsten Lämpchen zu.

Einmal, als Leona in der Mittagspause war, hatte Vivian beim Anblick der tentakelartig sich in alle Richtungen verzweigenden Verbindungsschüre, die in die Vermittlungsklinken im Schrank eingestöpselt waren, plötzlich einen Drang verspürt. Oh, wie war dieser Drang stark gewesen. Sie hatte die

Hände zu Fäusten geballt und gedacht: *Das solltest du lieber nicht tun, und das weißt du auch.* Aber dann hatte der Drang gesiegt. Sie war von ihrem Stuhl aufgestanden und hatte mit hochgezogenen Augenbrauen zu den anderen Mädchen geschaut. Dann hatte sie den Arm gebeugt und all die eingestöpselten Schnüre mit einer schwungvollen Bewegung gleichzeitig rausgezogen und die Telefonverbindungen von Wooster gekappt. *Plopp, plopp, ploppe-di-plopp* waren die Schnüre draußen.

»Hey!«

»Hey, was …«

»Was soll das?«

»Hey!«

Die anderen Telefonistinnen hatten wie die Stöpselschnüre geklungen, die aus ihren Vermittlungsklinken gezogen wurden. Vivian hatte einen Adrenalinrausch verspürt, als die Stöpsel rausploppten und klirrend auf die Tischplatte knallten. Ihre Kolleginnen hatten sich zu ihr umgedreht und sie mit grimmiger Miene und offen stehenden Mündern angeschaut, einige schäumend vor Wut. Eine von ihnen (Mary Fletcher, dieses Miststück) war geradewegs zu Leona marschiert und hatte ihr berichtet, was Vivian getan hatte.

Sie hätte ihren Job verlieren können, hätte Leona nicht etwas für sie übriggehabt. Wäre es nach Mary Fletcher gegangen, wäre Vivian im hohen Bogen rausgeflogen. Aber Leona hatte sie einfach nur aus dem Dienstplan für die nächste Woche genommen. Vivian hatte sich unglaublich geschämt und sich gegrämt, vor allem wegen des entgangenen Lohns.

Was sie mit diesem kleinen Experiment jedoch bewiesen hatte (abgesehen davon, dass das Miststück Fletcher eine Petze war), war, dass Vivian endlich eine gewisse Form von Macht ausübte. Noch nie in ihrem Leben hatte sie ein solches

Gefühl verspürt. Zu diesem Zeitpunkt konnte sie nicht ahnen, dass dieses Gefühl rund zwanzig Jahre später mit nur einem einzigen spätabendlichen Telefonanruf ausgelöscht würde, wie ein entzündetes Streichholz, das man in ein Wasserglas fallen ließ.

# KAPITEL 7

In den rund fünfundvierzig Sekunden, die sie das Gespräch für Betty Miller am Klappenschrank mit Kopfhörern mithörte, löste sich Vivians Gefühl von Macht in nichts auf und wurde durch ungläubig blinzelnde Fassungslosigkeit ersetzt angesichts dessen, was sie soeben gehört hatte. Als sich beide Frauen voneinander verabschiedeten, fiel Vivian ein, dass sie die Verbindung beenden musste. Sie legte den Kippschalter um, zog den Klinkenstecker heraus und starrte mit leerem Blick auf die erloschenen Lämpchen, während sich ihre Fassungslosigkeit zu Beklemmung und Furcht auswuchs. Dieselbe Art von Beklemmung und Furcht, die sie früher immer empfunden hatte, wenn sie sich Sorgen machte, dass Onkel Hugh mit seinem Autobahnpolizei-Motorrad einen Unfall bauen könnte, aber das hier war viel, viel schlimmer.

Automatisch ihrer Gewohnheit folgend, stöpselte sie ihre Kopfhörer aus und wickelte sie zu einem Bündel zusammen. Dann stieß sie sich auf ihrem Drehstuhl weg und folgte schweigend dem Beispiel von Dorothy und den anderen, die um elf Feierabend hatten, in ihre Mäntel schlüpften und sich ihre Hüte straff über die Ohren zogen. Sie tat es ihnen nach. Ohne nachzudenken und ohne die »Gute Nacht«-Rufe zu hören, die ringsum vielstimmig ertönten. Erst als sie nach draußen auf die East Liberty Street trat und der eisige Wind sie mit voller Wucht im Gesicht traf, erstarrten ihre Beklemmung und Furcht zu Eis, und darunter begann etwas Heißes zu brodeln. Eine sprudelnde Quelle schäumender Wut. Ein Lavaschwall düsterer, beängstigender Emotionen, der sich durch ihren Körper ergoss, während ihre alten, abgetragenen Stiefeletten erneut durch den Schnee knirschten und auf demselben Weg wandelten, den sie auf dem Weg zur Arbeit genommen hatte.

Die Temperaturen waren gefallen, aber ihr Blut kochte derart, dass sie es kaum bemerkte. Vivian wusste, wie sich Wut von innen anfühlte, und auch, wie sie nach außen hin aussah. Sie sah aus wie Roy Patterson, der ein Leben lang für die Demokraten gekämpft hatte, als der Republikaner Herbert Hoover zum Präsidenten gewählt wurde, oder Jacob Starlin, als jemand seine Schubkarre aus dem Schuppen gestohlen hatte, und Wut sah aus wie der arme Bill Parker an dem Tag, als er herausfand, dass seine Frau mit Gilbert Ogden durchgebrannt war, nachdem sie das Geld der Wayne Building & Loan geraubt hatten. *Veruntreut.*

Bills Nachbarn beschworen, sie hätten gesehen, wie ihm Rauch aus Nase, Ohren und oben aus dem Kopf gestiegen war, und nun konnte Vivian praktisch spüren, wie Rauch im Inneren ihres Beulah-Bechtel's-Huts qualmte.

»Es war echter Rauch!«, hatten die Nachbarn wieder und wieder bekräftigt.

Bill hatte die Fliegengittertür aufgerissen und war aus dem Haus gestürmt, eine Pistole in der einen, seinen Hut in der anderen Hand. Sein Auto war mit einem solchen Karacho über das Pflaster gebrettert, dass man noch immer die schwarzen Abdrücke vom Gummiabrieb der Reifen sehen könnte, wenn sie nicht gerade mit Schnee bedeckt wären. Bill Parkers Wut. Das war jene Art von Wut, die Vivian empfand, die die Fingernägel in das Futter ihres Handschuhs vergrub, während sie ihre Hände in den Manteltaschen zu Fäusten ballte.

Die Wut presste ihren Atem in der klirrend kalten Nachtluft in kurzen Stößen heraus. Sie blieb vor dem Schaufenster von Freedlander's stehen, das nun dunkel und still dalag. Keine Spur mehr von der festlichen Weihnachtsstimmung, die sie nur wenige Stunden zuvor bewundert hatte, und keine Spur von dieser reichen Schlange Betty Miller, die nun irgendwo in ihrem teuren Haus im Norden von Wooster saß und neue, brandgefährliche Informationen besaß, die sie nichts angingen. Die Frau, die Vivian in der Spiegelung der Scheibe entgegenblickte, trug denselben hübschen blauen Hut wie sie, sah aber ansonsten alt und elend aus, um Jahrzehnte älter als ihr achtunddreißigjähriges Ich. Wenn unter ihren Füßen nicht alles unter der harten Kruste von vereistem Schnee begraben gewesen wäre, hätte sie sich nach einem der lockeren Pflastersteine gebückt, ihn ins Schaufenster geworfen und die doofe beflockte Scheibe samt dem Spiegelbild dieser alten, elenden Frau, die sie nicht wiedererkannte, in tausend Scherben geschmissen.

Das Verandalicht war eingeschaltet, genau wie Edward versprochen hatte; der Rest des Hauses war finster. Aber nicht so finster wie Vivians Laune. In ihrem Kopf herrschte Chaos. Mit Mühe zurückgehaltener Zorn prallte auf eine Wand der Fassungslosigkeit, und irgendwo zwischen ihrem Halt am Schaufenster bei Freedlander's und ihrer Ankunft auf der Veranda hatte sich ein dumpf dröhnender Schmerz in ihrem Kopf ausgebreitet. Ihr Körper war erschöpft und bis auf die Knochen durchgefroren. Vivian schleppte sich die Verandastufen hoch, die größtenteils vom Schnee befreit waren, griff nach dem Türknauf, drehte ihn um und lauschte, als der

Schnapper klickte und sich vom Türpfosten löste. Ihre Glieder fühlten sich an wie Blei, als ob sie sich durch Wasser vorwärtskämpfen müsste.

Sobald sie drinnen war, zog sie mit einem festen Ruck an der Kette der Stehlampe, woraufhin das Wohnzimmer hell erstrahlte. Sie ließ ihren Blick über die Möbel schweifen, die so vertraut gewesen waren, als sie ein paar Stunden zuvor das Haus verlassen hatte, und die ihr nun ganz fremd vorkamen, beinahe, als ob auch sie unter Wasser stünden. Die Ohrensessel, der Fernseher, die Couch; alles sah aus, als würde es dahintreiben. Der Beistelltisch, auf dem das Telefon stand, schien ebenfalls auf unsichtbaren Wellen zu treiben. Vivian lehnte sich mit dem Rücken gegen die Tür, holte tief Luft und nahm all ihre Willenskraft zusammen, um das Schwindelgefühl zu bezwingen.

Sie hatten es erst letztes Jahr bekommen, ihr erstes Telefon. Ein schwerer schwarzer Kasten, bei dem der Hörer oben auf einer Gabel ruhte und dessen dünnes Kabel sich nach unten und über den Flur bis zur Steckdose wand. Es hatte keine Wählscheibe wie manch andere Telefone, die sie im Kino gesehen hatte. Stattdessen hob man den Hörer ab, woraufhin eine Telefonistin »Nummer, bitte« sagte, genau wie Vivian es tat, tagein, tagaus, immer und immer wieder.

Schon witzig, da arbeitete sie nun seit Jahren bei Bell, aber erst jetzt hatten sie sich einen eigenen Heimapparat angeschafft. Edwards Eltern besaßen bereits seit Jahren ein Telefon. Ein altes Modell, das noch an der Wand hing; ein großer Holzkasten, bei dem man in einen Trichter sprach und sich den anderen Trichter ans Ohr hielt. Vivian fragte sich, was Edwards Mutter wohl alles am Telefon zu hören bekam.

Sie zog sich die alten, abgetragenen Stiefeletten aus, wodurch sie vier Zentimeter an Größe verlor, als sie nun in Socken auf dem dünnen Teppich stand. Der große Zeh am linken Fuß hatte sich durch das Nylon gebohrt. Sie knöpfte ihren Mantel auf und schüttelte ihn, immer noch an der Haustür stehend und auf das Telefon starrend, ab.

Vivian stieg die Treppe hinauf, wobei sie die Stufen zählte, wie sie es bei ihrem Einzug getan hatte. Dreizehn Stufen. Dreizehn war in jeder Hinsicht eine Unglückszahl, ganz zu schweigen davon eine ganz schöne Fallhöhe, wenn man das Gleichgewicht verlor.

Die Tür zu Charlottes Zimmer war geschlossen, wie immer um diese Zeit. Durch den unteren Schlitz fiel kein Lichtschein. Manchmal blieb Charlotte länger auf, um noch zu lesen. Bücher, nicht Zeitschriften, was Vivian beim besten Willen nicht nachvollziehen konnte.

Edward schlief bereits tief und fest und schnarchte, als Vivian ihr gemeinsames Schlafzimmer betrat und sich ihre Silhouette im Lichtschein des Flurs hinter ihr abzeichnete. Das Zimmer war erfüllt von seinem tiefen, ebenmäßigen nasalen Grunzlaut. Sie knipste das Flurlicht aus und wartete, bis sich ihre Augen an die Dunkelheit gewöhnt hatten, ehe sie leise über den Teppich lief. Dann stand sie neben seiner Bettseite und beobachtete, wie sich sein Brustkorb mit jedem Schnarchen hob und senkte.

Früher hatte sie ihn so beobachtet, als sie frisch verheiratet waren. Als sie ihr Glück kaum fassen konnte, einen Mann wie ihn gefunden zu haben. Wenn er, wie immer, direkt nach dem Liebesakt eingeschlafen war, hatte sie sich auf dem Ellenbogen aufgestützt und mit ihrem Blick alle Details seines Gesichts in sich aufgenommen. Seine dunklen, wilden Augenbrauen, die gerade, stolze Nase, die in einer überaus niedlichen

Nasenspitze endete. Manchmal hatte sie sie ihn mit dem Zeigefinger angestupst, sodass er kurzzeitig schnaufte und schniefte, ehe wieder sein rhythmisches Schnarchen einsetzte.

Nun studierte sie seine Augenbrauen, die immer wilder und hier und da grau wucherten, sowie die immer tiefer werdenden Falten an den Wangen und um den Mund, und die Lippen, die unter dem rauen Schnurrbart dünner wirkten als früher. Ihr Blick wanderte über seinen einst attraktiven spitzen Haaransatz, der sich in den letzten zehn Jahren zu einem scharfen V ausgedünnt hatte, und dann zu seinem hervortretenden Adamsapfel, der beim Schnarchen vibrierte.

Der Wecker fügte sich passgenau in ihre Hand, als sie ihn vom Nachtschränkchen nahm. Sein glattes Gehäuse schmiegte sich in ihre Handfläche, das Glas klebte an ihrer Haut, als sie die Finger um die metallenen Kanten krümmte. Das leise Ticken des Weckers harmonierte mit dem Pochen in ihrem Kopf. *Tick, tack, tick, tack, poch, poch, poch, poch.* Sie betrachtete den verletzlichen Adamsapfel und wog den Wecker in ihrer Hand, wie ein professioneller Baseball-Pitcher den Baseball in der Hand wog, ehe er ausholte, ihn leicht anhob und mit einem langsamen, wohlkalkulierten Schwung losließ.

# KAPITEL 8

## *1936*

Vivian ruckelte und hüpfte unfreiwillig mit, als der Ford Modell A an jenem milden Winternachmittag die Henrietta Street entlangruckelte und hüpfte. »Das ist die Roadster-Variante«, tönte Edward lauthals über den Motorenlärm. »Hab ihn für einen Apfel und ein Ei bekommen.« Das war kaum verwunderlich, da Ford seither weitere Automobile herausgebracht hatte und die meisten Leute sich für die neuesten Modelle interessierten. Edwards Auto war zwar erst fünf Jahre alt, aber viel in Gebrauch und tendierte dazu zu klappern. »Waren Apfel und Ei bereits faul?«, fragte sie mit hochgezogener Augenbraue und dachte bei sich, dass es völliger Irrsinn wäre, mehr für diese Klapperkiste zu zahlen. Schnell setzte sie ein gewinnendes Lächeln auf, um ihre Kritik zu mildern. Edward quittierte die Beleidigung sichtlich gefasst mit einem Grinsen. »Immerhin hat es einen ausklappbaren Notsitz«, sagte er und wackelte vielsagend mit den Augenbrauen.

In diesem Moment war Vivian dankbar für den aufgetragenen Wollmantel ihrer Schwester Vera (auch nicht gerade neu), der zumindest einige Teile ihres Körpers davon abhielt, zu holpern und zu hüpfen. »Vivian, wackle nicht herum wie eine Hure«, hatte ihre Mutter sie einmal angefahren und durch die Härte ihrer Worte überrascht. Normalerweise verlieh sie ihrem Unmut nur durch Schnauben und Grummeln Ausdruck.

So oder so versuchte Vivian sie zu ignorieren. Jede ihrer kleinen Sticheleien hinterließen bei Vivian Kerben in ihrem Selbstbewusstsein. Wäre ihr Selbstbewusstsein sichtbar, hätte es zu der Zeit, da sie alt genug war, um als Erwachsene wahrgenommen zu werden, vermutlich ausgesehen wie ein Schweizer Käse.

Das Auto ruckelte aber wirklich ganz schön, und Vivian verschränkte die Arme vor den Brüsten, aus Angst, sie könnten aus ihrem Kleid *und* aus ihrem Mantel herausfallen. Außerdem wollte sie, dass einiges an ihr für Edward noch ein Geheimnis blieb. Geheimnisvoll zu sein war ein zentraler Aspekt der Liebe, wenn man dem Glauben schenken durfte, was in der *McClure's* stand. Allerdings hätte sie nicht erwartet, dass der Wagen so eng war. Sie roch seine Pomade, so dicht saßen sie nebeneinander. Irgendetwas Süßes, aber sie konnte den Duft nicht einordnen. Eine tiefrote Färbung überzog ihren Hals und ihr Gesicht, und Vivian bekam am ganzen Körper Gänsehaut. Ein paarmal warf sie ihm verstohlene Blicke zu, die von seinen Händen am Lenkrad hinaufwanderten zu seinem Profil mit der geraden Nase, die in eine hinreißende Nasenspitze zulief, während er den Blick geradeaus auf die Straße gerichtet hielt.

Die Andeutung eines Lächelns hatte sich auf Edwards Mundwinkeln breitgemacht, während er das Auto mit der gewohnten Selbstsicherheit über das unebene Pflaster der Henrietta Street lenkte. Irgendwann begann er sogar zu pfeifen, und Vivian musste ein Kichern unterdrücken, als sie den Kopf abwandte, um mit der Hutkrempe ihr Gesicht zu verbergen. Sie versuchte, sich auf die vorbeiziehenden Häuser der Gerbers und der Sawyers und einiger anderer, die sie nicht kannte, zu konzentrieren, und später auf die Gruppen kahler Bäume und Büsche, von denen der schmelzende Schnee heruntertropfte. Es war einfach perfekt, alles, was die Kulisse ihrer eigenen kleinen Welt bildete, wie sie da in dieser fahrenden Blechdose auf der gepolsterten Bank saßen und dieselbe Luft einatmeten, während Vivian das Kribbeln unter der Haut immer mehr bewusst wurde. Leise summte sie vor sich hin.

Als Edward schließlich mit dem Wagen auf dem Gehsteig vor dem Haus der McGintys vorfuhr, waren die Temperaturen wieder auf die für Dezember üblichen Gradzahlen gefallen.

»Leider werden keine Heizungen in die Autos eingebaut«, bemerkte er mit einem entschuldigenden Schulterzucken. »Aber das wäre durchaus sinnvoll, findest du nicht?«

Während ihr Körper aufgehört hatte zu ruckeln und zu hüpfen, fing er allmählich an zu zittern und mit den Zähnen zu klappern. Edward brachte den Schalthebel in Parkposition.

»Na los, geh schon rein«, trieb er sie an, immer noch grinste er übers ganze Gesicht. »Ich möchte nicht riskieren, dass du hier draußen zu Tode erfrierst und man mich sucht, weil ich das hübscheste Mädchen in Ohio auf dem Gewissen habe.«

Wäre es nur ein billiges Kompliment gewesen, hätte Vivian die Augen verdreht, aber stattdessen tanzten ihre Augen, als sie erst hinunter zum Schoß auf ihre behandschuhten Hände blickte und dann nach draußen durch die beschlagene Windschutzscheibe. So kalt ihr auch war, sie wäre lieber hier im Auto bei Edward geblieben, als wieder in ihr Elternhaus mit all dem Lärm und den Menschen zurückzukehren. Sie stellte sich kurz vor, wie es wäre, neben ihm zu erfrieren. Die Kälte war durch den abgetragenen Mantel hindurchgekrochen und arbeitete sich zu ihrer obersten Hautschicht vor, aber ihr Herz und ihr Inneres blieben schön warm.

Vielleicht lag es daran, dass sie einfach sitzen blieb und auf die Armatur blickte, nun da die Windschutzscheibe inzwischen völlig von ihrem Atem beschlagen war. Was auch immer es war, jedenfalls erinnerte sich Edward schließlich an seine guten Manieren, sprang aus dem Wagen und rannte zu ihrer Seite, um ihr herauszuhelfen und sie zur Haustür zu begleiten. *Na endlich*, dachte sie.

Vivian war bereit, die Angebetete von jemandem zu sein. Wie Mary Pickford für Douglas Fairbanks oder Wallis Simpson für König Edward. Sie hatte die beiden in einer ihrer Zeitschriften gesehen, die sie gerne kaufte, nachdem sie ihr Gehalt bei Bell abholte. Vermutlich in der *Life*, weil das die einzige war, die auch über Internationales berichtete. Und wenn sie ganz ehrlich sein sollte, hätte sie zugegeben, dass sie die Geschichte nicht allzu sehr interessiert hätte; wären da nicht die auf einer Jacht aufgenommenen skandalösen Boulevardbilder von einer gewissen Mrs. Wallis Simpson mit König Edward VIII. von England gewesen, denn einem hübschen Skandal konnte Vivian nicht widerstehen. Das Wort »illegitim« fiel ein paarmal im Artikel, und Vivian hatte ihrer jüngeren Schwester Violet gegenüber erklärt, Mrs. Simpson sei nichts anderes als eine Ehebrecherin und Thronschleicherin.

»*Mrs.* Simpson«, hatte sie gezischt und auf die Worte in der Zeitschrift gedeutet. »Sie ist nämlich bereits verheiratet! Sie bricht ihre eigene Ehe, verdammt noch mal.«

»Vivy!« Violet war von Vivians verbalen Entgleisungen schockiert, insgeheim aber auch beeindruckt gewesen. »Reden alle Fräuleins vom Amt so?«

Vivian hatte nur mit den Schultern gezuckt. Zusammen mit

Violet verfolgte sie die weiteren Geschehnisse rund um Edward und Wallis, und als der König von England abdankte, um Mrs. Simpson zu heiraten, Junge, Junge, da hatte Vivian aber ganz schnell ihren Ton geändert. All der Kram von wegen illegitime Ehebrecherin und Thronschleicherin war vergeben und vergessen in dem Moment, da sich Mrs. Simpson von ihrem Mann scheiden ließ und den Antrag von Edward annahm.

Fortan schwelgte Vivian in dieser zutiefst romantischen Geschichte. Ein König, der auf sein Königreich verzichtete für die Frau, die er liebte! Bei der Vorstellung wurde Vivian ganz rot und schwindelig und kribbelig an Stellen, über die ein anständiges Mädchen nicht redete. Sicher, es gab ein paar Jungen in Wooster, die dieser Form der Anbetung recht nahekamen, schließlich war Vivian McGinty ein aufgewecktes Mädchen, dessen Lippenstift und Kleider immer tadellos aussahen. Sie war ein »heißer Feger«, wie man sagte, und bekam mehr als genug Aufmerksamkeit vom anderen Geschlecht, was ein wenig dazu beitrug, die Löcher in ihrem Schweizer Käse zu stopfen. Aber Edward Daltons Einladung zu einer Fahrt ins Grüne erreichte sie just an dem Tag, da die Klatschzeitungen über Wallis und Edwards Verlobung berichteten. In ihrem verträumten, schwärmerischen Zustand hatte sie sogleich zugesagt. Es war, als ob das Universum alles so eingerichtet hätte, damit diese nachmittägliche Fahrt über die holprige Henrietta Street in Edwards rumpeligem Ford Modell A Deluxe Roadster zum perfekten romantischen Ausflug wurde. Der Modell A war eine alte Schrottkiste, das schon, aber in ihren Augen womöglich das Nächstbeste an einer Jacht, was Wooster zu bieten hatte.

Vivian hatte gut aufgepasst bei all den Erzählungen über abschreckende Beispiele wie Sylvia Emerich aus Apple Creek, die die Schule hatte verlassen müssen und was nicht alles, oder auch über ihre Nachbarin Geraldine Sigler sowie all die anderen Geschichten, die hinter vorgehaltener Hand in der Stadt die Runde machten. Geschichten von Mädchen, die sich einen unehelichen Braten in die Röhre hatten schieben lassen, der dort wochen-, ja monatelang vor sich hin schmorte, ehe ihre künftigen Ehemänner sie ehelichten (oder auch nicht!). Das alles wurde allerdings totgeschwiegen und niemals öffentlich zugegeben, aber die Gerüchte machten trotzdem die Runde, manchmal auch über die Telefonleitungen und Klappenschränke bei Bell, und beschädigten die Ehrbarkeit der zukünftigen Bräute. Einmal hatte Vivian sogar etwas über die Blufferin Betty Reed verlauten gehört, die es offenbar furchtbar eilig gehabt hatte, Charlie Miller zu heiraten. Dieses Gerücht hatte aber nie irgendwelche Konsequenzen gehabt, und da sowohl Betty als auch Charlie Bluffer waren, hatte bei ihrer Hochzeit niemand die Nase gerümpft. Angesichts des Gerüchts um Betty Reed hatte sich Vivian umso selbstgefälliger gefühlt, was ihre Liebesbeziehung zu Edward betraf. Auch wenn es den Notsitz im Roadster gab, Vivian hatte so etwas nicht nötig, und Edward auch nicht. Allerdings hatte sie diese Einsicht nicht sich selbst zu verdanken, sondern Papi, der sie jedes Mal, wenn sie ihre Verabredungen an der Haustür verabschiedete, ermahnte: »Wenn du dich schwängern lässt, fliegst du raus.« Er sagte das nie böse, sondern stellte es einfach als Tatsache in den Raum. Insofern, *Nein, danke,* hatte Vivian gedacht, noch ehe sie dieser ersten Spritztour zugestimmt hatte, *mir wird das ganz sicher nicht passieren, sofern ich es verhindern kann.* Die Leute von Wooster würden sich über etwas anderes die Mäuler zerreißen müssen.

Abgesehen von Vera und Mrs. McGinty, die immer überrascht waren, wenn sich etwas Positives ereignete, war niemand in der Familie McGinty überrascht, als Vivian sich den Job bei Bell angelte. Ebenso wenig waren sie überrascht, als Edward Dalton ihr einen Antrag machte, und sie waren ebenfalls nicht überrascht, als Vivian noch vor Vera heiratete; ganze drei Jahre vor ihrer Schwester. An einem milden Nachmittag im Juni des Jahres 1937 heiratete Vivian Margaret McGinty Edward George Dalton.

Das Geld war noch immer knapp, und das bezaubernde weiße Kleid mit bodenlangem Spitzenschleier, von dem sie als Zehnjährige geträumt hatte, wäre ohnehin unpraktisch gewesen. Vivian war inzwischen eine Frau. Eine Erwachsene. Mit einem richtigen Job und einem attraktiven Bräutigam. Für den Hochzeitsbrauch, »etwas Altes« zu tragen, hatte sie den goldenen irischen Claddagh-Ring von Tante Catharine bekommen, den sie stolz an ihrer rechten Hand trug, als sie in ihrem schicksten Kostüm mit passendem Hut (»etwas Neues« aus dem Beulah Bechtel's) vor dem Altar stand. Der Duft des Firmament-Flieders, den sie sich ans Revers gesteckt hatte (»etwas Blaues«, passend zu ihrer Augenfarbe), umwehte ihr Haupt, als Edward ihre Hand hielt und sich zu ihr beugte, während sie beide das gegenseitige Eheversprechen nachsprachen. Es war, als wären sie ganz allein in der Kirche, denn Vivian hatte nur Augen für Edward.

»Ich will.«

*Die Ehe Dalton-McGinty*
*wurde heute Morgen geschlossen*
Miss Vivian McGinty, Tochter von Mr. und Mrs. P. W. McGinty, aus der South Buckeye Street, und Edward G. Dalton aus Syracuse, N.Y., wurden heute Morgen um 10 Uhr im Pfarrhaus der Kirche Christi durch Rev. T. R. Freytag als Zelebranten getraut. Es wurde die Doppel-Ring-Zeremonie vollzogen. Das Paar war in Begleitung von Miss Vera McGinty, der Schwester der Braut.
Die Braut war adrett gekleidet in ein dreiteiliges, maßgeschneidertes braun-graues Kostüm mit passenden braunen Accessoires. Dazu trug sie ein Ansteckstäußchen aus Flieder. Miss McGinty trug ein graues Kostüm mit gleichfarbigen Accessoires, dazu einen Anstecksstrauß mit Rosen und Wicken.
Mrs. Dalton ist seit einigen Jahren bei der Ohio Bell Telephone Comp. angestellt.

Nun war es offiziell, und jeder in Wooster wusste Bescheid. Zu Edward hatte man weit weniger geschrieben, aber schließlich war *er* auch nicht aus Wooster. Die Forest Chapel Methodist Church wurde derzeit renoviert, und weder Vivian noch Edward hatten warten wollen, bis die Arbeiten abgeschlossen waren, sodass sie sich mit dem Pfarrhaus der Kirche Christi begnügt hatten. Was die Kleidung anging, hatte Wallis Simpson ebenfalls kein weißes Brautkleid mit Schleier getragen, insofern grämte sich Vivian nicht allzu sehr deswegen. Stattdessen hatte Mrs. Simpson ein Designerkleid aus Seidencrêpe in »Lavendelblau« getragen, wie die Zeitschriften berichteten. Lavendelblau war nur einen Farbton dunkler als das hellblaue Firmament-Flieder, das der Colorist auf Vivians

Augenfarbe abstimmte, als er das Hochzeitsfoto nachretuschierte.

Vivian empfand es sowohl als *bedeutsam* als auch als *signifikant,* dass ihre Hochzeit mit Edward nur zwei Tage später stattfand, nachdem Wallis Simpson ihren Edward geheiratet hatte. Vivian hatte sich einige Monate zuvor eines Sonntags nach der Kirche eine Notiz gemacht, das Wort »signifikant« öfter zu benutzen. »Die Familie von J. Ellis Reed hat eine signifikante Summe gespendet«, hatte der Reverend damals gesagt. Außerdem fand sie es bedeutsam und signifikant, dass die schicke und glamouröse Mrs. Wallis Simpson einen Edward heiratete, genau wie die nicht ganz so schicke und glamouröse Vivian McGinty. Namen besaßen Bedeutung und Signifikanz. Mehr, als den meisten Leuten bewusst war.

»Hör dir das hier mal an«, sagte sie zu Violet und las ihr aus ihrer Zeitschrift vor. *»Edward Albert Christian George Andrew Patrick David, Duke von Windsor.* Du liebe Güte, sind das viele Namen!«

Vivian brauchte gar nicht so viele Namen. Sondern nur einen. Ihren neuen Namen. Sie war nun Mrs. Vivian Dalton *(Schön, Sie kennenzulernen).* Es gefiel ihr ausnehmend gut, wie schick er klang, und sie konnte es kaum abwarten, sich neuen Bekanntschaften vorzustellen.

Obwohl sie ihm später das Geständnis entlocken wollte, dass er die holprige Henrietta Street bei ihrer ersten Spritztour mit Absicht ausgesucht hatte, bestritt Mr. Edward Dalton jegliche unlauteren Absichten. Jedoch grinste er dabei übers ganze Gesicht. Und jeder, der damals ein Automobil, eine Kutsche, ein Fahrrad oder ein Fuhrwerk besaß, wusste genau, was eine Fahrt auf der Henrietta Street mit ihren unebenen Pflastersteinen bedeutete. »Und Junge, Junge, ich hab gekriegt, was ich erwartet hatte!«, johlte Edward dann jedes Mal, wackelte mit den Augenbrauen und kniff Vivian so fest in den Hintern, dass sie vor Scham rot anlief und sich ins nächste Zimmer flüchtete, wobei ihre tadelnde Miene durch den Anflug eines Lächelns gefährdet wurde.

Letztlich begründeten die Daltons daraus eine Tradition für ihren Hochzeitstag. Eine feierliche Fahrt über die Henrietta Street. Manchmal trug Vivian dabei eine hauchdünne Bluse und keinen Büstenhalter darunter und wackelte herum wie eine Hure, schließlich war sie inzwischen verheiratet, und es konnte ihr egal sein (da hast du's, Mama!). Und manchmal sang Edward dazu Kinderverse, mit denen er Vivian zum Lachen brachte. Dann rüttelte und schüttelte sich seine Stimme im selben Takt wie das Modell A.

*»Ma-a-a-ry ha-a-at ein klei-i-i-nes L-a-a-amm …«*

Er war zwar kein Rudy Vallée, aber er konnte einen holprigen Ton durchaus halten.

Aber diese Hochzeitstagsfahrten über die Henrietta Street kamen erst später. Nachdem sie nach Wooster zurückgezogen waren.

Solange sie hochverzückt ihrer Hochzeit entgegenfieberte, war Vivian in keiner Weise abergläubisch. Die Forest Chapel Methodist Church war nicht verfügbar gewesen, sodass sie sich in einer anderen Kirche trauen lassen mussten. Was machte das schon? Genauso wenig hatte sie einen Gedanken daran verschwendet, als ihr am Tag der Hochzeit beim Aussteigen aus dem Auto ihr Taschentuch heruntergefallen war. Hätte sie es bei einer anderen Braut beobachtet, hätte sie sofort bei sich gedacht: O Gott, das bringt Unglück. Und vielleicht war es wirklich nichts weiter. Vielleicht brachte es gar kein Unglück, wie es im Volksmund hieß, aber die Tatsache, dass sie aus Wooster wegziehen musste, war in jedem Fall nicht ihre Vorstellung von einem glücklichen Start in die Ehe gewesen. Es war einfach so über sie hereingebrochen.

»Das heißt, du musst bei der Telefonzentrale kündigen«, hatte Edward abschließend verkündet, als er ihr von seiner neuen Stelle erzählte.

Vivian hatte die Stirn gerunzelt, bis ihr wieder einfiel, dass man davon Falten bekam, und dann auf ihren Ehering hinuntergeblickt, der ihr bereits schwerer vorkam, als sie erwartet hatte. Sie stieß einen leisen Seufzer aus. Sie war schließlich inzwischen eine treu ergebene Ehefrau *(Mrs. Vivian Dalton, schön, Sie kennenzulernen!)*, nicht wahr? Ihr Gehalt war ein Kleckerbetrag im Vergleich zu Edwards, nicht wahr? Und es wäre sicher töricht, dagegen zu argumentieren, oder nicht? Die Antwort auf all diese Fragen lautete: »Ja, schon.«

Und so war Vivian kurz nach ihrer Hochzeit mit Edward George Dalton aus ihrer Heimatstadt Wooster weggezogen, weg von ihrer Familie und ihrem Job, der sie mit einem gewissen Gefühl von Macht und viel Stolz erfüllt hatte. Weit, weit weg vom Haus der McGintys in der South Buckeye Street, und weit, weit weg von der Ohio Bell Telefonzentrale an der East Liberty Street. Die Edward Daltons begannen ihr neues Leben als glückliches Ehepaar in einem heruntergekommenen gelben, schindelverkleideten Bungalow, fünfhundert Meilen von Vivians Heimatstadt entfernt und weniger als zwei Meilen von der Institution for Male Defective Delinquents, einer Anstalt für männliche Straftäter, die durch Ausrottung negativer genetischer Anlagen eine bessere Gesellschaft zu errichten suchte.

Die Eastern New York Reformatory im Bundesstaat New York wurde 1900 vorrangig als Haftanstalt errichtet, um die anderen überquellenden Gefängnisse zu entlasten. Die förmlich überquollen vor Dieben, Mördern, Vergewaltigern. Hätte man Vivian gefragt, wo sie als frisch verheiratete junge Frau gerne wohnen würde, hätte sie geantwortet: »Ach, es wäre nicht schlecht, wenn ein Park in der Nähe wäre, oder ein Schönheitssalon.« Aber sicher nicht: »Ach, wieso nicht direkt um die Ecke von der Institution for Male Defective Delinquents in Napanoch?«, wie die Haftanstalt offiziell hieß, als Edward Dalton im Mai 1937 dort eingestellt wurde. Nur wenige Wochen vor ihrer Hochzeit. Die Insassen der Einrichtung, die der Gefängnisbehörde unterstand, waren Männer ab dem sechzehnten Lebensjahr mit einem IQ von weniger als siebzig, die auf unbestimmte Zeit einsaßen.

Abgesehen vom regelmäßigen Gehalt und der damit einhergehenden Sicherheit war das Einzige, was Vivian an Edwards Job gefiel, seine Uniform. Junge, Junge, sah Edward gut aus in seiner Uniform! Auf ihrem Lieblingsfoto war er zu sehen, wie er mit in die Hüfte gestemmten Händen lächelnd dastand, in gestärktem Kakihemd, schwarzer Krawatte und Jodhpurhose – einer an den Oberschenkeln weiten und ab den Knien engen Reiterhose –, die Daumen in die Metallschnalle seines Gürtels eingehakt. So hatte er ihr das mit seinem neuen Job übrigens überhaupt erst gebeichtet, dieser raffinierte Schelm. Sie hatte so viel um die Ohren gehabt, mit ihrer Arbeit bei Bell und den Hochzeitsvorbereitungen, dass sie sich nicht weiter nach seinem neuen Job erkundigt hatte. Sie war davon ausgegangen, es sei irgendwas in der Nähe. Und Edward hatte kein Wort darüber verloren, bis zu dem Moment, da er ihr das Foto reichte und ihre Reaktion abwartete. Er stand einfach da, mit seinem kleinen schelmischen Grinsen, und sofort war es um sie geschehen. Sie war rot angelaufen und hatte geschwärmt, wie gut ihm die Uniform stehe. »Freut mich, dass es dir gefällt«, hatte er gesagt und ihr dann erzählt, dass sie in den Bundesstaat New York ziehen mussten. »Ich weiß, dass dir das nicht gefällt, aber ich muss in der Nähe von meiner Arbeit sein.«

»Nicht zu nah, hoffe ich«, hatte sie auf der Fahrt im Modell A von Wooster nach Wawarsing gesagt, einer kleinen Stadt im Nirgendwo zwischen New York City und Albany. Nachdem sie die Grenze zwischen Ohio und Pennsylvania überquert hatten, hörte sie auf, nach ihrem Onkel Hugh auf seinem Motorrad der Ohio-Autobahnpolizei Ausschau zu halten. Das hatte ihr zumindest etwas Trost gespendet, der Gedanke, dass er irgendwo auf den Straßen unterwegs war. Ein letzter Draht zu ihrer Familie, die sie zurückließ. Es wäre schön gewesen, einen anderen McGinty hier draußen zu sehen. Selbst wenn es Vera gewesen wäre, die laut kreischend auf der Gegenfahrbahn auf einem Besen angeflogen käme. Vivian kicherte in sich hinein, lehnte sich mit dem Ellenbogen ans Fenster, stützte das Kinn auf die Hand und ließ sich den Wind um die Nase peitschen.

Die Autobahn kam ihr schier endlos vor, der Tag war wolkenlos und heiß, und nirgendwo gab es einen Rastplatz, als sie auf Toilette musste. Stattdessen mussten sie mitten in der Pampa halten, wo sie ein Stück in den Wald hineinging, um außer Sichtweite zu sein, nicht dass viele Autos unterwegs gewesen wären, Gott bewahre, denn niemand mit ein bisschen Verstand würde freiwillig im Juli nach Wawarsing fahren, aber bei ihrem Glück hätte sie sich schwitzend irgendwo nahe der Straße hingehockt und just in dem Moment wäre jemand vorbeigefahren und hätte gehupt. Edward hätte bestimmt nur gelacht. Er sagte immer, er hätte nicht solche Probleme mit Anstandsfragen wie sie. Er nannte es Probleme, sie nannte es Manieren. Wenn sie eines auf der Fahrt nach Wawarsing lernte, dann, dass sie sich noch daran gewöhnen musste, verheiratet zu sein.

»Wie oft bricht da eigentlich jemand aus?«, hatte sie gefragt, sich den Schweiß von der Stirn gewischt und bang aus dem offenen Fenster geschaut, als sie an dem gedrungenen burgartigen Bollwerk vorüberfuhren, das ein Stück abseits dalag. Sie fragte sich, wie ein Ort es schaffte, selbst an einem sonnigen Julitag so düster und gefährlich auszusehen.

»Ausbrechen? Wer? Die Insassen?«, hatte Edward gelacht und ihr mit der rechten Hand durchs Haar gewuschelt. »Unter meiner Aufsicht?«

Die Antwort hatte sie nicht zufriedengestellt, aber dann waren sie auf die zwei Fahrrillen aus getrocknetem Schlamm abgebogen, die von der Lundy Road abgingen und zur Westseite ihres Hauses führten, und ehe Vivian es sich versah, stand sie vor ihrem neuen Heim und war abgelenkt. Der kleine gelbe Bungalow an der Lundy Road hatte Holzfensterläden, in die kleine Weihnachtsbäume gesägt waren, von denen die weiße Farbe abblätterte, ein durchhängendes Dach und eine klapprige Veranda und gehörte ganz und gar ihnen.

Das erste Haus der Daltons. Mr. und Mrs. Edward Dalton! Schön, Sie kennenzulernen und willkommen in unserem Haus! Vivian öffnete Türen, stocherte mit dem Besen in mit Spinnweben behangene Ecken und verstaute das in der Hitze vor sich hin welkende Gemüse und Obst im Kühlschrank. Dann stellte sie sich an die Hintertür und blickte über den überwucherten Garten zu dem kleinen gelben Plumpsklo.

»O Gott.«

Vivian brachte ihre Tage damit zu, das Haus zu putzen, Kleidung zu waschen, sie auf der Wäscheleine im Hof aufzuhängen und das Abendessen für sie beide zuzubereiten. Dosensuppen mit Gemüse, die sie auf dem Herd warm machte, und ab und zu Brathähnchen oder Schinkenbraten, die sie im Ofen anbrennen ließ. Manchmal fiel ihr Blick auf die leeren Dosen, und sie dachte daran, wie sie früher mit Henry Telefonieren gespielt hatte. Zwei Dosen mit einem gespannten Faden dazwischen. Dabei musste sie an ihre Glas-an-die-Wand-Abhörtechnik denken, was sie wiederum an ihren alten Job bei Bell erinnerte. An das Kabelgewirr und wie sie alle paar Minuten jemanden live am Hörer hatte. Sie hielt sich eine Erbsendose ans Ohr. »Nummer, bitte.« Sie hielt sie noch eine Weile in der Hand, während sie aus dem Küchenfenster blickte und vor- und zurückwippte. Als sie die Dose wieder absetzte, stieß sie einen tiefen Seufzer aus und tupfte sich mit einem Zipfel ihrer Schürze die Augenwinkel.

Kam Edward dann erschöpft von seiner Schicht im Gefängnis nach Hause und bat sie, nicht nachzufragen, wie sein Tag gewesen sei, saßen sie in Schweigen gehüllt da und aßen. Die gleiche Stille, die sie den ganzen Tag hörte.

»Was zum Henker ist das für ein Gestank?«, fragte Edward eines Abends, als Vivian erneut die Suppe angebrannt war.

Nur dass er nicht die Suppe meinte, denn er war im Schlafzimmer.

»Tja«, schrie Vivian gereizt durch die zugeräucherte Küche, »das ist unser Baby, das mein ganzes Inneres auf den Kopf stellt, wenn du's genau wissen willst.«

Die Speischüssel war bei ihr die letzten Wochen in Dauergebrauch. Das blöde Plumpsklo war einfach zu weit weg. Heute hatte sie erstmals vergessen, sie zu leeren.

Eigentlich hätte die Verkündung ihrer frohen Botschaft anders ablaufen sollen. Etwa bei einem zur Abwechslung nicht verbrannten Abendessen im Kerzenschein, mit einem Strauß wilder Herbstblumen in der Kristallvase, die sie als Hochzeitsgeschenk von Edwards Cousine Evelyn bekommen hatten. Nicht dass all das auf ihrem Küchentisch Platz gehabt hätte, aber gut. So hatte sie sich diesen Moment auf jeden Fall nicht vorgestellt.

*Gottverdammt noch mal.*

An jenem Abend lag sie hellwach neben Edward im Bett, der geräuschvoll schnarchte. Seine Wärme angesichts der Vorfreude auf das Baby war sofort gewichen, sobald er eingeschlafen war, und Vivian grübelte bereits wieder über seine mürrische Bemerkung nach. Mit jeder Woche sank ihre Stimmung tiefer in den Keller. Es war leichter, grantig zu sein, als sich selbst zu bedauern. Sie durfte sich von dieser hoffnungslosen Hilflosigkeit nicht gänzlich vereinnahmen lassen. Außerdem, wie kam er überhaupt dazu, dass ausgerechnet er sich über üble Gerüche beschwerte? Erst das verbrannte Abendessen, dann die Speischüssel. *Wenn er heimkommt und stinkt wie eine verfluchte Latrine, verliere ich kein Wort darüber.* Männer, Burschen, Buben. Schaffen es nicht mal, ihren eigenen Dreck zu beseitigen. *Es gibt Sachen, die nur Buben machen. Ausgerissene Insektenflügel und durchtrennte Pferdezügel.* Sie hoffte, es würde ein Mädchen werden.

Vivians Wunsch ging in Erfüllung, und die kleine Charlotte Catharine Dalton (ein liebreizender und zugleich bedeutsamer und signifikanter Name) kam am zweiundzwanzigsten Februar, neun Monate und siebzehn Tage nach ihrer Hochzeit zur Welt. Neun Monate Schwangerschaft, das waren neun

Monate Übelkeit, Murren und Schmerzen gewesen, und dann die Wehen, Mannomann, das würde sie bestimmt nicht noch mal durchmachen. Vivian erklärte Edward, dass es das für sie gewesen sei.

»Du solltest das Baby besser lieben«, hatte sie gekeucht, als sie hochgelagert im Krankenhausbett lag, blass, schwitzend und entkräftet. »Denn es wird das einzige bleiben.« Wirklich zu schade für Edward, dachte sie bei sich. Bestimmt hatte er sich einen Jungen gewünscht. Er hatte zwar nichts in der Richtung geäußert, aber sie besaß Menschenkenntnis.

Nach Charlottes Geburt war Vivian doppelt so ängstlich wie noch ein Jahr zuvor, als sie in das kleine gelbe Haus gezogen waren. Sie hatte so viel Zeit damit verbracht, sich den Kopf über das Gefängnis, die Insassen und ihre Nähe zur Anstalt zu zerbrechen, dass sie gar keine Zeit oder den Kopf frei hatte, um über Gefahren anderer Art nachzudenken. Die kleine Charlotte war gerade einmal sieben Monate alt, als sich der Angriff ereignete.

# KAPITEL 9

Charlottes Mutter hatte sie nur vier Tage nach Thanksgiving geschlagen. Es war das erste Mal in Charlottes fünfzehn Lebensjahren, dass ihre Mutter die Hand gegen sie erhoben hatte, und sie fühlte sich noch immer ein wenig benommen. Heiliger Bimbam, war das vielleicht ein Schock gewesen. Direkt auf den Hinterkopf, als sie nach ihrem Streit aus der Küche gestürmt war. *KLATSCH!* Mit der flachen Hand und mit voller Wucht. Wie im Cartoon hatte sie Sternchen gesehen.

Wenn Charlotte hätte benennen sollen, seit wann die Beziehung zu ihrer Mutter angespannt war, hätte sie darauf getippt, dass es wohl vor ein paar Jahren angefangen hatte; ungefähr in der Mittelstufe. Als sie anfing, sich so richtig dafür zu begeistern, was sie lernte. Auch wenn ihr das *so richtig* erst in der Highschool klar wurde. Das war der Moment, als ihr dämmerte, dass es einen unmittelbaren Zusammenhang gab zwischen ihrer überschäumenden Begeisterung für Robert Louis Stevensons *Die Schatzinsel* und dem Unmut ihrer Mutter. Die fünfzehn Ausgaben der *Movie Stars Parade* waren zu einem Stapel angewachsen, der genauso dick war wie die auf dem Couchtisch liegende Ausgabe von *Mansfield Park*, aber für Charlotte stand es außer Frage, dass der Inhalt dieser Zeitschriften nicht mit ihrem Jane-Austen-Klassiker mithalten konnte. Ihre Mutter hatte bestimmt nicht einmal einen Blick auf den Titel geworfen, und ein wenig befürchtete sie gar, ihre

Mutter würde Jane Austen für die Präsidentin des Trowel & Trellis-Gartenklubs von Wooster halten. *Ah, ja klar, Jane Austen. Ich glaube, die habe ich neulich bei Beulah Bechtel's gesehen. Die mit dem Leberfleck am Kinn und der blauen Haarspülung.*

*Ein kluges Mädchen,* hatte Charlotte ihre Tante Vera im Gespräch mit Tante Violet über sie sagen hören. Tante Vera hatte keine eigenen Kinder, liebte Charlotte aber so abgöttisch, als wäre sie ihr eigenes. Sie wurde von ihr abgöttisch geliebt, das ja, aber nicht verhätschelt. Der restliche Kommentar hatte *Wenn auch ein wenig naiv* gelautet. Charlotte hatte bei dieser Bemerkung entrüstet den Mund aufgerissen und dann mit Schmollmund die Arme verschränkt und sich gefragt, was Tante Vera damit meinte.

Zugegebenermaßen empfand sie sich selbst in gewissen Dingen als naiv, zum Beispiel, als sie nicht verstand, weshalb Rosie Gianettis Familie nach der Unterschlagung nicht von der Wayne Building & Loan entschädigt worden war. Charlottes Eltern waren entschädigt worden. Rosies Eltern nicht. »Was glaubst *du* denn, weshalb sie ihr Geld nicht wiederkriegen?«, hatte Rosie geschrien, die Fäuste geballt, das Gesicht feuerrot, da es in Rosies Nachbarschaft hieß, keine der italienischen Familien habe ihr Geld wiederbekommen.

Charlotte hatte entgeistert dagestanden, unfähig, eine Antwort auf diese im Grunde rhetorische Frage zu geben. Sie erinnerte sich, wie Mrs. Betty Miller auf dem öffentlichen Platz von Wooster eine Veranstaltung zu Ehren ihres Vaters abgehalten hatte, der versprach, die Leute zu entschädigen, die ihr Geld verloren hatten. Es war ein glühend heißer Sommertag gewesen, und Mrs. Miller hatte über Lautsprecher von einer »Hommage an den menschlichen Anstand« gesprochen und davon, die Großzügigkeit ihres Vaters sei etwas, das alle

Einwohner von Wooster würdigen sollten. An einer Stelle hatte Charlotte Margie Miller sogar sagen hören, ihre Mom finde, auf dem Platz solle eine Statue ihres Vaters errichtet werden und ein »J. Ellis Reed«-Feiertag eingeführt werden, was für allgemeines Augenrollen sorgte.

Charlotte hatte dem Wort von Bürgermeister Reed, was die Entschädigungen anging, damals geglaubt, aber nun stand Weihnachten vor der Tür, und Rosies Familie hatte ihr Geld noch immer nicht zurückbekommen. Aber vielleicht dauerte es einfach länger als gedacht. »Du kapierst es einfach nicht«, hatte Rosie gesagt, und Charlotte war heimgerannt und hatte sich heulend aufs Bett geworfen. In ihrem Alter war das Wichtigste, Freunde zu haben und dazuzugehören, und wenn man wie Charlotte nicht zu den Bluffern gehörte, musste man sich ein wenig mehr anstrengen, um das zu erreichen.

Charlotte war jüngst die Ehre zuteilgeworden, der Girls Athletic Association beitreten zu dürfen, was eine große Ehre darstellte für eine Zehntklässlerin; nur vier hatten es in diesem Jahr ins Team geschafft. Um sich für die GAA zu qualifizieren, musste man eine bestimmte Anzahl an Punkten erreichen, indem man an außerschulischen Aktivitäten teilnahm, und Charlotte hatte sich mächtig ins Zeug gelegt. Feldhockey, Schwimmen, Softball, Basketball, Bowling. Am Ende war sie erschöpft und unglaublich stolz. Die erfolgreichen Teilnehmer wurden von Miss Vickers, der Gymnastiklehrerin, über die Lautsprecher ihrer Schule ausgerufen, und Charlotte hatte den ganzen Tag gegrinst wie ein Honigkuchenpferd, bis sie vor ihrem Haus angekommen war.

»Bist wohl neuerdings ein Hansdampf in allen Gassen, was?«, hatte ihre Mutter in demselben Tonfall bemerkt, mit dem sie sich normalerweise über die Bluffer mokierte.

Ihr Dad hatte ihr liebevoll die Schulter gedrückt und ihr dann mit einem »Freut mich für dich, Lottie, freut mich wirklich« die Haare zerzaust.

Für Mitglieder der GAA gab es ein Einführungsritual. Eine Woche lang musste man peinliche Mutproben hinter sich bringen: Jungen auf dem Gang ansprechen und ihnen Lieder vorsingen, vor der ganzen Klasse einen irischen Jig-Tanz aufführen, so was in der Richtung. Außerdem mussten sie unmögliche Outfits tragen: unterschiedliche Socken, Karo kombiniert mit Streifen und Blumenmustern und entsprechend verrückten Frisuren.

Vivian war vor lauter Schreck der Pfannenheber heruntergefallen, als sie ihre Tochter auf dem Weg nach draußen erblickte, die einen karierten Bleistiftrock mit einem Unterrock darüber trug, der unter ihrem Wintermantel hervorblitzte, sowie auf einer Kopfhälfte lauter abstehende Zöpfe, während die Haare auf der anderen Seite angeklatscht herunterhingen, außerdem war sie ungeschminkt.

»Charlotte, mach, dass du sofort wieder reinkommst!«

Charlotte hatte die Augen verdreht, war aber gehorsam wieder zur Tür herein und zu ihrer Mutter in die Küche gekommen.

»Wohin hattest du vor in diesem Aufzug zu gehen?« Ihre Mutter war entsetzt, als sie ihren Blick über die Frisur und die Kleider ihrer Tochter schweifen ließ.

»Das gehört zum Einführungsritual.«

»In diesem Aufzug verlässt du mir nicht das Haus.«

Normalerweise hätte Charlotte ihr recht gegeben. Sie sah aus, als wäre sie für Halloween verkleidet. Einerseits hätte sie das Ganze am liebsten sein gelassen und wäre zu Hause geblieben. Andererseits war da noch ein stärkeres Gefühl, das sie in die andere Richtung zog: ihr Stolz.

»Ich muss aber«, entgegnete sie. »Das ist nicht verhandelbar.«

»Ach sooo.« Nun schlug ihre Mutter einen hämischen Tonfall an. »Es ist nicht *verhandelbar*. Verhandelbar, ja? Ich sag dir, was es ist, Charlotte: Es ist lächerlich, und so gehst du mir ganz sicher nicht auf die Straße.«

Charlotte warf einen verzweifelten Blick über die Schulter, in der Hoffnung, ihr Dad sei womöglich noch nicht zur Arbeit gegangen. Doch er war schon weg. Immer musste er arbeiten! Als sie sich wieder ihrer Mutter zuwandte, spürte sie den Frust in sich aufsteigen. Sie kam sich ohnehin schon albern vor, angefangen bei ihren Zöpfen, die bei jeder Kopfbewegung wie wild umherwedelten, über ihre Klamotten, bis hinunter zu ihren Füßen, von denen einer in einem Slipper, der andere in einem Schnürschuh steckte. Aber das hier war *nicht verhandelbar* für Charlotte. Es ging darum, etwas Bedeutendem anzugehören, und sie würde sich diese Chance nicht entgehen lassen, nur weil ihre Mutter es nicht verstand. Eigentlich hatte sie diese Gedanken für sich behalten wollen, doch dann hörte sie es sich laut sagen.

»Du kapierst das nicht, weil du selbst nie bei so etwas mitgemacht hast!«, fuhr sie sie an, selbst erschrocken über ihren Ton, und noch ehe sie sich bremsen konnte, hörte sie sich sagen: »Du warst ja nicht mal auf der Highschool!«

Die Worte hingen schwer im Raum, als Charlotte herumgewirbelt war, um Richtung Haustür zu streben.

KLATSCH! Direkt auf den Hinterkopf.

Der Schlag hatte sie zum Straucheln gebracht, und als sie sich gefangen hatte, blieb sie vor lauter Schock für den Bruchteil einer Sekunde stehen. Doch dann war sie weitergegangen und absichtlich erhobenen Hauptes in ihren unterschiedlichen

Schuhen durch das Wohnzimmer und durch die Tür stolziert. Tränen brannten ihr in den Augen. Es würde Jahre dauern, ehe sie die Furcht ihrer Mutter hinter der Ohrfeige verstand. Die hilflose Panik, die Vivian empfunden haben musste, als ihre Tochter sich ihr allmählich entzog, ihr bereits in jungen Jahren voraus war und sie in jeder Hinsicht übertrumpfte. An jenem Tag, da sie dies erkennen würde, würden Charlotte ebenfalls Tränen in den Augen brennen.

# KAPITEL 10

## *1938*

Die Rauchwolke über dem brennenden Laubhaufen der Nachbarn, die an jenem kalten Herbstabend kurz vor Halloween über dem Hinterhof der Daltons hing, brannte Vivian in den Augen. *Das Gute ist,* dachte sie bei sich selbst, als sie die Tür vom Plumpsklo hinter sich zuschlug, *dass es den Geruch überdeckt.* Sie sah zu den wenigen Bäumen, die den Hof begrenzten, als sie sich wieder in Edwards Mantel wickelte und schnell zurück zum Haus schlurfte. Die Blätter hingen zwar noch, aber *Jep,* dachte sie, *der Winter steht vor der Tür.* Der Winter mit diesem Plumpsklo war etwas, weswegen sich Edward letztes Jahr einiges anhören durfte. Vivian wusste, es würde nur noch ein, zwei Krisen brauchen, ehe sie nach Wooster zurückziehen würden.

Die kleine Charlotte schlief in ihrem Bettchen im elterlichen Schlafzimmer, während Edward und Vivian sich wie immer *The Chase and Sanborn Hour* im Radio anhörten. Die Sendung mit dem Bauchredner Edgar Bergen und seiner Holzpuppe Charlie McCarthy brachte sie jedes Mal zum Lachen. Um Punkt 20:12 Uhr gab es eine musikalische Unterbrechung im Programm, und wie jedes Mal schaltete Edward dann von NBC auf CBS, um zu hören, was sie dort brachten.

»Ich verstehe nicht, wieso du nicht einfach die Musik genießen kannst, bis die Sendung weitergeht«, nörgelte Vivian und strickte mit klackernden Nadeln an roten Babyschühchen für

Charlotte. Sie ermahnte ihn zwar nicht jedes Mal, aber oft genug, dass sie Edward damit auf die Nerven ging.

Doch er ignorierte sie und drehte den Ton lauter:

*Guten Abend, meine Damen und Herren. Mir wurde soeben eine Nachricht gereicht, die uns per Telefon aus Grover's Mill erreicht. Einen Moment bitte, ich verlese: Mindestens vierzig Menschen, darunter sechs Beamte der Bundesstaatspolizei, wurden tot auf einem Feld östlich des Dorfes Grover's Mill gefunden. Die Leichen sind verbrannt und bis zur Unkenntlichkeit entstellt.*

»O Gott«, sagte Vivian und hielt mit ihrem Klackern inne. »Sechs Beamte der Bundesstaatspolizei. Wo liegt denn Grover's Mill?«

Edward bedeutete ihr mit nach unten wedelnder Hand doch still zu sein.

Die Durchsage ging weiter, und Vivian und Edward klebten am Empfangsgerät, während die Radiomoderatoren den furchtbaren Angriff beschrieben, der sich in dem Dorf Grover's Mill ereignet hatte, das Edward schließlich flüsternd als »in New Jersey« liegend erklärte.

*Guten Abend, meine Damen und Herren. Ich habe eine besorgniserregende Durchsage zu machen. So unglaublich es auch klingen mag, aber die Beobachtungen der Wissenschaftler sowie die uns vorliegenden Beweise führen zu der unausweichlichen Annahme, dass die seltsamen Kreaturen, die heute Abend auf den Feldern von Jersey gelandet sind, die Vorhut einer vorrückenden Armee vom Planeten Mars sind. Der Kampf, der heute Abend in Grover's Mill stattfand, endete mit einer der schrecklichsten Niederlagen einer Armee der Gegenwart: siebentausend Mann, mit*

*Gewehren und Maschinenpistolen bewaffnet, gegen eine einzige Kampfmaschine der einfallenden Truppen vom Mars. Soweit bekannt, haben hundertzwanzig Männer überlebt. Der Rest ist quer über das Schlachtfeld von Grover's Mill bis Plainsboro verstreut, zu Tode zermalmt und zertrampelt unter den Metallfüßen des Monsters oder zu Asche verbrannt durch seine Hitzestrahlen. Das Monster hat den mittleren Teil New Jerseys unter seine Kontrolle gebracht und damit den Bundesstaat praktisch in der Mitte entzweit. Die Fernmeldeleitungen von Pennsylvania zum Atlantik sind ausgefallen.*

Edward und Vivian sahen einander an. Edward hatte keinen Telefonanschluss im Haus legen wollen, weil es zu kostspielig war und in seinen Augen auch nicht notwendig.

»Tja«, begann Vivian langsam, um sich die in ihrem Hals aufsteigende Panik nicht anhören zu lassen, als sie Stricknadeln, Wolle und Schuhchen beiseitelegte, »das können wir ja leider nicht überprüfen, weil wir gar kein Telefon *haben*. Ob die Fernmeldekabel ausgefallen sind, werden wir nie erfahren.«

Die Bedrohung schien plötzlich äußerst real. Sie waren gerade einmal ein paar Stunden von New Jersey entfernt. Edward sprang vom Stuhl auf und drehte geschwind eine Runde durchs Haus, wobei er Fenster verriegelte, die Rollos herunterzerrte und dann noch mal überprüfte, ob Vorder- und Hintertür verschlossen waren. Vivian war derweil ins Schlafzimmer gegangen, hatte Charlotte in ihre Decke gewickelt hochgenommen und spähte besorgt auf das kleine Gesichtchen, ob ihr auch nichts fehlte.

»Geh in den Keller«, befahl ihr Edward, ehe er das Licht im Wohnzimmer ausschaltete und ihr die Treppen nach unten folgte. Dort ging er zum Wandregal in dem kühlen Keller, wo er einiges Werkzeug und das kleine tragbare Radio aufbewahrte. Er schaltete es ein und drehte an dem Rädchen, bis sie wieder die Eilmeldung hereinbekamen.

Die nächsten zwanzig Minuten verbrachten sie schweigend und zitternd in dem feuchten Keller des kleinen Hauses und lauschten den neuesten Entwicklungen des Marsianerangriffs. Vivian saß stocksteif auf Edwards Werkbank und wiegte Charlotte mit überschlagenen, nervös zuckenden Beinen, während sie Edward des Telefons wegen böse Blicke zuwarf.

Plötzlich verklang der eindringliche Ton des Moderators, und die Musik schwoll an. Orson Welles trat ans Mikro und stellte sich mit tiefer Stimme den Hörern vor, die den klammen Keller erfüllte. Die angespannte Berichterstattung vom Angriff war mit einem Mal vorbei, und nun plauderte Orson Welles über Halloween. Edward und Vivian starrten verdattert das kleine tragbare Radio an, bis es hieß:

> *Sie hören eine CBS-Produktion von Orson Welles und dem Mercury Theatre mit einer Original-Hörspielfassung von* Der Krieg der Welten *von H.G. Wells. Die Vorführung wird nach einer kurzen Unterbrechung fortgesetzt. Hier ist das Columbia Broadcasting System.*

»Oh!«, riefen Vivian und Edward gleichzeitig aus, als sie einander bestürzt in die Augen sahen. Edward lachte als Erster und als Einziger. Vivian stotterte noch ein paarmal »Oh!« und »Also …« Dann fing Charlotte an zu weinen, und Vivian geriet außer sich. Sie marschierte geradewegs zum Radio und schaltete es mit einer heftigen Bewegung aus.

»Also wirklich, das ist doch …« Vivian drückte Charlotte an sich, während sie die Stufen zur Küche hinaufstapfte und Edward langsam hinter ihr herkam.

Sie marschierte weiter, bis sie mitten im Wohnzimmer stand, wusste nicht mehr weiter und ließ Charlotte auf dem Arm hüpfen, damit sie aufhörte zu weinen. Sie konnte nicht fassen, dass sie die ganze Zeit da unten im Keller gesessen hatten aus Angst vor einem Marsianerangriff, wo es sich doch bloß um eine blöde Geschichte handelte. Es hatte so echt geklungen.

»Komm.« Edward streckte die Hände nach dem Baby aus.

»Ich hasse es, mich lächerlich zu machen!«, fauchte Vivian und hielt stur an dem heulenden Bündel fest.

»Liebling, komm schon, lass mich mal.«

Schnaubend drückte sie ihm das Baby in die Hände, stapfte zur Hintertür, entriegelte sie und riss die Tür auf, um ein wenig frische Luft reinzulassen. Der Geruch von verbranntem Laub hing noch immer in der Luft, als sie in den mondlosen Himmel hinaufschaute und gereizt mit dem Zeh trommelte, beinahe als wollte sie es mit den Marsianern in ihrem Raumschiff aufnehmen. Da hörte sie einen Ast knacken und erstarrte augenblicklich, während ihr Blick zu den Gebüschen schnellte, die die hinterste Ecke des Hofes begrenzten.

»Edward.« Es kam nur ein Flüstern heraus. Es fühlte sich an, als drückte ihr etwas auf die Brust, wie um zu verhindern, dass ein Laut nach außen drang. Ihre Finger umklammerten den Türknauf, und sie holte tief Luft.

»EDWARD!«

Alarmiert durch den Schrei kam Edward aus dem Wohnzimmer herbeigerannt, die immer noch weinende Charlotte an die Brust gedrückt.

»Da ist irgendwas im Gebüsch!«, flüsterte sie ihm atemlos zu, als er sie mit dem freien Arm ins Haus zurückzog. Er reichte ihr Charlotte, trat dann über die Schwelle auf die Veranda hinterm Haus, ging noch ein paar Schritte auf den Hof und spähte zu der Stelle, auf die sie gedeutet hatte. Eine ganze Minute lang stand er mucksmäuschenstill da und starrte auf das Gebüsch. Kein Blatt rührte sich, und das Einzige, was zu hören war, war das Zirpen einiger Grillen, die so spät im Jahr noch unterwegs waren.

»Viv«, drehte er sich zu ihr um. »Vielleicht sind es ja die Marsianer, insofern würde ich sagen, wir lassen lieber die Tür geschlossen und verriegelt.«

Edward hatte sich von dem Schreck vorhin schneller erholt als Vivian und schien überhaupt nicht auf sie einzugehen. Als er zurück zum Haus kam, die Tür hinter sich zumachte und den Riegel vorschob, sah sie ihn grimmig an.

»Ich weiß, was ich gesehen habe. Da war etwas.«

Er zog sie zu sich und drückte ihr einen Kuss auf die Wange.

»*Wer hat Angst vorm bösen Wolf?*«, sang er.

»Jaja, als ob du so mutig gewesen wärst, als du dachtest, die Marsianer kommen«, murmelte sie leise, als sie zurück ins Schlafzimmer ging, um Charlotte in ihr Bettchen zu legen, wo sie augenblicklich zu weinen aufhörte. Vivian war insgeheim froh, dass beide auf die Radiosendung hereingefallen waren, da das genau die Themen waren, mit denen er sie gerne aufzog. Aber da hatte man es. Ihr Mann war genauso leichtgläubig wie sie. Als sie länger darüber nachdachte, fiel ihr auf, dass das womöglich gar nichts so Positives war.

Eine Stunde später lag Vivian im Bett und driftete langsam in den Schlaf ab, klammerte sich aber bei jedem Knacken,

Ächzen oder Knall, den sie hörte, an ihre Decke und war wieder hellwach. Edward schlief tief und fest neben ihr und schnarchte wie gewöhnlich. Leichtgläubig hin oder her, ganz offensichtlich hatte er nicht das Problem, dass er aus lauter Sorge kein Auge zumachte. Sie kuschelte sich mit dem Rücken an ihn und dachte über die Marsianer nach. Ein paar Minuten später kicherte sie in ihr Kissen.

Als sein Wecker um vier Uhr morgens klingelte, saß Vivian bereits im Schaukelstuhl und gab Charlotte das Fläschchen. Edward rollte sich auf Vivians Bettseite hinüber, schaltete die Lampe ein, rollte sich zurück, schwang die Beine über den Bettrand und stand auf. Er zog sich Socken und die Jodhpurhose über, knöpfte dann sein Hemd zu und zog seine Krawatte fest, ehe er in seinen Hausschuhen ins Wohnzimmer schlurfte, um das Radio einzuschalten.

Diesmal war nicht Orson Welles zu hören, und es war auch nicht von Marsianern die Rede. Die Institution for Male Defective Delinquents meldete einen Gefängnisausbruch. Drei Häftlinge hatten sich unwissentlich ausgerechnet die Nacht der Marsianerinvasion ausgesucht, um zu türmen.

*Drei Häftlinge befinden sich auf der Flucht. Die örtliche Polizei rät dringend allen Anwohnern, Türen und Fenster zu verriegeln und bis auf Weiteres im Haus zu bleiben.*

Vivian vernahm jedes Wort der Meldung und zischte über Charlottes Köpfchen hinweg in Richtung Küche.

»Eddie! Ich hab doch gesagt, da draußen war was!«

Edward runzelte die Stirn, ging zur Hintertür und zog die karierten Vorhänge mit Rüschenborte zurück, um auf den Hof hinauszublicken. Draußen war es noch dunkel. Alles war von leichtem Frost überzogen und sah ruhig aus. Dann verschwand er um die Ecke in ihr Schlafzimmer.

Vivian reckte den Hals zu dem Fenster mit Blick in den Hof. Edward blickte ebenfalls erneut hinaus. Nichts, nur der von Frost überzogene Rasen und das kleine gelbe Plumpsklo.

»Du wirst heute wohl wieder die Schüssel benutzen müssen.«

Vivian blickte finster und schaukelte mit dem Stuhl. Zivilisierte Menschen sollten ihr Geschäft nicht in einer Salatschüssel verrichten müssen. Beide hatten erst gestern Abend vor dem Schlafengehen den Nachttopf benutzen müssen. Vivian, weil sie nicht die Absicht hegte, die Sicherheit des Hauses zu verlassen, und Edward, weil er angeblich sie und das Baby nicht allein lassen wollte. Vivian vermutete, dass Edward trotz all seines heiteren Gesinges und seiner unbekümmerten Laune in Wirklichkeit genauso angespannt war wie sie. Zumindest, bis er einschlief.

»Wir«, sagte sie mit gesenkter Stimme. »*Wir* werden den Nachttopf benutzen müssen. *Du* gehst heute ganz sicher nicht zur Arbeit.«

»Liebling, ich muss aber.«

»Und lässt mich mit dem Baby allein hier, während draußen diese Verbrecher umherstreifen?« Ihre Stimme war zu einem Quietschen angeschwollen.

»Die Fenster sind verriegelt, die Türen sind verriegelt, und wenn ich gehe, schließe ich hinter mir ab. Solange du im Haus bleibst, bist du in Sicherheit.«

»Und was, wenn sie ein Fenster einschlagen?«

Edward seufzte und wischte sich mit der Hand über die Stirn.

»Na schön, ich bleibe hier.«

Vivian drehte ihren Kopf zur Seite und versuchte ein paar Schluchzer zu unterdrücken.

»Liebling, ich hab doch gesagt, ich bleib hier.«

Tränen liefen ihr über die Wangen, und sie schniefte ein paarmal. »Ich bin das alles so leid, Edward. Ich bin das alles einfach so leid.«

»Ich weiß, Liebling.« Er nahm ihr Charlotte ab und legte sie in ihr Bettchen.

»Edward«, fuhr sie flüsternd fort und wählte ihre Worte bedächtig. »Unser nächstes Haus braucht ein Bad.«

»Versprochen«, sagte er und legte die Hand aufs Herz.

»Ein Bad *im* Haus.«

»Natürlich.«

»Und ein Telefon«, sagte sie abschließend.

»Und ein Telefon. Das sollte ja wohl sein. Alles für meine beiden Mädels.« Er beugte sich vor und küsste Charlotte auf die Stirn. »Weißt du, du würdest dich bestimmt sicherer fühlen, wenn wir uns einen Hund anschaffen würden, wie ich neulich schon meinte.« Er trat einen Schritt zurück, nahm Vivians Gesicht in beide Hände und drückte ihr einen Schmatzer auf den Schmollmund.

»Edward, jetzt fang nicht schon wieder mit dem Hund an. Du weißt, ich bin allergisch.«

»Wie du meinst.« Aus seiner Stimme klangen Zweifel. »Wieso ruhst du dich nicht ein wenig aus?« Er half ihr aus dem Schaukelstuhl heraus auf ihre Bettseite und schob die zerknüllte Decke beiseite.

Er wartete, bis sie eingeschlafen war, und zog sich dann seine Lederstiefel an. *Welche drei?* Edwards Puls begann zu rasen, als er durch das Fenster an der Vorderseite die Straße hoch und runter sah, ehe er hinaustrat. *Welche drei Häftlinge?*

Er stellte sicher, dass die Tür verriegelt war, schaltete die Taschenlampe ein und lief zum Ford, wobei der Raureif an den Grashalmen unter seinen Stiefeln knirschte. Er schwang die Taschenlampe hoch und runter und umher, als er das Auto umrundete und innen, außen und darunter nachsah. Die Nachbarhäuser lagen im Dunkeln. Die meisten Nachbarn hatten vermutlich *The Chase and Sanborn Hour* einfach durchgehört und nicht auf einen anderen Sender umgeschaltet und so den Furcht einflößenden Marsianerangriff verpasst. Damit hatten sie sich auch einen drohenden Herzinfarkt und eine Standpauke ihrer Ehefrau erspart. Dafür müsste man diesen verdammten Orson Welles eigentlich einsperren.

Edward nahm auf dem kalten Ledersitz im Auto Platz und zog angesichts des Kälteschocks an Hinterteil und Oberschenkeln scharf Luft durch die Zähne. *Welche drei Häftlinge waren entflohen?* In der Radiomeldung hatten sie keine Namen genannt. Es gab nur einen, wegen dem er sich Sorgen machen musste. Ein Insasse, der Edward außerhalb der Gefängnismauern Schwierigkeiten bereiten könnte. Vivian wäre sicher sauer auf ihn, wenn sie aufwachte und herausfand, dass er dennoch zur Arbeit gefahren war, aber sie würde sich auch wieder abregen. Insasse elf-drei-null-fünf war es, wegen dem er sich wirklich Sorgen machte.

Bei dem Gedanken verzog sich sein Mund zu einer grimmigen Linie, und er wappnete sich innerlich für das Chaos, das ihn erwarten würde, sobald er durch das Tor trat. Wegen Vivians Paranoia war er schon eine halbe Stunde zu spät. Aber während der Wagen über die Straße rumpelte, ließ Edward in Gedanken das Gespräch mit seiner Frau von vorhin noch einmal Revue passieren. Er schmunzelte in sich hinein, als er an ihre Forderungen dachte. *Ein Telefon.* Nur eine Frau kam auf die Idee, sich zu Hause einen Anschluss zuzulegen. *Wie sonst erfahren wir den neuesten Klatsch und Tratsch, Liebster?*

# KAPITEL 11

Betty Miller war gar nicht die größte Tratschtante in Wooster; dieser Titel gebührte Vivians Meinung nach vielmehr ihrer Kollegin bei Bell, Ruth Craven. Ruth war eine Freundin von ihr, wenngleich keine, der man Geheimnisse anvertraute, die auch geheim bleiben sollten. Betty Miller hingegen war nicht nur *keine* Freundin, sondern übte zudem einen unerfreulichen Einfluss in der Stadt aus. Und nun, nach diesem Anruf, kannte sie ein Geheimnis, das das Potenzial besaß, Vivian zu zerstören, und sie spürte bereits, wie der Zerstörungsprozess einsetzte. Sie war ganz allein mit der finsteren Bedrohung, die über ihren Gedanken schwebte wie ein Leichentuch, als sie an diesem Morgen zur Arbeit ging und ein zartrosa Streifen am Horizont den Tag ankündigte. Es hatte in der Nacht zuvor ein wenig geschneit, sodass ihre Stiefeletten frische Spuren auf dem Gehweg hinterließen.

Wie blöd musste man eigentlich sein, sich darauf einzulassen, an einem Tag die Abendschicht zu übernehmen und am darauffolgenden die Frühschicht? Ziemlich sehr blöd. Infolge der jüngsten Ereignisse hatte sich die finstere Bedrohung auch auf ihre Selbstgespräche ausgeweitet. Sie war ungewöhnlich hart gegen sich selbst. In ihren Selbstgesprächen klang sie nun wie ihre Mutter. Aber mal im Ernst, inzwischen hatte sie einige Jahre Berufserfahrung und sollte darauf achten, wenn Leona den Dienstplan erstellte. Leona war schon etwas betagter, sodass man sie hin und wieder erinnern musste. Egal. Sie hätte trotzdem noch genügend Zeit, heute Abend die Spaghetti zu machen. Für Edward. *Für Edward.* Sie stampfte mit ihren Stiefeln im Takt der Wörter, und beim zweiten »Edward« trat sie mit ihrem rechten Stiefel auf Eis, das unter dem Neuschnee verborgen lag, sodass sie ungelenk wegrutschte und wild mit den Armen ruderte, während ihre Handtasche ihr beinahe ins Gesicht schleuderte. Innerlich zitterte sie angesichts des drohenden Falls, und sobald sie sich gefangen hatte, schnaubte sie und zog ihren Mantel und ihren Hut aus dem Beulah Bechtel's zurecht. Jetzt fühlte sie sich verärgert *und* veralbert. An jedem anderen Tag hätte sie über sich selbst gelacht, »Upsiii!« ausgerufen und wäre froh gewesen, nicht auf dem Hinterteil gelandet zu sein. Aber nun standen ihr heiße Tränen in den Augen. Sie hätte diesen Hut nie kaufen dürfen, und nun bekam sie ihre gerechte Strafe für ihren Hochmut.

Es gab niemanden, mit dem sie hätte reden können. Nicht darüber. Sie hätte sich gern einer ihrer Kolleginnen anvertraut, aber ihre Freundschaften mit den Frauen bei Bell waren, wie hieß das gleich wieder … trivial. Ja klar, sie hatte Pearl erzählt, dass sie sich alle Zähne hatte ziehen lassen, nur um sich ein künstliches Gebiss einsetzen zu lassen mit lauter geraden, schönen Zähnen wie die von Joan Crawford, auch wenn sie sich ein wenig dumm dabei vorgekommen war. Und ja, sie hatte Dorothy von ihrer verpfuschten Entfernung der Gebärmutter erzählt (nach Charlotte würde es keine Dalton-Babys mehr geben), denn dieser grobschlächtige Arzt hatte alles aus ihr rausgeholt und dann einfach stümperhaft wieder reingestopft. Ein einziges Desaster. Seither hatte sie keinen richtigen Bauchnabel mehr, aber wozu brauchte man schon einen

Bauchnabel? Dorothy hatte äußerst verständnisvoll reagiert: »Wer sollte das je erfahren, Vivy? Mach dir keinen Kopf deswegen.«

Und dann war da noch Ruth. Die gute alte Ruth. Als jemand, der immer an Klatsch interessiert war, konnte man ihr keine Geheimnisse anvertrauen, aber Ruth war toll, wenn man sich mal über das Eheleben auslassen wollte. Neben Ruths Ehemann nahm sich Edward wie ein gewöhnlicher Rhett Butler aus. Allerdings der aus dem Film, gespielt von Clark Gable, nicht der aus dem Buch. Charlotte hatte ihr erzählt, dass es von dem Film auch ein Buch gab. Manchmal musste ihre Tochter ihr so was unter die Nase reiben, was ihr auf den Nerv ging.

Diese vertraulichen Geständnisse gegenüber Pearl, Dorothy und Ruth waren in all den Jahren, die sie bei Bell arbeitete, jedoch immer an der Oberfläche geblieben. Nie hatte sie etwas Tiefgehendes oder Dramatischeres erzählt. Vivian konnte nicht zulassen, dass irgendjemand in ihrem Freundes- oder Bekanntenkreis auf die Idee käme, in ihrem Leben stimmte etwas nicht, denn es waren genau die Leute mit Problemen am Hals, über die geredet wurde. *Wackle nicht herum wie eine Hure, mach dich nicht zum Gespött.* Diesen Sturm würde sie allein durchstehen müssen. Und was das für ein Sturm war, ein regelrechter Wolkenbruch.

*Heile heile Segen, drei Tage Regen, drei Tage Schnee, tut schon nimmer weh …*

Aber hatte der Sturm die Ohio-Bell-Telefonzentrale an der East Liberty Street überhaupt schon erreicht? Hatte Betty Miller mit ihrem gehässigen Mundwerk bereits den neuesten Klatsch verkündet? Es waren erst zwölf Stunden vergangen. Nichts ging je so schnell in Wooster.

Auch wenn es schier unmöglich war, dass Betty Miller das Gerücht bereits gestreut hatte (wahrscheinlich sickerte es erst allmählich in ihr Hirn durch), hatte Vivian dennoch das Gefühl, dass die Leute womöglich bereits Bescheid wussten. Ihre Angst betäubte ihren Verstand. Das Herz schlug ihr bis zum Hals, und ihre Haut kribbelte, als sie die Telefonzentrale betrat. Es war eine andere Form von Nervosität als damals, als sie zu Bell zurückgekehrt war, nachdem Edward endlich diesen furchtbaren Job im Gefängnis gekündigt hatte und sie mit der kleinen Charlotte nach Wooster zurückgezogen waren. Sie war nur ein paar Jahre weg gewesen, und Leona war immer noch da, und auch die meisten anderen ihrer Kolleginnen wie Pearl, Dorothy und Ruth, und sie hatten sich gefreut, Vivian wiederzusehen. Und dennoch hatte sie sich wie die Neue gefühlt und war an ihrem ersten Tag ein wenig nervös gewesen. Diese Nervosität war jedoch in keiner Weise mit der Angststarre zu vergleichen, die sie nun empfand.

»Und ich sag so zu ihm, ›Na sicher doch‹, und er sagt zu mir ›Doch, das musst du mir glauben‹ und ich so zu ihm – Hallöchen, Viv!« Ruth unterbrach ihre Erzählung, um Vivian zu begrüßen und wie üblich freundlich zuzuwinken.

Vivian hielt angespannt inne und fragte sich, ob Ruth ihre Geschichte unterbrochen hatte, weil es um sie ging. War ihr Ruths Begrüßung irgendwie übertrieben vorgekommen? Hatte sie womöglich ein wenig zu sehr mit den Fingern gewackelt?

»Du solltest besser in die Puschen kommen, Schnuckiputzi«, neckte sie Laura Eagan mit einem kleinen Klapser auf den Hintern, als sie an ihr vorüberging.

Vivian zuckte zusammen, rang sich ein unsicheres Lächeln ab und strebte Richtung Umkleideraum. Laura war ungefähr zehn Jahre jünger als Vivian. Sie war noch unverheiratet und dachte wohl, dass sie sich mit ihrer zuckersüßen Art und ihrer Babysprache einen Mann angeln könnte. Denselben Fehler hatte Vivian auch einmal gemacht und es bei ihrem zweiten Date mit Edward ausprobiert. Er hatte sie lediglich mit hochgezogener Augenbraue angeschaut, als ob sie in Windeln dasitzen und am Daumen lutschen würde. Von da an hatte er ihr Kinderreime vorgesungen, um sie daran zu erinnern, wie peinlich Babysprache war, und um sie zum Lachen zu bringen. Aber Laura Eagan war nie in den Genuss eines zweiten Dates mit Edward Dalton gekommen. Die Glückliche.

Laura war kürzere Zeit bei Bell als sie, und Vivian konnte nicht behaupten, dass sie sie gut kannte. Sie fragte sich, ob das ein hinterhältiger, wissender Blick in Lauras Augen gewesen war, oder nur das übliche Aufblitzen der Verbitterung, das ihr manchmal durchrutschte, wenn sie versuchte, sich süß und kokett zu geben. *Ich geb ihr gleich Schnuckiputzi.*

»Damit ist deine Pause hinfällig«, sagte Dorothy leise, mit der Hand die Sprechmuschel zuhaltend, und nickte zu ihrer Armbanduhr, als Vivian den Drehstuhl neben ihr heranzog.

Vivian konnte nicht sagen, ob Dorothy verärgerter war als sonst über ihr Zuspätkommen, da sie heute zur Abwechslung mal einen braunen Augenbrauenstift trug. Vivian war meist pünktlich, doch wenn nicht, war Dorothy die Erste, die sie ermahnte. Aber war ihre Reaktion lediglich Ausdruck von Gereiztheit? Oder wusste sie etwas und hatte bereits ihr Urteil über Vivian gefällt? Sie spürte, wie sie rot anlief und ihr Herzschlag ein stotterndes SOS-Morsesignal absetzte.

Während sie jede ihrer Bewegungen beobachtete, setzte sie sich auf den Stuhl und zog sich an die Tischplatte heran. Ihre

Hände zitterten, als sie sich die Kopfhörer über die Haare zog. Vor ihr leuchteten die Lämpchen, und in ihr stieg der Ärger hoch wie Galle und verdrängte die Nervosität. Während sie auf all die trügerischen Blinklichter starrte, fiel ihr jedes einzelne Wort von dem Gespräch wieder ein, das sie in der Nacht zuvor mitgehört hatte, und sie spürte, wie ihr Ärger sich wieder brodelnd in Zorn wandelte.

»Vivian!«, zischte Dorothy ihr zu und deutete auf die blinkenden Lichter am Glühlampenschrank.

Vivian nahm den Klinkerstecker und rammte ihn mit solcher Wucht in den Schrank, dass das ganze Ding erzitterte. Ohne die verdutzten Gesichter der anderen Mädchen zu beachten, nahm sie den Anruf entgegen, als sei nichts gewesen. Ihre Wortwahl war lediglich ein wenig barscher als sonst und ihr Ton ein wenig mehr gezwungen. »Nummer, bitte.«

Bei Feierabend lagen Stunden der Pein hinter ihr.

**Pein**

1. (psychischer) Schmerz, Qual

Beispiel: Pein erleiden, Pein empfinden

2. Beschwernis, Last, Bedrängnis

Beispiel: Den Ernst und den Zwang und die Pein deines Schicksals kenne ich – [G. Hauptm., Angermann, IV]

Und nun stand sie in der Küche an der Arbeitsplatte in ihrer weißen Schürze mit Rüschenborte, hielt das Messer fest in der rechten Hand und zerhackte, die linke Hand auf die stumpfe Seite legend, eine Karotte gleichmäßig auf dem Schneidebrettchen. Bei jedem Schnitt erinnerte sie sich an die überraschten

»Oh!« und »Nein!« von Betty Miller gestern Nacht am Telefon, als sie jene Geschichte belauschte, die ihr Leben ruinieren würde. Edward war bereits auf dem Weg zur Arbeit gewesen, als sie heute Morgen aufgestanden war, aber nun saß er am Küchentisch und las Zeitung, in aller Seelenruhe, während die Spaghettisoße auf dem Herd köchelte.

»Steht irgendwas Interessantes drin?«, fragte Vivian.

»Hmm?« Edward sah nicht hoch.

»Ich fragte: ›Steht irgendwas Interessantes drin?‹ In der Zeitung von heute?« Vivian presste jede Silbe durch die Zähne. »Irgendwelche interessanten Geschichten?«

»Äh-äh«, lautete Edwards Antwort.

Endlich schaute er hoch und erblickte sie, wie sie sich ihm abzuwandte, den rechten Ellenbogen mit der linken Hand abgestützt, und das große Messer schwenkte wie eine dieser Fahnen, die sie bei der Parade am vierten Juli verteilten.

»Rückst du mir mit dem Messer zu Leibe, wenn ich dir keine interessanten Geschichten erzähle?«, grinste er, drehte sich wieder zur Zeitung um und trank einen Schluck Bier. »Nun, sie haben in Chicago siamesische Zwillinge getrennt.«

»Siamesische Zwillinge«, sagte Vivian trocken, drehte sich um und widmete sich einer weiteren Karotte.

»Mmm-hm.«

*Hack, hack, hack, hack.*

»Am Kopf zusammengewachsen, sehen sich aber laut dem Artikel gar nicht ähnlich. Stell dir das mal vor.«

Charlotte kam in die Küche hereingestürmt, warf einen Blick auf die stocksteife Haltung ihrer Mutter, das Messer, das die Karotte spaltete, spürte die Anspannung in der Luft und stürmte augenblicklich mit hüpfendem Pferdeschwanz wieder davon und war um die Ecke verschwunden.

Später herrschte Schweigen am Abendbrottisch, als Edward, Vivian und Charlotte die langen, soßegetränkten Spaghetti mit Gabeln auf ihren Löffeln drehten und die sauber aufgerollten Spulen in den Mund steckten.

»Das schmeckt wirklich köstlich, Mutter.« Wie immer versuchte Charlotte die Stimmung aufzulockern, indem sie ihrer Mutter Komplimente für ihre Kochkünste machte, die allenfalls mittelmäßig waren.

»Danke, Charlotte«, lautete ihre knappe Antwort. »Das Rezept hat mir Mrs. Tomasetti gegeben.«

»Dann ist es original italienisch?« Charlotte hatte die ersten paar Bissen genommen und mit einiger Verwunderung beschlossen, definitiv Nachschlag zu nehmen.

»Mm-hmm.«

»Die Tomasettis«, grübelte Edward. »Wohnen die nicht in Frogtown? Mit den anderen Spaghettifressern?«

Vivian verzog ihren Mund zu einer schmalen Linie. Maria Tomasetti war eine Kollegin bei Bell und lebte im Südosten von Wooster, genau wie alle anderen italienischen Einwanderer. Vivian und Edward nannten die Gegend »Frogtown«, auch wenn sie nicht hätten sagen können, wieso. Genauso wenig wie sie wussten, wieso sich der Begriff »Bluffer« eingebürgert hatte, wenn sie sich über die reichen Leute im Norden von Wooster aufregten. Weil sie die Menschheit durch ihr bloßes Dasein verblüfften? Oder weil sie Menschen von niederem Rang gerne anblafften? Die Daltons wussten es selbst nicht so genau. Das Einzige, was sie wussten, war, dass die Bluffer furchtbar reich, unangenehm und vermutlich nicht sonderlich vertrauenswürdig waren.

Das romantische Feuerwerk, das Vivian und Edward zusammengebracht und ihren Bund zu Anfang besiegelt hatte, war erloschen und zu einem wenig aufregenden, aber bequemen häuslichen Haufen Asche zusammengefallen, wie bei den meisten verheirateten Paaren. Ihre Partnerschaft hatte sich zu etwas entwickelt, das mehr durch die gemeinsam verbrachte Zeit zusammengehalten wurde, durch ihre Tochter Charlotte und ihre gemeinsame Abneigung gegen jeden, der nicht so war wie sie selbst. An einem gewöhnlichen Abend hätte Vivian bei Edwards Bemerkungen über »Frogtown« oder »Spaghettifresser« nicht einmal mit der Wimper gezuckt. Doch heute Abend verachtete sie ihn dafür, wie er es aussprach. Anstatt seine Frage zu beantworten, stocherte Vivian aggressiv mit ihrer Gabel auf dem Teller herum, bis sie schließlich ein welkes Stück Eisbergsalat aufspießte.

Am nächsten Morgen, »dem Zweiten Morgen«, schlug Vivian die Augen auf und erinnerte sich erneut an alles, und Zornesröte stieg ihr ins Gesicht. Die Betthälfte neben ihr war leer. Edward stand samstags immer früh auf und ging direkt in seinen Hobbykeller; wahrscheinlich hämmerte oder sägte er gerade an irgendetwas. Vivian dachte darüber nach, wie befriedigend es wäre, zu hämmern oder zu sägen, mit schweren oder scharfen Werkzeugen etwas einzuschlagen oder einzuschneiden, und sie steigerte sich in ihren Zorn hinein, als sie vom Bett aufstand und in Pantoffeln und Morgenmantel schlüpfte.

Was ihr ebenfalls einfiel, als sie sich wie blind vor Wut umherbewegte, war, dass sie niemanden hatte, mit dem sie ihre Wut teilen konnte. Vage dachte sie an ihre Kolleginnen, und ihr wurde klar, dass sie im Grunde außerhalb der Arbeit keine Freunde hatte. Woher sollte man die Zeit neben Beruf und Familie auch nehmen? Ihre Hände zitterten, als sie das

Kleid vom Bügel nahm. Wen konnte sie damit behelligen? Denn sie wollte das ganz sicher nicht allein durchmachen. Ihre Schwester Vera? Ha! Der war gut. Vera würde wahrscheinlich eine Annonce in die Zeitung setzen, um allen die Neuigkeiten zu verkünden, und eine große Party schmeißen, um die Misere ihrer Schwester zu feiern. Vivians Verstand war glasklar und hellwach, aber ihre Beine hatten sich in Wackelpudding verwandelt, und in ihrem Kopf verschwamm alles. Sie musste ihre Wut aufrechterhalten, um weiterzumachen.

Wenn Vivian sich einem ihrer Geschwister anvertrauen würde, dann Henry, aber Henry hatte Norma Barfield geheiratet, die Vivian nicht ausstehen konnte, und war mit ihr nach Fredericksburg gezogen. Seither redeten sie nicht mehr viel miteinander, und sie vermisste ihren Bruder. Dann war da noch Violet. Die süße, verlässliche, warmherzige Violet. Das einzige Problem war nur, dass Violet sich momentan bei allem auf Veras Seite schlug. Als Kinder war das kein Problem gewesen, da Violet immer viel zu jung gewesen war. Aber nun war sie erwachsen, hatte ihre eigene Familie, und Vera und sie hielten wie Pech und Schwefel zusammen. Andererseits, noch ein halbes Jahr, und bestimmt wäre Violet wegen irgendetwas sauer auf Vera, und dann käme sie wieder bei Vivian angerannt, und beide würden die Köpfe zusammenstecken und über Vera lästern. Aber im Augenblick sah die Situation anders aus. Momentan waren Vera und Violet ein eingeschworenes Team, und Vivian hatte niemanden, zu dem sie gehen konnte. Ihr war, als spürte sie regelrecht, wie Unzufriedenheit, Panik und Angst Klumpen in ihrem Kopf, ihrem Magen und ihrem Hals bildeten. Es gab wirklich niemanden. Niemanden, an den sie sich wenden konnte.

Nachdem Charlotte das Frühstücksgeschirr abgewaschen hatte, eilte sie nach oben in ihr Zimmer und ließ Vivian allein am Küchentisch zurück. Fünf Minuten später kam sie die Treppe wieder heruntergerannt, schnappte sich ihren Mantel und ihre Schlittschuhe aus dem Flurschrank und verschwand durch die Tür in den kalten Morgen Richtung Christmas Run Park. Vivian sah ihr hinterher und wünschte, sie könnte mitgehen. So jung, so ungezwungen, so sorglos. *Die Jugend ist an die Jugendlichen verschwendet.* Sie hatte diesen Spruch nie richtig verstanden. Weder jetzt noch früher, als sie selbst jung war und ihn zum ersten Mal hörte.

Sie schob den Stuhl zurück, stand auf und stakste ins Wohnzimmer, wo sie ein Sofakissen hochnahm, es sich vor das Gesicht hielt und schrie. Mit zugekniffenen Augen, den Mund weit aufgerissen schrie sie ganze zehn Sekunden lang in dieses mit Watte gefüllte beige Kissen, und als sie es schließlich wegnahm, war ihr schwindelig, und sie musste sich hinsetzen. Das Kissen an die Brust gedrückt, so wie sie früher ihre Puppen geherzt hatte, plumpste sie aufs Sofa und atmete langsam ein und aus, bis das Schwindelgefühl verging.

Sie stand auf, schleuderte das Kissen wieder aufs Sofa, kehrte in die Küche zurück und band sich die Schürze um. Sie durchsuchte Schränke und Schubladen, holte die extragroßen Rührschüsseln, Messbecher sowie Mehl, Backpulver, braunen Zucker, Sirup und all die anderen Zutaten heraus und machte, was sie immer um diese Zeit des Jahres machte. Sie buk ihre Früchtekuchen. Und wenn noch etwas Rattengift im Karton war, würde sie vielleicht einen speziellen Kuchen nur für Edward backen.

## Weihnachtsfrüchtekuchen (doppelte Menge)

Zutaten:
*700 g Mehl*
*2 Teelöffel Backpulver*
*1 Teelöffel Salz*
*450 g Butter*
*450 g weißer Zucker*
*8 Eier*
*450 g Rosinen*
*280 g rote und grüne kandierte Kirschen*
*265 g Datteln, entkernt und gehackt*
*340 g kandierte Ananas, gewürfelt*
*190 g gehackte Walnüsse*
*75 g Kokosflocken*
*4 Teelöffel Zitronensaft*

1. Ofen auf 150 Grad vorheizen. Backform einfetten.
2. In einer großen Schüssel (aber nicht die grüne, weil der Salatgeruch nicht mehr rausgeht) Mehl, Backpulver und Salz vermengen. Rosinen, Datteln, Kirschen, Ananas, Walnüsse und Kokos beifügen. Umrühren, bis alle Früchte sich mit dem Teig vermischt haben.
3. In einer großen Schüssel Butter und Zucker verrühren. Zitronensaft und Eier hinzufügen, gut verrühren. Nun die Fruchtmischung zugeben. Die Masse in die vorbereiteten Backformen geben.
4. Zwei Stunden lang backen oder mit Zahnstocher prüfen, ob noch Teigreste daran kleben. Anschließend auf einem Backofenrost vollständig auskühlen lassen.

## KAPITEL 12

Vivian hatte den Adamsapfel ihres Mannes nicht mit dem Wecker zerschmettert an jenem ersten Abend, sie hatte ihn am darauffolgenden Abend nicht mit dem Küchenmesser erstochen, und sie hatte ihn nicht mit einem mit Rattengift versetzten Früchtekuchen vergiftet. Denn was, wenn es gar nicht der Wahrheit entsprach? *Aber es war die Wahrheit.* Was, wenn das Telefongespräch, das sie belauscht hatte, einfach nur gehässige, bloße Unterstellungen gewesen waren; jene Art von Klatsch und Tratsch, an dem sich Betty Miller immer gerne beteiligte? *Aber es waren keine bloßen Unterstellungen.*

Vivian schluckte ihre Wut hinunter, wo sie unter der Oberfläche gärte, während sie nach außen hin ein zementiertes strahlendes Lächeln aufsetzte, umrahmt von Revlons rotem Fire-&-Ice-Lippenstift.

»Prima, danke!«, lautete ihre mechanische Antwort, wenn jemand sie fragte, wie es ihr ging, oder wie ihr Tag war, oder einfach nur eine Bemerkung über das Wetter machte.

»Schön sonnig heute, was?«

»Prima, danke!«

In der darauffolgenden Woche bereitete sie wie üblich das Frühstück zu, zog sich an und ging zur Arbeit wie üblich, und hörte den Telefongesprächen zu wie üblich. Aber sie hörte sich nicht mehr nach dem neuesten Klatsch und Tratsch in Wooster um. Die Leute konnten sich ihre selbst gemachten

Patchworkdecken, vergessenen Geldbörsen und Ausflüge zum A&W sonst wohin stecken. Worauf Vivian wartete und was sie fürchtete, war irgendein Anruf, der sie bloßstellen würde. Was machte sie so sicher, dass es übers Telefon gehen würde? Wer sagte ihr, dass sich nicht irgendwo in diesem Moment Leute trafen und über sie redeten? Die Wahrheit war, sie konnte es nicht wissen. Aber es war Dezember, es war kalt und kurz vor Weihnachten, und jeder war mit seiner Familie beschäftigt. Wenn sie bloß das Haus nicht verlassen müsste.

Jeder Gang in die Öffentlichkeit war für Vivian inzwischen eine Nervenprobe. Wem hatte Betty Miller es erzählt? Wer wusste davon? Wer redete hinter ihrem Rücken über sie? Jeder Begrüßung begegnete sie mit vorsichtigem Misstrauen, jedem Blick mit defensiv aufgesetzter Heiterkeit.

»Prima, danke!«

Früher war ein Besuch im Buehler's für Vivian eine Gelegenheit gewesen, sich unter dem Vorwand ihrer Einkäufe gesellschaftlich zu präsentieren. Stolz war sie die Gänge des Ladens hinabgeschritten und hatte im Kopf all die Details abgehakt, die sie über die Leute wusste, die sie dort sah. *Da ist Ann Metcalf, die ihren Vater nicht im Altersheim besuchen will, weil sie den Gestank nicht erträgt. Und da ist die Frau von Stewart Bowen, wie heißt sie noch gleich? Sie sollte den Einkaufswagen besser nicht zu voll packen, denn Stewart hat gerade erst seinen Job verloren.*

Aber nun war ein Besuch im Buehler's wie ein Gang durch ein Minenfeld, weil theoretisch jeder in dem Lebensmittelladen über Vivian Bescheid wissen konnte. Vor lauter Angst fing sie an zu überkompensieren und wandte fünfzehn Minuten mehr auf fürs Frisieren und zwanzig Minuten mehr fürs Schminken, ehe sie das Haus verließ, als ob eine Extraschicht Haarspray und Grundierung sie vor dem Hohn und Spott der

Leute in Wooster schützen konnten. *Haare wie Bette Davis, Zähne wie Joan Crawford.* Sie tat ihr Bestes. Die Kleider, Pullover und Schuhe, die sie normalerweise für besondere Anlässe wie Hochzeiten und Feiertage aufsparte, kamen nun regelmäßig im Alltag zum Einsatz, ob bei der Arbeit, bei den Weihnachtseinkäufen im Freedlander's und im Dari-Land sowie beim Lebensmitteleinkauf im Buehler's.

»*Auf zum Markt, auf zum Markt, wir kaufen ein fettes Schwein*«, sang Vivian sich beim Fahren mit versteinerter Miene selbst vor und stieß Atemwolken aus. »*Wieder daheim, wieder daheim, jiggity-jig.*« Mehr war es nicht. Nur eine kurze Fahrt hin und wieder zurück. Für ihren Ausflug zum Markt hatte sie sich heute für das kornblumenblaue Kleid aus Dacron, einer Polyester-Wollmischung, entschieden, das sie selbst anhand des McCall's-Schnittmusters Nr. 9150 genäht hatte, dazu unechte Perlenohrringe und eine strassbesetzte Hahnenbrosche. Kikeriki! Das Kornblumenblau passte hervorragend zu ihrer Augenfarbe, genau wie Wallis Simpsons Kleid in jenen längst vergangenen Zeiten voller sorgloser Romantik und Naivität. Wenn sie bei Buehler's nicht ausgerechnet ihren Dinnergästen über den Weg lief, würde sie heute Abend eben dieses Kleid tragen und dazu ihre schwarzen Lacklederpumps anstatt ihrer alten, abgetragenen Stiefeletten, mit denen sie sich durch diesen verfluchten Schnee kämpfte.

Nachdem sie ihren Wagen auf den Parkplatz gelenkt hatte, saß sie da, hielt das weiße Lenkrad ihres Buick Super umklammert und lockerte und verstärkte abwechselnd den Griff. Anspannen und lockern, anspannen und lockern. Ihr Blick fiel auf den Wagen der Schaeffers, die direkt gegenüber von ihr standen, und sie stöhnte auf. Kurz überlegte sie, ob sie sich ducken und abwarten sollte, bis Madeline Schaeffer ihren knochigen Hintern in ihr Auto zurückbeförderte und wegfuhr. Doch dann begriff sie, dass sie nicht ewig hier sitzen und abwarten konnte, bis alle weg waren. Hätte sie sich nicht dazu verpflichtet, heute Abend eine Dinnerparty im kleinen Kreis zu veranstalten, hätte sie den Einkauf bei Buehler's verschieben können. Sie hatten noch reichlich Reste übrig vom Nudel-Schinken-Auflauf, der Linsensuppe und kalten Aufschnitt für Sandwiches. Aber der heutige Abend war wichtig, und sie musste noch ein paar Zutaten besorgen für die besonderen Gerichte, die sie geplant hatte.

Als sie die Parkreihe entlangging, sah sie Madeline Schaeffer mit einem der Tütenträger im Schlepptau aus dem Laden kommen. Roger oder Michael, sie konnte das Gesicht hinter Madelines riesiger Fellmütze nicht sehen. Gott, diese Frau war eine solche Angeberin. Vivian versteckte sich schnell zwischen einem grünen Ford und einem weißen Chevy und ging ungelenk in die Hocke, als ob sie ihren Schlüssel fallen gelassen hätte. Sie starrte auf den dreckigen, festgefahrenen Schnee unter ihren Stiefeletten und wartete, bis sie hörte, wie der Kofferraum der Schaeffers geöffnet und zugeknallt wurde. Winzige Atemwölkchen bildeten sich vor ihrem Mund und verpufften, bis sie Madeline sagen hörte, »Danke, Roger«, bevor sie ihm, wie Vivian annahm, ein beschämend niedriges Trinkgeld in die Hand drückte. Und das zu Weihnachten. Geizig, wenn es um ihre eigene Ernährung ging, und geizig, wenn es ums Trinkgeld ging. *Iss was, und gib dem Jungen ein anständiges Trinkgeld, um Himmels willen.*

Vivian blieb hocken, bis sie den Motor hörte, und wartete dann weitere fünfzehn Sekunden, bis sie sicher war, dass Madeline den Parkplatz verlassen und außer Sichtweite war. Dann hakte sie ihre Handschuhhand im Türgriff des Fords ein und zog sich hoch, ehe sie ihren Mantel abklopfte und zum Ladeneingang hinüberspähte. Als sie an den anderen Autos vorüberging, griff sie in ihre Handtasche und zog ein paar Münzen heraus. Sie machte kurz bei dem gut gelaunten Spendensammler der Heilsarmee mit seiner Glocke halt und warf geräuschvoll ihre Münzen in den roten Eimer, ehe sie sich in das Getümmel bei Buehler's wagte.

Energisch schob sie den Einkaufswagen erhobenen Hauptes die Gänge entlang, wobei sie sich größte Mühe gab, den Blick stur auf die Regalinhalte zu richten und nicht auf die vorbeigehenden Menschen zu achten. Sie kannte zwar nicht jeden in Wooster, aber genug Menschen, dass die Wahrscheinlichkeit groß war, irgendeinem bekannten Gesicht zu begegnen. Insbesondere wollte sie heute nicht ihrer Mutter oder ihrer Schwester Violet über den Weg laufen, denn selbst wenn sie nicht wussten, was los war, würden sie sofort bemerken, dass etwas nicht stimmte.

Das linke Rad des Einkaufswagens eierte und klapperte, was ihr unechtes, aber strahlend weißes Lächeln ins Wanken brachte. Sie legte eine kurze Pause vor den Quaker-Oats-Haferflocken ein und überlegte, ob sie ihn gegen einen anderen tauschen sollte, ehe sie aus lauter Frust eine ahnungslose Dame damit rammte. Als sie hochsah, entdeckte sie Betty Millers farbiges Dienstmädchen, das am Ende des Ganges vor der Fischtheke stand. *Ich wusste es. Teurer, exquisiter Fisch für Bettys teure, exquisite Weihnachtsfeier heute Abend.* Vivian begann den Wagen in die entgegengesetzte Richtung herumzuschwenken.

»Vivian! Hallooo, Vivian!«

Vivian fixierte ihr Revlon-Fire-&-Ice-Lächeln und riss ihre Augen weit auf, damit es nicht nach einem grimmigen Blick aussah, als sie sich umdrehte und Helen Harper winken sah.

*Ob sie es weiß?*

»Ach, Helen, du bist es! Hallo! Gut schaust du aus.«

Sie mochte Helen wirklich. Sie war die Mutter von Charlottes Freundin Barbara und wirklich ein Schatz, und an jedem anderen Tag wäre sie liebend gern stehen geblieben, um ein Schwätzchen mit ihr zu halten, aber Vivians derzeitige Stimmung machten jeden zu einem potenziellen Feind.

»Wer, ich? Ach *iwo*, du bist ja süß. Ich bin schon jetzt von all dem Feiertagsstress erschöpft, und dabei ist erst nächste Woche Weihnachten!«

Helens etwas hastiger, heiterer Tonfall klang wie immer, und Vivian konnte in ihren Augen nichts als eine Überdosis Koffein und allgemeines Weihnachtschaos ablesen. Sie entspannte ihre Schultern und stieß ein erleichtertes Seufzen aus.

»Übrigens, Vivian.« Helen senkte ihre Stimme um eine Oktave. »Ich habe da was gehört …« Sie legte eine Hand auf Vivians Arm und spähte über ihre strassbesetzte Hornbrille hinweg, die sie stets trug.

Vivian spannte die Schultern wieder an und hatte Mühe, ihr strahlendes Lächeln und ihren offenen Blick beizubehalten.

»Stimmt es, dass die Cheerleader-Auswahl vor der gesamten Schule abgehalten wird? Das hieße ja, dass die Mädels vor neunhundert Leuten auftreten müssten?«

Vivian zog scharf Luft durch die Zähne, was Helen bestimmt auf die Größe des Publikums bezog und nicht auf die Krise, der Vivian gefühlt knapp entgangen war.

»Ach du liebe Güte, das weiß ich gar nicht«, antwortete Vivian, die sich darüber noch keine Gedanken gemacht hatte.

»Das klingt nach ganz schön vielen Zuschauern. Ich weiß wirklich nicht, woher die Mädels diesen Mut nehmen!«

Barbara und Charlotte planten beide, sich im Frühling oder so für eine Cheerleader-Auswahl aufstellen zu lassen. Sollte Charlotte ins Team gewählt werden, bräuchte sie neue Sattelschuhe. Das war das Einzige, worüber Vivian in diesem Zusammenhang nachgedacht hatte. Und darüber, dass sie Edward dafür um Geld bitten müsste, auch wenn sie an diese Cheerleader-Geschichte keinen Gedanken mehr verschwendet hatte, seit sie das Telefongespräch von Betty Miller mitgehört hatte. Wen kümmerte es, wie groß das Publikum war? Ging es nicht genau darum, wenn man Cheerleader wurde? Darum, vor Tausenden Leuten mit den Möpsen zu wackeln? Und wie bitte schön sollte sie sich von ihrem Gehalt Sattelschuhe leisten, falls sie Edward verließ? Ihre innere Stimme war zunehmend schriller geworden.

»Wie dem auch sei«, trällerte Helen. »Das ist ja noch ein Weilchen hin. Darüber müssen wir uns jetzt noch nicht den Kopf zerbrechen. Falls wir uns vor Weihnachten nicht mehr sehen, wünsche ich dir schöne Feiertage!«

»PRIMA, DANKE!«

Helen dachte bereits an den Frühling, und Vivians panische innere Stimme hatte soeben erwogen, Edward zu verlassen. *Na, was sagst du jetzt?* Ein Schauer lief ihr über den Rücken. Sie schüttelte den Kopf und blickte auf ihre Einkaufsliste, die sie noch immer zwischen Daumen und Zeigefinger geklemmt hielt. Tja, schön für Helen, dass sie kein skandalöses Geheimnis mit sich herumschleppte, das sie verzweifelt bewahren wollte. Mit einem Mal kehrte ihre Nervosität zurück, und Vivian schob den Einkaufswagen flink durch den Gang.

In Rekordzeit suchte sie die restlichen Zutaten zusammen, ließ sich in Windeseile mit nur einer knappen Antwort zum Wetterkommentar der Kassiererin Marjorie (ja, Marjorie, es ist immer noch eiskalt) abkassieren und stakste dann schnell über den verschneiten Parkplatz zu ihrem Wagen, wobei ihre Stiefeletten sich im Takt mit dem Rhythmus in ihrem Kopf bewegten (*jiggity-jig, jiggity-jig*), während Roger hinter ihr Mühe hatte, mit den Einkaufstüten Schritt zu halten. *Wieder daheim, wieder daheim, jiggity-jig.*

Der Staubwedel flatterte hastig über den oberen Gardinenrand, als Vivian in Socken auf dem Sofa stand und sich streckte, um die Kante zwischen Wand und Decke zu erreichen und die Ecke über Edwards Sessel. Es hatten sich noch nicht allzu viele Spinnweben gebildet, auch wenn es fast einen Monat her war, seit sie zuletzt Staub gewischt hatte.

Vivian putzte jeden Samstag das Haus, aber jedes Mal Staub zu wischen schien ihr etwas übertrieben. Wie etwas, das Betty Miller ihrem Dienstmädchen täglich auftragen würde. Erst fegte Vivian den Linoleumboden in der Küche und schob dann zwanzig Minuten lang den Teppichkehrer durch die Schlafzimmer im oberen Stockwerk sowie durch Wohn- und Esszimmer. Abgesehen davon hätte es schon einen triftigen Grund gebraucht, damit sie den Boden ausgiebig schrubbte, wie damals, als sie einen Topf mit kochender Marmelade vom Herd zum Waschbecken getragen hatte und mit einem der Topflappen abgerutscht war, sodass sich eine klebrige Erdbeermasse über den Küchenboden ergoss; oder als Charlotte einmal die Grippe hatte und es nicht mehr rechtzeitig ins Bad schaffte. Gott, war das eine Schweinerei gewesen.

Aber der heutige Abend war wichtig. Während sie mit dem Besen über die Scheuerleisten in der Küche fegte und in einem Staubhaufen in einer Ecke stocherte, sagte sie sich: *Dring bis in die letzte Ecke vor, finde jedes noch so kleine bisschen.* Das wiederholte sie immer wieder, während sie mit dem Teppichkehrer unter den Couchtisch fuhr und die Sessel und die Couch beiseiteschob. *Jedes noch so kleine bisschen.* In diesem Moment traf sie die Erkenntnis. Dasselbe musste sie mit dem Gerücht tun. *Dring bis in die letzte Ecke vor, stochere darin herum, finde jedes noch so kleine bisschen.*

Das würde zwar bis morgen warten müssen, aber die Idee verlieh ihr neue Energie fürs Putzen sowie einen Adrenalinschub für die Dinnerparty. Sie schmunzelte, als sie die Kissen auf dem Sofa und den Schaukelstühlen ausschüttelte, und grinste höhnisch, als sie das Tafelsilber, ein vererbtes Hochzeitsgeschenk von Edwards Mutter, polierte, es gegen das Licht hielt und ihr Spiegelbild auf der glänzenden Oberfläche betrachtete.

»Charlotte, bist du fertig?«, rief sie zur Küche, wo Charlotte die Tischdecke und die Servietten bügelte.

»Fast. Wer kommt eigentlich zum Abendessen, Mutter, und wieso machst du darum so ein Geheimnis?«

»Ach, mach dir darum mal keinen Kopf«, sagte Vivian. »Nur ein paar gute Freunde. Also, zieh bitte dein korallenes Kleid an, und kämm dir die Haare aus dem Gesicht. Ich möchte, dass alle sich von ihrer besten Seite zeigen.«

Edward war noch nicht von der Arbeit zurück, aber Vivian hatte ihm bereits sorgfältig ein Outfit auf dem Bett zurechtgelegt. Er war daran gewöhnt und bekam immer seine Kleider herausgelegt für besondere Anlässe oder wenn sie in die Kirche gingen. Vivian wusste, dass ihr diesen Sonntag bestimmt nicht der Sinn nach Kirche stehen würde, und vielleicht könnte Edward zur Abwechslung ja mal selbst seine blöden Kleider zusammensuchen. Angesichts ihrer beider Dienstpläne war sie ihm seit Montagabend in dieser Woche erst zweimal begegnet. Sie fragte sich, ob ihm aufgefallen war, dass etwas nicht stimmte; andererseits sah er kaum lang genug von seiner Zeitung oder seinem Teller hoch, als dass ihm irgendetwas auffallen könnte.

Tja, heute Abend würde er es bemerken. Er wäre überrascht, denn er erwartete keine Gäste, und ganz sicher nicht die Art von Gästen, die sie eingeladen hatte. Genau so hatte sie sich das gewünscht.

# KAPITEL 13

Es klingelte, und schon war Vivian an der Tür, während sie noch Edwards Worte von neulich Abend im Ohr hatte: *Sie stören mich zwar nicht, aber ich möchte sie auch nicht bei mir im Haus haben.* Draußen auf der Türschwelle unter der Lampe standen Maria und Dominic Tomasetti, leicht fröstelnd, höflich und ein wenig nervös. Die Spaghettifresser aus Frogtown.

»Willkommen!«, rief Vivian ein wenig zu laut aus.

Maria reichte ihr eine weiße Schachtel, während Dominic seinen Hut abnahm.

Die Vertrautheit, die Vivian gegenüber Maria bei der Arbeit empfand, schien an der Türschwelle des Bell-Gebäudes zu enden. Ohne den Klappenschrank, die Kopfhörer und das elektrische Summen der Leitungen wusste Vivian plötzlich nicht mit ihr umzugehen. Neben Maria am Klappenschrank zu sitzen oder in der Teeküche einen Kaffee mit ihr zu trinken war die eine Sache. Aber die Tomasettis im Haus der Daltons zu empfangen, war etwas völlig anderes. Es entstand eine unangenehme Pause, und Vivian überlegte, ob es vielleicht ein großer Fehler gewesen war, sie einzuladen. Aber ein Blick auf Edwards schockiertes Gesicht versicherte ihr, dass es das wert war.

Edward war vom Stuhl aufgestanden, war aber unfähig, sein Erstaunen zu verbergen. *Ganz recht,* dachte Vivian, als sie ihn beobachtete. *Was für eine unangenehme Überraschung. Damit hattest du wohl nicht gerechnet? Das hat dich ganz schön kalt erwischt, was? Du Mistkerl.* Schnell kam Charlotte in ihrem korallenfarbenen Kleid und mit zurückgekämmtem Haar herbei und streckte den Tomasettis die Hand entgegen.

»Hi, ich bin Charlotte. Freut mich sehr, Sie kennenzulernen.«

Ab und an hatte Vivian gesehen, wie Charlotte zusammengezuckt war, wenn sie zu Hause Begriffe wie »Spaghettifresser« oder »Nigger« verwendeten. Vivian fragte sich dann immer, wo ihre Tochter dieses hochtrabende Gehabe herhatte, als ob sie über den Dingen stehen würde; vermutlich von den anderen Kindern in der Highschool oder aus diesen Büchern, in die sie ständig ihre Nase steckte.

»Mrs. Tomasetti, Ihr Spaghettisoßenrezept ist einfach eine Wucht! Mutter hat es diese Woche nachgekocht.«

Maria Tomasetti sah unbehaglich drein und blickte auf ihre Schuhe. »Danke.«

Charlotte nahm Mr. und Mrs. Tomasetti ihre Mäntel ab und hängte sie in den Flurschrank.

»Bitte schön«, trällerte Vivian, die ihre Stimme wieder auf normale Zimmerlautstärke gesenkt hatte. »Setzt euch doch!«

»Was für ein schönes Kleid«, sagte Maria zu Vivian. »Und die Brosche ist wunderbar. Was ist das? Ein Huhn?«

»Ein Hahn.« Vivian strich mit den Händen den Rock ihres blauen McCall's-Kleids glatt und war hocherfreut, sowohl über das Kompliment als über die Tatsache, dass sie ihr Outfit von heute Vormittag hatte wiederverwenden können.

»Ah.«

Vivian fiel auf, dass sie vor Ankunft ihrer Gäste das Radio hätte einschalten sollen. Hintergrundmusik überbrückte Gesprächspausen. Was hätten sie mit diesen völlig Fremden schon zu bereden, und wieso hatte sie das nicht vorher bedacht? Sie stand vom Sofa auf, noch ehe sie das Kissen mit ihrem Hintern angewärmt hatte.

»Also, sollen wir dann essen?«

Die thematisch abgestimmten Farben des Weihnachtsessens waren zwar unbeabsichtigt, aber als sie alle am Esstisch saßen, war es unmöglich, es zu übersehen. Es fing an mit einer grünen Spinatsuppe mit Sauerrahm und gekochten Eiern. Maria probierte die Suppe und rührte dann nur noch mit dem Löffel darin herum, bis alle fertig waren. Der Wackelpuddingsalat mit Früchten war so grün wie der Golfplatz von Wooster im Juni und gespickt mit lauter Weintrauben, Dosenananas und Cocktailkirschen. Er war ein verlässlicher Klassiker aus Vivians Rezeptesammlung, den sie immer machte, wenn sie einen Salat mitbringen sollte. Das Bœuf Stroganoff hatte eine leicht rötliche Färbung, da Vivian gerne zu allem Ketchup hinzufügte, was gar kein Ketchup brauchte. Für Vivian war Backen viel entspannender als Kochen, vielleicht gab sie sich deshalb damit weniger Mühe. Aber auf das heutige Abendessen war sie mächtig stolz, da sie alles selbst gemacht hatte. Ihr grün-rotes Festessen wurde gekrönt von dem mit Puderzucker bestäubten *pandoro*, den Maria in der weißen Schachtel mitgebracht hatte, und auch wenn es fremdländisch klang, musste Vivian zugeben, dass er gut schmeckte.

Nach dem Abendessen vereinnahmte Vivian Maria, lobte ihr Spaghettisoßenrezept und fragte sie nach Kochtipps und dergleichen. Das war doch ein gefundenes Gesprächsthema. Essen. Charlotte hatte sich entschuldigt, um hoch in ihr Zimmer gehen zu können, sodass Edward und Dominic sich allein in den Schaukelstühlen gegenübersaßen. Vivian ignorierte sie jedoch und konzentrierte sich einzig und allein auf Maria. Eigentlich war ihr Plan gewesen, dass der Abend eine unangenehme, angespannte Erfahrung für Edward sein sollte, aber nun genoss sie Marias Gesellschaft. Vivian hatte freigehabt an jenem Tag, als Pearl Fry in die Sprechmuschel geniest hatte, während sie ein Ferngespräch zwischen Jean Cahill und ihrer Mutter belauschte, woraufhin ihre Mutter ausgerufen hatte: »Tja, Jeannie, was hab ich dir gesagt? Du holst dir noch den Tod in deinen Kleidern, wenn sie vorne so tief ausgeschnitten sind! Was hab ich dir gesagt?« Maria ahmte beide perfekt nach, als sie die Geschichte erzählte. Vivian konnte sich nicht erinnern, wann sie das letzte Mal so gelacht hatte. Wann sie überhaupt zuletzt gelacht hatte.

Vivian war sich sicher, dass Edward ganz und gar nicht glücklich darüber war, Dominic Tomasetti unterhalten zu müssen. Sie war regelrecht aufgekratzt gewesen, als Dominic sich vorstellte mit seinem starken Akzent und seinem Englisch, das deutlich schlechter zu verstehen war als das von Maria, und sie wusste, dass Edward den ganzen Abend lang zähneknirschend dasitzen würde. Maria hatte keinen Akzent, da sie bereits mit vier Jahren in die USA gekommen war. Doch dieses Argument hätte Vivian nicht überzeugt, genauso wenig wie die Tatsache, dass die Telefonzentrale nur englische Muttersprachler einstellte, die die Sprache fließend beherrschten. Für Vivians Ohren klang es trotzdem, als habe Maria einen ziemlich starken italienischen Akzent. Nun, da sie bereits ein paar Stunden miteinander plauderten, fiel es ihr jedoch kaum noch auf.

Maria erzählte ihr, wie Dominic erst vor fünf Jahren in die Vereinigten Staaten übersiedelt war und zunächst in der Gummifabrik von Wooster gearbeitet hatte, die nach all den Kriegsrationierungen wieder auf die Beine gekommen war. Sein älterer Bruder Vincenzo (jetzt Vincent) hatte sich kurz vor dem Börsenkrach in Wooster angesiedelt und einen Job als Auslieferfahrer für City Dairy geangelt. Vincenzo Tomasetti hatte ein Auge auf Maria DiLucca geworfen, das hübscheste, kurvigste Mädchen auf seiner Milchroute, und wie Maria zugab, war sie ein paarmal mit ihm ausgegangen.

»Ich habe ihn ein klein wenig ermuntert, nur ein klein wenig.«

Ein klein wenig, weil sie so gerne im Milchlaster mitfahren wollte, und ein klein wenig, weil ihr seine Aufmerksamkeit schmeichelte. Aber dann war Dominic aufgetaucht. »Da war es um mich geschehen«, erklärte sie.

Gott, was liebte sie romantische Geschichten! Mit einer Hand stützte Vivian ihr Kinn, in der anderen hielt sie eine Porzellantasse mit einem letzten Schluck Kaffee und hörte gebannt zu. Als Maria beschrieb, wie sie und Dominic sich ineinander verliebt hatten, fing Vivian an, über Edward nachzudenken, und ohne sich dessen bewusst zu sein, warf sie ihm wütende Blicke zu und knallte die Tasse auf ihre Untertasse, dass ein kleiner Splitter gegen die Wand flog.

»Vivian!«, sagte Maria ein wenig lauter, und Vivian richtete ihre Aufmerksamkeit wieder auf ihren Gast und rang sich ein breites Grinsen ab, als Maria fortfuhr: »Du arbeitest schon länger bei Bell, oder nicht? Wie lange eigentlich genau?«

»Ach«, Vivian blies die Backen auf und ließ den Atem langsam entweichen, während sie mit der freien Hand wedelte und mit der anderen Tasse und Untertasse auf dem Couchtisch abstellte, »gefühlt schon eine Ewigkeit.«

»Ich bin so dankbar, dass ich den Job bekommen habe«, offenbarte sich Maria. »Nach dieser ganzen Sache mit der Veruntreuung bei Building & Loan« – sie machte eine Pause und sah zu Boden – »waren wir ein wenig in der Bredouille.«

»Ach, du Ärmste.« Vivians Aufmerksamkeit wurde durch diesen abrupten (und womöglich absichtlichen) Themenwechsel völlig gebannt, und sie verspürte den plötzlichen Drang, einen Arm um Maria Tomasettis Schultern zu legen. Stattdessen blickte sie auf ihre im Schoß liegenden Hände.

Die ganze Stadt hatte Lobeshymnen auf J. Ellis Reed angestimmt, als er verkündet hatte, seine Bankkunden entschädigen zu wollen. Für alle war er eine Art selbstloser Wohltäter à la George Bailey aus dem Film *Ist das Leben nicht schön?* Seine Enkel hatten ihm sogar eine Schärpe und einen schicken Stab gebastelt. (Charlotte hatte ihn »Zepter« genannt und gesagt, er sei aus Pappmaschee.) Vivian wusste inzwischen, dass nicht alle von der Bank entschädigt worden waren, und hatte ab und zu Gewissensbisse deswegen, insbesondere gegenüber den Menschen, von denen sie wusste, dass es ihnen schlechter ging als ihrer Familie. Es war nicht fair. Aber, wie ihre Mutter immer sagte: »Das Leben ist nicht fair.« Sie runzelte einen Moment lang die Stirn und sah dann wieder auf, direkt in Marias Augen.

»Was auch immer dich zu Bell geführt hat«, sagte sie nüchtern und nickte, »wir sind jedenfalls froh, dich zu haben.« Vivian stellte zu ihrem eigenen Erstaunen fest, dass es ihr ernst war.

Marias Gesichtsausdruck wechselte von gequält zu dankbar, und sie nahm Vivians beide Hände in ihre.

»Vivian«, sagte sie mit einem gewissen Ernst. »Es gibt da etwas, das ich dir sagen sollte.«

Vivians Atem stockte, und ihre Finger quetschten Marias Hände aus schierer Furcht. Jetzt würde es kommen. Maria hatte von dem Gerücht gehört. Ihr war nicht einmal in den Sinn gekommen, dass jemand wie Maria von dem Klatsch erfahren könnte. Ihr Herz pochte in der Brust, und ihr Lächeln gefror, genau wie zuvor im Lebensmittelladen bei Helen Harper.

»Das Rezept für die Soße, das ich dir gegeben habe«, Marias Blick huschte zu ihrem Mann hinüber, der an die Wand hinter Edwards Kopf starrte, während dieser schweigend seinen Kaffee schlürfte. »Das ist nicht das Rezept, wie ich es für meine Familie koche.« Sie sah betreten drein.

»Hmm?« Vivian fragte sich, wieso Maria plötzlich von der Spaghettisoße anfing. Diese Italiener sprangen wirklich gern von einem Thema zum nächsten.

»Es tut mir unglaublich leid. Wir nehmen Essen sehr ernst, deshalb geben wir nie das gute Rezept heraus. Beziehungsweise ist es nicht so gut wie unseres.«

»Ach so, ja, Gott«, sagte Vivian und versuchte noch immer dahinterzukommen, worauf Maria hinauswollte.

Sie hatte das Gerücht also nicht gehört. Vivians Hände begannen zu schwitzen, sodass sie sie Maria entzog und in ihren Schoß legte. Sie erinnerte sich, wie sie an einem ruhigen Nachmittag bei der Arbeit Maria nach einem guten Spaghettisoßenrezept gefragt und gedacht hatte, was für ein Glück es doch war, dass sie eine echte Italienerin kannte.

»Du warst so gut zu mir und hast uns in eurem Haus willkommen geheißen.« Maria lächelte und legte ihre eigenen Hände im Schoß über Kreuz. Dann sah sie zur Decke hinauf, als ob sie nicht wüsste, wohin mit ihrem Blick. Eine kleine Spinne spazierte über die weite weiße Fläche, wie auf der Suche nach etwas, was nicht da war. Maria zog die Augenbrauen hoch und wackelte bedeutungsvoll mit dem Kopf.

»Du hast dir das echte Familienrezept der Tomasettis verdient, wenn du es haben möchtest.«

Vivian wusste nicht, was sie davon halten sollte, und ihr war ein wenig die Kinnlade heruntergeklappt, als Maria aus unerfindlichen Gründen an die Decke gestarrt und mit dem Kopf gewackelt hatte. Ihre überflüssige Ängstlichkeit wegen des Gerüchts war verflogen, und ein Anflug von Scham breitete sich in ihrer Magengegend aus. Marias kleines Kopfwackeln würde daran sicher auch nichts ändern. Das war fast so schlimm wie Laura Eagans Babysprech. Maria nahm seufzend eine von Vivians schwitzigen Händen und drückte sie. Vivian erwiderte diese Geste mit einem erzwungenen Lachen, das weniger nach dem charmanten Kichern einer Gastgeberin klang denn nach dem Brüllen eines Esels im Stall.

»Tja, gerne.« Sie räusperte sich, um die Esellaute loszuwerden. »Das Angebot nehme ich gerne an.«

Sie spürte, wie sie rot anlief. Einerseits kam sie sich albern und töricht vor, andererseits war sie noch immer die Gastgeberin, verdammt. Genau deshalb kam sie mit Menschen nicht gut zurecht. Es schien, dass sie immer Geheimnisse vor einem hatten. Genau wie ihre Mutter immer gesagt hatte.

»Komm mal mit in die Küche. Dort hebe ich alle meine Rezeptkarten in einer Kiste auf. Ich müsste noch ein paar leere haben. Vielleicht könntest du mir auch das Rezept für den Kuchen geben, wie hieß er doch gleich? Pandora?«

Edward sah aus dem Fenster zu, wie die Tomasettis das Haus verließen und in ihr verrostetes, altes Ford-Modell stiegen, wobei Dominic zuerst seiner Frau auf den Beifahrersitz half, ehe er zur Fahrerseite herumging. Sobald sie weggefahren waren, drehte er sich zu Vivian um und fing mit seiner tiefen, bellenden Stimme an zu wettern. *Wir brauchen gar keinen Hund, wir haben doch Edward*. Ihre einzige Reaktion darauf war, dass sie ihm den Rücken zukehrte und in die Küche verschwand.

Wiederholt bellte er etwas von »Wie kannst du es wagen!« und »Diese Spaghettifresser in meinem Haus!«, während Vivian in der Spüle mit dem Lappen über die Teller kreiste. Edwards Tiraden überstiegen auf der Lautstärkeskala, die immerhin bis 11 ging, nie die Fünf, aber das war fast noch schlimmer, als wenn es mit voller Wucht herausgekommen wäre. All der angestaute Frust und seine Bosheiten fanden kein Ventil, sondern blieben wie ein Pfropf in ihm hängen, oder sickerten als unsichtbarer hasserfüllter Schleim in kleinen Mengen aus seinem Mund.

Vivian schrubbte über die eingetrocknete Pampe aus Ketchup-Stroganoff, die sich genauso hartnäckig hielt wie das Grinsen, das sie sich weigerte abzulegen. Edward blieb derweil auf seinem Sessel im Wohnzimmer sitzen und motzte und fluchte in ihre Richtung. So wie Dominic Tomasetti Maria ins Auto geholfen hatte, nahm Vivian an, dass er niemals seine Frau verfluchte. Sie besaß Menschenkenntnis. Die beiden waren ein Herz und eine Seele. Sie konnte sich bildlich vorstellen, wie die beiden Arm in Arm über die Straße gingen und herumturtelten. Die Tomasettis respektierten einander.

»Ha«, rief sie spöttisch aus und klatschte den Lappen über den Wasserhahn. Respekt. Sie fischte im abkühlenden Spülwasser nach herrenlosem Besteck und Messlöffeln. Wenn man jemanden respektierte, belog man ihn nicht, oder? Vivian zog den Stöpsel an der Kette, lehnte sich gegen das Spülbecken und zog einen Schmollmund, während sie ihre Hände am Geschirrtuch abwischte und über Marias Lüge wegen der Spaghettisoße nachdachte. Na ja, es gab Lügen und LÜGEN. Immerhin hatte Maria ihr heute Abend die Wahrheit gesagt.

»Hmph«, machte Vivian und schlug mit dem Geschirrtuch Richtung Wohnzimmer.

Die lauter werdende Musik aus dem Plattenspieler über ihr verriet Vivian, dass Charlotte versuchte, das Herumschnauzen und Herumnölen ihres Vaters zu übertönen. Vivian hängte das Geschirrtuch über die Metallstange, zog die Schürze ab und stürmte aus der Küche die Treppe hinauf. Vielleicht wäre heute der Abend, an dem sie ihn mit den Vorwürfen konfrontieren würde. Wenn er es darauf anlegte, würde sie es tun. Aber als sie die Hahnenbrosche abnahm und sie wieder in ihre Schmuckschatulle legte, erinnerte sie sich an ihre brillante Idee. Die Idee, mehr herauszufinden. *Dring bis in die letzte Ecke vor, stochere darin herum, finde jedes noch so kleine bisschen.*

# KAPITEL 14

Nicht gefunden zu werden, das war inzwischen der Lebensinhalt von Flora Parker und Gilbert Ogden, die nun als »Kriminelle« galten und »das Weite gesucht hatten« nach der Veruntreuung bei der Wayne Building & Loan letzten Juni. Und Flora hätte sogar zugestimmt: Kanadas Weiten waren wirklich beeindruckend. Es kam ihr nach wie vor seltsam vor, dass es ein eigenständiges Land und von den USA vollkommen abgetrennt war. Sie hatte sich etwas ganz anderes darunter vorgestellt, aber die Leute waren dieselben, die Sprache war dieselbe, abgesehen von ein paar zusätzlichen Vokalen hier und da vielleicht, und auch die Autos und Häuser und Straßen waren gleich. Das Einzige, worin sich Kanada wirklich unterschied, war das Geld. Der Nachteil daran war, dass sie ungefähr dreitausend Dollar durch den Umtausch verloren hatten, aber das war ein vergleichsweise geringer Preis für ein wenig mehr Sicherheit.

Flora erinnerte sich an den Tag, da sie und Gilbert aus der Bank geflohen waren, als den aufregendsten Tag ihres Lebens. An jenem Morgen hatte sie vor dem Spiegel kaum die Knöpfe ihrer Bluse zumachen können und sich fast mit der Hutnadel erstochen, so sehr zitterten ihre Finger. Daraufhin hatte sie sich erst einmal ein wenig Mut zusprechen müssen, schließlich musste sie einen ganzen Arbeitstag herumkriegen in dem Wissen um ihr Wissen; wäre sie bereits morgens mit zitternden

Fingern und bebender Stimme hereingekommen, wäre alles aufgeflogen.

Ihre Handtasche war auch schwerer als üblich gewesen, denn sie enthielt acht gebrauchte Schminkdöschen mit Pflanzenfett, die Gilbert ihr aufgetragen hatte mitzubringen für den Fall, dass sie die Schlösser an Schubladen, Kästen oder dem Tresor schmieren mussten. Falls jemand in ihre Tasche linste, würde er einfach annehmen, sie sei ein wenig von Make-up besessen, was sie in Wirklichkeit gar nicht war. Während ihr Mann Bill sie zur Arbeit fuhr, holte sie langsam und tief Luft und sagte immer und immer wieder vor sich hin: *Du schaffst das, Flora. Du kriegst das hin.*

Ab dem Zeitpunkt, da sie Bill verabschiedet und die Autotür hinter sich zugemacht hatte, vollzog sie jede Bewegung ganz bedächtig und bewusst. Angefangen bei dem Moment, da sie den Schlüssel in das Schloss am Hintereingang der Bank steckte, über das gespielt hocherfreute Lächeln, das sie Mr. Hunsicker schenkte, als er eintraf (eine Dreiviertelstunde später als alle anderen, die in der Bank arbeiteten), bis hin zu dem fröhlichen »Schönes Wochenende!« und »Bis Montag!«, mit dem sie alle bei Feierabend verabschiedete. Dabei würde sie nie erfahren, ob die anderen ein schönes Wochenende verbrachten, und sie würde ihre Kollegen auch nicht am Montag wiedersehen, oder an irgendeinem anderen Tag, und diese Lüge bereitete ihr etwas Magengrummeln. Flora war in der Arbeit zwar eher eine Einzelgängerin gewesen, aber alle, die mit ihr zu tun hatten, würden später aussagen, dass sie sie mochten. Aber das war schon immer ein großer Teil ihres Alltags gewesen: alles daransetzen, gemocht zu werden.

Neben ihrer inneren Unruhe und schrecklichen Angst aufzufliegen, empfand sie Erleichterung darüber, dass das Affentheater endlich vorbei war und sie nicht länger um ihren widerlichen Chef herumscharwenzeln musste. Es war praktisch eine Rolle innerhalb einer Rolle gewesen, und sie hatte sie so überzeugend gespielt, dass sie sicher war, sie hätte auf der Bühne ganz groß rauskommen können, vielleicht sogar in Hollywood. Mr. Hunsicker musste glauben, dass sie auf ihn stand, aber es nicht wagte, ihren Ehemann zu betrügen. Und niemand durfte irgendetwas davon merken oder ahnen. Gilbert hatte klargemacht, dass das enorm wichtig war. Zu diesem Zweck hatte sie eine Show abgezogen, die sogar Barbara Stanwyck Konkurrenz gemacht hätte. Allerdings nicht die Barbara aus *Weihnachten nach Maß*, sondern die Barbara aus *Frau ohne Gewissen*. Eine Frau, die ein doppeltes Spiel spielte. »Eine Frau mit zwei Gesichtern«, das war das Bild, das sie bei der Arbeit immer und immer wieder vor Augen hatte. Es half ihr, sich in ihre Rolle hineinzudenken und eine perfekte Darbietung hinzulegen.

Boyd Hunsicker war jene Art Mann, um die Flora zeit ihres Lebens einen großen Bogen gemacht hatte. Überheblich, übergewichtig und übermäßig selbstsicher, hatte er eine prahlerische Art zu sprechen und unterstrich seine Worte, indem er mit einer unangezündeten Zigarre in der Luft herumfuchtelte, da ihm sein Arzt das Rauchen verboten hatte. Flora zuckte jedes Mal zusammen, wenn sein aufgeblähter Bauch ihre Stuhllehne streifte, und fragte sich, ob es noch etwas gab, was ihm der Arzt verboten hatte.

Am Anfang beobachtete er sie einfach nur mit einer unangenehmen Intensität. Seine Blicke wanderten über ihre Gesichtszüge und Körperkonturen, als ob er sie sich einprägen wollte. Aus ihrer wachsenden Angst und Wut heraus hatte sie allerhand Bleistiften die Spitze abgebrochen und versuchte das Gefühl der Übergriffigkeit abzustreifen, das ihr sein unangemessenes Starren bereitete.

Mit der Zeit war Mr. Hunsicker immer mutiger geworden und hatte sich immer sicherer in seiner Machtposition ihr gegenüber gefühlt. »Ihr Ehemann, Phil, was macht der eigentlich?«, hatte er gefragt. »Bill«, antwortete Flora gemessen und geduldig, »er heißt Bill.« Sie war sich sicher, dass Mr. Hunsicker wusste, dass ihr Mann Bill hieß, ebenso wie er wusste, was er »machte«, nämlich die halbe Zeit als Auslieferer für Barrett's Blumenladen zu arbeiten und die andere Hälfte der Zeit als Elektriker bei Rambo & Long.

Mr. Hunsicker wusste, dass ihr Mann (Bill) nicht genug verdiente, um sie zu ernähren, und wusste auch, dass sie deshalb auf ihren Job bei der Building & Loan angewiesen war. Frauen mit wenig Optionen waren immer ein leichtes Opfer. Wenn sie allein in seinem Büro waren und er ihr etwas diktierte, referierte er zuerst ein paar Zeilen lang über die Bankgeschäfte, ehe er zwischendrin bemerkte, dass ihr Rock »sein Blut in Wallung brachte«, nur um sich dann fast im gleichen Atemzug zu erkundigen: »Wie geht es eigentlich Phil?« Nach einer Weile hörte sie auf ihn zu korrigieren und nahm es hin, dass er ihren Mann beim falschen Namen nannte. Offenbar bereitete es ihm Freude.

Er entwickelte ein beinahe groteskes Interesse an ihrer Ehe, was fast genauso beunruhigend war wie sein Interesse an ihrem Körper. Nur mit Mühe unterdrückte sie ein Würgen, wenn er sie berührte. Seine fette, geschwollene Hand auf ihren Ellenbogen legte oder absichtlich mit dem Arm an ihrem Hintern entlangstreifte, wenn sie das Büro verließ. Und egal zu welcher Uhrzeit stank er nach Whiskey und gegrilltem Holzkohlesteak. Aber es diente einer guten Sache, ihrer gemeinsamen Zukunft, und so unterdrückte sie ihre Abscheu und spielte ihre Rolle mit Bravour. Nie wies sie ihn direkt zurück, kaschierte ihr unterdrücktes Würgen mit einem flirtenden Kichern und gab ihm das Gefühl, dass seine Annäherungsversuche ihr Wohlwollen fanden und es nur eine Frage der Zeit wäre. Barbara Stanwyck in der Rolle der Phyllis Dietrichson war nichts gegen Flora Parker.

Gilbert Ogden hatte einen sechsten Sinn, was Floras inneren Konflikt betraf, und besuchte sie jedes Mal an ihrem Platz, nachdem sie in Hunsickers Büro gewesen war. Mit einer unscheinbaren Bewegung, unbemerkt von allen anderen, legte er beruhigend seine Hand auf ihre, die auf dem Schreibtisch ruhte, zog dann seine Hosenträger zurecht, richtete seine Fliege und kehrte zu seinem Platz hinter dem Schalter zurück, wo er an den Fingernägeln kaute, weil er ebenso nervös war. Flora liebte ihn dafür, dass er versuchte, sie zu trösten, aber sie eilte trotzdem jedes Mal nach Feierabend schnell nach Hause unter die heiße Dusche und schrubbte ihre Haut wund, um jegliche Spuren von Boyd Hunsicker zu entfernen.

Nie war Flora stolzer auf Gilbert gewesen, der die ganze Unterschlagung und ihre Flucht fast in Eigenregie geplant hatte. Sie hatte gesehen, wie alle in der Bank ihn unterschätzten, Mitarbeiter und Kunden gleichermaßen, und wie Mr. Hunsicker ihn mobbte. Es war zum Haareraufen, dabei zuzusehen, wie jemand, der so vermögend und mächtig war wie Boyd Hunsicker, jemanden wie Gilbert anschrie und herabwürdigte. Dabei war er sehr viel klüger und stärker, als sie ihm zutrauten. Seiner kleinen Statur sah man das große Hirn und ein noch größeres Herz nicht an. Und Flora wusste, dass er alles für sie tun würde.

Die Zeitungen hatten sich überschlagen mit Meldungen

über den Raubüberfall auf die Wayne Building & Loan und ihre Flucht, und die Neuigkeit war über die Grenzen des Bundesstaates Ohio sogar bis hinauf nach Kanada gedrungen. Die Entrüstung angesichts der Dreistigkeit der Tat, die unvorstellbare Geldsumme, die gestohlen worden war, und einige Reaktionen der Bürger aus Wooster waren in Dutzenden Zeitungen in der Region erschienen. Unter diesen Reaktionen war auch eine schauerliche Aussage von Floras Nachbarin, die den vulkanartigen Ausbruch ihres betrogenen Ehemannes beschrieb, der mit der Schrotflinte in der Hand aus dem Haus gerannt, ins Auto gesprungen und davongebraust war, um seiner ehebrecherischen und nicht zu vergessen gesetzesbrecherischen Frau hinterherzujagen. »Es kam Rauch aus Bill Parkers Ohren. Echter Rauch, das schwöre ich bei Gott.«

Niemand hätte Gilbert zugetraut, dass er so ein Ding dreht. Doch trotz der allseits aus den Titelblättern sprechenden Ungläubigkeit angesichts des brillanten Kalküls, das erforderlich war, damit eine so reibungslose Flucht gelang, ging Gilbert bewundernswert bescheiden mit der ganzen Sache um. Jedes Lob ihrerseits wischte er nur mit einer Handbewegung weg, lenkte den Fokus vielmehr auf sie und ihren Beitrag zur Operation und erkundigte sich, wie sie mit allem klarkäme.

Es gab Momente, in denen Flora wehmütig an Wooster zurückdachte, und sie wusste, dass sie nie zurückkehren konnte. Irgendwie war ihr diese kleine, saubere Stadt mit ihren Menschen ans Herz gewachsen. Gilbert meinte, sie sollten vermutlich nicht einmal mehr die Grenze zu den USA überschreiten und schon gar nicht bis hinunter nach Ohio fahren. Kanada war nun ihr neues Zuhause, Toronto, um genauer zu sein, und mit dem Geld, das sie hatten, würden sie zumindest ein komfortables Leben führen können, wenngleich es ein ganz klein wenig kälter war als daheim. Gilbert hatte gelächelt, als sie dies ihm gegenüber bemerkte. »Ein ganz klein wenig kälter, Flora.«

Er wusste, dass sie die Kälte hasste, und kaufte ihr im Oktober, als die Temperaturen allmählich fielen, bei Eaton's an der Queen Street einen bodenlangen Nerzmantel. Das war das erste richtig teure Geschenk gewesen, das er ihr machte. Sie hatten darauf geachtet, nicht ihr Bargeld herumzuzeigen, nachdem sie ihren Bankrauberlös in kleinen Mengen in die kanadische Währung getauscht hatten. Jedes Mal nur ein bisschen und nie zweimal bei derselben Bank. Sie mieteten eine bescheidene 3-Zimmer-Wohnung in einem für Toronto typischen roten Backsteinhaus mit Erkern und Giebeldach und gaben ihr Geld nur für die alltäglichen Dinge des Lebens aus. Flora hasste, die Kälte, aber was ihr viel mehr zu schaffen machte, war die Größe der Stadt. »Sie ist zu groß«, hatte sie zu Gilbert gesagt, obwohl er extra eine ruhigere Wohngegend ausgewählt hatte, anstatt etwas in der Innenstadt anzumieten. »Es ist völlig unübersichtlich, Gil.«

»Je größer, desto sicherer für uns«, hatte er geantwortet und über ihre unerklärliche Sehnsucht nach Wooster gelacht, während er nie etwas für diesen Ort übriggehabt hatte. »Findest du die Leute nicht ein wenig schlicht? Immerhin hast du mal in New York gelebt.«

»Ein wenig«, grinste Flora dann, und ihre Grübchen gruben sich tief in die Wangen. »Aber es gefällt mir. Ich mag, wie charmant, gemütlich und vorhersehbar alles ist. Vor allem aber mag ich die Menschen. Bei Kleinstädtern weiß man immer, woran man ist, wenn du verstehst, was ich meine?«

Gilbert hatte eine Augenbraue hochgezogen und lehnte sich, die Hände hinter dem Kopf verschränkt, auf der Couch zurück, während sich ein langsames Lächeln auf seinen Lippen ausbreitete. Selbst wenn er glaubte, er würde sie in- und auswendig kennen, überraschte sie ihn immer wieder aufs Neue. Und sie brachte ihn jedes Mal zum Lächeln.

»Aber jeder weiß über den anderen Bescheid.« Gilbert gab ihr gerne Kontra, einfach nur, um sie zu necken.

»Nicht wenn man vorsichtig ist«, hatte sie gekontert und beide Augenbrauen hochgezogen. »Mir gefällt es zu wissen, wie die Leute ticken. Du gehst aus dem Haus und weißt, deine Nachbarn beobachten dich, weil sie nichts Besseres zu tun haben. Und wenn du einkaufen gehst, werfen die Leute neugierige Blicke auf deine Einkäufe, einfach weil ihnen langweilig ist und sie ihr Leben mit dem der anderen vergleichen. So von wegen *»Ach, schau mal einer an, wer kauft sich denn da feinen Aufschnitt?«* oder *»Hast du gesehen, wie viele Marshmallows sie sich in den Wagen gepackt hat? Was will die denn mit so vielen Marshmallows?«*

Gilbert schlug sich lachend mit der Hand aufs Knie.

»Ständig wird beurteilt, wie du dich kleidest, was du isst oder wen du liebst.« Flora zuckte mit den Schultern. »Aber wenn man klug genug ist, Abstand zu wahren, kann man den Spieß umdrehen und sich ganz entspannt zurücklehnen und das Ganze beobachten. Wie bei einem Theaterstück oder im Kino.«

Flora hatte nicht wenige Leute gesehen, die aus alltäglichen Dingen ein Drama machten, als ob Frank Capra höchstpersönlich hinter der Kamera stehen und »Action!« rufen würde.

# KAPITEL 15

Die ganze Stadt redete über Bettys Weihnachtsfeier, die bislang ihre beste gewesen war. Ja, die Soiree zu Ehren des Erlösers 1952 (so der inoffizielle Titel, den Betty einzuführen erwog) musste man erst einmal toppen. Die Dekoration war hinreißend, Speisen und Getränke vom Feinsten, und mit ihrem Kleid hatte sie wahrlich allen die Show gestohlen. Nicht dass die Weihnachtsfeier eine Show gewesen wäre, Gott behüte. Es war ja nicht so, als sei es eine Art festlicher Schönheitswettbewerb, allerdings hätte Betty auch niemandem einen Vorwurf gemacht, der es so genannt hätte. Aber wäre es tatsächlich ein Schönheitswettbewerb gewesen, was es natürlich nicht war, hätte Bettys Kleid gewonnen. Nicht dass es irgendeine Form von Konkurrenz gegeben hätte. Keine ernstzunehmende, jedenfalls.

Betty hatte schon geglaubt, nach Akron oder Cleveland fahren zu müssen, war dann aber letztlich nach einer neuen Lieferung Mitte der Woche im Beulah Bechtel's fündig geworden: ein atemberaubendes dunkelpurpurnes, langärmliges Kleid aus dichter, schwerer Wolle mit perfekt geschnürter Taille und einem üppig ausgestellten Rock, der durch zusätzliche Unterröcke in Szene gesetzt wurde. Um dem Ganzen eine eigene Note hinzuzufügen, hatte sie Dolly am Ausschnitt eine Borte aus flauschigem weißem Hermelin annähen lassen, quasi als Hommage an die zeitlose Weihnachtskluft von

Santa und Mrs. Claus, und um ihr Dekolleté in Szene zu setzen. Das Dekolleté war auch das Einzige, was Betty davon abhielt, das Kleid auch bei der Messe am Heiligabend zu tragen. Denn so umwerfend sie darin auch aussah, insbesondere für eine Frau ihres Alters, wäre es dennoch nicht angemessen gewesen.

Vivian Dalton hingegen schien Bettys Empfinden, was sich ziemte oder nicht ziemte zur Geburt unseres Heilands und Erlösers, nicht zu teilen und hatte sich angemalt wie irgendein Sternchen aus einem zweitklassigen Film. In dem Moment, da die Daltons die Kirche betraten, fiel ihr der Anruf wieder ein. Ihre Augen wurden immer größer, während sie sie beobachtete, wie sie links den Gang entlangliefen. Es war ihr unerklärlich, wie sie das hatte vergessen können. Das heißt, eigentlich nicht, denn angesichts des Schönheitswettbewerbs mit den Kindern in der Schule, dem festlichen Schönheitswettbewerb bei den Millers (der eigentlich gar keiner war) und Charles' jüngster Beförderung und der Neuigkeit um seinen Bonus war es eigentlich kein Wunder, dass sie es vergessen hatte. Vivian Dalton lief bei ihr ohnehin unter dem Radar, auch wenn die Geschichte wirklich schockierend war und ein echter Skandal.

Sie beobachtete, wie die Daltons auf der Bank Platz nahmen. Eddie Dalton sah durchaus ehrbar aus mit seinem Übermantel und seinem wollenen Trilby-Hut, und ihre Tochter Charlotte, wie alt war sie wohl inzwischen, sie war an der Highschool, so viel wusste sie, sie war nur ein oder zwei Jahre älter als Margie, meine Güte, was für ein *schlaksiges* Ding, absolut kein Busen, und Vivian trug schon wieder *diesen Hut*, andererseits wem fiel schon der Hut auf bei all dem Make-up. Betty kniff sich kurz in die weiche Haut unterhalb ihrer Armbanduhr, wo sie den Engelanhänger befestigt hatte. Das war die Idee ihres Therapeuten gewesen und sollte sie daran erinnern, nicht ständig andere zu beurteilen. *Denk daran, weshalb wir hier sind.* Vivians fellbesetzter Kragenmantel war recht hübsch. Allerdings vermutlich gefärbtes Eichhörnchenfell. *Es ist Weihnachten,* ermahnte Betty sich selbst und berührte aus einem Reflex heraus den Ärmel ihres Nerzmantels.

Betty fragte sich, ob sie ihren Plan, das Gerücht zu streuen, noch einmal überdenken sollte. Sie warf einen Blick auf das lebensgroße Kruzifix an der gegenüberliegenden Wand und senkte den Blick. Das war ihrer nicht würdig. Sie war immerhin eine Stütze der Gesellschaft. Es war Aufgabe von Leuten wie Betty, ein Exempel zu statuieren und den Rest der Bevölkerung von Wooster dazu anzuhalten, das Beste aus sich zu machen. Wie jedes Mal an Heiligabend hatte Betty dafür gesorgt, dass die Millers früh genug an der Kirche eintrafen, um Reverend Alsop zu begrüßen, ehe er sich in sein Arbeitszimmer zurückzog, um die letzten Vorbereitungen für die Predigt zu treffen. Früh genug, um noch einmal in Vestibül und Kirchenraum durchzufegen und den Festtagsschmuck zu putzen. Denn obwohl Betty im Gottesdienstkomitee saß, war Harriet Barnham diejenige, die für die Dekoration zuständig war, und jeder wusste, dass Harriet manchmal etwas schlampig war. Nachdem Betty die meisten Kieferngirlanden zurechtgerückt, die Mistelzweige oben an den Kirchenbänken zusammengebunden und Harriet angewiesen hatte, einen kleinen Teller unter jede Kerze zu stellen, damit die Kirche nicht ausgerechnet zu Jesu Geburtstag in einem Flammeninferno niederbrannte, hatte sie ihre vier Kinder in Reih und Glied aufgestellt. Margie, Duncan, Little Bitty und Charles Junior standen neben ihrem Vater, um den Großteil der

Gemeinde beim Hereinkommen zu begrüßen. Betty achtete auch darauf, dass die Millers exakt zehn Minuten vor Beginn des Gottesdienstes alle in der Kirchenbank saßen. Pünktlichkeit war ein Zeichen von Respekt. Ein frühes Eintreffen stellte sicher, dass man noch alle erforderlichen Vorkehrungen treffen konnte, und es erinnerte alle daran, wer hier wirklich das Sagen hatte.

Das Innere der Forest Chapel Methodist Church war in das warme Licht der Kerzen getaucht, erfüllt vom melodischen Chorgesang der Gemeindemitglieder, und erstrahlte in der magischen Aura der Weihnachtsstimmung. Wie stets waren einige der jüngeren Kinder aufgekratzt und unruhig, einige der älteren Kinder gaben sich betont gelangweilt, aber abgesehen davon formte die gesamte Gemeinde eine sich wiegende, betende, von Liebe erfüllte Einheit – passend zu diesem Abend, der die Geburt Jesu Christi markierte. *Lobet den Herrn!*

Nachdem der Gottesdienst vorüber war, löste sich auch allmählich die warme und magische, von Liebe erfüllte, aber auch wohlgeplante und strukturierte Stimmung des Abends auf. So war Vivian Dalton offenbar von ihrem Platz auf der Kirchenbank mit einem heiligen Katapult nach vorne geschleudert worden, nachdem das Kirchenlied verklungen war, da sie die Erste an der Kanzel war, die Reverend Alsop frohe Weihnachten wünschte. Betty, die sonst immer als Erste an der Kanzel war, stand nun plötzlich in der zweiten Reihe hinter Vivian, starrte schäumend vor Wut auf deren scheußlich geschmacklosen Hut und fragte sich, ob das Schnapsgeruch war, den Vivian da ausströmte, während sie darauf wartete, bis sie an der Reihe war.

Betty schüttelte mit beiden Händen Reverend Alsops Hände und schenkte ihm ihr inbrünstigstes »*Fro*-he Weihnachten!«, in dem Versuch, den größten Eindruck zu hinterlassen, wenn sie schon nicht die Erste gewesen war. Dann blieb sie am Altar stehen und plauderte freundlich mit Mary und Gerald Houder, während sie versuchte, ihren Zorn zu zügeln an diesem heiligsten aller Abende. Lauter Houder, wie einige ihn in ihren weniger gütigen Momenten nannten, strapazierte ihre Nerven. Er weigerte sich ein Hörgerät zu tragen und forderte einen immer auf, alles zu wiederholen. »Wie bitte? Ich kann dich nicht hören. Sag das noch mal. Lauter!«

»Ich *SAGTE*« – Betty hob ihre Stimme fast zu einem Schreien – »*FREUST* DU DICH DARAUF, *ZEIT* MIT DEINEN *ENKELN* ZU VERBRINGEN?«

Vivian hatte so getan, als habe sie gar nicht bemerkt, dass Betty hinter ihr stand, Reverend Alsop theatralisch »Frohe Weihnachten!« gewünscht und war dann zurück zu ihrer Familie gegangen. Aus dem Augenwinkel sah Betty, wie Eddie Dalton mit John Randall redete, und die kleine Dalton hatte sich neben Lacy Granger auf die Kirchenbank plumpsen lassen, mit der sie bestimmt gerade besprach, wie sehr sie wünschten, Margie würde sie in ihren Freundeskreis aufnehmen. Margie war enorm beliebt in der Schule. Betty sah abwechselnd von Mary und Lauter Houder zu den Daltons hinüber, wo sie Vivian hinter Eddie stehen sah, der mit John sprach. Vermutlich unterhielten sie sich übers Schneeschippen.

Betty sah Charles, der sich den Gang hinunter vorarbeitete und den anderen Kirchgängern die Hände schüttelte; bestimmt konnte er es nicht erwarten, nach Hause zurückzukehren, wo er sich einen kräftigen Martini genehmigen würde. Als er Vivian Dalton erreichte, fuhr Betty ihre Antennen aus und blendete Lauter Houder augenblicklich aus. Dieser hatte sie diesmal prima gehört, aber nur weil er ihr bis auf wenige

Zentimeter nahe gerückt war, und offenbar hatte er seine Kaugummis zu Hause vergessen. Ihr Blick schnellte in Charles' Richtung. Vivian scharwenzelte regelrecht um ihn herum, strich sich imaginäre Haarsträhnen aus dem Gesicht, berührte mehrfach seinen Arm, nestelte an seinem Einstecktuch herum und klimperte mit den Wimpern, während sie auf eine Art kicherte, die ihrem Alter völlig unangemessen war.

Betty straffte die Schultern, blähte die Nasenflügel auf, entschuldigte sich bei den Houders und ging an den Hoopers und Chandlers vorbei, die sie kaum grüßte, während sie sich mit angespanntem Lächeln an ihnen vorbeidrängelte. Eilig zog sie Charles am Ellenbogen weg von Vivian, die sich daraufhin Burt Chandler zuwandte. Betty fluchte leise und warf einen entschuldigenden Blick Richtung Reverend Alsop, der von der Kanzel den Gang hinuntergelaufen war und in Hörweite stand, auch wenn sie sicher war, dass er sie nicht gehört hatte.

»Frohe Weihnachten, Reverend Alsop«, sagte sie erneut, diesmal jedoch mit leichtem Zähneknirschen.

Gereizt winkte sie Margie und Duncan zu, die Little Bitty und Charles Junior an den Händen hielten, aber noch immer bei ihrer Bank ganz vorne am Altar standen. *Wir gehen*, formte sie lautlos mit dem Mund und schob Charles vor sich her den Gang hinunter zum Ausgang. Am Vestibül fiel ihr entnervt ein, dass sie ihren Nerzmantel in der Bank vergessen hatte. Steif vor Wut gelang es ihr nur mit Mühe, mit strahlenden Augen und hochgezogenen Mundwinkeln auf die Leute zu reagieren, die an ihr vorüberkamen und freudig »Frohe Weihnachten!« wünschten.

»Liebling«, sagte Charles, eine Hand auf ihre Schulter gelegt. »Wo ist dein Mantel?«

»Hier, Mom.« Margie, gekleidet in ein rotes Samtkleid mit weißem Spitzenkragen, trug den Nerz über ihrer linken Schulter und zog Little Bitty in ihrem Zuckerstangenstreifenkleid und Bloomer-Pumphose an der rechten Hand mit sich. Dahinter folgten Duncan und Charles Junior im Gänsemarsch in ihren passenden dunkelgrauen Anzügen mit dunkelgrünen Seidenkrawatten.

Betty sah zuerst zu ihren Kindern, dann zu ihrem Mann.

»*Danke*, Schatz. Du bist ein liebes Mädchen.« Sie kniff Margie liebevoll in die Wange und hatte dann drei Gedanken: wie froh sie war, dass Margie ihre zarten Züge geerbt hatte, dass Weihnachten wirklich die schönste Zeit des Jahres war und dass Vivian Dalton kriegen würde, was sie verdiente.

## KAPITEL 16

Was Karma und ausgleichende Gerechtigkeit betraf, hätte Vivian nicht das Gefühl gehabt, dass sie in der Vergangenheit irgendetwas gesagt oder getan hatte, weshalb ihr irgendeine Form von Vergeltung gebühren würde.

**Vergeltung**

1. Rache, Heimzahlung
2. im weitesten Sinne jede Reaktion auf eine vorhergegangene Aktion auf Gegenseitigkeit
3. Strafe, Genugtuung für eine (meist negative) Handlung

Aber womöglich hatte sie im Lauf der Jahre ein paar Dinge vergessen. Wer erinnerte sich schon an jedes kleine bisschen, das er je gesagt hat? Vivian war besser darin, sich jede Kränkung, jede Stichelei und Frotzelei zu merken, die sie hatte erdulden müssen, als sich alles zu merken, was sie gegenüber anderen gesagt oder getan hatte. Und momentan musste sie mehr erdulden, als sie selbst glaubte zu verdienen.

Seit dem Anruf bei Betty Miller an jenem furchtbaren, finsteren fünfzehnten Dezember hatte Vivian alle Emotionen von Schock über Fassungslosigkeit und Wut bis hin zu Angst durchlaufen und sich nun bei einer Mischung aus Wut und Angst eingependelt. Heiligabend war der einzige Abend gewesen, an dem sie alles in eine Kiste weggepackt und in die hintersten Winkel ihres Gedächtnisses verbannt hatte. Es war eine angenehme Ablenkung gewesen, eine geradezu traumhafte Veranstaltung, bei der Vivian, die normalerweise keinen Alkohol anrührte, alle Vorsicht in den Wind geschlagen und sich ein großes Glas Kochsherry genehmigt hatte, ehe die Daltons zur Kirche gegangen waren. Sie war ein wenig beschwipst gewesen, als sie ihr Make-up nachgebessert hatte, aber um die dunklen Augenringe abzudecken, war jede Menge Puder erforderlich, und dann hatte sie dadurch so ausgelaugt ausgesehen, dass sie noch ein wenig Rouge nachlegen musste. Und was war schon gegen ein wenig mehr Lidschatten einzuwenden? Immerhin war Weihnachten nur einmal im Jahr!

Die wohlige Wärme des Sherrys hatte sich während der Autofahrt zur Kirche in ihr ausgebreitet. Die Klopapierrolle in der beengten Toilette in der Kirche hatte lustige Geräusche gemacht, als sie fest daran zog und dabei zusah, wie sie sich klapp-klapp-klapp entrollte, und Vivian hatte leise darüber gekichert, wie das Papier zu einem weichen Haufen zusammensank, als sie es schließlich abriss. Als Reverend Alsop schließlich alle bat aufzustehen, um »Angels We Have Heard on High« anzustimmen, leuchteten die Kerzen in den Buntglasfenstern, das Kirchenschiff war erfüllt vom Duft frischer Kiefernnadeln, Parfüm und Eau de Cologne, und Vivian pries mit voller Inbrunst die Geburt des Heilands und Herrn. Lauthals.

Als das letzte »Amen« des Gottesdienstes erklang, hatten Vivians wohlige Wärme und inbrünstiger Lobpreis etwas nachgelassen, und sie wollte dem Reverend unbedingt noch »Frohe Weihnachten« wünschen, ehe sich ihre Hochstimmung in einen leichten Kopfschmerz und leise, nach Sherry duftende Rülpser wandelte. Sie konnte nicht behaupten, dass sie vieles von dem Abend erinnerte, aber Junge, Junge, der Sherry hatte auf jeden Fall dafür gesorgt, dass sie allen in der Kirche etwas wohler gesinnt war. Die Leute waren doch gar nicht so übel!

Als die Weihnachtsdeko abgenommen und die letzten Reste der Festtagsstimmung vom Boden der Forest Chapel Methodist Church aufgekehrt worden waren, fühlte sich Vivian, als ob man ihr ebenfalls ihre Feiertagsdekoration heruntergerissen hätte. Zurück blieben unterschwellige Feindseligkeit und extreme Paranoia. Beim nächsten Sonntagsgottesdienst war sie gedanklich viel zu sehr mit sich selbst beschäftigt, um irgendeiner der geistlichen Botschaften von Reverend Alsop auf der Kanzel Beachtung zu schenken. Ihr fiel kaum auf, dass Dora Archer allein da war, wo es doch sonst die ideale Gelegenheit geboten hätte, sich über Earl Archers Vergesslichkeit lustig zu machen. Der alte Knacker hatte diesmal nicht sein Portemonnaie vergessen, sondern offenbar den ganzen Gottesdienst! Außerdem nahm sie kaum Notiz davon, dass sich Stewart Bowens Frau einen neuen Hut und Mantel zugelegt hatte, was vielleicht bedeutete, dass Stewart einen neuen Job gefunden hatte. Und Mrs. Butler war mit ihrer Tochter Maxim da; vielleicht war sie über die Feiertage zu Besuch und hatte sich endlich für die Patchworkdecke bedankt. All diese Dinge nahm Vivian nur am Rande wahr. Denn Vivians Fokus richtete sich auf sie selbst. Auf sie selbst und darauf, wie alle anderen sich ihr gegenüber verhielten. All ihre Sinne waren darauf geschärft, jedes kleinste Detail zu registrieren. Jeden Blick, jedes Getuschel, jede Geste rings um sie herum. Betty Millers Anwesenheit nahm sie wahr, mied aber tunlichst jeden Blickkontakt.

Vivian hatte zwischen Weihnachten und Neujahr einen Ausflug in die Schreibwarenabteilung von Woolworth gemacht und sich ein kleines braunes Notizbuch sowie einen kleinen Taschenkalender gekauft. Darin hatte sie den fünfzehnten Dezember eingekreist. Den Tag, der ihr Leben verändert hatte. Dann zeichnete sie in die Ecken von allen darauffolgenden Tagen kleine Kästchen zum Abhaken. Ihr ganz persönlicher Adventskalender der Angst.

Die Tage bis Weihnachten waren mit einem leichten Bleistifthäkchen versehen. Sie war auf der Hut gewesen, hatte in jedes Telefongespräch, das sie am Klappenschrank verbunden hatte, hineingehorcht und gleichzeitig das andere Ohr gespitzt, falls es Getuschel im Raum gab oder eine ihrer Kolleginnen über etwas redete, was sie mitgehört hatte. Beim neunzehnten Dezember war statt des üblichen Häkchens ein kleines *x* im Taschenkalender vermerkt. Das war der Abend gewesen, an dem es ihr gelungen war, Edward mit ihrer Dinnerparty für die Tomasettis zu ärgern. *Na, wie fühlt sich das an, Edward?*

Danach folgten weitere Häkchen, aber am vierundzwanzigsten hatte sie erneut ein kleines *x* notiert. Edward war sauer auf sie gewesen wegen ihres Benehmens in der Kirche und hatte auf der Rückfahrt nach Hause sowie am ersten Weihnachtstag ein wenig gemurrt. *Gut so.*

*Häkchen, Häkchen, Häkchen, Häkchen, Häkchen.* An die Stelle von Vivians innerer Aufgewühltheit trat eine mulmige Ruhe. Als hätte man einen Deckel draufgesetzt oder wie bei diesen Springteufeln für Kinder, bei denen an einer Springfeder ein Clown aus einer Kiste geschnippt kommt.

Silvester gab es lediglich ein weiteres Häkchen. Vivian gab vor, schreckliche Kopfschmerzen zu haben, damit sie sich um die Feier mit den Giffords von nebenan drücken konnte. Während Edward wegging, um mit Quentin Gifford ein paar Bier zu trinken und Zigarren zu rauchen, und Charlotte bei Sue Barker übernachtete, saß Vivian in ihrem Flanellschlafanzug und mit Lockenwicklern im Bett. Sie nahm die Zähne heraus, schmierte sich mit ihrer Gesichtscreme ein und spielte ein paar Runden Solitär. *Der Käse stand allein da, der Käse stand allein da …*

Die lauten Stimmen und das Gelächter von nebenan drangen bis hinauf und durch die Wände ihres Schlafzimmers im ersten Stock, und Vivian drehte sich entnervt in die Richtung, aus der der Lärm kam, ehe sie nach ihrem Drink griff. Sie kippte das Glas und leerte die letzten Tropfen ihres Kochsherrys. Sie hatte gehofft, er würde eine besänftigende Wirkung auf sie ausüben, wie an Heiligabend in der Kirche, aber ihre Stimmung hatte sich nur noch mehr verfinstert. Sie starrte ins Glas, betrachtete das Diamantenmuster und erinnerte sich an das erste Mal, als sie ein Glas gegen die Wand gehalten hatte, um einem Gespräch zu lauschen, das nicht für ihre Ohren bestimmt war. Dann holte sie weit aus und schleuderte das Glas, so fest sie konnte. Es traf die hohe Kommode direkt hinter dem Bett und zerbrach in lauter Teile, die auf den Teppich fielen und einen kleinen Scherbenhaufen bildeten.

Vivian hatte Filme gesehen, in denen eine drastische Geste wie diese für die Hauptfigur ein Aha-Moment gewesen war, in der sie irgendeine Form der Wahrheit erkannte. Ausgelöst durch den Schock irgendeine Form der Erkenntnis hatte, normalerweise akustisch untermalt von einem Schlag aufs Schlagzeugbecken oder einem Trompetentusch. Aber Vivians zerbrochenes Glas hatte ihr lediglich einen Saustall eingebracht, den sie aufräumen musste. Sie griff nach Edwards Kissen, vergrub ihr Gesicht darin und schrie.

Es kam kein Aha-Moment, keine Erkenntnis und keine

Wahrheit. Bis zum dritten Januar. Der dritte Januar war auf dem kleinen Woolworth-Kalender mit einem dicken Kreis aus blauer Tinte markiert. Ein dicker Kreis, bei dem Vivian so fest aufgedrückt hatte, dass er einen Abdruck auf allen anderen Monaten des Kalenders hinterlassen hatte. An den Tagen, die darauf folgten, trug Vivian passende dunkle Ringe unter den Augen, als ob sie sie im Schlaf immer wieder mit dem blauen Stift aufgemalt hätte.

# KAPITEL 17

Vivian Dalton hätte ihrem Glücksstern dafür danken sollen, dass Betty Miller zwischen Weihnachten und Neujahr zwei Wochen lang nicht in der Stadt war. Bettys Wohlwollen gegenüber Männern hatte sich bei Vivians kleinem Auftritt in der Kirche am Heiligabend erschöpft, aber am nächsten Tag war Bescherung und weder Raum noch Zeit für irgendetwas anderes als Familie, Geschenke und Spielzeug. Und was für Mengen an Spielzeug! Santa hatte sie alle reich beschenkt. Erst nachdem die Kinder an jenem Abend ins Bett gegangen waren, vollgestopft mit Schokolade, Zuckerstangen und Plätzchen, hatte Betty den Anruf von Marilyn Dean entgegengenommen und sie spontan eingeladen rüberzukommen, um ein paar Cocktails mit ihr zu trinken.

»Missst«, flüsterte sie, sobald sie aufgelegt hatte, wobei das *t* abbrach wie einer der Eiszapfen, der von ihrem Haus hing. Ohne es zu wollen, bot sie Marilyn eine einmalige Gelegenheit.

Nachdem Bettys Vater zum Bürgermeister gewählt worden war, schien plötzlich jeder sie um einen Gefallen zu bitten. Es war nicht so, als ob sie es insgeheim nicht genießen würde, noch einflussreicher als ohnehin schon zu sein, aber wenn sie nicht dafür in der Stimmung war, nervte es. Marilyn Dean belästigte und bedrängte Betty schon eine ganze Weile damit, ihren Vater doch zu überreden, ihren Ehemann Farley zum Finanzdirektor von Wooster zu ernennen. Betty trommelte mit einem manikürten Zeigefinger in Revlon-Fire-&-Ice-Rot auf den Beistelltisch und starrte auf das Telefon. Sollte sie Marilyn anrufen und absagen? Nein. Nein, natürlich konnte sie jetzt unmöglich noch absagen. Was hatte sie sich eigentlich dabei gedacht? Gott, war das egoistisch. Es war schließlich Weihnachten! Und Marilyn hatte noch überreizter geklungen als sonst. Vermutlich suchte sie einfach etwas Erholung nach all dem Weihnachtsstress, den jeder kannte, der von der ganzen Aufregung und dem ganzen Zucker überdrehte Kinder daheim hatte. Little Bitty und Charles Junior waren so hin und weg gewesen von ihrem neuen Mr.-Kartoffelkopf-Kit, dass sie die Hälfte der Kartoffeln, mit denen Dolly eigentlich ein Kartoffelgratin zubereiten wollte, durchbohrt hatten. Daraufhin hatte sie nebenan klopfen und sich von den Talbots welche borgen müssen. Bestimmt hatte Marilyn einfach nur einen ähnlich stressigen und chaotischen Tag hinter sich, aber sicher war sicher …

Betty bereitete sich innerlich darauf vor, Marilyn mit dem Klatsch über Vivian Dalton zu überfallen, sobald sie durch die Tür käme. Doch zu ihrer Überraschung kam Marilyn mit einer eigenen Krise hereingestürmt, und es hatte nichts mit der Position ihres Mannes als Finanzdirektor zu tun. Betty kam nicht zu Wort, während Marilyn wie ein Wasserfall davon redete, wie Farley den Vormittag mit ihr und den Kindern verbracht und dann behauptet hatte, er habe etwas Dringendes im Büro zu erledigen.

»Und dann ist er einfach gegangen. Wer bitte verlässt das Haus an Weihnachten, um ins Büro zu gehen?«

Betty schüttelte langsam den Kopf und schwenkte ihren Manhattan im Glas.

»Er ist Steuerberater. Welche Art von Steuernotfall kann sich am ersten Weihnachtstag ereignen, der sich nicht auch nach den Feiertagen klären lässt? Hmmm?«

Betty nahm die Flasche Whiskey und füllte Marilyns Glas auf.

»Noch eine Kirsche, meine Liebe?«

Marilyn nickte.

»Es ist ja nicht so, als ob er der Sheriff wäre oder Polizist. Geschweige denn Arzt.«

»Nein«, stimmte Betty ihr zu.

Sie dachte, falls Marilyn in dieser Aufzählung noch den Finanzdirektor erwähnen würde, wäre das ihr Stichwort. *Genauso wenig wie er Bürgermeister ist. Apropos, wo wir gerade von deinem Vater sprechen …* Aber Marilyn verpasste diesen offensichtlichen Anknüpfungspunkt und ritt immer wieder auf dem ihrer Meinung nach verdächtigen Verhalten Farleys herum. Betty lehnte sich auf dem Blumenmustersofa zurück und hörte weiter nur mit halbem Ohr zu. Der Barwagen stand in Reichweite.

»Aber was mir wirklich Sorgen macht«, Marilyn nahm einen großen Schluck von ihrem Drink, »ist, dass ich sein Scheckbuch gefunden habe, das offen auf dem Schreibtisch in seinem Arbeitszimmer lag. Weißt du, wie viel er seiner Sekretärin dieses Jahr als Weihnachtsbonus gezahlt hat?«

»Wie viel?«

»Zweihundert Dollar. Und weißt du, wie viel sie letztes Jahr gekriegt hat?«

»Wie viel?«

»Fünfzig. Also bitte, welche Sekretärin steigert sich von einem Fünfzig-Dollar-Weihnachtsbonus auf zweihundert? Das würde ich zu gerne mal wissen.«

Die Cocktails begannen zu wirken, und Marilyns Gesicht war gerötet. Allmählich fing sie an zu nuscheln.

»Ach, Süße.« Betty tätschelte Marilyns Knie. »Ich bin mir sicher, da ist nichts. Farley hat letztes Jahr gut verdient, oder nicht? Das meintest du jedenfalls.« Aber insgeheim dachte sie, dass eine Bonussteigerung von hundertfünfzig Dollar für sie ebenfalls höchst verdächtig klang. Sie versuchte sich zu erinnern, wie Farley Deans Sekretärin aussah, und fragte sich, ob es Marilyn erzürnen würde, wenn sie nachfragte. Sie beschloss, es sein zu lassen.

»Na ja.« Marilyn hielt ihr Whiskeyglas neben ihre mit Rouge geschminkten Wangen. »Das stimmt schon.«

Betty spitzte die Lippen und dachte darüber nach, was sie mit Farley machen würde, wenn sie Marilyn wäre, aber Marilyn war nicht sonderlich clever und verlangte auch nicht so viel Rechtschaffenheit wie Betty.

»Ich würde mir an deiner Stelle keinen Kopf machen«, log sie, so sehr um Marilyns wie um ihrer selbst willen. »Am besten gehst du nach Hause, schläfst dich aus, und falls du morgen jemanden zum Reden brauchst, rufst du mich einfach an.«

Betty war nicht sonderlich erpicht darauf, sich noch mehr über Farley anzuhören, der Marilyn offensichtlich betrog, und hatte sich nur deshalb großzügig als offenes Ohr für den nächsten Tag angeboten, weil sie wusste, dass sie nicht zu Hause sein würde, um ans Telefon zu gehen.

»Ach ja«, begann Marilyn, »ich wollte noch mit dir über Farley und die Stelle als Finanzdirektor sprechen.«

Betty nahm Marilyn das Manhattan-Glas ab und dirigierte sie sanft Richtung Tür. Unglaublich. Er betrog sie, und trotzdem wollte sie ihm helfen, in seiner Karriere voranzukommen.

»Natürlich.« Betty lächelte über ihre Fassungslosigkeit hinweg in dem Wissen, dass sie Farley nun ganz sicher nicht mehr helfen würde. Marilyn war vielmehr diejenige, die Hilfe benötigte. »Aber lass uns das morgen besprechen.«

Und noch ehe Marilyn Dean es sich versah, hatte sie Fuchsfellhut, passenden Mantel sowie Handschuhe an, hielt die Autoschlüssel in den Händen und machte sich auf den Weg zu ihrem Coupé de Ville, der in der kreisförmigen Einfahrt geparkt stand.

Am nächsten Tag verließen die Millers die Stadt, um den Rest der Woche bei Charles' Eltern in Cooperstown im Bundesstaat New York zu verbringen. Somit wäre Betty nicht da, wenn Marilyn anrief, Gott sei Dank, denn das würde ein langes Gespräch werden, und Betty hatte genug anderes, worum sie sich Sorgen machen musste. Ihre Schwiegermutter, das Risiko, auf der Straße von einem Blizzard überrascht zu werden, ihre Schwiegermutter, das Risiko, dass sich die Kinder Frostbeulen zuzogen, und ihre Schwiegermutter.

So kam es, dass Betty sich erst nach Neujahr, als sie nach Wooster zurückkehrte, wieder voll und ganz dem Klatsch und Tratsch um die Daltons widmen konnte. *Tja*, sagte sie sich, als sie im Telefonbuch die Rubrik mit den Floristen aufschlug und mit einer scharfen roten Kralle auf den Anfang der Seite tippte, *da Marilyn mit ihrem eigenen Skandal beschäftigt ist, muss ich die Sache wohl selbst in die Hand nehmen*. Und schon fing sie an einen Nachmittag zu planen, der ihr genau das ermöglichen würde.

»Ja, hallo, ich möchte gerne mit Barretts Blumenladen verbunden werden.« Sie griff nach Zettel und Stift. »Hallo?«

Stille am anderen Ende.

»Hallo?«

Betty tippte aggressiv mit dem Finger auf die Telefongabel.

»HALLO!«

*Mal ehrlich, diese Dinger sollten einem das Leben eigentlich doch erleichtern*, grummelte sie, als sie erneut wählte.

Betty hatte Dolly beauftragt, die Einladungen zu ihrem Teekränzchen persönlich abzuliefern, während sie sich um die Organisation der Blumen, Speisen und Getränke kümmerte, fragte sich aber, ob es andersherum nicht besser gewesen wäre. Die Bestellungen brauchten dreimal so lange wie sonst, da die Leitung so gut wie jedes Mal unterbrochen wurde, wenn sie versuchte jemanden anzurufen.

Wenn Betty Miller eine schriftliche Einladung versandte, rissen sich die Damen von Wooster förmlich darum zuzusagen. Diese Einladung jedoch war ein wenig ungewöhnlich, so scheinbar ganz ohne ersichtlichen Anlass. Es gab keinen Geburtstag, keine Verlobung, Hochzeit oder Geburt eines Babys zu feiern, und es war auch keine Benefizveranstaltung, um Spenden zu sammeln. Betty Miller war die Königin der Benefizveranstaltungen. Der Januar, da hätten alle Damen einhellig zugestimmt, war normalerweise als Verschnaufpause nach all dem Weihnachtsstress vorgesehen, als kollektives Durchatmen. Aber auf der Einladung stand es schwarz auf weiß: Am Samstag, den 17. Januar würde nachmittags ein Teekränzchen stattfinden mit Brunnenkressesandwiches und höflicher Konversation. Was um Himmels willen konnte der Anlass sein?

Clara Weaver hatte sich über die Einladung geärgert, nicht nur weil sie ausgerechnet in jenen Monat fiel, der eigentlich der Erholung dienen sollte, sondern weil es auch hieß, dass sie ein Nachmittagskleid tragen musste. Sie hatte noch immer mit drei (oder vier) Kilo Weihnachtsspeck zu kämpfen, die sie (dank Plätzchen und Karamellbonbons) zugelegt hatte, und das einzige angemessene Kleid, in das sie noch passte, war von ihrer letzten Schwangerschaft übrig. Aber sie wusste, schlug man eine Einladung von Betty Miller aus, bekam man so lange keine mehr, bis sie beschloss, dass man lang genug in Woosters gesellschaftlichem Fegefeuer geschmort hatte.

Clara hatte also einen Gürtel locker um das Umstandskleid gebunden und war der Einladung gefolgt genau wie alle anderen geladenen Gäste. Dort hatten sie dann von ihren jeweiligen Weihnachtserlebnissen berichtet, Sandwiches und Plätzchen gegessen sowie Tee und Fruchtpunsch getrunken. Und sie hatten alle von der Sache mit Vivian Dalton und ihrem Mann erfahren. In der atemlosen Stille, die folgte, hatte man mehr Perlenkettengefummel und *Ts, ts, ts* gehört als letzten Sommer bei der Wayne County Fair, der hiesigen Kirmes, als herauskam, dass Lucy Kratz das Kirschkuchenrezept von Ethel Armstrong geklaut und es als ihr eigenes ausgegeben hatte.

Ann Metcalf war so überrascht über diese Neuigkeit über die Daltons gewesen, dass sie etwas von dem Shrimp-Louie-Garnelensalat auf ihr neues oranges Shantungseidenkleid kleckerte, das sie extra für das Teekränzchen bei Beulah Bechtel's erstanden hatte.

Sämtliche Damen der Teerunde verstanden sich auf die hohe Kunst, Anteilnahme zu heucheln. Während sie an ihren Perlenketten herumnestelten und *Ts, ts, ts* machten, stellten sie laut die Frage, wie die arme, arme Vivian mit dieser Neuigkeit umgehen würde, wenn erst einmal ganz Wooster davon erfuhr. Edward Dalton hatte eine zweite Ehefrau.

## KAPITEL 18

»Meine Mutter hat unseren winzigen Dachboden in ein Büro umgewandelt«, erzählte Charlotte Dalton Sue Barker beim Mittagessen in der Cafeteria der Wooster Highschool. Dort unterhielt man sich lauter als in den Klassenzimmern oder auf den Fluren, und zusammen mit dem konstanten Klappern von Besteck bildete der Lärm eine gute Ablenkung und ein angenehmes Maß an gedämpftem Chaos, das es Charlotte erlaubte, ihre Sorgen zum Ausdruck zu bringen, was das Verhalten ihrer Mutter in letzter Zeit betraf.

»Ein paar Tage nach Neujahr. Sie hat alle Kisten in die Ecken geschoben und einen kleinen Tisch vors Fenster gestellt mit ihrer Schreibmaschine, einem Stapel Papier und Stiften.«

»Und warum?«, fragte Sue, ehe sie ein großes Stück von ihrem Leberwurstsandwich abbiss.

»Keine Ahnung«, antwortete Charlotte mit einem Schulterzucken, das gelassener aussah, als ihr zumute war. »Vor Weihnachten hat es angefangen, dass sie sich seltsam verhalten hat. Das heißt, seltsamer als sonst. Irgendwie ist sie meinem Dad gegenüber ziemlich unterkühlt, aber er scheint es nicht zu bemerken.«

»Ha! Typisch, oder? Mein Dad ist genauso. Der kriegt nie was mit.«

»Ja«, pflichtete Charlotte ihr bei und biss ein Stück von ihrem Apfel ab. Während sie darauf herumkaute, ließen beide

Mädchen ihren Blick durch die Cafeteria schweifen. »Ich meine«, sie schob das Apfelstück zum Sprechen in die Wange, »sie scheint so *richtig, richtig* sauer auf ihn zu sein.«

»Du meinst, so richtig eiskalt eisig?« Sue rümpfte mit der Nase, wie immer, wenn sie kleine Wortspiele machte. »So wie ein eiskalt eisiger Eisklotz?«

»Wir sind dieses Jahr nicht mal nach Akron gefahren, um uns den Weihnachtsschmuck in den Schaufenstern anzuschauen.« Charlotte ignorierte die Eisklotz-Bemerkung, da Sue wie immer alles ins Lächerliche zog, wohingegen es ihr durchaus ernst war. »Normalerweise fahren wir jedes Jahr mit der ganzen Familie hin. In gewisser Weise hatte ich mich schon darauf gefreut. Du weißt schon, ein bisschen einkaufen und bei O'Neill's zu Mittag essen.«

»Ohh.« Sue zog Anteil nehmend eine Schnute. »Wir waren da. Aber es war nichts Besonderes. Gräm dich nicht. Meinst du, ich sollte mir noch ein Stück Kuchen holen?«, fragte sie und reckte den Hals in Richtung der Essensausgabeschlange.

Charlotte wusste, dass Sue das mit dem O'Neill's nur ihr zuliebe herunterspielte. Das O'Neill's war zu Weihnachten immer eine Wucht. An dem Wochenende, an dem sie eigentlich hatten fahren sollen, war ihrer Mutter schlecht gewesen. So schlecht, dass sie das Bett hüten musste, und Charlotte hatte ihr Orangensaft, Toast und eine Hühnerbrühe gebracht. Dann, gegen drei Uhr nachmittags am Sonntag, war sie aus dem Bett gehüpft und hatte darauf bestanden, unbedingt das Haus putzen, die Wäsche machen und Abendessen zubereiten zu wollen. Charlotte hatte daraufhin gedacht, dass es entweder ein enorm schnell vorübergehender Virus gewesen war oder ihre Mutter die Übelkeit nur vorgetäuscht hatte, um nicht nach Akron fahren zu müssen.

»Sie war fast schon ein wenig unheimlich.« Charlotte starrte wie in Trance auf eine Stelle hinter Sues Schulter, als sie daran zurückdachte, wie ihre Mutter an jenem Abend mit dem Messer in der Küche gestanden und beim Essen mit der Gabel auf dem Teller herumgestochert hatte.

»Und hab ich dir erzählt, wie sie eines Abends so ein italienisches Ehepaar zu uns zum Essen eingeladen hat?«

Sue fielen beinahe die Augen raus, während sie stirnrunzelnd auf einem Bissen herumkaute.

»Jep«, fuhr Charlotte fort. »So eine Frau, mit der sie arbeitet. Und das, nachdem sie einen Aufstand gemacht hat, als ich Rosie Gianetti mit nach Hause bringen wollte.«

Charlotte starrte erneut über Sues Schulter hinweg, als sie an die seltsam übertriebene »Gastfreundlichkeit« dachte, die sie an jenem Abend diesen netten Italienern gegenüber an den Tag gelegt hatte. Und seit wann lud ihre Mutter Kollegen zum Abendessen ein? Sie lud nicht einmal Freunde zum Abendessen ein. Das heißt, wenn man ehrlich war, hatte sie gar keine Freunde. Und dann ihr mysteriöses Verhalten in der Kirche am Heiligabend.

»Zu Hause herrscht immer noch eine echt unangenehme Stimmung, und alter Schwede …«, sie riss sich von ihrem tranceartigen Blick los und blickte auf ihr Tablett, »in letzter Zeit habe ich das Gefühl, dass sie uns belauscht, wenn wir das Telefon benutzen. Außerdem stellt sie alle möglichen Fragen und löchert ständig meinen Vater, wohin er geht.«

»Oh, Mann«, sagte Sue. »Mütter.«

»Aber diesen einen Tag, direkt nach Neujahr, Mann, war sie da sauer. Ich glaube, so sauer habe ich sie noch nie erlebt.«

»Wirklich?«, fragte Sue ungläubig. »Nicht einmal, als du dieses Buch über Syphilis mit nach Hause gebracht hast?«

Sobald sie das Wort »Syphilis« ausgesprochen hatte, brach sie in Lachen aus.

Charlotte, die nicht lachte, warf ihr böse Blicke zu.

»Was ist denn so lustig?« Barb Harper setzte sich neben Sue und stellte ihr Tablett ab, auf dem ein Kakaopäckchen und ein Teller mit einem Batzen grüner Bohnen stand.

»Ach, nichts.« Charlotte winkte ab und versuchte abzulenken.

»Ach, nichts, nichts.« Sue kam wieder zu Atem und blickte auf Barbs Tablett, auf dem ihr der fehlende Kuchen auffiel. »Erinnerst du dich noch, als wir im Englischunterricht *Der Mythos des Sisyphos* gelesen haben?«

»Sue ...«, warnte Charlotte sie.

»Ja«, antwortete Barb und zog den Deckel ihres Kakaopäckchens ab.

»Tja, Charlotte kam eines Nachmittags mit dem Buch unterm Arm von der Schule, und als ihre Mutter das Cover sah, ist sie regelrecht ausgeflippt.«

»Sue!« Charlotte schlug mit der Handfläche auf den Tisch, als wolle sie einen ungezogenen Welpen zurechtweisen.

Aber Sue machte weiter.

»Was hat sie noch mal gesagt?« Sue blickte Hilfe suchend zu Charlotte, die die Hände vors Gesicht schlug.

»Irgendwas von wegen: ›DU BRINGST MIR KEINE PORNOGRAFIE INS HAUS!‹«

Alle an den Tischen vor und hinter ihnen drehten sich um und starrten Sue mit offenem Mund an. Charlotte hatte die Stirn auf die Tischplatte gelegt und verbarg den Kopf unter den Armen.

»Hat sie nicht!«, sprudelte es aus Barb heraus, die genauso schockiert war wie die Schaulustigen an den anderen Tischen.

Charlottes Kopf nickte unter ihren übereinandergeschlagenen Armen. »Hat sie doch«, drang die gedämpfte Antwort hindurch. »Dann hat sie einfach das Cover abgerissen und versucht, das ganze Buch entzweizureißen.«

»Oh, Mann.«

Sue krümmte sich erneut vor Lachen, als Charlotte ihren Kopf vom Tisch löste, tief Luft holte und ihren Pulli zurechtzog. »Na ja, immerhin ist sie nicht in die Schule gekommen und hat Mr. Grandy deswegen angeschrien.«

Barb staunte. »Das traust du ihr zu?«

»Ja.«

Charlotte war völlig baff gewesen von dem irren Ausraster ihrer Mutter, und sie hatte ein paar Minuten gebraucht, ehe sie den Denkfehler erkannte. Ihre Mutter war so aufgebracht gewesen, dass Charlotte keine Gelegenheit hatte, die Sache aufzuklären, und war einfach mit den verbliebenen Buchfetzen nach oben in ihr Zimmer gegangen. Dort hatte sie dann die Furcht überkommen, ihre Mutter könnte mit ihrer *Rasenden Rage*, zweimal mit großem *R*, mit wild abstehenden Haaren und irrem Blick in die Schule stapfen, das Taschenbuch wie eine Waffe schwingend, und verlangen, sofort mit jenem Dreckschwein sprechen zu wollen, das ihrer Tochter dieses pornografische Material gegeben hatte.

Charlotte hatte bis zum Frühstück am nächsten Morgen warten müssen, als ihre Mutter in aller Seelenruhe ihren Kaffee trank, um zu erklären, dass Sisyphos ein griechischer Gott war und keine Geschlechtskrankheit. Ihre Mutter hatte genickt und Charlotte eine Papiertüte und Klebeband gegeben, um das Cover wieder am Buchrücken anzukleben. Aber sie hatte sich nicht entschuldigt. Sie entschuldigte sich nie.

»*Der Mythos der Syphilis*, hahaha. Hey, du schaust doch

bestimmt heute Abend *I Love Lucy*, oder?«, fragte Sue, die thematisch nahtlos von der beschämenden Verwechslung zu der beliebten Sitcom wechselte und Charlottes Sorgen um den schief hängenden Haussegen bereits völlig vergessen hatte. »Sie kriegt endlich ihr Baby!«

»Aber hör mal«, antwortete Barb. »Wer bitte würde sich das entgehen lassen?«

Charlotte wünschte, sie könnte genauso aufgeregt der heutigen Folge entgegenfiebern, in der Lucy und Ricky Ricardo ein Baby bekommen würden. Allerdings konnte sie einfach nicht das nagende Gefühl abschütteln, was ihre eigene Familie betraf. Irgendetwas stimmte nicht mit ihrer Mutter, und es schien, als bewegte sie sich am Rande des Abgrunds.

# KAPITEL 19

Wenn Vivian ihr Leben mit *I Love Lucy* verglichen hätte, wäre sie selbst Lucy und alle anderen wären Ethel. Lucy schien vom Pech verfolgt und musste im Laufe ihrer Beziehung mit Ricky allerlei Missverständnisse aus dem Weg räumen. Es wäre schön gewesen, wenn das hier ebenfalls nur eines wäre. Diese verfluchte Sache mit Edward *und seiner anderen Ehefrau.* Aber Vivian war sich inzwischen sicher, dass es sich nicht um ein Missverständnis handelte. Stand der Dinge am heutigen Abend war, dass Edward noch immer keine Ahnung hatte, dass sie Bescheid wusste, und sie hatte keine Ahnung, was sie deshalb unternehmen sollte.

Auf dem Fernseher der Daltons lief CBS, und Edward, Vivian und Charlotte saßen alle im Wohnzimmer an ihrem gewohnten Platz, als ob in den letzten drei Wochen nichts gewesen wäre. Edward auf seinem Sessel, Vivian an dem Ende des Sofas, das dem Fernseher am nächsten stand, und Charlotte auf dem Boden ans andere Ende des Sofas gelehnt mit einer Schüssel Popcorn im Schoß. Genauso, wie sie immer *I Love Lucy* zusammen schauten, als Familie. Vivian sah hinüber zu ihrer Tochter in Caprihose und Söckchen, die Maiskörner aus der Schüssel fischte.

»Mal sehen, wie die alte Jungfer Trumbull reagiert, wenn ein Neugeborenes im Haus plärrt«, stellte Charlotte in den Raum, während sie die Kerne auf einem Teller aussortierte.

Vivian murmelte beipflichtend. Alte Jungfer. Sie erinnerte sich, wie sie einmal ihre Schwester Vera als »Alte Jungfer!« tituliert hatte, als sie sich wegen des Claddagh-Ringes, der in der McGinty-Familie weitervererbt wurde, böse in die Haare gekriegt hatten. Diese hatte ihr daraufhin eine saftige Ohrfeige verpasst. Vera war immer schon die aggressivste der McGinty-Schwestern gewesen und fackelte nicht lange, wenn sie sauer genug war, und verteilte auch schon mal Backpfeifen. Vivian hingegen schlug nur verbal zurück, war dabei aber – im wahrsten Sinne des Wortes – nie sehr schlagfertig und schrie »Du bist doof!« oder »Ich könnte ja jetzt was sagen, aber ich sag es nicht!«, und ballte ihre Fäuste dabei so fest, dass ihre Fingernägel kleine Halbmonde in die Handflächen schnitten. Die arme kleine Violet verkroch sich bei diesen Streitereien einfach schluchzend auf ihr Bett, und Henry und Will verzogen sich in den Hof, so unangenehm war ihnen die Ausdrucksweise der weiblichen McGintys. Familie bedeutete manchmal mehr Ärger, als es einem lieb war.

Letztlich hatte Vivian den Claddagh-Ring bekommen, weil ihre Tante Catharine ihn der ersten Nichte versprochen hatte, die heiratete. So lautete die Regel. Wenn alle die Regeln missachten, wieso stellte man dann überhaupt erst welche auf, dachte Vivian. Tante Catharine hatte allerdings nach ihren eigenen Spielregeln gelebt. Sie war dreimal verheiratet gewesen, was zweimal mehr war, als die katholische Kirche empfahl. »Die Ehe«, hatte Tante Catharine gesagt, »ist etwas Wunderbares, aber manchmal macht man eben Fehler.« Sie hatte zwei Fehler begangen, war sich aber sicher, dass Gott Verständnis dafür haben würde, dass sie sie lediglich korrigierte. Niemand sollte sich deshalb sonderlich aufregen.

Was Vivian betraf, so lag der Fall klar auf der Hand. Sie war die erste der McGinty-Nichten, die heiratete, insofern gab es da gar nichts herumzudiskutieren. Vera jedoch behauptete, Tante Catharine hätte gesagt, der Ring solle an die *älteste* Nichte gehen, allerdings erinnerte sich außer ihr niemand an diese Version. Genau wie Tante Catharine legte Vera Regeln gerne eigenwillig aus. Als sie älter war, schnaubte sie verächtlich, sie hätte den hässlichen alten Ring sowieso nie gewollt, und fing an, Tante Catharine als »das Flittchen« der McGinty-Familie zu bezeichnen.

Vivian drehte den Goldring am rechten Ringfinger, während aus den Lautsprechern des Fernsehers die Musik der Jazzband dröhnte und der Titel der Sendung auf dem Bildschirm erschien. Bei *I Love Lucy* wurden die Daltons in die glückliche, unbeschwerte, hell erleuchtete Welt der Ricardos und Mertzes hineingezogen, wie Tiere in Zeichentrickfilmen vom Duft eines Kuchens angelockt werden, der zum Abkühlen auf dem Fensterbrett steht. An Montagabenden geriet eine halbe Stunde lang alles außerhalb der Welt von *Lucy* in Vergessenheit und schwebte über dem Fernsehgerät im Raum. Vivian behielt Edward mit argwöhnischem Blick im Auge, wurde aber bald schon wie immer in den Bann der Sendung gezogen. Die glücklichen Familien im Fernsehen schienen Vivians Mutter recht zu geben. *Allen geht es besser als uns.* Vivian war immer hin- und hergerissen gewesen zwischen der Frohnatur ihres Vaters und der Schwermut ihrer Mutter. Ihr ganzes Leben lang kämpfte sie gegen diese Schwermut an, die sie mit ihrem ganzen Gewicht herunterzog.

Die Daltons lachten gemeinsam darüber, wie Ricky aus übertriebener Sorge alle herumkommandierte. Sie lachten gemeinsam, als Ricky, Fred und Ethel eine Trockenübung starteten, wie sie Lucy ins Krankenhaus bringen würden. Sie lachten gemeinsam, als es bei Lucy endlich so weit war und die anderen drei in eine slapstickartige Panik verfielen, wobei Ricky den gesamten Inhalt ihrer Kliniktasche auskippte. Und sie lachten gemeinsam, als Ricky, Fred und Ethel einander anschrien, dass sie sofort ein Taxi für Lucy rufen müssten, und wie sie dann alle drei zur Tür rannten, um ein Taxi zu rufen, und dabei Lucy völlig vergaßen, die mutterseelenallein in der Wohnung stand und rief: »Wartet auf mich!«

Während der Zigarettenwerbung in der Pause dachte Vivian an die Nacht zurück, in der Charlotte geboren worden war, und wie panisch Edward gewesen war; wie liebevoll und besorgt und aufgekratzt er gewesen war und mit den Krankenschwestern und den Pflegern herumgestritten hatte, dass er ins Zimmer seiner Frau wolle. »Meine Frau braucht mich!«

Als *Lucy* nach der Werbepause wieder anfing, öffneten sich gerade die Türen des Krankenhauses, und man hörte eine Krankenschwester sagen: »Wir haben einen neuen Patienten hereinbekommen. Eine Entbindung.« Dann wurde Ricky in einem Rollstuhl hereingefahren, gefolgt von der schwangeren Lucy, die sichtlich schwerfällig hereinwatschelte und ihre eigene Kliniktasche trug. Bei diesem Anblick lachten Edward und Vivian am lautesten. Edward hatte selbst einen Schwächeanfall im Krankenhaus erlitten, als ihm »nur ein wenig schwindelig« gewesen war, sodass er sich auf einen der Stühle im Wartezimmer hatte setzen müssen.

Vivian beobachtete, wie Lucy und Ricky sich küssten, ehe Lucy in den Kreißsaal geschoben wurde, in dem Wissen, dass sie beim nächsten Wiedersehen ein Baby in den Armen halten würde. Edward blickte vom Fernsehbildschirm zu Vivian und warf ihr einen Kussmund zu. Seine Augen glänzten hinter den Brillengläsern. Vivian presste die Lippen fest aufeinander und richtete ihren Blick wieder auf den Fernseher.

Auf dem Bildschirm versuchte Ricky gerade, vom Wartezimmer des Krankenhauses aus einen Anruf zu tätigen. Da das Telefon keine Wählscheibe hatte, musste er sich verbinden lassen. Obwohl man die Telefonistin nicht sah, stellte sich Vivian das Mädchen am anderen Ende der Leitung vor mit ihren klobigen Kopfhörern auf dem Kopf und den Klinkensteckern in der Hand, und wusste, wenn sie wollte, könnte sie das Gespräch belauschen. Wer weiß, was sie wohl zu hören bekam? *Sagt dir der Name Edward Dalton etwas? … Er ist doch verheiratet, oder nicht? … Tja, offenbar hat er noch eine zweite Ehefrau.*

Lucy brachte einen Jungen zur Welt, und Vivian riss sich zusammen, bis auf dem Schwarz-Weiß-Fernseher eine letzte Nahaufnahme von dem Baby gezeigt wurde, wie es mit fest zusammengekniffenen Augen seine kleinen Hände unter dem Kinn ballte. Als erneut die Jazzmusik erklang und der Abspann zu sehen war, spürte Vivian, wie ihr die Tränen herunterliefen, und wusste, sie würde laut losschluchzen, wenn sie jetzt sprach. Mit angehaltenem Atem stand sie vom Sofa auf, stieg über Charlottes ausgestreckte Beine hinweg und verschwand hinter der Ecke und die Treppe hinauf, ehe Edward oder Charlotte ihr Gesicht sehen konnten.

Der Toilettendeckel war kalt unter ihrem Hintern, und sie zog die Beine heran, um die Stirn abzulegen, auch wenn ihr der Gürtel ins Fleisch einschnitt. Das Baby. Die Liebe zwischen beiden Eheleuten. All das hatte sie auch einst gehabt. Die Tränen liefen über den Rand ihrer Brille, und die erstickten Schluchzer landeten in ihrem Schoß, als Schnappschüsse aus ihrem Leben wie in einem Film vor ihrem geistigen Auge vorüberzogen. Glücklich! Lächelnd! Verliebt!

Vivians Körper begann zu beben, und sie wiegte sich schluchzend hin und her, während Tränen und Tropfen von der Nasenspitze sich in das Tal ihres Schoßes ergossen. Sie weinte und weinte, bis sie zu erschöpft war und jeder Atemzug Mühe kostete. Bis sie feststellte, dass sie alles herausgeweint hatte und sich nun einfach nur leer fühlte. Bis nichts mehr übrig war.

Ihre Füße rutschten vom Toilettendeckel mit einem Plumps zu Boden, und sie zog an der Klopapierrolle, um sich die Nase zu schnäuzen. Ihr Verstand sagte ihr, dass vor allem der Anblick des süßen Babys sie so aufgewühlt hatte. Aber es war nur eine Fernsehsendung. Es war nicht real. Vivian schniefte laut und putzte sich ein letztes Mal mit dem Klopapier die Nase, hob dann den Kopf und spürte, wie ihre getrocknete und zerlaufene Schminke zerbröckelte. Sie dachte darüber nach, dass Lucy nun in ihrer Ehe mit Ricky gefangen war. Nun, da sie ein Baby hatten, kam sie aus der Geschichte nicht mehr so leicht heraus.

Der Name *Sylvia Emerich* tauchte in ihrem Kopf auf. Sie hatte ebenfalls aufgrund eines Babys in der Falle gesessen, Sylvia Emerich aus Apple Creek. War gezwungen gewesen, von der Schule abzugehen, weil sie durch das Baby in der Falle saß. Männer machten immer viel Lärm darum, dass Frauen sie »in die Ehe-Falle locken« würden, dabei waren es die Frauen, die in eine Falle gelockt wurden. Von ihrem Mann, von ihrem eigenen Körper. Mannomann, Frauen, die kein Kind an der Backe hatten, waren wirklich zu beneiden, oder? Diese Flora Parker von der Building & Loan war zu beneiden. Wenn man kein Baby hatte, konnte man einfach so zweihundertfünfzigtausend Dollar stehlen, davonlaufen und alle Sorgen und Probleme (und den eigenen Ehemann) hinter sich lassen. *Ein Mops kam in die Küche und stahl dem Koch ein Ei.*

Vivians Lippenstift war bereits vor über einer Stunde abgegangen, als sie sich nach dem Essen den Mund abgewischt hatte, aber das Klopapier, das sie nun in den Mülleimer warf, war trotzdem vollgeschmiert mit Mascara, ihrer Pan-Cake-Grundierung und pinkfarbenem Rouge. Das Gesicht, das sie der Welt präsentieren wollte, war kreuz und quer über streifenförmigen Zellstoff verschmiert.

Sie vermied es, sich im Spiegel anzusehen, als sie über das Waschbecken gebeugt stand und im Schrank nach den Schlaftabletten stöberte. Vor lauter Döschen und Fläschchen fand sie sie nicht auf Anhieb, und ihre Hände zitterten bereits vor Müdigkeit und Gereiztheit. Das Wort »stöbern« schwirrte ihr immer und immer wieder im Kopf herum, während sie den Schrank durchwühlte, als ob das Wort selbst ihr dabei helfen könnte, die Tabletten zu finden. *Stöbern, stöbern. Gottverdammt, jetzt mach schon.* Ihre Hände bekamen allmählich einen Krampf, und eine neue Tränenflut staute sich hinter ihren Augen, als sie sie endlich fand.

Der Anblick der Tabletten löste etwas in Vivians Gehirn aus, und sie starrte in die Öffnung des Fläschchens. *Stöbern.* Das Fläschchen noch immer in einer Hand haltend, setzte sie sich wieder auf den geschlossenen Toilettendeckel und fühlte sich, als ob sich ein trüber Film von ihrem Geist gelöst hätte. Sie ruhte sich ein paar Momente aus und schniefte dann erneut. Fest entschlossen.

Vivian stand wieder auf und ging zum Waschbecken, wo sie zwei Tabletten aus dem Fläschchen herausnahm und sich hinten auf die Zunge warf. Sie drehte den Kaltwasserhahn auf schippte sich eine Handvoll Wasser in den Mund. Wenn Edward zu Bett ging, wollte sie bereits tief und fest schlafen.

Als sie unter der Decke lag und sich zu ihrer Wand, weg

von Edwards Bettseite, drehte, und darauf wartete, dass die Tabletten wirkten, fing sie an, abwechselnd ihre Zehen zu beugen und zu strecken, als ob sie durch das Bett paddeln würde, und sang im Kopf das Wort dazu. Stö … (strecken, beugen) … bern (strecken, beugen). Stö … (strecken, beugen) … bern. Sie hatte es lange genug vor sich hergeschoben. Das Gesicht zusammengezogen, kniff sie die Augen so fest zusammen wie möglich, damit ihr nicht wieder die Tränen kamen, und blies dann kapitulierend einen müden Atemstoß heraus. Sie würde diese Woche einen Termin bei Mr. McAfee machen.

# KAPITEL 20

Privatdetektiv Mr. Donald T. McAfee hatte im Auftrag von Vivian in Edward Daltons Vergangenheit herumgestöbert. Zwei Tage vor Weihnachten hatte sie sich mit Mr. McAfee in der Sekundärliteraturabteilung der Wayne-County-Stadtbibliothek getroffen. An einem Ort, an dem Vivian noch nie gewesen war und wo sie davon ausgehen konnte, keinem bekannten Gesicht über den Weg zu laufen. Nachdem sie zwanzig Minuten lang miteinander geredet hatten, schlug Vivian einen Geheimcode vor, den sie bei ihrem nächsten Telefongespräch verwenden würden.

»Nur vorsichtshalber«, hatte sie ihm in angemessenem Bibliotheksflüstern gesagt, »weil die Telefonistinnen manchmal die Gespräche belauschen.«

Don McAfee war derselbe Privatdetektiv, den die Wayne Building & Loan engagiert hatte, um Gilbert Ogden und Flora Parker nach ihrer *Veruntreung* der Bankgelder ausfindig zu machen. War das das richtige Substantiv? Veruntreuen, Veruntreung? Klang richtig, aber sie würde es zur Sicherheit noch mal in Charlottes Wörterbuch nachschlagen.

Soweit Vivian wusste, hatte Don McAfee Gilbert und Flora noch nicht gefunden, und vermutlich war es unhöflich, ihn danach zu fragen. Angesichts all der Zeitungsberichte hätte sie allerdings gedacht, dass sich mehr Hinweise ergeben würden, um den beiden auf die Spur zu kommen.

Don McAfee und Vivian hatten vereinbart, dass sie sich erst nach den Feiertagen wegen der Ergebnisse seiner Recherchen bei ihm melden würde. Als sie ihn am dritten Januar anrief, hatte Vivian ihm nur eine Frage gestellt: »Soll ich zu Ihnen ins Büro kommen?«

Hätte Don McAfee mit »Nein« geantwortet, hätte sie gewusst, dass die Gerüchte um ihren Mann nicht mehr waren als reiner Nonsens, und sie hätte die ganze Sache gegenüber einer gewissen Betty Miller richtiggestellt. Doch als sie Mr. McAfee fragte, ob sie in sein Büro kommen solle, hatte er mit »Ja« geantwortet.

Vivian hatte ihm daraufhin gedankt, den Hörer auf die Gabel zurückgelegt, war die Treppe hinauf ins Schlafzimmer gestürmt und hatte in ihr Kissen geschrien. Die Kissen der Daltons mussten in den letzten Wochen öfter gewaschen werden, insbesondere da Vivian sich nicht die Mühe machte, erst den Lippenstift abzuschminken. Das Ins-Kissen-Schreien war für Vivian das einzige Ventil für ihre Wut auf das Leben, die sich seit dem fünfzehnten Dezember verzehnfacht hatte. Ihre Nerven lagen blank, wie einige der alten Klinkerstecker bei Bell, bei denen die Stöpselschnüre durch die viele Beanspruchung und nachlässige Handhabung ganz abgewetzt waren.

Vivians Welt wurde immer enger, sodass außerhalb ihrer brandneuen persönlichen Hölle gefühlt nichts mehr existierte. Ihr privates Interesse an allem, was sich außerhalb ihrer kleinen Welt an der South Walnut Street und den vier Wänden der Ohio Bell-Telefonzentrale abspielte, verflog mit einem Mal, als die Wahrheit über ihr Leben über sie hereinbrach, kälter als die draußen herrschenden Januartemperaturen. Sie hatte kaum mitbekommen, dass die Bibliothek gerade eine

Sammlung historischer Zeitschriften von einem der Gründungsväter der Stadt geschenkt bekommen hatte, der Baumarkt war, ebenso von ihr unbemerkt, einen Block weiter nördlich gezogen, und auch die Installation des ersten Wählscheibenapparats in ihrer Stadt in Dr. Pauls Arztpraxis war an ihr vorübergegangen. Der technologische Fortschritt in Wooster würde Vivians Beruf eines Tages obsolet machen. Wenn es ihr nicht so gleichgültig gewesen wäre, hätte sie »obsolet« im Wörterbuch nachgeschlagen.

Die Folge von *I Love Lucy* und ihr Nervenzusammenbruch im Bad hatten ihr den Rest gegeben. Es war beinahe Neumond, und am Nachthimmel war nur eine hell leuchtende schmale Sichel zu sehen, die die normalerweise dunkle Landstraße beleuchtete, die hinaus zur Heidelberg-Schokoladenfabrik führte, wo sich das Büro von McAfee befand. Vivian war gar nicht auf die Idee gekommen, zu hinterfragen, wieso es sich ausgerechnet in einer Schokoladenfabrik befand, aber hätte sie ihn gefragt, hätte ihr Mr. McAfee erklärt, dass er ein paar Aufträge für Gunther Heidelberg erledigt hatte, der ihm seine Arbeit damit vergolten hatte, indem er ihm das Büro im oberen Stockwerk der Fabrik anbot. Außerdem hätte er geantwortet, dass er gerne mit dem Duft von Schokolade in der Nase arbeitete.

Vivian sang merkwürdig abgehackt laut vor sich hin, während sie den Buick über die schneebedeckte Straße lenkte. Es war nicht das freudige Singen, wie sie es in der Kirche gerne praktizierte, sondern eher stockend und betrübt.

»… Über den Mond sprang die Kuh …«

Wie ging das noch gleich? War da nicht auch etwas mit einem Bauernhof? Wo sollte eine Kuh auch sonst leben?

»… Der kleine Hund lachte …«

Immer diese blöden Hunde. Genau wie bei Edward, der ständig wieder mit seinen Hunden anfing. War das überhaupt ein Lied?

»… Teller und Löffel liefen weg im Nu.«

*Ich besitze Menschenkenntnis,* dachte sie. Sie lachte über sich selbst und dachte darüber nach, was sie alles hätte anders machen können, wenn sie wirklich Menschenkenntnis besitzen würde. Sie hätte einen der anderen Burschen heiraten können, die sie auf eine Spritztour im Auto mitgenommen hatten, oder auf dem Heuwagen draußen auf dem Feld, oder sie zum Eis in eine Milchbar eingeladen hatten. Jemanden, der sie nicht zum Gespött der Leute gemacht hätte. Johnston Reed! Wenn sie Johnston geheiratet hätte, würde sie jetzt bei den Bluffern in irgendeinem schicken Backsteinhaus im Norden der Stadt sitzen, anstatt mit gesenktem Haupt durch Wooster und von zu Hause zur Arbeit zur Privatdetektei zu schleichen.

*Lieber Gott im Himmel, wieso hatte sie sich ausgerechnet für Edward entscheiden müssen?*

Wenn er ihr schon nicht von seiner verflixten zweiten Ehefrau erzählt hatte, was hatte er ihr sonst noch verschwiegen? Weitere Kinder? Hatte er noch irgendwo eine zweite Familie? Eine Familie, die ihm nicht in den Ohren lag wegen seiner Nasenhaare und die ihm erlaubte, sich einen dämlichen Hund anzuschaffen? Vivian hatte Edward nie von Rambles erzählt. Sie war sieben Jahre alt gewesen, und Rambles, ihr Welpe, war gerade einmal knapp über ein Jahr alt, als er einem Eichhörnchen über die Veranda und hinaus auf die Straße hinterhergejagt und direkt vor die nigelnagelneue »Blechliesel« von Oscar Buckley gelaufen war, der in dem ruhigen Viertel eigentlich viel zu schnell fuhr. Der Schmerz über diesen Verlust saß einfach zu tief bei Vivian, als dass sie das noch einmal durchmachen wollte. Und Edward und Charlotte sollten das ebenfalls nicht durchmachen müssen. Sie war jedes Mal in Tränen ausgebrochen, wenn sie Mr. Buckley und diesen gottverfluchten Wagen sah, und hatte drei Kreuze gemacht, als er endlich verschrottet wurde. Danach konnte sie den Anblick von Hunden nicht mehr ertragen; sie kraulte sie nicht, hielt sie nicht im Arm, streichelte nicht ihre weichen Ohren und schaute nicht in ihre süßen Augen, sie mied sie einfach völlig. *Ich bin allergisch.*

Donald McAfees Büro sah genauso aus, wie sie sich die Kanzlei eines Privatdetektivs vorgestellt hatte, vor allem wenn er keine Putzfrau hatte. Spartanisch eingerichtet, was die Möbel betraf, aber die Papier- und Aktenstapel ließen es aussehen wie eine geschäftige Zeitungsredaktion. Vivian wollte auf dem einzigen Stuhl gegenüber dem Schreibtisch aus massivem Holz Platz nehmen und setzte sich mit dem Hinterteil auf einen Stapel aus Unterlagen und Büchern, der wegrutschte und sich in einer Papierlawine zu allen Seiten über den Boden ergoss.

»Oh, entschuldigen Sie bitte!« Vivian sprang sofort wieder auf die Beine und ging in die Hocke, um das herumliegende Papier aufzuheben. Wie fand sich der Mann nur in diesem Chaos zurecht?

»Schon in Ordnung«, sagte McAfee mit der dunklen Stimme, die so gar nicht zu seinem Aussehen passte. »Das räume ich später auf.« »Aufräumen« hieß für ihn, dass er all die Unter-2lagen und Akten einfach zusammenschob und sie zu einem unordentlichen Haufen stapelte. Doch das machte ihm nichts, er wusste meist genau, wo alles lag. »Ein Pfefferminz?«

Das Büro war weniger überraschend als Don McAfee selbst. Vivian hatte wahrscheinlich einen Humphrey-Bogart-Verschnitt erwartet, der zwischen den Bibliotheksregalen lauerte. Deshalb hatte sie ihr Erstaunen nicht verbergen können, als ihr der schlanke, vorzeitig ergraute, beinahe zierliche Gentleman seine weiche Hand entgegenstreckte und sie mit selbstbewusstem, festem Handschlag begrüßte. Kaum zu glauben, aber sie begutachtete sogar seine Fingernägel, die fein säuberlich geschnitten waren, nicht aufs Fleisch heruntergekaut (wie bei so einem Zappelphilipp), und ihr war auch nicht die Tatsache entgangen, dass er anders als Edward keine Brille trug. Wieso war ihr das nicht schon eher aufgefallen? Kleine verschlagene Knopfaugen, die sich hinter Brillengläsern versteckten. LÜGNER, LÜGNER, LÜGNER!

Mit einem angespannten Lächeln nahm sie wieder auf dem nun leeren Stuhl Platz und hielt ihre Handtasche auf dem Schoß fest. »Nein, danke«, lautete ihre automatische Antwort auf das angebotene Pfefferminzbonbon. Aber ihr Mund fühlte sich an wie der Küchenabfalleimer, und nachdem sie einmal mit der Zunge über ihren Gaumen gefahren war, überlegte sie es sich anders: »Wissen Sie was?«, sagte sie, ehe sich Don McAfee setzen konnte, »ich würde doch eins nehmen.«

»Also, Mrs. Dalton.« Mr. McAfee beugte sich über die Papierberge auf seinem Schreibtisch hinweg und hielt ihr ein in Plastik eingewickeltes Bonbon hin, setzte sich dann und legte eine Hand auf den Stapel mit den Unterlagen vor ihm. »Es freut mich, dass wir endlich Zeit gefunden haben, uns zu treffen.«

Vivian zog die Lippen über ihren Zähnen zu einem verkniffenen Mund zusammen und fragte sich, ob er sie dafür schalt, dass sie so lange gewartet hatte.

»Wie ich mittels unseres Geheimcodes am Telefon angedeutet habe, habe ich gefunden, worum Sie mich gebeten haben.«

Er nahm zuoberst etwas vom Stapel herunter, das aussah wie ein großes Negativ eines Fotos, und reichte es ihr. Vivian starrte auf das Papier, das sich als Fotokopie einer Heiratsurkunde aus dem Jahr 1923 herausstellte. Fünfzehn Jahre, bevor sie Edward geheiratet hatte. Ihre Augen fuhren hektisch über das Papier auf der Suche nach Details und landeten auf dem Namen des Bräutigams: John Edward Dalton.

»Ah, da haben Sie's«, sagte sie schnell und schob das Bonbon in die andere Wange. Während sie ihre über Kreuz geschlagenen Knöchel nebeneinander stellte und sich aufgeregt vorlehnte, deutete sie auf den Namen des Bräutigams. »Das ist jemand anderes. Das ist nicht Edward.«

Ein paar Sekunden lang lockerte sich der Klumpen, der ihr inmitten ihrer Brust saß, während sie ihren Zeigefinger fest auf »John« gerichtet hielt. Sie hätte weinen können vor Erleichterung. Das war nicht der Name ihres Ehemannes. Aber Mr. Don McAfee lehnte sich auf dem Stuhl zurück, legte die Hände an den Fingerspitzen dachförmig ans Kinn und schüttelte langsam den Kopf.

Sie zog das Blatt wieder dichter zu sich heran und fuhr mit dem Zeigefinger die anderen Angaben ab. Das Geburtsdatum des Bräutigams war dasselbe wie Edwards, der Geburtsort ebenfalls. Es konnte kein Zufall sein. Sie schluckte das Pfefferminz herunter.

»John Edward Dalton«, las sie mit einem unangenehm intensiven Minzatem laut vor.

Der Vorname ihres Mannes lautete Edward und sein mittlerer Name George, nach seinem Vater. Er hatte kein John im Namen. ER HATTE KEIN JOHN IM NAMEN! Edward *George* Dalton. *Georgie Porgie, schmuck vom Kopf bis zu den Beinen, küsste die Mädchen und brachte sie zum Weinen*. Vivian hatte keine Ahnung, woher der Name John stammte, schien ihr aber ein klares Indiz zu sein, dass er irgendetwas vor ihr zu verheimlichen suchte, auch wenn er nicht den Versuch unternommen hatte, seine Geburtsdaten zu fälschen. Ein eisiger Schauer kroch ihr unter die Haut, und ihr Mund war wie ausgedörrt, wenngleich noch immer minzig, als sie den Rest der Heiratsurkunde absuchte. Der Name der Braut war Mildred Fischer.

»Mildred«, sagte sie laut und verzog das Gesicht, als hätte sie gerade Brechwurzel geschluckt anstatt Pfefferminz. »Klingt, als wäre sie fett.«

McAfee warf die Hände in die Luft und zog die Augenbrauen hoch, wie um zu sagen: *Schon möglich.* Vivian lächelte ihn an, richtete ihren Blick wieder auf die Fotokopie und biss sich auf die Innenseite der Unterlippe, um ihre Tränen zurückzuhalten. Sie verspürte das Bedürfnis, irgendjemanden auf ihrer Seite zu wissen. Edward war mit Mildred verheiratet gewesen, als er Vivian auf eine Spritztour mit seinem Ford Modell A mitgenommen hatte. Edward war mit Mildred verheiratet gewesen, als er Vivian einen Antrag gemacht hatte. Edward war mit Mildred verheiratet gewesen, als er Vivian vor den Altar geführt hatte.

»Ich habe herausgefunden, wo sie jetzt lebt«, sagte McAfee langsam, in sanfterem Ton, als ob er sie sonst wie ein scheues Reh aufschrecken könnte.

»Sie haben was?«, stieß Vivian hervor und ließ Fotokopie, Handtasche und Handschuhe neben die Aktenberge auf den Boden fallen. Sie fragte sich, wie er sich in der ganzen Unordnung zurechtfand.

»Ich habe Mildred gefunden«, erklärte er schlicht in seinem tiefen Bariton und schaukelte, die feingliedrigen Hände hinter dem Kopf verschränkt, auf dem Stuhl vor und zurück. »Das berechne ich nicht extra.«

»Ach herrje«, sagte Vivian, der speiübel war und die nicht

wusste, ob sie überhaupt wissen wollte, wo Mildred steckte. Sie versuchte durchzuatmen, als sie die Fotokopie aufhob und auf die Tischkante des überquellenden Schreibtisches legte. Sie konnte sich doch nicht vor Mr. McAfee übergeben.

Mildred Fischer. Mildred Fischer Dalton Taggart, um genau zu sein. Die fette Mildred, inzwischen ehemalige Mrs. Taggart und ehemalige Mrs. Dalton, lebte noch immer in Syracuse im Bundesstaat New York.

»Sie hat den Tatort quasi nicht verlassen, wenn man so will«, witzelte Mr. McAfee.

»Äh.« Vivian bemühte sich zu lachen, während sie sich erneut hinabbeugte, um auch Handtasche und Handschuhe aufzuheben. Sie wollte nicht unhöflich erscheinen.

Das Büro wurde immer kleiner und kleiner, und Don McAfee und sein liederlicher Schreibtisch schwankten, als Vivian das Bündel Geldscheine aus ihrer Tasche zückte und es hinüberreichte. Auf dem Weg zur Tür rutschte sie auf einem Papierhaufen aus, konnte sich aber noch rechtzeitig fangen, indem sie sich an dem kaputten Kleiderständer neben dem Aktenschrank festhielt.

»Mrs. Dalton, falls ich irgendetwas für Sie tun kann …«, ertönte der Bariton hinter ihr, als sie eilig das Büro verließ, das zu einem Mäuseloch geschrumpft zu sein schien. Eine Hand gegen die Wand abgestützt, wankte sie durch das südliche Ende der Fabrik, um zum Parkplatz zu gelangen, wobei ihr der Duft von Schokolade in der Nase hing. Nach diesem Tag würde er nie wieder dasselbe sein für sie. Der Duft von Schokolade. Sie würde ihn immer damit verbinden. Mit diesem persönlichen Desaster, das ihr Leben ruiniert hatte.

Sie schaffte es bis zum Buick, öffnete die Tür, rutschte auf das eiskalte Leder des Fahrersitzes und zog die Tür zu. Atmete ein und aus, starrte über das Lenkrad hinweg ins Leere und saß einfach nur da. Beobachtete, wie ihr Atem in der Luft gefror, und erinnerte sich, wie sie einst bei ihrem ersten Date in Edwards Ford Modell A gesessen und genau dasselbe getan hatte. Die Scheiben des Buicks waren vereist, während sie drinnen im Büro gewesen war, und sie wusste, sie musste aussteigen und das Eis abkratzen, wenn sie auf dem Rückweg etwas sehen wollte. Aber zuerst wollte sie sehen, wie es sich anfühlte, fast zu erfrieren. Allein.

# KAPITEL 21

Charlotte wartete, bis sie allein zu Hause war, ehe sie nach oben in das merkwürdige Büro ihrer Mutter unterm Dach schlich. Bislang hatte sie sich nicht getraut, denn noch größer als ihre Neugier war ihre Furcht gewesen, was sie dort finden würde. Deshalb hatte sie lange gezögert, ehe sie den Dachboden betrat, ebenso wie sie lange gezögert hatte, ihren Arm in den feuchten, verrotteten Baumstumpf im Christmas Run Park zu stecken. Doch dann hatte sie gestern Nacht, nachdem ihre Mutter bereits eine ganze Weile wieder zu Hause war, das unablässige *rat-tat-tat-tat* der Schreibmaschine gehört und sich gefragt, was ihre Mutter da nachts um drei so Dringendes zu Papier bringen musste.

Mit vorsichtigen Schritten lief sie über den Teppich, der im Flur der Länge nach auslag, ging auf Zehenspitzen die kurze Treppe aus vier Stufen zum Dachboden hinauf und trippelte dann weiter hinüber zu der winzigen Kammer unterm Dach. Die Tür öffnete sich mit einem lauten Knarzen. Es war zwar kein verfaulter Baumstamm, aber die Kammer war dennoch beengt und muffig, und aus irgendeinem Grund roch es nach Zigarettenrauch. Hastig ging Charlotte zum Schreibtisch hinüber, beugte sich über die Schreibmaschine und schob den Fensterrahmen hoch. Die Luft, die hereinströmte, war empfindlich kühl, aber schön frisch.

Sie setzte sich auf den robusten Holzstuhl und atmete die

kühle Luft ein, einen Arm auf einem Stapel Papier neben der Schreibmaschine abgelegt. Sie war nicht sicher, ob sie schon bereit war, sich die Seiten anzuschauen, und ließ daher ihre Augen zufallen, während sie dem Klappern einer Mülltonne lauschte, die draußen von einem der Nachbarn auf die Straße gezerrt wurde. *Mach es kurz und schmerzlos*, sagte sie sich und wandte sich dem Stapel zu.

*Sehr geehrte Damen und Herren,*
*könnten Sie mir bitte bestätigen, ob Edward Dalton an der Universität von Wooster eingeschrieben war in den Jahren …*

*Sehr geehrte Damen und Herren,*
*könnten Sie mir bitte Auskunft darüber geben, ob Edward Dalton bei der Armee war im Zeitraum vom …*

Alles war nach diesem Muster verfasst. Seite um Seite bat ihre Mutter um Informationen. Brief um Brief schrieb sie an diverse städtische und Regierungsbehörden, um Auskunft einzuholen, angefangen bei der Schulbildung ihres Vaters über seinen Militärdienst bis hin zu seiner beruflichen Laufbahn. Es schienen Entwürfe zu sein, da viele Wörter mit mehreren *x* durchgestrichen waren. Seite um Seite blätterte sich Charlotte durch die Briefe, bei denen im Text stets der Name ihres Vaters auftauchte und die mit dem Namen ihrer Mutter unterschrieben waren. Kopfschüttelnd fragte sie sich, ob ihre Mutter den Verstand verloren hatte.

Auf einem separaten, deutlich kleineren Stapel hinter dem großen Briefstapel fand sie mehrere Seiten mit Gedichten aus der Feder ihrer Mutter. Es waren simple Gedichte über Blumen und Schmetterlinge und dergleichen. Diese kannte

Charlotte bereits. Ihre Mutter hatte sie sogar einmal zur Veröffentlichung im *The Daily Record* eingeschickt. Einige waren tatsächlich angenommen und abgedruckt worden. Wie dieses, das ganz obenauf lag:

***Montagsblues***

*Wetterfahne müsst ich sein,*
*Dann wär ich das Dilema los:*
*Kommt Regen oder Sonnenschein?*
*Wann mach ich meine Wäsche bloß?*

Charlotte prustete vor Lachen und ließ das Blatt fallen. Sie schlug beide Hände vor die Stirn, ließ sie nach unten über ihre Augen und Wangen rutschen und quetschte dann ihre Haut zu jener Horrorgrimasse zusammen, die sie immer machte, um ihre kleinen Cousins und Cousinen zum Lachen zu bringen. O *Gott*. Wie peinlich. Aber ein Teil von Charlotte war auch ein wenig stolz, und sie lächelte in sich hinein.

Sie nahm das Blatt erneut hoch und hielt es mit beiden Händen vor ihr Gesicht, die Ellenbogen auf dem kleinen Tisch abgestützt. Die Redakteure der Zeitung hatten sich nicht gerade überarbeitet. »Dilema« war falsch geschrieben. Sie fragte sich, ob ihre Mutter den Begriff in ihrem Wörterbuch nachgeschlagen hatte. »Dilemma« war nicht unbedingt ein Wort, das ihre Mutter sonst verwenden würde. Für jemanden, der von sich selbst sagte, er hasse Bücher, verwendete sie ganz schön viel Zeit auf Texte, die manche als literarisch bezeichnet hätten. Das war auch eine Art Dilemma.

Wenn eines ihrer Gedichte im *The Daily Record* veröffentlicht wurde, hüpfte ihre Mutter summend durch das ganze

Haus und lächelte über alles Mögliche, das einem normalerweise kein Lächeln entlockte. Wie das düstere Sepia-Foto von Oma und Opa Kurtz vor dem Zaun ihres Bauernhofs.

Andererseits, hatte ihre Mutter ein Gedicht eingereicht und es wurde nicht abgedruckt, dann fand sie ihre Mutter am Küchentisch sitzend vor, wie sie Schlagsahne auf Graham-Cracker sprühte und einen nach dem anderen verdrückte. Das alles waren ziemlich sichere Indikatoren für die unberechenbaren Launen ihrer Mutter. War sie nur ein wenig übellaunig, stopfte sie Graham-Cracker in sich hinein. War sie sehr übellaunig, stand sie mit der Schürze in der Küche und buk irgendetwas. Aber der Zorn ihrer Mutter kannte noch eine dritte Stufe.

Erst ein paar Stunden zuvor war Charlotte nach dem Abendessen auf dem Weg ins Bad gewesen, um sich die Zähne zu putzen, als sie einen lauten Knall aus dem Schlafzimmer ihrer Eltern und dann ein Wimmern hörte. Wider besseres Wissen hatte sie durchs Schlüsselloch gespäht und ihre Mutter entdeckt, die sich ein Kissen gegen das Gesicht drückte und hineinschrie. Charlotte hatte sich daraufhin langsam von der Tür entfernt und war ins Bad weitergegangen. Als sie dann am nächsten Tag von der Schule heimkam, stand eine Backform mit Sieben-Schichten-Keksen zum Abkühlen auf dem Küchentresen, und im Mülleimer lagen zwei leere Graham-Cracker-Packungen.

**Rezept für eine doppelte Menge von »7-Layer-Cookies«**

Zutaten:
*150 g Graham Cracker Crumbs (oder zerbröselten Zwieback)*
*2 große Springformen (à 30 cm)*

*1 große Pack. Schokotropfen*
*1 große Pack. Caramel-Chips (oder Caramac-Riegel zerbröseln)*
*mindestens 120 g Butter*
*1 große Pack. Kokosnussraspeln*
*3 Dosen gezuckerte Kondensmilch*
*ca. 250 g gehackte Walnüsse*

1. Ganz langsam die Butter schmelzen lassen und die Cracker- bzw. Zwiebackbrösel hinzugeben, gründlich vermengen.
2. Die Brösel gleichmäßig auf beide Springformen verteilen und am Boden festdrücken, sodass sich eine Schicht ergibt.
3. Schokotropfen locker darüberstreuen als zweite Schicht (je eine Handvoll).
4. Je eine Handvoll der zerbröselten Caramac-Riegel als dritte Schicht hineinstreuen.
5. Dann locker mit einem Teil der Kokosraspeln bestreuen.
6. Mit den restlichen Schokotropfen und den restlichen Caramac-Bröseln bestreuen.
7. Dann die restlichen Kokosraspeln darübergeben.
8. Den Inhalt der drei Kondensmilchdosen darübergießen, dabei darauf achten, nicht zu viel an den Rändern zu verteilen (am besten je Springform eine Dose darübergießen und die dritte gleichmäßig auf beide verteilen).
9. Dann die gehackten Walnüsse in beide Formen geben.
10. Den Backofen auf 160 °C vorheizen und die beiden Kuchen 25 bis 30 Minuten lang backen.
11. Wenn die Glasur in jeder Springform goldgelb ist und Blasen wirft, herausnehmen.
12. Langsam vollständig abkühlen lassen, dann mit einem scharfen Messer zuerst entlang der Ränder von der Form lösen und dann quadratische Stücke herausschneiden.

13. Die Stücke in Frischhaltefolie oder Alufolie einpacken und im Kühlschrank oder Gefrierfach aufbewahren.

Hätte Charlotte etwas von dem Klatsch und Tratsch bei Mrs. Betty Millers Teekränzchen geahnt oder von dem, was noch kommen würde, hätte sie sich womöglich selbst die Schürze umgebunden und eine eigene Portion Seven-Layer-Cookies gebacken. Oder vielleicht, noch passender, eine Hochzeitstorte.

# KAPITEL 22

Ach, einmal als errötende Braut vorm Traualtar stehen! Der Hochzeitstag war schließlich der schönste Tag im Leben, nicht wahr? Allerdings redete kaum jemand über den zweiten Hochzeitstag, insbesondere dann nicht, wenn man denselben Mann noch mal heiraten musste, weil er sich als Bigamist herausstellte. Die Schamesröte aufgrund von Demütigung war ein ganz anderer Farbton, noch dazu einer, der, ging es nach Vivian, ihr nicht gut zu Gesicht stand.

Nun, da die Büchse der Pandora einmal geöffnet war, ließ sie sich nicht mehr schließen. Vivian musste es zuerst Charlotte erzählen, bevor sie die Details der Geschichte an Harry Sweeney vom *The Daily Record* schickte. Sie wollte ihre Tochter damit nicht mehr als unbedingt nötig überfallen.

Allerdings war der Zeitpunkt nicht der beste. Hätte sie einen ganzen Tag nur für sich gehabt, um sich vorher zu entspannen und innerlich zu wappnen, wäre es besser gewesen. Aber so war das Leben nun mal, sie musste ihrer Arbeit in der Telefonzentrale nachgehen und war zu erschöpft gewesen, um sich besser anzuziehen. *Und wozu?*, dachte sie. *Das ist, als würde man Edward G. Robinson, der mit seiner finsteren Visage immer die Gangster spielte, eine blonde Perücke verpassen.*

»Dein Vater und ich müssen uns scheiden lassen und dann noch mal heiraten, weil er vergessen hat, mir von seiner anderen Frau zu erzählen.«

Vivian wartete auf Charlottes Reaktion und machte sich innerlich auf einen hysterischen Anfall, Tränen und vermutlich auch Vorwürfe gefasst, da ja immer alles verflixt noch mal Vivians Schuld war. Doch die arme Charlotte stand offenbar unter Schock. Zuerst wurde sie kreidebleich und dann ein wenig grün um die Nase, sodass Vivian ihr nach oben ins Bad half. Dort knieten Mutter und Tochter auf dem kalten Kachelboden. Vivian streichelte Charlotte übers Haar, während sie über der Toilette hing und halb verdaute Seven-Layer-Cookies erbrach. Das heißt, Six-Layer-Cookies, da Vivian die Schokotropfen aus dem Rezept weggelassen hatte.

»Mir geht's genauso, Liebling«, flüsterte sie sanft über Charlottes gebeugten Kopf. »Mir geht's ganz genauso.«

Vivian wollte endlich aus dieser emotionalen Achterbahn aussteigen. Der Punkt, als ihr alles zu viel wurde, war längst erreicht. Zusätzlich zu dem ganzen Schlamassel um Edward hatte ihr Pearl auch noch erzählt, dass einer der beiden siamesischen Zwillinge, die im Dezember in Chicago getrennt worden waren, verstorben war. Nur vierunddreißig Tage nach der Trennung der beiden Geschwister. Vivian war weinend am Klappenschrank zusammengebrochen. Die Stirn auf den Arm gebettet, wurde ihr Körper vom Schluchzen geschüttelt. Dorothy hatte ihr eine Hand auf die Schulter gelegt. Für Vivian war diese Nachricht ein weiteres Zeichen dafür, dass es nur Schlechtes in der Welt gab.

*Wooster Daily Record*
Samstag, 31. Januar 1953

*Daltons heiraten erneut, damit Eheschließung rechtens ist, von Harry Sweeney*

Die Edward Daltons aus Wooster sind heute ein zweites Mal vor den Traualtar getreten, damit der Bund der Ehe, der vor sechzehn Jahren geschlossen wurde, rechtens ist.

Vor neunundzwanzig Jahren fuhr der 17-jährige Edward Dalton als Delegierter zum Kirchentag von *Entschieden für Christus*. Infolge einer Mutprobe heirateten er und eine der dortigen Delegierten. Als die beiden in ihre Heimatstadt Syracuse, N.Y., zurückkehrten, und ihren jeweiligen Eltern davon erzählten, gab es einigen Tumult. Die Ehe wurde umgehend annulliert, oder zumindest glaubten alle, sie sei annulliert worden.

Dalton kam in Folge nach Wooster und besuchte die hiesige Universität. Anschließend diente er in der Armee. Wooster wurde seine neue Wahlheimat, wo er sich niederließ und eine gebürtige Woosterin heiratete. Die beiden Eheleute haben eine tüchtige Tochter großgezogen, die derzeit die Wooster Highschool besucht.

Die erste Mrs. Dalton kam ebenfalls schnell über die Jugendsünde bei der *Entschieden für Christus*-Tagung hinweg und heiratete einen anderen Mann. Aus dieser Ehe ging ein Sprössling hervor. Niemandem wäre je ein Verdacht gekommen, hätte nicht besagter Mann die Scheidung eingereicht. Als er die Unterlagen dazu einsah, entdeckte er zum Erstaunen aller, dass die erste Ehe nie rechtskräftig annulliert worden war.

Diese Entdeckung betraf natürlich auch die Daltons in Wooster. Mr. Dalton strengte sofort eine richterliche Anordnung an, um die erste Ehe rechtmäßig außer Kraft zu setzen. Dies wurde heute durch Richter Darius Martin, der die Anhörung des Falls übernahm, vollzogen.

Auf die fünftägige Frist zur Einlegung einer Berufung wurde durch den Nachlassrichter Wolford Hartley verzichtet, und so konnte die Dalton-Ehe heute vor Gottes Angesicht in der Forest Chapel Methodist Church durch ihren Pastor, Rev. Arlen B. Alsop, erneuert werden.

Glücklicherweise hatte Eddie die ganze Angelegenheit mit seiner Familie besprochen, sodass abgesehen von dem einen oder anderen Scherz am Rande kein Schaden entstand.

Die Daltons bleiben jedenfalls ihrer Tradition treu und werden weiterhin den 5. Juni 1937 als ihren Hochzeitstag begehen und sich an dem Wissen erfreuen, dass ihre Freunde diese bedauerliche Situation verstehen werden.

Nun war es offiziell, und alle in Wooster wussten über diese bedauerliche Situation Bescheid. Auf der Liste der Skandale im Jahr 1953 stand dieser mit Sicherheit ganz oben. Immerhin konnte sich Vivian ein wenig damit trösten, dass ihre Geschichte nicht so gravierend war wie der Bankraub und auch keine Konsequenzen für die Menschen in der Stadt hatte.

Öffentlich hatten die Leute in Wooster »diesen hinterhältigen« Gilbert Ogden für seine Tat kritisiert und verurteilt, aber privat überlegten manche, ob es ihnen ebenfalls gelungen wäre, ungestraft davonzukommen. Zweihundertfünfzigtausend Dollar. Angesichts dieser Zahl hatten viele Luft durch die Zähne gezogen, übertrieben mit den Augenbrauen gewackelt und »Mannomann, eine ganz schöne Stange Geld!« ausgerufen. Jeder hatte ein wenig andere Fantasien, aber die meisten stellten sich vor, wie sie über Nacht schuldenfrei und alle Sorgen los wären, ihnen das Leben leicht würde und sie sich mit dem Geld Träume erfüllen könnten. Ein neues Haus, ein neues Auto, vielleicht sogar ein Boot, auch wenn sie es jedes Mal bis hoch nach Cleveland oder Sandusky fahren müssten, um es zu Wasser zu lassen. Ach was, sie würden einfach jemanden bezahlen, der ihnen einen brandneuen See direkt hier in Wooster anlegt! Wenn man so viel Geld besaß, lag einem die Welt zu Füßen, und man konnte im Buehler's alles kaufen, was das Herz begehrte. Dieser hinterhältige Gilbert Ogden hatte sich die Welt (zusammen mit Bill Parkers Frau) zu Füßen geworfen und allen in Wooster gezeigt, dass hinterlistig zu sein vielleicht nicht das Schlechteste war. Fast jede Telefonistin hatte mindestens ein Gespräch mitgehört, in dem jemand darüber klagte, was Gilbert Ogden doch für ein »Glückspilz« sei, und jede von ihnen hatte insgeheim zustimmend genickt.

Niemand hingegen sprach von Vivian Dalton als Glückspilz.

»Bedauerliche Situation«, hatte es im Artikel geheißen. Das war die Untertreibung des Jahres, auf die Vivian bei *The Daily Record* bestanden hatte. Ziemlich bedauerlich, dass Eddie entgegen den Behauptungen im Artikel »die ganze Angelegenheit« keinesfalls mit seiner Familie besprochen hatte. Jawohl. Ziemlich bedauerlich, dass Vivian es stattdessen erfahren hatte, als sie vor sechs Wochen Betty Millers Telefongespräch mitgehört hatte. Ziemlich bedauerlich, dass dieses fiese Gerücht sich bei Vivian wie eine Zecke festgesetzt hatte, die ihren Kopf tief in ihre Haut gebohrt hatte, während sie daran herumkratzte und herumpulte, um sie rauszuziehen.

Wooster war *ihre* Heimatstadt, und er hatte sie in *ihrer* Heimatstadt gedemütigt. Alle, angefangen bei Vivians Eltern, über ihre Tanten und Onkel, ihre Kindergärtnerin, ihren Hausarzt und ihren Zahnarzt bis hin zu den Kassiererinnen und den Studenten, die als Aushilfskräfte bei Buehler's arbeiteten, sowie ihren Kolleginnen bei Bell und allen, mit denen sie in dieser Stadt je zu tun gehabt hatte, wussten nun, dass ihr Ehemann ein Bigamist war, ihre Ehe nicht rechtmäßig gewesen war und sie sich zur Närrin gemacht hatte.

Das war das Wort, das gefühlt über ihr schwebte bei ihrer zweiten Hochzeit mit Edward. »Närrin.« Nicht »Braut« oder »Ehegattin« wie bei der ersten Hochzeit. Vivians zweiter Hochzeitstag war anstrengender als der erste. Zusätzlich dazu, dass sie sich am Vormittag in der Kirche (erneut) trauen lassen würden, wusste sie, dass sie das Putzen und Waschen, das sie normalerweise am Samstag erledigte, später nachholen musste. Bestimmt hatte es nie eine unromantischere Hochzeit gegeben als diese, davon war Vivian überzeugt. Nicht nur trug sie kein wunderschönes weißes Kleid mit bodenlangem Schleier, diesmal hatte sie nicht einmal ein Ansteckssträußchen besorgt und es auf ihre Augenfarbe abgestimmt. Aber auf eines konnte man seinen Hintern verwetten: Sie hatte sich in Schale geworfen und sich geschminkt, ehe sie an diesem Morgen einen Fuß auf die Straße gesetzt hatte.

Vivian weigerte sich, Edward während der »Zeremonie«, so man sie denn so nennen konnte, anzuschauen. Stattdessen richtete sie höflich ihre gesamte Aufmerksamkeit auf Reverend Alsop, der sich ständig am Kragen zupfte und nervös zwischen Vivian und Edward hin und her blickte und sich mehrfach räusperte. Charlotte, ihre uneheliche Tochter, war nicht anwesend. Sie hatte darum gebeten, zu Hause bleiben zu dürfen, und bevor Vivian gegangen war, hatte sie sie fest in den Arm genommen und ihr Kinn auf Charlottes Kopf gelegt.

Nachdem die Zeitungen mit dem Artikel über die Daltons an diesem Morgen ausgeliefert worden waren, hatten die Telefone nicht stillgestanden, und die Damen in der Telefonzentrale bei Bell kamen keine Sekunde zur Ruhe. Die Glühlampenschränke sahen aus wie eine Feuerwerksshow angesichts all der blinkenden Lämpchen und herumsausenden Schnüre und Arme, während die Telefonistinnen Verbindungsstecker ein- und ausstöpselten und Schalter hoch- und runterkippten. Sie fanden kaum Zeit, um die Gespräche mitzuhören, aber wenn, dann hörten sie immer: »Dalton!«

Dalton! Vivian Dalton! Edward Dalton! Hast du das von den Daltons gehört? Es gab Leute in Wooster, die noch nie in ihrem Leben von Vivian oder Edward Dalton gehört hatten, aber nach dem Artikel im *Daily Record* änderte sich das schlagartig.

Vivian McGintys ältere Schwester Vera hatte mal gesagt, sie brauche »permanent Aufmerksamkeit«, und Vivian hatte »permanent« letztlich nachgeschlagen.

**Permanent**

1. Dauernd, ständig

Beispiel:

ein permanentes Defizit, Misstrauen

eine permanente Krise

2. für die Dauer eingerichtet

Beispiel:

eine permanente Institution

Permanent war auch dieser Albtraum, der mit diesem gottverfluchten Tag einherging. Er würde nie enden. Das Telefon würde immer und immer wieder klingeln, und sie würde immer und immer wieder alles erklären müssen. Vivian hätte zähneknirschend zugegeben, dass sie Aufmerksamkeit durchaus genoss, wenn ihr jemand für ihren Hut von Beulah Bechtel's Komplimente machte zum Beispiel. Aber nicht das. Sie hatte das alles nicht gewollt. Sie hatte ihren Mann, mit dem sie seit sechzehn Jahren verheiratet zu sein glaubte, nicht ein zweites Mal heiraten wollen. Sie hatte nicht gewollt, dass die ganze Stadt, ihre Heimatstadt, in der sie geboren und aufgewachsen war, über ihre beschämenden und peinlichen Privatangelegenheiten Bescheid wusste. Und sie wollte auch nicht alles ihrer Familie am Telefon erklären müssen. Bei ein paar Anrufen hatte es einige Anläufe gebraucht, da die Telefonzentrale so überlastet war.

»Sorry, Viv, kannst du es später noch mal versuchen? Übrigens, wie geht's dir? Alles in Ordnung bei dir?«

Vivians Brüder und ihre ältere Schwester waren zu jenem Zeitpunkt bereits aus Wooster nach Fredericksburg und Akron gezogen, aber auch sie würde bald schon die Nachricht erreichen. Sie erinnerte sich, wie aufgeregt sie allen davon erzählt hatte, als sie (das erste Mal) geheiratet hatte. Vera hatte einmal gesagt, niemand wäre so verrückt, sie zu heiraten. Der Ring, mit dem Edward um ihre Hand angehalten hatte, gehörte einst seiner Mutter, die leider dickere Finger gehabt hatte. Edward nannte es dick, Vivian hätte gesagt, fett. Das zarte Platinband mit einem halbkarätigen Diamanten, eingefasst von eleganten Schnörkeln, war Vivian geradewegs vom Finger gerutscht, sodass sie ihn mit einem an der Rückseite festgebundenen kleinen Stofffetzen trug, bis sie ihn sich von Orelin M. White vom Juweliergeschäft White Jewelers an der East Liberty Street anpassen ließ.

Als sie Vera ihre Hand unter die Nase gehalten hatte, hatte sie den Stoffknoten mit dem Daumen festgehalten und unfreiwillig hysterisch gekichert. Heller Sonnenschein war durch das Fenster auf die Spüle in der Küche der McGintys gefallen, wo sich Vera gerade ein Glas Wasser zapfte. Vera hatte gereizt Vivians Hand weggeschlagen, sodass Vivian einen Schritt zurückgemacht, sich geräuspert und mit den Fingern ihrer linken Hand gewackelt hatte. Vera hatte das Glas Wasser auf der Arbeitsfläche abgestellt, zu der flatternden Hand geschaut und für den Bruchteil einer Sekunde ein langes Gesicht gemacht, ehe sie ihre Mundwinkel zu einem Lächeln verzog, das jedoch nicht ihre Augen erreichte, wie Vivian auffiel.

»Tja«, hatte Vera mit deutlich höherer und dünnerer Stimme als üblich gesagt. »Schön für dich. Glückwunsch.«

Keine Reaktion der anderen McGintys war so eine Genugtuung gewesen wie die von Vera. Papi hatte gekrächzt: »Tja, eine ist unter der Haube. Bleiben noch zwei übrig, was, Vera und Violet?« Und Vivians Mutter hätte ihr am liebsten das dreckige Geschirrwasser über den Kopf gekippt, als sie vorschlug, Vera könnte ihre Trauzeugin sein.

Die »Verkündung« dieser zweiten Hochzeit würde anders aussehen, und ihr einziger Trost war, dass es vermutlich sowieso bereits alle aus der Zeitung wussten und sie nicht so schockiert wären, wenn sie es ihnen am Telefon erzählte.

Vivian schleppte das schwere Telefon zum Sofa und stellte es neben sich ab, während sie auf das Kissen sank, auf dem sie Lippenstiftrückstände entdeckte; um die würde sie sich später kümmern. Sie stöhnte und blickte auf ihre Hände. Ihre Haut bekam langsam Falten, und da waren zwei Flecken, die sie als Sommersprossen bezeichnete, die ein Arzt aber Altersflecken genannt hätte. Ihren Diamantverlobungsring trug sie seit Langem nicht mehr, da er ohnehin nur beim Backen störte. Deshalb bewahrte sie ihn sicher in ihrer mit rotem Samt ausgekleideten silbernen Schmuckschatulle auf ihrer Kommode auf. So trug sie nur den irischen Claddagh-Ring an der rechten und ihren schlichten Ehering an der linken Hand.

Den Hörer zwischen Schulter und Wange geklemmt, drehte sie am Claddagh-Ring, während sie auf die Telefonistin wartete.

»Nummer, bitte«, ertönte Pearl Frys nasale Stimme.

Vivian fand, dass Pearls nasaler Tonfall sie vorwurfsvoll klingen ließ und dass sie das vermeiden könnte, wenn sie sich bei der Arbeit aufrecht hinsetzte, aber jetzt war nicht die Zeit dafür, sich darüber einen Kopf zu machen. Vivian bat Pearl darum, sie zu verbinden und ihr etwas Privatsphäre zu gewähren. Nicht dass sie es mitgekriegt hätte, wenn Pearl trotzdem zugehört hätte. Auf den Stuhl gelümmelt dasaß, zuhörte und laut durch die Nasenlöcher schnaubte. Manche Leute hatten einfach keinen Respekt vor Familienangelegenheiten. Vivian verspürte das dringende Bedürfnis, eine zu rauchen.

»Hallo, Mom?«, sagte Vivian, als ihre Mutter ans Telefon ging.

»Vera?«

»Nein, Mom, hier ist Vivian.« Sie verdrehte die Augen. Wie konnte ihre Mutter sie immer noch verwechseln?

»Ah, ach so«, stammelte sie. »Vivian.«

Vivian bekam gar keine Gelegenheit, etwas zu sagen, als der Hörer bereits an ihren Vater weitergereicht wurde.

»Hallöchen, Vivian«, sagte ihr Vater fröhlich wie immer.

»Hi, Papi.« Vivian holte tief Luft.

»Hör mal, Vivy, Liebes, kein Grund für ein großes Trara, wir haben es bereits in der Zeitung gelesen.«

»Ich …« Vivian spürte, wie ihre Stimme versagte, und biss sich auf die Unterlippe. Sie fühlte sich plötzlich klein. Klein und überwältigt.

»Alles halb so wild, hör mal! Endlich mal eine Hochzeit, die mich keinen Cent gekostet hat!«

»Ach, Papi.« Vivian lachte schluchzend. Ein wenig Spucke spritzte auf die Sprechmuschel, und Vivian wischte sie mit dem Zipfel ihrer Schürze ab.

»Denk daran: Schlimmer geht immer.«

»Mh-mmh.«

»Bäckst du heute was Schönes?«

»Ja, mach ich.«

»Gutes Mädchen. Was auch immer es ist, bring es doch morgen mit, ja?«

Und dann legte er, wie er es immer tat, einfach auf. Patrick McGinty sah keinen Sinn darin, viele Worte am Telefon zu verschwenden, und seine Familie hatte gelernt, es nicht persönlich zu nehmen, wenn er auflegte. Der erste Anruf war mit einem Mal vorbei, und Vivian war so erleichtert, dass sie am liebsten geweint hätte. Sie sehnte sich danach, rüber zum Haus ihrer Eltern zu rennen und sich neben ihrem Dad auf der Couch zusammenzurollen, so wie früher, als sie klein war. Zuletzt hatte sie oft dieses Bedürfnis verspürt.

Myrtle McGinty beschwerte sich immer, dass ihre Kinder nie zu Besuch kamen, insbesondere Vivian, die nur ein paar Blocks weiter wohnte. Vivian schauderte es bei dem Gedanken an die missmutige, griesgrämige Art ihrer Mutter, die sich leicht auf einen übertrug. Wenn man zu viel Zeit mit ihr verbrachte, hatte man irgendwann auch das Gefühl, dass grundsätzlich alles schlecht war, und wurde genauso depressiv wie sie. Nicht das, was Vivian momentan brauchte. Zum Glück hatte ihre Mutter sie direkt weitergereicht.

Vivian war etwas leichter ums Herz, nachdem sie mit Papi geredet hatte, und nachdem sie sich fünf Minuten gegeben hatte, um tief einzuatmen und Mut zusammenzunehmen, rief sie Violet an. *Dann bin ich für heute fertig.* Das wäre genug. Diesmal nahm Laura Eagan am Klappenschrank den Anruf entgegen, und als Vivian sie, wie schon zuvor Pearl, um Privatsphäre bat, wies Laura die Unterstellung mit ihrer zuckersüßen Babystimme sofort weit von sich.

»Also bitte, Vivian, ich würde doch niemals fremde Telefongespräche mithören. Das dürfen wir doch gar nicht, hör mal.«

*Jesses und Maria.* Vivian verdrehte innerlich die Augen. Sie konnte sich Laura genau vorstellen, wie sie mit weit aufgerissenen Augen genau wie Betty Boop dasaß, stocksteif wie ein Laternenpfahl. Laura saß ein wenig zu kerzengerade da, wenn man Vivian fragte. Es war ja nicht so, als ob sich irgendwelche Männer in der Telefonzentrale aufhielten. Laura log, was das Mithören anging, aber sie hatte natürlich recht. Das durften sie doch gar nicht, hör mal. Was wäre wohl passiert, wenn sie nie Betty Millers Telefongespräch belauscht hätte? Würde sie dann auch in diesem Schlamassel stecken? Oder würde sie arglos ein mehr oder weniger glückliches Leben führen?

**Arglos**

1. ohne Arg; nichts Böses vorhabend; unschuldig harmlos
2. nichts Böses ahnend; ohne Argwohn; vertrauensselig

Arglos zu sein war eine Sache, nicht rechtmäßig verheiratet zu sein, die andere.

»Hallo, Vi?«

»Ah. Hiiii, wie geht's dir?« Violet klang zaghaft und vorsichtig, als ob sie fürchtete, etwas könnte allein durchs Reden zu Bruch gehen.

»Hast du es schon gehört?«, fragte Vivian, um sicherzugehen, wie viel sie noch erklären musste.

»Ja, Vivy, wie furchtbar, es tut mir wahnsinnig leid.«

»Tja, mehr können wir im Moment nicht mehr tun. Wir haben noch mal geheiratet.«

Mehrere Sekunden lang herrschte Stille.

»Und du bist dir sicher?«, sagte Violet schließlich zögerlich. »Du willst trotzdem mit ihm zusammenbleiben nach all dem?«

Violet hatte sich einen anständigen Mann geangelt und brachte wenig Verständnis dafür auf, wenn es jemand nicht war.

»Weißt du, Vivy«, fuhr sie fort. »Ich habe Edward immer gemocht. Bis heute. Jetzt muss er sich schon ziemlich anstrengen, um mein Wohlwollen wiederzuerlangen.«

Vivian lächelte beinahe bei dieser Aussage. Violet sah sich selbst als kämpferische Löwin, aber Charlotte nannte sie Tante Miezekätzchen.

»Bist du sicher, dass du bei ihm bleiben willst?«, wiederholte Violet ihre Frage.

Vivian holte tief Luft und stieß ein paar abgehackte Atemzüge aus, die fast wie ein Pfeifen klangen. Sie kämpfte mit den Tränen.

»Ich habe darüber nachgedacht«, (erneut tiefes Einatmen), »aber Charlotte ist ja noch in der Schule, und wir leben schon so lange in diesem Haus, und wir sind auch schon so lange zusammen. Ich weiß auch nicht, aber irgendwie dachte ich, das wäre leichter, als alles aufzugeben.«

Doch dann dachte sie über das Wort »leichter« nach. War es tatsächlich leichter? Die Vorstellung, allein zu sein, machte ihr Angst. *Dieser Käse wird nicht allein dastehen, Edward! Dieser*

*Käse wird sich einen Bären nehmen! Oder der Bär nimmt sich ein Weib!* In ihrem Kopf ging alles drunter und drüber, und nichts ergab mehr Sinn. *Käse, Bär, leichter, leichter, ääää.*

»Ist er gerade zu Hause?«

»Nein. Ich habe ihn gebeten, Charlotte Sattelschuhe zu kaufen und sie auf einen Malzmilchshake einzuladen.«

Es hatte ihr furchtbar leidgetan, wie Charlotte das Ganze erfahren hatte. Vivian hatte sie einfach damit überschüttet wie einen Truthahn mit Marinade. Und das direkt nachdem Charlotte die Seven-(Six-)Layer-Cookies gegessen hatte, die Ärmste. Das war wirklich übel gewesen. Eine gute Mutter hätte sie wenigstens mit einem Geschenk getröstet oder so was. Aber was schenkte man seinem Kind, um es darüber hinwegzutrösten, dass die eigene Familie eine einzige Lüge war? Egal was sie ihrer Tochter geschenkt hätte, es hätte sie immer an den unschönen Anlass dafür erinnert.

»Bestimmt findet er einen Weg, wie er den Ausflug in die Stadt mit einem Besuch im Baumarkt verbinden kann.«

Es ärgerte Vivian, wie leicht Edward die ganze Geschichte genommen hatte. Während sie enorm unter Anspannung stand, war er einfach seiner gewohnten Routine nachgegangen, als ob er nur vergessen hätte, den Müll rauszubringen, und nicht, dass er bereits mit einer anderen verheiratet war. *Mildred Fischer war der Müll,* dachte Vivian, *und dieser Müll war heute Morgen rausgebracht worden.* Vor ihrer zweiten Eheschließung hatte Edward die Unterlagen über die Scheidung von Mildred unterschreiben müssen, insofern war das erledigt. *Ach, ups, ich hatte ganz vergessen, dass ich schon eine Frau hatte.* Das war seine Version der Dinge.

»Soll ich rüberkommen?«, fragte Violet.

»Nein, danke, Liebes. Ich bin ein wenig müde. Vielleicht

lege ich mich ein bisschen hin«, sagte sie, als sie von der Couch aufstand, auf der sie die letzten fünfzehn Minuten gesessen hatte. »Könntest du mir einen Gefallen tun und Henry und Will anrufen und ihnen erzählen, dass ich mit der ganzen Geschichte im Reinen bin?«

»Vivy, erinnert dich das irgendwie an Papi?«

Vivian antwortete nicht gleich, ließ aber die Schultern hängen.

»An die Briefe, meine ich.«

»Ich weiß, was du meinst.« Vivian stieß ihren gefühlt hundertsten Seufzer des Tages heraus und blickte zurück zur Couch, wo jetzt eine Vivian-förmige Kuhle zu sehen war. Sie machte ein paar Schritte zur Wand, lehnte sich an und ließ sich schwer zu Boden gleiten, wo sie die Beine ausstreckte.

Vivian wusste nicht, ob ihr Vater die drei Briefe zur gleichen Zeit geschrieben hatte, aber er musste sie gleichzeitig abgeschickt haben. Die drei Liebesbriefe, die der »Charmebolzen und irische *Schelm*« Patrick McGinty drei verschiedenen Frauen geschrieben hatte, während er mit ihrer Mutter verheiratet gewesen war. Immerhin galt einer der Briefe ihrer Mutter. Das war ein schwacher Trost.

Vivian nahm an, dass er die Liebesbriefe gleichzeitig verfasst hatte, dann aber so unvorsichtig gewesen war, sie in den jeweils falschen Briefumschlag zu stecken. Es war so reichlich nach hinten losgegangen, als ob Laurel und Hardy in der Post arbeiten würden. Jede der Frauen hatte einen Brief erhalten, der an eine der anderen gerichtet war. Adelia Harvey erhielt einen Brief mit der Anrede »Liebe Myrtie« und Grace Cady einen mit »Liebe Adelia«, sodass seine eigene Ehefrau Mrs. Myrtle McGinty einen Brief empfing, dessen erste Zeile »Liebe Grace« lautete. Und egal wie sie das Blatt drehte und wendete, es gab keinen Hinweis darauf, dass der Brief für sie bestimmt gewesen wäre. Sie hieß nicht Grace. Und als Myrtle McGinty den gesamten Brief las und sah, dass die Unterschrift von ihrem Paddy stammte, war der Teufel los gewesen.

*Lass dich nicht erwischen,* hatte er Vivian gesagt, als sie ihre Schwester belauscht hatte. *Behalt die Geheimnisse einfach für dich.* Ach, Papi. Von dieser Geschichte hatte sie sich persönlich betroffen gefühlt, als ob er die ganze Familie betrogen hätte, nicht nur ihre Mutter.

*Lass dich nicht erwischen.*

Wer waren diese anderen Frauen? Papis Auffassung nach waren sie einfach Ausdruck der großen Freiheit, die ihm bei seiner Arbeit bei der Bahn begegnete, etwas von »dem, was dieses fantastische Land zu bieten hat«, wie er sich ausdrückte.

Vivian und ihre Geschwister hatten immer angenommen, dass Papi bei der Bahn aufgehört hatte, weil er nicht genug Dienstjahre vorweisen konnte, um seinen Job zu behalten, aber das war die Version ihrer Eltern. Nach dem Liebesbrieffiasko nahm Vivian vielmehr an, dass er sich auf Drängen ihrer Mutter eine andere Anstellung hatte suchen müssen. Etwas, wo er näher an ihrem Zuhause war, wo sie ein Auge auf ihn haben konnte.

Ein Auge auf ihn haben. Als ob er ein Kleinkind war, das sich sonst die Hand an der Herdplatte verbrennt. Wieso musste man diese Männer im Auge behalten, damit sie sich so verhielten, wie man es von ihnen erwartete? Erwachsene Männer, in Gottes Namen. Vivian wäre besser damit zurechtgekommen, wenn es einfach eine übliche Affäre gewesen wäre, wie die, die Farley Dean mit der Sekretärin seiner Steuerberatungsfirma hatte, diesem blonden Flittchen. Darüber wäre Vivian zwar auch nicht glücklich gewesen, aber ein solcher Fall wäre ihr zumindest vertraut gewesen. Wie hätte sie auf Edward »ein Auge« haben sollen, noch ehe sie ihn kannte? Die Frage war ihr schlicht nicht in den Sinn gekommen, als sie sich kennenlernten. Wie findest du eigentlich Jazz? Kannst du selbst gebrannten Gin zubereiten? Bist du zufällig bereits verheiratet?

»Es ist nicht …« Sie versuchte eine Antwort auf Violets Frage nach der Parallele zu Papi zu formulieren, aber ihre Gedanken fingen an zu verschwimmen. »Es ist nicht dasselbe.«

Papi, die Eisenbahn, Edward und Mildred. *Der Bauer nahm sich ein Weib, nicht der Bär …*

»Nein, nein!« Violet schleuderte die Worte heraus wie Steine, die in Vivians verschwimmenden Gedanken landeten. »Nein, das meine ich nicht. Ich habe mich nur gefragt, ob du dich wieder so fühlst wie damals.«

»Ja.«

»Das tut mir furchtbar leid.«

»Es tut weh.«

»Es tut mir so leid für dich, Vivy.«

»Das wird schon wieder.«

»Sicher?«

»Sicher. Danke, Vi.«

»Na gut, dann ruh dich mal aus. Aber du kannst mich jederzeit anrufen, wenn du etwas brauchst.«

»Mmm-hmmm.«

Vivian hievte sich stöhnend vom Boden hoch und griff hinüber zum Beistelltisch, um den Hörer auf die Gabel zurückzulegen. Sie hatte beim Hinaufgehen neun Stufen mitgezählt, als das Telefon klingelte. Violet mit ihrem verdammten Mitleid und ihrer Aufmerksamkeit. Immer musste sie alles zweimal nachprüfen. Vivian hätte es klingeln lassen, aber es zerrte an ihren Nerven. Nach dem sechsten Klingeln ging sie die Treppe wieder hinunter zum Telefon.

»Vi, mir geht's wirklich prima.«

»Vivian?«, erklang Veras Stimme in der Leitung.

*Gottverdammt noch mal.*

Aber sie hätte eigentlich damit rechnen müssen. Vera würde sich eine solche Gelegenheit nicht entgehen lassen.

»Hallo, Vera.«

Zunächst sagte Vera nichts weiter, sodass sich Vivian fragte, ob eine ihrer Freundinnen bei Bell den Anruf für sie beendet hatte. Das wäre nett von ihnen gewesen. Gnädig.

»Ich wollte dich schon längst anrufen«, ertönte erneut Veras Stimme in der Leitung.

Vivians Groll gegen ihre Kolleginnen bei Bell flammte wieder auf.

»Ah ja?« Vivian versuchte, nicht zu unterkühlt zu klingen, was ihr jedoch schwerfiel.

»Hör mal, Viv, ich wollte nur sagen, dass mir leidtut, was vorgefallen ist.« Ihre Stimme klang nüchtern und in Vivians Ohren nicht allzu bedauernd. Vera hatte noch nie etwas leidgetan. Vivian konnte sich nicht daran erinnern, dass ihrer Schwester jemals eine Entschuldigung über die Lippen gekommen wäre, erinnerte sich aber an jede Menge »Hab ich's dir doch gesagt.«

»Tja, da gibt es nichts leidzutun. Es war lediglich ein Missverständnis.« Vivian riss die Augen weit auf in einem Versuch, heiter und gelassen zu klingen. Würde ihr Fire-&-Ice-Lippenstift griffbereit daliegen, hätte sie ihn schnell aufgetragen. »Edward hat mir alles erklärt. Das steht auch in dem Artikel im *Daily Record*. Ich lass dir eine Ausgabe zukommen.«

»Vivian.« Vera, die sich von der gekünstelten Unbekümmertheit nicht täuschen ließ, schlug ihren üblichen schneidenden Ton an. »Ich versuche nur nett zu sein.«

»Ha!«, machte Vivian in den Hörer, die sofort durchschaute, dass Vera gereizt war und keinesfalls versuchte nett zu sein. »Tja, da muss ich mich wohl bei dir bedanken, was? Ich weiß ja, wie schwer es dir fällt, nett zu sein.«

»Weißt du was? Ich nehme es zurück«, keifte Vera sie an, deren gereizter Ton allmählich in Schreien überging. »Immer soll alles nach deinem Willen gehen, und wenn dann einmal etwas nicht so will wie du, heißt es sofort: ›Oh, arme Vivian, arme, arme Vivian‹, und du führst dich auf wie ein verwöhntes Gör!«

Vivian war müde. Das war wirklich nicht ihr Tag. *Dein Hochzeitstag!* Sie versuchte sich eine gute Antwort zu überlegen, doch Vera kam ihr zuvor.

»Du hast es nicht anders verdient, du undankbares Flittchen!«

Vivian hörte ein abruptes Klicken, als die Verbindung abbrach.

Wie vom Donner gerührt stand sie da. Das Wort »Flittchen« klingelte in ihren Ohren, und sie hielt den Hörer von sich und starrte ihn an. Dann schleuderte sie ihn auf die Gabel zurück und schrie etwas verspätet die Antwortet: »DU BIST DAS FLITTCHEN!«

Da niemand zu Hause war, machte sie sich nicht die Mühe, ins Kissen zu schreien, sondern schrie laut, als sie die Treppe hinaufstampfte. Sie lief geradewegs zu ihrem Geheimversteck im Kleiderschrank und holte eine Schachtel Zigaretten heraus. Die Zigaretten nahm sie mit hoch in die kleine Dachbodenkammer, wo sie die Schreibmaschine zur Seite schob, damit sie den Stuhl so nah wie möglich ans Fenster rücken konnte. Rauchen war wirklich eine üble Angewohnheit, und sie wollte nicht, dass es danach stank.

Während sie inhalierte und die Rauchschwaden durchs Fenster blies, spulte sie in Gedanken noch einmal die Unterhaltung ab. »Flittchen.« – »Immer soll alles nach deinem Willen gehen.« Es stimmte gar nicht, dass alles immer nach ihrem Willen ging. NICHTS GING JE NACH IHREM WILLEN!

Nach der dritten Zigarette war ihre Wut etwas verpufft, und sie dachte darüber nach, dass Vera, diese Besserwisserin, zwar nichts Nettes gesagt, aber auch nicht ihr übliches »Hab ich's dir doch gesagt« angebracht hatte. *Verfluchte Vera,* dachte sie. *Geht mir ganz gewaltig auf die Nerven.*

Was konnte Vivian über Vera sagen? Was konnte man über Vera allgemein sagen? Sie hatte eine starke Persönlichkeit, das war das eine. Und ein Selbstbewusstsein so groß wie ihr Hinterteil, das war das andere. Sie war die älteste, dreisteste und herrischste der McGinty-Schwestern. Eine Besserwisserin vom Feinsten, mit der man besser gar nicht erst diskutierte. Veras Auffassung nach hatte sie immer recht. Als sie klein waren und durch den Hinterhof marschierten, trug Vera stets einen Kissenbezug als Umhang und führte die Prozession an, indem sie einen Stab in der Hand auf- und abschwang. Wenn Vera ihre Launen hatte, blieb niemand davon verschont. *Henry müsste ein Mädchen schon bezahlen, damit es ihn heiratet. Mit ihren schiefen Zähnen könnte Vivian sich als Halloween-Kürbis verkleiden. So schwächlich wie Will ist, würde er sogar gegen ein Mädchen verlieren. Und Violet,* tja, auf Violet hatte Vera nie wirklich herumgehackt. Sie war zwölf, als Violet auf die Welt kam, und Vera hatte sie stets wie ihr Püppchen behandelt.

Vivian erinnerte sich noch, wie ihre Mutter ihr immer

gesagt hatte, sie solle sich wegen Vera keine Sorgen machen. Außer das eine Mal, als sie sich mit einem der Untermieter einließ, die die Brinkerhoffs in ihrem Haus nach dem Börsencrash beherbergten. Damals hatte sie ihre Mutter sagen hören, sie wünschte, Vera hätte sich einen besseren Liebhaber ausgesucht. »Aber sie hat von mir die kräftige Statur und die hängenden Schultern, und bei dem vorlauten Mundwerk muss sie eben nehmen, was sie kriegt.« Vivian hatte daraufhin gegrinst und ihr insgeheim zugestimmt.

# KAPITEL 23

Betty Miller setzte sich in die erste Reihe der Forest Chapel Methodist Church, rieb die Handschuhe aneinander und wartete darauf, dass die Daltons eintrafen. Am liebsten hätte sie auf den Dalton-Skandal aufmerksam gemacht, indem sie Vivian bei gesellschaftlichen Anlässen in Kleidung, Klasse und jeglicher anderer Hinsicht ausstach, aber sie verkehrten nicht in denselben Kreisen, insofern blieb ihr dafür nur der Kirchbesuch. Sie würde aus Vivian eine Aussätzige machen, denn ihre gerechte Strafe war längst überfällig.

Als Reverend Alsop aus Jakobus 5:19-20 vorlas, murmelte Betty laut zustimmend und richtete ihren Blick betont in die Richtung der Daltons.

> *Meine Brüder und Schwestern, wenn jemand unter euch abirrt von der Wahrheit und jemand bekehrte ihn, der soll wissen: Wer den Sünder bekehrt hat von seinem Irrweg, der wird seine Seele vom Tode erretten, und wir bedecken die Menge der Sünden.*

»Abirrt von der Wahrheit«, wiederholte Betty so leise, dass die meisten Leute um sie herum sie nicht hörten.

Als Reverend Alsop aus Epheser 5:15-20 vorlas, nickte Betty dazu und schaute erneut auffällig zur Kirchenbank der Daltons hinüber.

*Achtet also genau darauf, wie ihr lebt.*

»Amen«, sagte Betty und sah noch immer zu den Daltons.

Falls Vivian Bettys entschieden unchristliches Verhalten bemerkte, ließ sie es sich nicht anmerken. Es ging ihr zum einen Ohr rein und zum anderen wieder raus wie Reverend Alsops Psalmen. Etwas hatte sich in Vivian verändert. Beinahe über Nacht. War es die Hochzeit gestern gewesen? Die Unterhaltung mit Vera? Sie wusste es nicht zu sagen. Sie wusste nur, dass sie sich heute anders fühlte und alles anders wahrnahm als sonst. Zum Beispiel Betty Miller.

Auf ihrem Platz in der ersten Reihe fiel Betty Miller durch so viel Umgedrehe und Vorsichhinsprechen auf, dass einige in der Kirchengemeinde sich fragten, ob sie besessen war. Vor sich hin und Amen murmelnd, schien sie Vivian tödliche Blicke zuzuwerfen.

Aber Vivian achtete weder auf Betty, das Gemurmel, das Amen noch auf die Psalmen und war stattdessen plötzlich von Details fasziniert, die sie nie zuvor wahrgenommen hatte.

**Detail**

Einzelheit

Etymologie: französisch détail, zu détailler = abteilen, in Einzelteile zerlegen

Beispiel: ein charakteristisches Detail, (un)wesentliches, (un)wichtiges Detail

Zum Beispiel die Plakette draußen an der Kirche, auf der das Jahr stand, in dem sie erbaut wurde (1887), oder das Gesangbuch, auf dessen Rückseite sie einen Goldstempel entdeckte, der angab, wo es gedruckt worden war (Plattsburgh, N.Y.). Namen, Daten, Orte.

»Ich habe derzeit noch keine genauen Daten«, sagte Betty Miller vom Podest.

Vivian hatte kaum Notiz davon genommen, dass der Gottesdienst vorbei war, und Betty vor der versammelten Gemeinde irgendetwas faselte.

»*Sei*-en Sie ver-*sichert*, dass *mein* Vater, *Ihr* Bürgermeister, alles in seiner Kraft Steh-ende tut, damit die *bra*-ven Leute, deren Geld *gestoh-len* wurde, ent-*schädigt* werden. Aber bit-te denken Sie daran: Wir haben gerade erst *Weih*-nachten gefeiert, und wie Sie alle wissen, ist das Geld nach den *Fei*-er-tagen ein wenig knapp.«

Fast so knapp wie Betty Millers Lächeln.

Vivian sah ihr knappes Lächeln, während Betty Millers überbetonte Wörter nur Hintergrundrauschen für sie waren. Für einige Gemeindemitglieder, die es sich nicht leisten konnten, in den ersten fünf Reihen der Kirche zu sitzen, waren die überbetonten Wörter der reinste Hohn. Wenn J. Ellis Reed wirklich der großherzige Menschenfreund war, für den seine Tochter ihn ausgab, hätte er alle Kunden der Wayne Building & Loan inzwischen entschädigt, nicht nur die vermögenderen, oder diejenigen, die sich am lautesten beschwerten. Roy Patterson zahlte immer noch das Haus ab, das er vor fünfzehn Jahren von seinem Dad geerbt hatte, Daisy Stucker war kurzerhand von der Stucker-Farm geworfen worden, und Jacob Starlin, der vor einigen Jahren aus der Gummifabrik entlassen worden war, fürchtete, dass ihm sein Grundstück nie wirklich gehören würde. Er konnte kaum eine Schubkarre auf seinem Hinterhof abstellen.

Wooster mit all seinen Schicksalen und Geschichten, die Vivian einst unglaublich wichtig waren, hatte seinen Reiz verloren. Plötzlich gierte sie nur noch nach Informationen, die unmittelbar mit ihr zu tun hatten.

Bei jedem Telefonanruf, den sie bei Bell durchstellte, horchte Vivian ganz besonders genau hin, in der Hoffnung, noch einmal die unbekannte Stimme zu hören, und herauszufinden, wer Betty Miller von ihrer Geschichte erzählt hatte. Und sie verbrachte jede Minute damit, Pläne und Komplotte zu schmieden und über die Briefe nachzugrübeln, die sie verschickt und empfangen hatte und die Edwards Vergangenheit betrafen. Selbst als sie an jenem Tag nebeneinander in der Kirche saßen, war sich Vivian seiner physischen Anwesenheit nur am Rande bewusst, aber all die Daten und Fakten seines Lebens ratterten durch ihr Hirn, während sie mit dem Mund die Worte formte. Allerdings nicht die Worte der Lieder, die alle sangen. Sie heckte etwas aus.

## KAPITEL 24

Betty Miller hatte gar nicht vorgehabt, sich heute an die Gemeinde zu wenden, aber sie hatte ein paar Leute in ihre Richtung grummeln gehört und war sich sicher, dass es mit der Bank ihres Vaters und den verzögerten Entschädigungszahlungen zu tun hatte. Wie ihr auffiel, schien Vivian Dalton all dem keinerlei Beachtung zu schenken, aber die Daltons hatten ihr Geld auch bereits zurückbekommen, nicht wahr?

Betty war überrascht – ja, sie würde fast so weit gehen zu sagen – beeindruckt gewesen, als gestern der Artikel im *Daily Record* erschien, der ganz Wooster über den Dalton-Skandal informierte. Und sie hatte sich selbst dazu gratuliert, dass die Leute dank ihr deutlich früher von dem Skandal erfahren hatten. Zumindest die wichtigen Leute. Sie hatte einen regelrechten Adrenalinrausch verspürt, als sich bei ihrem Teekränzchen all die Damen mit gepuderten und gerougten Wangen begierig zu ihr umdrehten.

Vivian hatte die Geschichte im *Record* zwei Wochen zu spät platziert, aber Betty hätte ihr zähneknirschend Anerkennung dafür gezollt, dass sie immerhin die Geistesgegenwart besessen hatte, die Flut an Gerüchten einzudämmen, indem sie die Kontrolle über ihre Geschichte zurückerlangte. Tja, zu ihrem Glück. Besaß man die Deutungshoheit über eine Geschichte, hatte man die Schlacht zu neunzig Prozent bereits gewonnen.

Doch zu ihrem Pech war die Schlacht zu Ende. Und zurück blieb ein Schlachtfeld der Verwüstung.

Betty hatte ihren eigenen Ehemann mit Argusaugen beobachtet, nachdem sie von Edward Daltons geheimer erster Ehefrau gehört hatte. Eine seltsame Geschichte, und noch dazu war sie einer relativ normalen Familie hier mitten in Wooster passiert. Nach ihrem Teekränzchen hatten auch alle anderen Damen ihre Ehemänner mit demselben Argwohn beäugt und sich gefragt: *Wie gut kenne ich meinen Mann wirklich?*

Nehmen wir zum Beispiel Clara Weavers Mann David, der viele Stunden »im Büro« zubrachte, dabei konnte er so viel gar nicht zu tun haben, da er als Versicherungsvertreter nicht sonderlich erfolgreich war. Man musste schon ein ganz bestimmter Typ sein, um Leute dazu zu bringen, einem Versicherungspolicen abzukaufen, die sie gar nicht brauchten, und genau das war Davids Problem. Oder nehmen wir Rex, den Ehemann von Miriam Thompson, dem es zwar nicht am entschiedenen Auftreten mangelte wie David, der dafür aber andere Probleme hatte. Er war Abgeordneter im Repräsentantenhaus von Ohio und vertrat Wahldistrikt 1. Diese Position machte es sicher erforderlich, dass er regelmäßig nach Columbus reiste, aber die Fahrt dauerte nur neunzig Minuten, sodass es für Betty nicht nachvollziehbar war, weshalb er dort eine Wohnung angemietet hatte. Und dann war da noch Farley, der Ehemann von Marilyn Dean, der, wie wir wissen, seiner Sekretärin einen stattlichen Weihnachtsbonus gezahlt hatte, was bestimmt nichts mit ihren Steuerberatungskenntnissen zu tun hatte. Was Betty betraf, kamen ihr all diese Geschichten allmählich verdächtig vor.

Vor ihrer goldgerahmten Frisierkommode beobachtete Betty im Spiegel, wie sich Charles bettfertig machte. Da es ihm zu lange dauerte, den Kordelzug auf- und zuzubinden, zog er sich einfach die neue Schlafanzughose mit rot-grünem Nadelstreifenmuster über, die ihm »Santa« zu Weihnachten geschenkt hatte. Dann schlüpfte er mit seinen einst muskulösen Armen einen nach dem anderen in das Schlafanzughemd und machte sich daran, die Knöpfe zuzumachen, ohne zu bemerken, dass Betty ihn beobachtete. Den ersten Knopf übersah er, sodass, als er beim unteren Knopfloch angekommen war, kein Knopf mehr übrig war. Einen Finger durch das einsame Knopfloch gesteckt, wackelte er darin herum, zuckte dann mit den Schultern und schleuderte die Pantoffeln von den Füßen, ehe er sich auf seiner Bettseite hinlegte.

Betty zog scharf Luft durch die aufgeblähten Nasenlöcher, verdrehte die Augen und blies vorsichtig durch die gerade so gelockerten Lippen, dass sie nicht pfiff wie ein Teekessel. Dann betrachtete sie ihr Spiegelbild, schraubte den Deckel vom Glas, tauchte ihre Finger in die kalte Creme und rieb sie sich sachte kreisförmig ins Gesicht. Betty konnte sich nicht vorstellen, dass Charles zu einem ähnlich skandalösen Betrug in der Lage wäre. Die Faulheit, die er beim Zuknöpfen an den Tag gelegt hatte, erstreckte sich auch auf andere Bereiche des Lebens.

Vermutlich war Charles schon immer so gewesen, aber nicht umsonst sprach man bei Frischverliebten von der rosaroten Brille, nicht wahr? Sie würde nicht so weit gehen zu sagen, dass sie ihre Ehe mit Charles bereute, immerhin stammte er aus einer der angesehensten Familien in Wooster. Vivian Dalton hingegen hatte offenbar nicht die Herkunft berücksichtigt, als sie sich für einen Mann entschied. Wenn sie nur ein wenig Sinn und Verstand besessen hätte, hätte sie Bettys Bruder Johnston genommen, auch wenn Betty nicht mehr darüber nachdenken wollte, weil ihr Therapeut ihr davon abgeraten hatte, über irgendetwas nachzudenken, bei dem ihre Schläfenader zu pochen anfing, und nun pochte sie schon wieder, weil *Wie konnte es dieses gewöhnliche Flittchen wagen, Johnston Reed abzuweisen!*

*Gütige Gedanken*, ermahnte sie sich selbst, als sie sich in die Haut unter ihrem Handgelenk zwickte. Das war das Mantra, das Dr. Charlton vorgeschlagen hatte. *Gütige Gedanken, und dann kneifen Sie in die Haut unter dem Engelanhänger an Ihrer Armbanduhr.* Betty schloss die Augen und zwang sich, erneut scharf durch die Nasenlöcher Luft einzuziehen, und dann noch mal, und noch mal, bis sich ihr Blutdruck wieder normalisiert hatte und ihre Venen aufhörten zu pochen.

Sie erinnerte sich daran, dass sie mit Charles vier wundervolle Kinder hatte. (Nicht dass Charlotte, die Tochter der Daltons, kein liebenswürdiges Kind war, zugegebenermaßen hatte sie wirklich gute Manieren, allerdings auch eine Tendenz zum Krummsitzen, aber *Gütige Gedanken*!)

Betty hatte schon oft überlegt, dass sie in späteren Jahren gerne ihre Memoiren niederschreiben würde. Sie könnte jungen Mädchen und Frauen, gleich wo, jede Menge mit auf den Weg geben. Gute Ratschläge, ihre Gedanken zu Körperhaltung, Herkunft und Benehmen sowie ihre persönliche Lebensgeschichte. Allerdings war sie nicht sicher, ob sie in ihren Memoiren vollkommen ehrlich sein sollte, außer sie sollte in gehobenerem Alter ihre Blütezeit erleben und das letzte Kapitel noch auf dem Sterbebett fertigstellen können.

Wäre ihre Jugend anders verlaufen, hätte sie vielleicht jemand ganz anderen geheiratet. Aber sie hatte Charles geheiratet. Alles Teil der göttlichen Fügung! Wenn sie sich selbst nicht in Schwierigkeiten gebracht hätte, hätte sie vielleicht, *aber nur vielleicht*, ihr Leben mit jemand anderem verbracht.

Und dann wanderten ihre Gedanken gelegentlich zu einem imaginären Kapitel ihrer noch zu schreibenden Memoiren. Ein Kapitel, in dem sie ihre Seele offenbaren und zugeben würde, dass sie damals vor vielen Jahren dem Vermögen und der sozialen Stellung von Charles' Familie den Vorzug gegeben und ihr tiefes, inneres Bedürfnis ignoriert hatte.

Es war viele Jahre her, seit sie zuletzt an ihn gedacht hatte (das war eine erneute Lüge). Sie brachte es nicht einmal über sich, an seinen Namen zu denken, sondern dachte an ihn nur als *dieses innere Bedürfnis,* weil es sich genauso anfühlte (das entsprach der Wahrheit). Unkontrolliert. Es war ihr unangenehm, wie ihr Körper unfreiwillig reagierte, wenn sie sich vorstellte, wie sein Gesicht über ihrem schwebte, seine starken Arme sie zu Boden drückten und sie beide lachten, und in ihrer Erinnerung konnte sie ihn beinahe riechen. Eine Mischung aus einem angenehmen und strengen maskulinen Geruch.

Die Augen fielen ihr zu, und das Kapitel schrieb sich in ihrer Fantasie von selbst fort, während sie erneut tief durch die Nasenlöcher einatmete und halb erwartete, *diesen* Duft zu riechen. Dieser Duft war der wahre Grund, weshalb sie Dolly mit dem Auto zur Tankstelle schickte, weil sie nicht in der Nähe dieses Dufts sein konnte. Aber als sie vor der Frisierkommode in jenem Schlafzimmer einatmete, das sie sich mit ihrem schnarchenden Ehemann aus gutem Hause teilte, war alles, was sie roch, der Duft von kalter Creme.

*Dieser übel riechende, unerhört betrunkene Santa Claus, der die unschuldigen, wundergläubigen Kinderseelen von Wooster gefährdet und den ganzen Sinn und Geist von Weihnachten beschmutzt hatte. Jesus Christus wurde nicht in einer Krippe in Bethlehem auf Stroh geboren, damit irgendein Trunkenbold und Landstreicher in der Spiel-*

*warenabteilung von Freedlander's sein Unwesen trieb und diesen heiligen Tag unseres Herrn und Erlösers entweihte.*

Das waren ihre Worte gegenüber all ihren Freunden gewesen. Das war es gewesen, was Freedlander's dazu bewogen hatte, ihn rauszuschmeißen. Wooster war *ihre* Stadt, und er hatte doch tatsächlich die Dreistigkeit besessen, sein Gesicht zu zeigen und *diesen Geruch* mitzubringen. Sie zu verspotten, sie zu reizen, sie daran zu *erinnern.*

Aber das alles war lange, lange her, und nun war sie Mrs. Charles Miller und war felsenfest in Wooster, Ohio, verankert. Und falls Charles das je vergessen sollte, falls er jemals ihre Ehe, ihre Kinder, ihr perfektes gemeinsames Leben für selbstverständlich halten sollte … falls er je beschließen sollte, sich ein wenig umzusehen, es bei anderen zu probieren, wie Farley Dean oder einer der anderen … Sie warf erneut einen Blick auf den inzwischen schlafenden Haufen unter der Decke und war fast zu hundert Prozent sicher, dass er das nicht tun würde.

Aber falls doch … Sie verzog die Augen zu Schlitzen, während ihr Spiegelbild ihr wie eine düstere japanische Geisha aus einem dieser verfluchten Filme entgegenblickte, die sie immer im … na wie hieß gleich wieder dieses Kino?, zeigten. Egal. Sollte Charles Miller jemals ihre Familie beschämen, würde sie ihren Vater schneller hinzuziehen, als man »Papas Liebling« sagen konnte.

Wobei ihr nicht in den Sinn kam, sich die Frage zu stellen: *Wie gut kennst du deinen Vater eigentlich wirklich?*

# KAPITEL 25

Charlotte Dalton hatte zuletzt ein wenig mehr über ihren Vater erfahren, als ihr lieb war, und an dem Montag, an dem der Zeitungsartikel erschienen war, hatte sie sich geweigert, das Bett zu verlassen, und wer konnte ihr schon einen Vorwurf machen? Vivian hatte die Tür zum Zimmer ihrer Tochter aufgemacht und einen großen Klumpen unter der blumengemusterten Bettdecke entdeckt, die fein säuberlich bis über den Kopf des Klumpens gezogen war.

»Charlotte?« Vivian betrachtete das im Zimmer herrschende Chaos. Kleider waren auf den Boden geworfen, über den Stuhl, Schallplatten lagen ohne Hülle da und überall Bücher.

»Mmpf.«

»Willst du nicht zur Schule gehen? Heute ist Murmeltiertag.« Sie ahmte halbherzig ein quietschendes Tiergeräusch nach, das Murmeltiere in ihrer Vorstellung machten, aber der Klumpen zeigte keine Reaktion.

»Charlotte«, trällerte Vivian. »Wenn du nicht rauskommst, gibt es sechs weitere Wochen Winter.«

Keine Reaktion.

»Na schön.« Vivian war zu einem normalen Tonfall zurückgekehrt, schließlich hatte nicht sie ihre Familie ins Unglück gestürzt, und sie hatte keine Zeit, sich abzumühen, um Charlotte aufzuheitern. »Ich rufe in der Schule an und sage, dass du krank bist.«

Erneutes Grunzen unter der Decke.

»Wo du schon daheimbleibst, würde ich dich bitten, dein Zimmer aufzuräumen.«

Vivians Wut war persönlicher und privater Natur gewesen, aber nun, da die Geschichte aller Öffentlichkeit bekannt war, war ihr Zorn geschmolzen und ein wenig abgekühlt zu einem gehärteten Panzer aus Scham und Demütigung. Sie konnte nicht zulassen, dass ganz Wooster in ihr die (frisch verheiratete!) wütende Ehefrau sah, weil es die Botschaft vermitteln würde, dass sie selbst von der ersten Ehe ihres Mannes auch erst im Nachhinein erfahren hatte. Dabei hatte sie Harry Sweeney angewiesen, in seinem Artikel ganz klar und deutlich zu machen, dass sie von all dem Kenntnis hatte. *Ich besitze Menschenkenntnis.*

So sehr sie es sich auch wünschte, konnte sich Vivian anders als Charlotte nicht einfach unter der Decke vergraben. Sie war schließlich kein Kind mehr. Stattdessen kochte sie einen Topf Haferbrei, stellte eine Schüssel vor Edward und die andere vor sich ab. Schweigend aßen sie ihren Haferbrei, die frisch vermählten Daltons. Edward hatte die Nase in die Zeitung gesteckt, Vivian die Nase noch immer voll.

Als sie auf den Badfliesen stand, ihr Gebiss in der Hand und es mit der Zahnbürste schrubbte, sprach sie sich Mut zu. *Wir kriegen das schon hin, alles wird gut.* Nachdem sie ihre Zähne eingesetzt und sich den Mund mit einem Handtuch abgetupft hatte, malte sie ihre Lippen sorgfältig mit dem Fire-&-Ice-Lippenstift aus und warf sich einen schwungvollen Kussmund zu. Dann stieg sie die dreizehn Stufen zum Flurschrank hinab, den Edward in seiner Eile, das Haus noch vor ihr zu verlassen, offen stehen gelassen hatte, und zog ihren Wollmantel vom Bügel. An der Haustür knöpfte sie ihn zu, richtete die Hutkrempe ihres preußischblauen Huts von Beulah Bechtel's und ging hocherhobenen Hauptes zur Arbeit. Gnade Gott dem ersten Luder, das ihr einen mitleidigen Blick zuwarf, denn Vivian war heute wirklich nicht in der richtigen Stimmung dafür.

Charlotte hatte ihren knurrenden Magen so lange ignoriert, bis sie die Tür zweimal gehen hörte. Das erste Mal ging ihr Vater zur Arbeit, das zweite Mal ihre Mutter. Da ihr Vater bereits weg war, war das zweite Mal bloß ein leises Zuziehen der Tür zu hören. Die zweite Dezemberhälfte sowie den gesamten Januar hindurch hatte ihre Mutter jedes Mal, wenn sie als Erste zur Arbeit ging, die Tür mit solcher Wucht zugeschlagen, dass es im ganzen Haus schepperte, die Farbe vom Türrahmen absprang und die Fensterscheiben bebten, und nun verstand Charlotte endlich, weshalb.

Zwei Scheiben Buttertoast und ein großes Glas Orangensaft besänftigten ihr Magengrummeln und gaben ihr die Energie, um sich der Wirklichkeit zu stellen. Sie blickte hinüber zum Keksglas, das bis zum Rand gefüllt war mit Chocolate-Chip-Cookie-Kuchenstücken, die Mutter am Tag zuvor gebacken hatte. »Backen beruhigt mich!« Aus irgendeinem Grund hatte sie sie jedoch mit Karamell- statt mit Schokoladentropfen zubereitet, was für Charlotte die Frage aufwarf, ob die Regierung plötzlich Schokolade rationierte. Sie hatte in diesem Haus seit Wochen keine mehr gesehen oder gerochen.

In diesem Moment fiel Charlotte auf, welche schiere Menge an Backwaren in den letzten anderthalb Monaten in der kleinen Küche der Daltons produziert worden war. Ihre Mutter hatte ihr komplettes Repertoire mindestens zweimal durchgespielt. Chocolate-Chip-Cookie-Kuchen, Schmand-Cookies, Seven-Layer-Cookies, Erdnussbutter-Cookies mit per Gabel aufgestempeltem Gittermuster und den Weihnachtsfrüchtekuchen. Vor Weihnachten hatte sie zudem Divinity Fudge gemacht, eine Kreuzung aus Baiser und Türkischer Honig, und Charlotte dachte am Rande darüber nach, ob das zählte.

Alles in allem hatte in der Küche jede Menge »Beruhigung« stattgefunden, von der Charlotte sagen würde, dass sie zwar köstlich, aber wenig effektiv gewesen war. Ihre Mutter wirkte alles andere als ruhig.

Während sie mit der linken Hand über das Geländer fuhr und mit der rechten die Krümelreste der Cookies vom Mund fegte, trottete Charlotte wieder nach oben ins Bad. Ihr Spiegelbild blickte ihr stumpf entgegen, während sie vorsichtig mit der Zahnbürste über ihre Zähne kreiste. *So sieht ein Bastard aus. Baaaaastaaaaard, Baaaaaaastaaaard.* Sie stocherte mit den Borsten in den Zwischenräumen, um die Walnussreste herauszupulen. *Genau das bist du, aber hör auf, dich zu bemitleiden, Bastard.* In ihrem Kopf sprach sie sich das Wort »Bastard« immer wieder vor, während sie sich die Zahnpasta von den Zähnen schrubbte, und je mehr sie darüber nachdachte, desto mehr verlor es an Bedeutung.

Sie schlenderte ins Schlafzimmer ihrer Eltern und starrte auf das Bett, über dessen Oberfläche die weiße Chenille-Tagesdecke fest gespannt war, genau wie das Lächeln ihrer Mutter, das sie seit Dezember allen gegenüber aufsetzte. Dieses beängstigende, angespannte, wütende Lächeln in Revlon-Fire-&-Ice-Rot.

Charlotte nahm einen Lippenstift von der Kommode und kreiste damit über ihre Lippen. Es war ein heller Rosaton, den ihre Mutter nicht mehr trug. *Pink Champagne* stand auf dem verblassten Etikett. Sie ging hinüber, öffnete den Kleiderschrank und fuhr mit den Fingern federleicht über die Kleider und Hemden auf den Bügeln, die nach dem Parfüm ihrer Mutter dufteten, der in der Kleidung hing. Maiglöckchen. Sie ging auf die Knie und griff nach den Kisten hinter den drei säuberlich aufgereihten Schuhpaaren. Die Kisten waren voller Familienfotos. Charlotte lächelnd im Hof mit ihrem Osterhut und Rüschenkleid. Mutter und Dad lächelnd in Badeanzügen auf dem Steg an der Little Sodus Bay. Mutter und Dad lächelnd neben seinem alten Ford Modell A. Immer nur lächeln. Der äußere Schein war Vivian Dalton schon immer wichtig gewesen. Charlotte war überrascht, dass ihre Mutter zugelassen hatte, dass sie heute zu Hause blieb. Normalerweise durfte sie das nur, wenn sie tatsächlich krank war. Die Vorstellung, dass die Leute sich wundern würden, wenn ihre Tochter des Öfteren oder längere Zeit nicht zur Schule ging, war ihrer Mutter unangenehm. Was andere Leute von ihr hielten, war für sie immens wichtig. Wie andere Leute ihre Familie wahrnahmen. *Ihre Familie.*

Charlotte nahm den Deckel von der Hutschachtel, die unten im Kleiderschrank stand und in der statt eines Huts eine halb leere Packung Lucky-Strike-Zigaretten und ein kleines braunes Notizbuch lagen. Sie setzte sich in den Schneidersitz, zog eine der Zigaretten heraus und steckte sie sich zwischen die Lippen. Es schmeckte zwar nicht gut, fühlte sich aber gut an. Sie klemmte sich eine weitere Zigarette hinters Ohr, griff nach dem kleinen braunen Notizbuch und schlug es auf der ersten Seite auf. Sie war leer. Sie blätterte auf die zweite Seite um, die ebenfalls leer war. Genauso wie die nächste Seite und die Seite danach. Sie beugte sich vor und blätterte schneller durch, bis sie eine beschriebene Seite fand. Die ersten fünfzig Seiten hatte ihre Mutter leer gelassen, doch ab Seite einundfünfzig schien sie Notizen zum Familienstammbaum gemacht zu haben. Harte Fakten. Geburtsdatum, Hochzeitsdatum und Todesdaten von Eltern, Großeltern, Tanten, Onkeln. Von einigen der Leute hatte Charlotte noch nie gehört. Sie überflog die Daten und blätterte weiter, bis sie Folgendes fand:

*29 Anfragen*
*Kirchen*
*Syracuse*
*James Street Methodist*
*3027 James Street, Syracuse, N.Y.*
**Plymouth Congregational Church*
*232 East Onondaga Street, Syracuse*
*Einträge für den 14. September 1922 belegen eine Mitgliedschaft von George und Letty Dalton, 224 W. Yates Street, Syracuse*

George und Letty Dalton. Charlottes Großeltern väterlicherseits, die ihre Mutter hasste.

*Keine Einträge für einen Edward G. Dalton (ODER John Edward) vorhanden.*

*Ebenfalls keine Einträge für eine Mrs. Mildred Fischer!*

Ihre Mutter hatte neunundzwanzig Briefe an sämtliche Kirchen in Syracuse und Umgebung geschrieben. Charlotte fiel die Zigarette herunter, als sie leise pfiff und sich wieder auf die Knie hochrappelte, wobei ihr Kopf die Hemden ihres Vaters streifte. Ihre Augen schmerzten, so sehr musste sie sich anstrengen, um die Schrift zu entziffern, aber sie konnte nicht aufhören.

Die Notizen betrafen nicht nur Recherchen und die Familiengeschichte, auch wenn es einen Abschnitt mit der Überschrift »Stammbaum« gab, die, wie Charlotte auffiel, falsch geschrieben war. Zusätzlich zu den Lebensdaten der Familie Dalton und den Adressen der Kirchen sowie Abschriften aus Urkunden und Lebensversicherungen fand sie eine Handvoll Zitate, wie dieses hier:

*Liebe ist der Inbegriff der Ewigkeit,*
*Sie bringt jegliches Zeitgefühl durcheinander,*
*Löscht jede Erinnerung an einen Anfang aus*
*Und jede Furcht vor dem Ende.*
MADAME DE STAËL

Dann gab es etliche Seiten, auf denen ihre Mutter Titel von einst beliebten Liedern notiert hatte.

*1924*
*Yes Sir, That's My Baby*
*It's Three O'Clock in the Morning*
*No One but You*
*Margie*

Des Weiteren gab es eine Seite für 1925, eine für 1926 und immer so weiter bis 1934 (wobei für dieses Jahr nur ein Song, »Stars Fell on Alabama«, vermerkt war). Auf einigen dieser Seiten hatte ihre Mutter zusammenhangslos bizarre Fakten hingekritzelt.

»Spruch damals: ›Was man sagt, das ist man selber, lachen alle dummen Kälber.‹« »Erstmals gab es Kofferradios – und Autoheizungen!«

Charlotte musste bei »und Autoheizungen!« unweigerlich laut loslachen, weil es so absurd klang. Wieso das Ausrufezeichen? Und wozu überhaupt das Ganze? Schwelgte ihre Mutter in Erinnerungen an ihre Jugend? An die gute alte Zeit, bevor sie Dad kennenlernte? Trauerte sie um die Liebesbeziehung zu ihrem Dad? Versuchte sie die Liebesbeziehung zwischen ihm und seiner ersten Frau zu rekonstruieren (falls es je eine gegeben hatte)?

Charlotte verspürte einen Anflug von Übelkeit, als ob sie ein ganzes Blech Chocolate-Chip-Cookie-Kuchen auf einmal gegessen hätte. Sie musste würgen, als sie sich an den Anblick der Seven-Layer-Cookies in der Kloschüssel erinnerte, nachdem ihre Mutter ihr die Neuigkeit verkündet hatte. Charlotte legte das Notizbuch auf den Teppich neben dem Kleiderschrank. Sie fühlte sich krank. Sie machte sich Sorgen, dass ihre Mutter ebenfalls krank war. Sie sah ständig müde aus, als ob sie seit Monaten nicht mehr geschlafen hätte, und nun rauchte sie auch noch und führte heimlich ein irres kleines braunes Notizbuch.

*Wieso kann meine Familie nicht ganz normal sein? Wie in* »Ozzie & Harriet«? *Oder* »My little Margie«?

Das kleine braune Notizbuch war wie ein Fenster in die Gedankenwelt ihrer Mutter, und je mehr Charlotte las, desto mehr wollte sie die Vorhänge dieses Fensters zuziehen. Sie mit einem Reißverschluss zusammennähen, den man abschließen konnte. Mit jeder Seite konnte sie die Stimmungsschwankungen ihrer Mutter nachvollziehen. Die Handschrift offenbarte, was in ihr vorging. Wenn ihre Mutter in Kursivschrift schrieb, sah das richtig hübsch aus. Sie hatte eine wunderschöne, flüssige Handschrift, auch wenn nicht immer alles richtig geschrieben war. Aber in dem Übergang von

Kursiv- zu Druckschrift konnte Charlotte die Wut erkennen, die aus den Zeilen sprach. Die hitzigsten Passagen waren durch eine aggressive Strichführung gekennzeichnet, bei der sie fast durch das Papier geschrieben hatte. Ausrufezeichen und unterstrichene Wörter füllten die Zeilen, während sie die Details durchlas, die ihr auf den ersten Blick nichtig erschienen, aber offensichtlich für ihre Mutter alles andere als »nichtig« waren.

*Brief, datiert vom 27. Januar 1953, in Leahy, Mills. Die Kanzlei Vickery & Ahern bestätigt, dass der Verfasser (und Unterzeichnende Mr. Ahern) weder Unterlagen noch Kenntnis eines Antrags auf Eheaufhebung oder -scheidung besitzt, der von Edward George Dalton oder John Edward Dalton erwogen worden sein soll. Des Weiteren besitzt er weder Unterlagen noch Kenntnis desselben durch eine Mildred Rose Fischer Dalton oder den Vater des Bräutigams, Mr. George W. Dalton. Dem sei hinzugefügt, dass Mr. Ahern seit 1922 alle Rechtsangelegenheiten für beide Männer verantwortet.*

Ihre Mutter hatte sich neulich ihr Wörterbuch geliehen. Vielleicht wegen »erwogen«. Erwägen war etwas, das Charlotte die letzten Tage getan hatte. Sie hatte lauter Fragen rund um den Skandal in ihrer Familie erwogen, erwogen, nie wieder in ihre Highschool zurückzukehren, erwogen, ob sie ihren Abschluss auch schaffen würde, wenn sie nie wieder in die Highschool zurückkehren würde. Wohin flüchtet sich jemand in einer Kleinstadt, der den prüfenden und missbilligenden Blicken der Öffentlichkeit entgehen will? Sie fragte sich, wohin Gilbert Ogden und Flora Parker geflüchtet waren, falls sie noch immer als Bankräuber aktiv waren, und ob sie eine junge, tüchtige Komplizin bräuchten. Charlotte überlegte, was jemanden dazu trieb, eine Bank auszurauben, als sie die Schachtel Lucky Strikes und das kleine braune Notizbuch zurück in die Hutschachtel legte und den Umschlag mit Geld bemerkte, der an die Unterseite des Deckels geklebt war.

# KAPITEL 26

US-Dollar in kanadische Dollar. Gilbert Ogden behielt den Wechselkurs stets im Blick und versuchte, seine Bankbesuche so zu legen, dass sie ihre Ausbeute maximierten. Außerdem galt: Nie zweimal bei einer Bank umtauschen. Als flüchtige Bankräuber bestand für Flora und ihn die höchste Priorität darin, keinen Verdacht zu erregen. Eine weitere Priorität war, sich in ihrem Wohnviertel in Toronto unauffällig einzufügen und sich gleichzeitig von den Nachbarn fernzuhalten.

Beide hatten nicht unerhebliche Zeit damit verbracht, auf dem Fensterplatz im Erdgeschoss des Hauses direkt hinter den schweren purpurnen Damastvorhängen zu sitzen, das Kommen und Gehen der Nachbarn zu beobachten und sich Notizen zu den regelmäßigen Abläufen zu machen, um das Haus nur zu sicheren Zeiten zu verlassen, wenn auf der Straße wenig Betrieb war.

»Wohnt irgendjemand in dem großen Haus?«, könnte sich jemand fragen, der in der Nachbarschaft zu Besuch war. »Tja«, würden die Nachbarn dann antworten, »wir haben sie zwar noch nicht gesehen, aber normalerweise kommt Rauch aus dem Schornstein.«

Flora hatte sich in dem Buchladen ein paar Türen weiter von der dritten Bank, wo Gilbert Geld tauschte, ein paar Bücher auf Französisch gekauft. Sie zog sich gern auf ihren gepolsterteren Sessel am Kamin zurück und las darin.

»Genau wie Bonnie und Clyde es immer gemacht haben«, sagte sie zu Gilbert und lachte.

Flora Parker und Gilbert Ogden mussten die langweiligsten Verbrecher der Welt sein. Sie spielten Scrabble und Schach, lasen Tschechow und Austen und studierten *Bonjours* und *Au Revoirs* ein, nur für alle Fälle.

Flora hatte viel Gutes über Quebec gelesen. Falls es ihnen in Toronto zu heikel werden würde, falls die Leute misstrauisch würden angesichts der unauffälligen, ruhigen, scheinbar unsichtbaren Leute, die erst vor wenigen Monaten in die Gegend gezogen waren, würden sie gen Norden weiterziehen. *Aber nicht nach Montreal,* dachte Flora. *Zu groß.* Nach Norden zu gehen war womöglich ihre einzige Option. Es gab kein Zurück mehr.

Nachdem sie zwei Stunden intensiv gespielt hatten, rief Flora »Schachmatt«, woraufhin Gilbert sich seufzend in seinem Stuhl zurücklehnte und kopfschüttelnd die Gläser seiner Brille mit einem Taschentuch polierte.

»Du schummelst ganz offensichtlich«, sagte er. »Ich habe nur noch nicht herausgefunden, wie.«

Er hatte sie bislang nicht ein einziges Mal geschlagen.

»So bin ich eben«, gab Flora zu. »Eine große Schummlerin. Ich helfe dir nur, ein besserer Verlierer zu werden. Du bist wie ein eingeschnapptes Kind, wenn du verlierst.«

Gilbert verstaute das Stofftaschentuch wieder in seiner Brusttasche und dachte einen Moment darüber nach, ehe er ihr einen fragenden Blick zuwarf.

»Wieso haben Bill und du eigentlich keine Kinder?«

Floras keckes Grinsen der triumphierenden, womöglich schummelnden Gewinnerin der Schachpartie fiel augenblicklich in sich zusammen. Alle Muskeln in ihrem Gesicht, die das

Grinsen aufrechtgehalten hatten, erschlafften, und ihre Grübchen verschwanden völlig. Sie nahm die Königin, stieß damit einen Bauern um und sah zu, wie er auf dem polierten Schachbrett hin- und herrollte. Eine ganze Minute verstrich, ehe sie Antwort gab.

»Wir haben es probiert.«

Gilbert sagte nichts, stand aber flink vom Stuhl auf und ging zu ihr. Er legte zärtlich seine Arme um ihre Schultern und beugte seine Stirn zu ihrem Scheitel hinab.

»Es tut mir furchtbar leid«, flüsterte er.

Flora rollten ein paar Tränen die Wange hinunter, ehe sie sie mit dem Handrücken wegwischte. Sie war noch nie jemand gewesen, der sich im Selbstmitleid suhlte. Letztlich war alles gut ausgegangen, und sie würde sich das von der Vergangenheit nicht kaputt machen lassen. Gemeinsam hatten sie das Unmögliche geschafft und waren spurlos aus Wooster verschwunden. Gilbert und Flora waren nun unabhängig, finanziell abgesichert und dankbar, dass keiner von beiden es je wieder nötig hätte, um Geld zu betteln oder sich von Idioten, die es nicht wert waren, erniedrigen zu lassen.

Aber sie hatten sogar noch ein größeres Ziel erreicht durch ihre heimliche, sorgfältig orchestrierte Unterschlagung von Geldern der Wayne Building & Loan. Eines, auf das die Zeitungen nicht gekommen waren und wohl auch nie kommen würden. Etwas, das Gilbert und Flora stets im Hinterkopf hatten, ein kleines Körnchen Wahrheit, von dem nur sie beide wussten. Genau in diesem vertrauten, liebevollen Moment zwischen den beiden, stand Floras Ehemann Bill Parker, der Bill Parker mit dem vor Wut rauchenden Kopf, mit der Pistole und den Abriebspuren der Reifen, in der Tür.

# KAPITEL 27

Bill Parker hatte Flora Jacobs in New York kennengelernt, nicht lange nach der Großen Depression, in einem mit Sägespänen ausgestreuten Keller hinter der Bühne, in dem Madame Ososki am Montag- und Mittwochmorgen Schauspielstunden gab. Bill hatte sich auf den ersten Blick in Flora verliebt, wie bereits einige Male zuvor bei anderen Frauen. Aber diesmal war es anders. Das sagte er sich jedes Mal. Flora mit ihrer zarten Haut, der stillen Eleganz und den ausgeprägten Grübchen im Kinn, die sich bildeten, wenn sie lächelte oder ihre, wie Bill es nannte, »tadelnde Miene« aufsetzte. Auch wenn sie diesen Gesichtsausdruck meist nur auf der Bühne einsetzte. Ja, Flora war anders. Flora war in Bills Augen genau die Richtige. Diesmal war er sich mindestens zu achtzig Prozent sicher. Aber allermindestens zu fünfundsiebzig Prozent. Allerdings konnte man ihm das schwerlich vorwerfen, immerhin konnte man bei Schauspielerinnen nie so ganz sicher sein.

Flora hatte Bill Parker keinerlei Aufmerksamkeit gewidmet, außer sie mussten zusammen Szenen proben, dann hatte sie ihm ein höfliches Lächeln geschenkt und war hinter ihrer Figur verschwunden. In ihrem Kurs waren rund dreißig Leute, und auch wenn es noch zwei andere Mädels im Kurs gab, für die Bill hätte Feuer und Flamme sein können (oder na gut, vielleicht drei, aber Rita tauchte fast nie auf), versuchte er es immer so einzurichten, dass er mit Flora für eine Szene ausgewählt wurde.

In den Jahren nach der Großen Depression waren viele aus der New Yorker Theaterszene Richtung Westen weitergezogen, um ihr Glück in Hollywood zu versuchen, aber einige aufstrebende Anwärter waren dennoch nach New York gegangen, um auf der Bühne groß rauszukommen. Einige der Broadway-Theater hatten die Eintrittspreise bis auf fünfundzwanzig Cent gesenkt, um die Zuschauer anzulocken, und überall im Theaterviertel schossen Repertoiretheater wie Pilze aus dem Boden, um Schauspieler und Regisseure in Lohn und Brot zu halten. Bill und Flora sahen sich an zwei Vormittagen in der Woche oder beobachteten sich zumindest aus der Ferne, und mit der Zeit (nach vierundzwanzig Kurseinheiten genauer gesagt, wie Bill mitgezählt hatte) freundeten sie sich an.

Flora stammte wie er aus einer Kleinstadt und war ungefähr zur gleichen Zeit nach New York gekommen. »Kommst du auch aus Nebraska?«, hatte Bill sie gefragt. »Nebraska« war für Madame Ososki der Inbegriff der Kleinstadt. Ihr erster Schüler, der aus einer Kleinstadt stammte, kam aus Nebraska, vielleicht aus Broken Bow oder Wahoo oder Ogallala, aber Madame Ososki war viel zu beschäftigt und zu kreativ, um sich mit solchen Details aufzuhalten, für sie war er einfach »aus Nebraska«. So wie Studenten aus Los Angeles oder San Francisco schlicht »aus Kalifornien« kamen. Aber Nebraska lag Madame Ososki aufgrund dieses Schülers besonders am Herzen, und sie liebte es, den Klang von »Nebraska!« aus ihrem Mund zu hören mit seinem romantisch rollenden *r* und dem klaren Bruch vor dem *ska*. So kam es, dass an den Schauspielkursen von Madame Ososki stets Schüler aus New York,

Chicago, Kalifornien oder Nebraska teilnahmen, und niemand wagte es, ihr zu widersprechen.

Sowohl Bill als auch Flora verzeichneten in den eineinhalb Jahren, die sie ihr Glück auf den Bühnen New Yorks versuchten, Erfolge und Misserfolge. Bill sah Flora als Grinsekatze in einer kleinen Hinterhofproduktion von *Alice im Wunderland*, und Flora saß im Publikum bei den wenigen, allmählich aussterbenden Varieté-Aufführungen, die Bill an Land zog. Mit seinem elastischen, schlaksigen Körperbau und seinem vielseitigen Mienenspiel war er wie gemacht für komische Rollen und wurde von einigen für sein Slapstick-Talent gepriesen. Nicht so Madame Ososki. Sie verachtete das Varieté. »Worte machen eine Aufführung aus!« Bill war anderer Meinung, blieb aber dennoch in dem Kurs, weil er Flora dort traf.

Flora ließ sich von ihm in den Actors' Dinner Club einladen, weil das Essen dort kostenlos war. Der Club bot eine kostenlose Speisung für Schauspieler, die sich keine Mahlzeit leisten konnten, was bei Bill meist der Fall war. Es war zwar nicht unbedingt die High Society, aber immerhin gab es eine warme Mahlzeit, und da sie kostenlos war, fühlte sich Flora ihm gegenüber nicht verpflichtet. Die beiden verbrachten auch ihre Mittagspausen zusammen und spazierten durch den Central Park, und schließlich gab Bill gegenüber Flora zu, dass er nicht sicher war, ob seine Entscheidung, nach New York zu gehen, richtig gewesen war.

»Ich fühle mich in der Kleinstadt viel wohler«, sagte er.

»Ich auch«, hatte Flora gesagt, und in diesem Moment wusste er, dass sie die Richtige für ihn war und vergaß die drei oder vier anderen Mädchen. Es war ihm ohnehin nie ernst mit ihnen gewesen, und er hatte sie auch nie in den Actors' Dinner Club ausgeführt. Und als Flora ihm von ihrer Kindheit im ländlichen Norden des Bundesstaates erzählte und zugab, dass sie sich auch manchmal fragte, ob es richtig gewesen war, in die Großstadt zu gehen, war es ihm ernst mit seinen Gefühlen, und er spürte, wie sich ihre schlanken Finger sanft um sein Herz legten.

Nach vier Monaten, in denen er sie offensichtlich umgarnt hatte, und erst nachdem er aufgehört hatte, auch den anderen Mädchen im Kurs schöne Augen zu machen, hatte Flora sich schließlich auf Bills Schmeicheleien eingelassen. Seine Masche war Flora nicht entgangen, und ihre Grübchen in den Wangen waren hervorgetreten, wenn sie mit missbilligendem Blick beobachtete, wie er den anderen Mädchen im Raum zuzwinkerte oder mit den Augenbrauen wackelte. Männern zu misstrauen, insbesondere weißen Männern, war etwas, was ihre Mutter ihr von klein auf eingeimpft hatte. Diese Lektion hatte sie von früh auf gelernt, wie alle schwarzen Mädchen, aber ihr Aussehen sorgte dafür, dass nie jemand die Wahrheit über sie erfahren würde, außer sie gab sich zu erkennen. »Mit deinen Augen und deinen Haaren«, hatte ihre Mutter immer ungläubig den Kopf schüttelnd gesagt und die feinen, glatten Haarsträhnen angehoben, in die sich kaum eine Locke verirrte, »bleibst du verschont.«

Floras »Verschontbleiben« verursachte ihr ein Gefühl aus Erleichterung und Schuld, das sich überlappte wie übereinandergestapelte Plätzchen, während sie tagtäglich beobachtete, wie die Welt sie behandelte im Vergleich zu jemandem wie Lila Carter, ihrer Freundin aus der Grundschule, oder Ernestine Brown, der Dame, die die Flure in Floras New Yorker Wohnblock wischte. Dieses Gefühlswirrwarr brachte Flora in ihren Schauspielproben und in den Figuren, die sie auf der Bühne spielte, zum Ausdruck.

Die abscheulichen Worte eines grausamen weißen Ladeninhabers, die er einem jungen schwarzen Mann hinterherrief, der um Arbeit bettelte, hatten Flora mehr zugesetzt, als jeder Schlag ins Gesicht es hätte tun können. Nachdem sie die Szene beobachtet hatte, war sie in eine Gasse gerannt, hatte sich hinter einem Mülleimer übergeben und war wie ein Häufchen Elend in sich zusammengesackt. Die Welt war ein grausamer Ort. Am nächsten Morgen hatte Madame Ososki mit glänzenden Augen, die Hände unterm Kinn zusammengeschlagen und gebannt Floras Darbietung verfolgt.

»*Oy! Kak krasivo!*« Auch wenn niemand im Kurs die Worte verstand, wussten alle, dass sie damit ihr größtes Lob zum Ausdruck brachte, und Flora wusste, dass Bill Parkers Mund offen stand vor Bewunderung. Floras geheime Identität, wie sie es insgeheim nannte, verlieh ihr eine verschärfte Wahrnehmung ihrer Umgebung.

Flora achtete auf alles und jeden, und etwas, das ihr besonders auffiel, war, dass Bill Parker geduldig und offen und ehrlicher ihr gegenüber gewesen war als alle anderen, die sie in New York kennengelernt hatte.

Sie war es gewesen, die den Umzug vorgeschlagen hatte. Sie war diejenige gewesen, die gesagt hatte: »Könnten wir nicht zusammen sein und unsere Liebe zur Schauspielerei an einem kleineren Ort nachgehen? Einem Ort, der weniger überwältigend und einschüchternd ist? Irgendwo, wo es schön beschaulich und nett ist?«

»Du meinst Nebraska?«, hatte er gefragt.

Sie hatte gelacht und dann gesagt: »Was ist mit Wooster in Ohio?«

## KAPITEL 28

Vivian stapfte in ihren neuen, pelzgefütterten Stiefeletten auf dem Weg zur Arbeit über die knirschende graubraune Schneedecke. All der Dreck an den Schuhsohlen, die Autoabgase und der Ruß hatten sich über den einst strahlend weißen Schnee gelegt. Charlotte hatte gut daran getan, heute »krank« zu Hause zu bleiben. Vivian konnte sich nichts Trostloseres vorstellen als den Februar in Wooster. Ah, das heißt, warte mal! Es gab noch etwas Trostloseres. Ihre Ehe. Hätte sie die Bedeutung des Wortes »Metapher« gekannt, hätte sie ihre Ehe mit Woosters Landschaft im Spätwinter verglichen. Was einst romantisch, charmant und strahlend anmutete, lag nun trostlos, ausgelutscht und beschmutzt da.

**Metapher**

Sprachlicher Ausdruck, bei dem ein Wort (eine Wortgruppe) aus seinem eigentlichen Bedeutungszusammenhang in einen anderen übertragen wird, ohne dass ein direkter Vergleich die Beziehung zwischen Bezeichnendem und Bezeichnetem verdeutlicht; bildliche Übertragung

Die neuen Stiefel waren Edwards Version einer Metapher. Er hatte gehofft, sie könnten nach ihrem erneuerten Eheversprechen noch einmal von vorne anfangen, und gab sich größte

Mühe, Vivian zu beweisen, wie wichtig sie ihm war und dass der »andere Kram« längst vergangen war. Es war das teuerste Paar gewesen, das es bei Amster's gab, und da die Wintersaison zu Ende ging, waren sie reduziert gewesen. Edward hatte sie am Samstag für Vivian gekauft. Am Nachmittag ihrer Hochzeit. Ihrer zweiten Hochzeit. Das Einzige, was sie bedauerte, war, dass er nicht den vollen Preis hatte zahlen müssen.

Vivian quetschte sich auf dem Gehweg an der Hausmauer vorbei, um Clyde Walsh vorbeizulassen, der Arm in Arm mit Ginny Frazier lief, die offenbar endlich zugestimmt hatte, mit ihm ins A&W zu fahren. Na, das nenn ich doch mal frisch verliebte Turteltäubchen. Vivian konnte nur hoffen, dass Clyde nicht heimlich bereits verheiratet war. Sicher, das war nicht alltäglich, aber sie könnte ein Liedchen davon singen, dass es selbst in den besten Familien vorkam.

Wenn Vivian irgendetwas aus dem Skandal gelernt hatte, dann wie schnell die Leute einen verurteilten. Sie hatte sich die Bewunderung und den Respekt der anderen Frauen bei Bell erarbeitet, als sie feststellten, wie gut sie darin war, andere Menschen zu durchschauen. Wie gut sie sie *kannte*. Aber jetzt?

Das Gerücht war in den zwei Wochen nach Betty Millers Teekränzchen allmählich über die Telefonleitungen bei Bell durchgesickert. Niemand war offen gemein oder verächtlich ihr gegenüber gewesen, aber eine kalte Decke des Schweigens hatte sich über der Telefonzentrale ausgebreitet. Das Lächeln war einem unbehaglichen Grinsen und peinlich berührtem Hüsteln gewichen, und nun, da der Zeitungsartikel das Gerücht bestätigt hatte, würde es bei der Arbeit nur noch unangenehmer für sie werden, da war sich Vivian sicher. Vivian fragte sich, ob die anderen fürchteten, ihre Situation sei ansteckend. Als ob, wenn sie ihr zu nahe kämen, ihnen dasselbe widerfahren könnte. *Geh bloß nicht zu nah ran, sie hat Bigamie!*

Sie fragte sich auch, wie lange dieser Zustand noch anhalten würde. Dorothy, Ruth, Laura, Pearl und die anderen verhielten sich, als ob sich Vivian eine Geschlechtskrankheit eingefangen hätte, Himmelherrgott noch mal. *Wie Syphilis.* Die Telefonistinnen bei Bell liebten Skandale, aber wehe, sie kamen bedrohlich nahe. Wenn man ein Heilmittel gegen etwas wie Syphilis gefunden hatte, dachte Vivian bei sich, dann konnte irgendein schlauer Wissenschaftler doch bestimmt auch einen Impfstoff gegen Bigamie erfinden.

»Na, wenn das mal keine gute Frage zur Begrüßung ist«, hörte Vivian Ruth Craven zu Dorothy sagen, als sie den Raum betrat. Vielleicht redeten sie über Vivian, vielleicht aber auch nicht.

»Ich verstehe wirklich nicht, weshalb sie bei ihm bleibt«, hörte Vivian später Dorothy leise Rose Troyer, einem der neuen Mädchen, zuflüstern. Diesmal ging es definitiv um sie.

»Die arme Tochter!«, hörte Vivian Laura Ruth mit ihrer süßlichen Kinderstimme zuraunen, als sie von der Raucherpause zurückkamen.

Und wer war die Einzige, die sich Vivian gegenüber nicht so verhielt, als habe sie vor, alle anderen mit ihrer Eheseuche anzustecken? Maria Tomasetti. *Na, was sagt man dazu?*

»Vivian, wie geht's dir?«, erkundigte sich Maria am späten Nachmittag, als gerade wenig los war.

»Ach, prima, danke.« Vivian schlug einen unbeschwerten Ton an und rang sich ein Fire-&-Ice-Lächeln ab.

»Wirklich? Weil falls du reden möchtest, bin ich da.«

Vivian hielt die Augen auf den Glühlampenschrank gerichtet und hoffte darauf, dass irgendwo eine Lampe blinken würde.

»Danke dir.«

»Männer sind blöd, Vivian.«

Vivian spürte, wie sich eine winzige Blockade in ihrem Brustkorb löste, und ihre angespannten Gesichtszüge schmolzen zu einem aufrichtigen Lächeln. Sie seufzte ein wenig, ehe vor ihr ein Lämpchen aufleuchtete. Sie nickte Maria dankbar zu und stellte anerkennend fest, dass sich ihr Englisch wirklich verbessert hatte. Dann steckte sie die Stöpselschnur in die Buchse.

»Nummer, bitte.«

Auf dem Nachhauseweg dachte Vivian über die Telefongespräche nach, die sie belauscht hatte. Das einzige Gespräch, bei dem sie die Teilnehmer erkannt hatte, war das zwischen dem Bürgermeister und Don McAfee, Vivians Privatdetektiv, gewesen. Sie hatte sich auf die Zunge beißen müssen, um ihn nicht während des Anrufs mit »Hallöchen!« zu begrüßen, bei dem sie eigentlich gar nicht zuhören durfte. Sie hatten nichts sonderlich Spannendes besprochen, der Bürgermeister hatte Don lediglich ermahnt, »weiterhin an unserem Projekt dranzubleiben«. Vivian nahm an, dass mit »unser Projekt« die Suche nach Gilbert Ogden und Flora Parker gemeint war. Sie fragte sich, ob die beiden noch am Leben waren und falls ja, was sie so angestellt hatten seit der *Veruntreuung* und wie viel noch von dem Geld übrig war. Dann wanderten ihre Gedanken kurz zu ihrer Hutschachtel im Kleiderschrank.

Sie kam wie immer am Freedlander's vorbei und schaute ins Schaufenster der Spielzeugabteilung, wie sie es manchmal tat. Die Auslage mit der Miniaturküche samt Ofen, Kühlschrank und einer Puppe mit rot karierter Schürze und einem Tablett mit Plastikplätzchen in der Hand war gegen eine echt wirkende Modelleisenbahn ausgetauscht worden, die aus einer beeindruckenden schwarzen Dampflok, Passagierabteilen, Eisenbahnwaggons und einem Bremserwagen bestand, in dessen Führerhaus ein kleiner Lokführer aus Aluminiumspritzguss stand, mit einer gestreiften Kappe in der Hand. Vivian blieb stehen, starrte durch die Scheibe auf die Modelleisenbahn und den winzigen Lokführer und spürte einen Stich in der Magengegend. Bei Zügen musste sie immer an Papi denken.

War es schlimmer gewesen, was ihr Vater ihrer Mutter angetan hatte? Die Liebesbriefe an andere Frauen? War das schlimmer als das, was Edward ihr angetan hatte? Denn Vivian gegenüber nicht zu erwähnen, dass er zuvor schon einmal verheiratet gewesen war, kam einer Lüge gleich. JAWOHL!

Die Demütigung fühlte sich plötzlich an wie etwas, das sie von ihrer Mutter geerbt hatte, wie schlechte Zähne oder hängende Schultern. Ersteres hatte sich problemlos beheben lassen, und gegen Letzteres gab es Schulterpolster. Aber wie ließ sich Demütigung beheben? Nun verstand sie, weshalb ihre Mutter bei Papi geblieben war. Schon witzig, dass sie damals ohne zu zögern von sich selbst gesagt hätte: »Also wenn ein Mann mit mir so etwas machen würde, würde ich ihn sofort verlassen.« Tja, im Laufe der Jahre sah man einiges anders, nicht wahr? Die Vorstellung, die Familie auseinanderzureißen, war ihr unerträglich. Na, wenn das mal keine bildliche Umschreibung war. *Auseinanderreißen.*

Ihr Bruder Will hatte einmal einer von Violets Stoffpuppen einen Arm abgerissen, sodass das Futter herausquoll und die durchgetrennten Drähte vom Schultergelenk abstanden. Vielleicht sollte sie Edward als einen solchen Fall begreifen. Er war der Puppenarm. Ohne ihren Arm fehlte der Puppe einfach etwas. Vielleicht könnte Vivian den alten Puppenarm vorerst mit einer kleinen Armbinde fixieren, bis er wieder heilte.

Als sie sich vom Schaufenster abwandte, um ihren Heimweg fortzusetzen, dachte sie erneut an Betty Millers Telefongespräch. Wer hatte sie an jenem Abend angerufen, um ihr das mit Edward brühwarm zu erzählen? Wer hatte am anderen Ende der Leitung gesessen? Wer hatte einen Riesenhaufen Sand in das Getriebe von Vivians Leben gestreut?

Sie hatte die Stimme nicht erkannt, wusste aber, sie würde sie wiedererkennen, wenn sie sie hörte. Ehrlich gesagt hatte die Stimme nicht nach jemandem geklungen, der sich mit Betty und ihrer Bagage abgab. Die Dame am anderen Ende der Leitung hatte nicht so hochtrabend und hochnäsig geklungen wie Betty und die anderen Bluffer. Sie hatte mehr wie Ruth Craven geklungen, die sogar noch weniger Schulbildung genossen hatte als Vivian und wie eines von Jimmy Cagneys Gangsterliebchen sprach. Als sie nun über die Stimme der Unbekannten nachdachte, vernebelte das ihre Gedanken nur noch mehr, die sich anfühlten wie eine einzige dicke Suppe. Eine einzige dichte Nebelsuppe in ihrem Kopf und ein stechender, krampfender Schmerz in ihrem Magen. Die stechenden Krämpfe waren bei diesem Gedanken noch etwas stärker geworden. *Wer war diese gottverdammte Anruferin?*

# KAPITEL 29

»Hat er *sie* angerufen oder *sie* ihn?«, fragte Jeannie Thorson Margie Miller, die einige Meter vor Charlotte liefen, als sie nach der Schule nach Hause ging.

Charlottes erster Schultag nach dem beschämenden Zeitungsartikel war ziemlich normal verlaufen, abgesehen von ein paar hochgezogenen Augenbrauen, gelegentlichem Flüstern hinter ihrem Rücken und mitleidigem Nicken. Das alles musste sie über sich ergehen lassen, während ihr gleichzeitig die Frage unter den Nägeln brannte, was ihre Mutter mit einem geheimen Umschlag voller Geld vorhatte.

Jeannie Thorson und Margie Miller waren beide in der zehnten Klasse und Bluffer. Charlotte wusste genauso wenig wie ihre Eltern, was genau sich hinter dem Begriff »Bluffer« verbarg, aber sie wusste, dass sie mit Geld nur so um sich warfen. Sie nahm an, dass die beiden Mädchen ins Rexall unterwegs waren, um einen Milchshake zu trinken. Da Charlotte südlich der Innenstadt wohnte, nahmen sie oft denselben Weg, und manchmal, wenn sie dann hinter ihnen lief, tat sie so, als gehe sie ebenfalls einen Milchshake trinken.

Jeannies und Margies Stimmen wurden von dem Wind, der von Süden kam, zu ihr herangetragen, und auch wenn sie nicht vorhatte, sie zu belauschen, konnte sie jedes Wort verstehen. Sie redeten über Ned Buss und Patty McGrath, und Jeannie wollte wissen, wer wen zuerst angerufen hatte, aber

Margie beendete das Thema einfach mit einem Achselzucken und einem »Wen kümmert's?« und kam auf die neue Eddie-Fisher-Platte zu sprechen, die sie sich kaufen würde.

Aber Charlotte hatte die neue Eddie-Fisher-Platte längst. Am Samstagnachmittag (dem Hochzeitstag) hatte Dad sie mit in den Plattenladen genommen, nachdem sie im Amster's gewesen waren, wo er ihr Sattelschuhe und ihrer Mutter ein schickes neues Paar Winterstiefel gekauft hatte.

»Wie war's mit denen hier?« Er hatte ihr das erste Paar hochgehalten, das er auf dem Ständer entdeckt hatte, und wirkte inmitten der Damenschuhabteilung ungefähr so fehl am Platz wie eine Milchkuh auf Rollschuhen.

Charlotte hatte die Nase gerümpft und das Paar Schuhe mit einem Kopfschütteln abgelehnt, genau wie das nächste Paar, aber das dritte Paar war hübsch und mit Fell gefüttert gewesen, und Charlotte hatte ihm quer durch den Laden beide Daumen entgegengestreckt.

Sie hatte neben ihm an der Kasse gestanden, den Karton mit den Sattelschuhen unterm Arm, während er die Scheine aus seinem verschlissenen Geldbeutel genommen und der Verkäuferin gereicht hatte.

»Mir tut das alles furchtbar leid, Liebling«, hatte er leise gesagt und ihr eine Hand auf die Schulter gelegt. »Da habe ich uns in eine echt unangenehme Lage gebracht.«

Charlotte war angesichts der ungewohnten Verlegenheit ihres Dads peinlich berührt von einem Bein aufs andere getreten und hatte die Blicke der Verkäuferin auf sich gespürt, während sie auf die Tasten der Kasse eintippte.

»Schon gut, Dad«, murmelte Charlotte, die darüber nicht hier im Schuhladen, vor der gepuderten und frisierten Verkäuferin reden wollte. Vielleicht wollte sie gar nicht darüber reden.

Charlotte wurde wieder in die Gegenwart katapultiert, als Howie Becker in seinem frisierten Auto vorbeiröhrte und laut entweder Margie oder Jeannie zuhupte oder einfach nur so, weil er gerne seine Hupe betätigte. Vor lauter Lärm hörte sie nicht, was Margie in diesem Moment zu Jeannie sagte.

»Ich würde im Erdboden versinken«, hörte sie Jeannie antworten, als das Motorheulen allmählich verklang. »Das Gerücht war schon schlimm genug, aber dann dieser Artikel in der Zeitung, oje. Ich wäre gestorben vor Scham.«

Charlotte war langsamer gelaufen und wünschte plötzlich, sie wäre in der Schule geblieben, um in der Bibliothek an ihrem Referat für Geschichte zu arbeiten. Sie wusste, dass die beiden nicht mehr über Ned oder Patty redeten, und lief rot an.

»Geht mir auch so«, pflichtete Margie bei. »Wenn meiner Familie so was passieren würde, würde ich mir vor Angst in die Hose scheißen.«

Charlotte zog scharf Luft ein, als *vor Angst in die Hose scheißen* im Wind unsichtbar zu ihr herüberwehte. Sie betrachtete die Rückseite von Margies wunderschönem, mit Pelz verbrämtem Mantel und erwartete halb, einen Kothaufen herunterplumpsen zu sehen. Durch ihr scharfes Einatmen hatten die Mädchen bemerkt, dass jemand hinter ihnen lief, und um zu verbergen, dass sie gelauscht hatte, ließ sie schnell den Stapel Bücher, den sie trug, fallen, die sich auf den gefrorenen Schneehaufen verteilten.

»O Gott, ist sie das?«, hörte sie Jeannie gedämpft durch ihren Fäustling sagen.

»Psst«, machte Margie. »Beeil dich einfach, los, gehen wir.«

Charlotte hatte sich nach den Büchern gebückt und stand nun auf, wobei sie den Schnee von den Buchdeckeln und Ecken fegte. Ihre Scham darüber, dass man über sie getratscht hatte, war schnell dem Schock gewichen. *Margie!* Charlotte konnte einfach nicht fassen, dass so etwas aus ihrem Mund gekommen war. *Sich vor Angst in die Hose scheißen.* Gute Güte. Charlotte fragte sich, ob Margies Mutter wusste, dass sie solche Worte in den Mund nahm. Bestimmt würde Mrs. Betty Miller sich selbst vor Angst in die Hose scheißen, wenn sie das hörte. Charlotte versuchte sich vorzustellen, wie Margie ihrer Mutter gegenüber etwas dergleichen sagte. Aber was man seinen Freunden erzählte, war das eine, was man seiner Familie erzählte, das andere.

# KAPITEL 30

Vivian erzählte Edward, dass sie nach Akron fahren müsse, um ihrer Schwester Vera zu helfen, die krank sei.

»Vera?« Edward sah Vivian an, als habe sie soeben verkündet, sie wolle das Wochenende mit dem Teufel in der Hölle verbringen.

»Ja«, antwortete Vivian schlicht, »Vera.«

Vivian wusste, dass Edward niemals bei Vera zu Hause anrufen würde, um das zu überprüfen, da er sie noch weniger mochte als Vivian.

»Und was hat sie?«, hakte er nach.

Vivian gab keine Antwort, sondern warf ihm lediglich einen vernichtenden Blick zu. Sie hatte genug Bette-Davis-Filme gesehen, um zu wissen, dass manchmal bereits ein vernichtender Blick genügte, insbesondere wenn Gary Merrill sich mal wieder ein Ding geleistet hatte. Und sie konnte davon ausgehen, dass dieser Blick nur deshalb ziehen würde, weil Edward nach wie vor ein wenig Gewissensbisse haben musste. Aber nur weil man Gewissensbisse hatte, war man noch lange nicht blöd, und nun wollte Edward wissen, was genau Vera hatte. Vivian hatte ihre ganze Zeit darauf verwendet, ihre Reise zu planen, und darüber völlig vergessen, sich eine glaubhafte Krankheit für Vera auszudenken, die normalerweise eine unverwüstliche Gesundheit und eine echte Pferdenatur hatte. *Syphilis,* dachte Vivian und musste sich zusammenreißen, um nicht loszuprusten.

»Wenn das so ist, kann ich bestimmt am Donnerstag früher Feierabend machen«, sagte Edward.

»Brauchst du nicht«, sagte Vivian kess. »Ich fahre allein.«

»Du machst was?« Endlich legte Edward die Zeitung hin und widmete ihr seine ganze Aufmerksamkeit.

»Ich fahre allein«, wiederholte sie beinahe mit einer Betty-Miller-haften Betonung.

Vivian wartete gar nicht erst ab, bis Edward noch mehr Fragen stellte, und das würde er mit Sicherheit. Sie war noch nie allein mit dem Auto aus der Stadt rausgefahren. Als sie zu ihrem Termin mit Donald McAfee in der Schokoladenfabrik gefahren war, hatte sie die Familienkutsche erstmals ohne zu fragen genommen, und Edward hatte keine Fragen gestellt. Danach hatte sie es noch ein paarmal getan. Beinahe wie um ihn herauszufordern. *Wage es ja nicht, infrage zu stellen, weshalb ich den Wagen nehme, du Hurensohn. Fordere mich ja nicht heraus!* Aber aus irgendeinem Grund hatte er es einfach hingenommen.

Vivian ging geradewegs nach oben ins Schlafzimmer und begann zu packen, bevor sie der Mut verließ. Als Erstes entfernte sie das Kuvert mit Geld vom Deckel der Hutschachtel, in der sich kein Hut mehr befand. Den schwarzen Strohhut hatte sie vor zehn Jahren an Charlotte für ihre Kostümsammlung weitervererbt, und seither diente ihr die Hutschachtel als Versteck für alles, was sie vor Edward geheim halten wollte. Ihre Zigaretten, ihr kleines braunes Notizbuch und das Geld, das sie für den von ihr ausgeheckten Plan beiseitegelegt hatte.

Sie würde ungefähr fünfundsiebzig Dollar für Benzin, Essen und mindestens zwei Nächte im Hotel brauchen, nahm sie an. Vor Weihnachten hatte sie damit begonnen, einen Teil ihres Lohns in dem Kuvert zu deponieren, als sie nicht wusste, was aus ihr und Charlotte werden würde, falls sich das

Gerücht bewahrheiten würde. Tja, das Gerücht hatte sich bewahrheitet. Edward hatte seinen Fehler eingeräumt und sich entschuldigt. Angeblich habe er nicht gewusst, dass die Ehe überhaupt rechtskräftig geschlossen worden war. »Wir waren jung und das Ganze nur ein Spaß«, hatte er gesagt. Vivian fragte sich, ob sie einfach nur keinen Spaß verstand. Jedenfalls war Edward nun ganz auf konziliant gepolt, und Vivian beabsichtigte, das voll auszunutzen.

**Konziliant**

umgänglich, verbindlich, zu Zugeständnissen bereit

Beispiel: ein konziliianter Mensch, sein Verhalten war nicht sehr konziliant (nicht sehr entgegenkommend)

Der Buick kroch langsam in die Auffahrt der Sunoco-Tankstelle, und Vivian drückte mit der Schuhspitze ihrer neuen pelzgefütterten Stiefel fest auf die Bremspedale, um hinter dem taubenblauen Lincoln Continental zum Stehen zu kommen. Sie war davon ausgegangen, dass sie um diese Zeit an einem Donnerstagmorgen die Einzige an der Tankstelle wäre. Normalerweise herrschte Samstag an der Sunoco-Tankstelle Hochbetrieb. Als der Lincoln davonfuhr, lenkte Vivian den Buick neben eine der Zapfsäulen und kurbelte das Fenster hinunter.

»Einmal volltanken bitte, Albert.«

»Gerne doch, Mrs. Dalton.«

Vivian kurbelte das Fenster wieder hoch und rieb sich die behandschuhten Hände, als sie mehr vor Aufregung und Nervosität denn vor Kälte zitterte. Bestimmt hatte sie schon Hunderte Mal den Wagen getankt, aber diesmal war es anders. Sie hatte sich für unterwegs ein paar Schinken-Salat-Sandwiches in Wachspapier eingewickelt und eine Thermoskanne Kaffee eingepackt, da sie das Gefühl hatte, sie sollte direkt bis zum Ziel durchfahren, bevor sie es sich noch anders überlegte. Ein plötzliches Klopfen am Fenster ließ sie hochschrecken. Es war nur Albert. Sie kurbelte das Fenster erneut hinunter.

»Wo geht's denn Schönes hin?«, fragte er, als sie fünf Dollar aus ihrer Brieftasche zückte.

»Nach Akron«, log Vivian lächelnd.

»Na, dann fahren Sie mal vorsichtig! Auf den Straßen dorthin liegt jede Menge Schnee!«

Im Norden Ohios hatte es vor zwei Wochen heftige Schneestürme gegeben, und die Temperaturen lagen unter dem Gefrierpunkt, sodass der Schnee liegen geblieben war.

»Danke, Albert. Schönen Tag!«

Albert Hixson war ein kleiner Scheißer, der so tat, als sei er ein guter Junge. Sie kannte die Sorte. Nach vorne höflich lächelnd und arschkriecherisch gegenüber Erwachsenen, aber hintenrum klaute er eine Schachtel Zigaretten, zeigte einem hinter dem Rücken den Mittelfinger und war ein neunmalkluger Schwätzer, der seine Freunde vollschwallte. Es hätte Vivian kein bisschen überrascht, wenn Albert zwei oder gar drei Frauen gleichzeitig heiraten würde.

Als sie mit beiden Händen nach dem Lenkrad griff, streckte sie beide Mittelfinger dabei aus. Es war zwar niemand in der Nähe, aber es fühlte sich gut an. Mutig. Stark. Als sie aus Wooster herausfuhr, lag die East Bowman Street vor ihr, die bald zur Akron Road werden würde. Normalerweise saß immer Edward am Steuer, wenn sie nach Akron fuhren oder im Sommer hoch nach Fair Haven, sodass Vivian den Autoatlas für Ohio und New York unter dem Fahrersitz verstaut hatte, bevor sie die Garage verließ.

Aus der Fahrerperspektive hatte man einen ganz anderen Ausblick und ein anderes Gefühl. *Mehr Macht.* Bei ihren Familienausflügen war sie immer gut darin gewesen zu navigieren, die Route im Atlas herauszusuchen und rechtzeitig die Abfahrten anzusagen, bevor sie abbiegen mussten. Edward hingegen war furchtbar im Navigieren.

Einmal, nur ein einziges Mal, hatte sie darum gebeten, einen Teil der Strecke auf dem Rückweg von Fair Haven fahren zu dürfen, und zweimal hatte Edward ihr die Abfahrt zu spät angesagt: »Da, die Ausfahrt, die hättest du nehmen müssen.« Beim zweiten Mal war sie auf den Standstreifen rübergefahren und hatte die Handbremse herumgerissen. Sie war ausgestiegen, hatte die Tür zugeknallt und war hinüber zur Beifahrerseite gestapft, wo sie Edwards Tür so heftig aufriss, dass er auf den Schotter fiel.

Damit war die Sache schon fast gegessen gewesen für Vivian, die sich nicht einmal die Mühe machte, ihr Grinsen zu verbergen, und Charlotte auf der Rückbank zugezwinkert hatte, deren Augen und Mund drei große Os hinter der Scheibe beschrieben. Aber Edward hatte sich lediglich den Staub abgeklopft, die Brille zurechtgerückt und war ohne ein Wort zu verlieren auf der Fahrerseite eingestiegen. Im Nachhinein hatte sie sich überlegt, dass es womöglich von Anfang an Edwards Plan gewesen war, ihr irreführende Anweisungen zu geben, damit er wieder das Steuer übernehmen konnte. Wie dem auch sei.

Sie war jedenfalls gut im Navigieren und fühlte sich sicher genug, um die siebenstündige Fahrt allein zu bewältigen. Ihre kleine Sorge, wie sie unterwegs ohne die Unterstützung durch ihren Ehemann mit fremden Leuten zurechtkommen sollte, war genau das: klein und nichtig. Schließlich hatte sie

Menschenkenntnis. Sie hätte bereitwillig darauf gewettet, dass Albert Hixson sich das Tankgeld vorhin in die eigene Tasche gesteckt hatte, anstatt es in die Kasse zu legen. Sie kannte die Menschen, so viel war sicher.

Aber wie kam es dann, dass sie die Menschen in ihrer eigenen Familie *ver*-kannt hatte?, überlegte sie, während das Hellgrau des Himmels fast nahtlos in die endlosen Weiten der schneebedeckten Felder entlang der Akron Road überging. Ausgerechnet die Frau, die sich rühmte, die Menschen und ihre Persönlichkeiten zu durchschauen. Ha. War das nicht absurd? Sie fragte sich, ob sie in der Hinsicht klüger gewesen wäre, hätte sie die Chance gehabt, die Schule zu beenden. Das war etwas, das sie bis zum heutigen Tage bereute, die Bildung, die ihr dadurch entgangen war.

*Vierundzwanzig Amseln war'n im Kuchen drin,* dachte Vivian.

Nun, das war etwas, das sie noch nie gebacken hatte. Amselkuchen. Ein paar Meilen lang dachte sie übers Backen nach und fing dann leise an zu singen. Als ihr auffiel, dass niemand mit ihr im Auto saß, der sie ermahnte, leise zu sein, sang sie aus voller Kehle mit und musste über sich selbst lachen, wenn sie die hohen Töne nicht traf – *»my arms wound 'round you tight«* – und ihre Stimme an den Tönen abprallte oder sich überschlug. Wenn ihr jemand auf der anderen Spur entgegenkam, klappte sie schnell den Mund zu und versuchte mitzusingen, ohne die Lippen zu bewegen, wie Edgar Bergen es mit seiner Bauchrednerpuppe Charlie McCarthy getan hatte, aber sobald das andere Auto vorüber war, sang sie wieder lauthals mit, bis es in ihren Ohren klingelte. *»And staaars fell on Alabama laaaast niiight.«*

*»Night and daaaaay, you are the one …«*

*»I'll get by, as long as I have you.«*

Sie sang ein Lied nach dem anderen. Und wenn sie vom vielen Singen erschöpft war, oder wenn der Text auf ihre aktuelle Situation zutraf, weinte sie. Weinte um die Ehe, an die sie geglaubt hatte, und um das Leben, das völlig schiefgelaufen war.

*»I can't give you anything but love, baby …«*

Nur einmal musste sie am Straßenrand halten, als sie so sehr weinte, dass ihre Nase lief und sie nicht an die Taschentücher in ihrer Handtasche herankam, die vom Beifahrersitz in den Fußbereich gerutscht war. Sie hatte die Handbremse angezogen, ließ den Motor aber laufen. Draußen lagen die Temperaturen unter dem Nullpunkt, sodass die Heizung besser weiterlief, und außerdem wollte sie nicht riskieren, dass das Auto nicht mehr ansprang, wenn der Motor zu schnell abkühlte. Vivian schnäuzte sich die Nase und schraubte dann den Deckel der Thermoskanne auf und nahm mehrere große Schlucke vom Kaffee, ehe sie eines der Schinken-Salat-Sandwiches auswickelte.

Durch das Mittagessen schöpfte sie wieder neue Energie. Sie holte eine Packung Sen-Sen aus der Handtasche, riss das Tütchen oben auf und schüttete sich eine Handvoll der kleinen Lakritzpastillen heraus. Während sie kaute, strömte ihr der Lakritzgeruch in die Nasenlöcher und brannte in den Augen. Komisch, dass Gerüche bestimmte Emotionen hervorrufen können. Sie rollte die Packung zusammen, damit die restlichen Pastillen nicht herausfielen, verstaute sie in ihrer Tasche und nahm wieder auf der Fahrerseite Platz.

Es dauerte zwei ganze Stunden, bis sie erneut vom Selbstmitleid gepackt wurde. Als die Tränen zu fließen begannen, drehte sie sich den Rückspiegel zu, um zu sehen, ob sie sehr mies aussah, wenn sie weinte. Wahrscheinlich musste sie an dieser Fertigkeit noch arbeiten – weinen und trotzdem gut aussehen. Das würde sie noch üben müssen. Dann fummelte sie mit der rechten Hand an der Schnalle ihrer Handtasche herum, um nach den Sen-Sen zu suchen, während sie mit der linken Hand das weiße Lenkrad des Buick bediente.

Vivian hatte noch nie allein in ein Hotel eingecheckt. In all den Jahren, in denen sie verheiratet waren (*ha!*), waren sie nur wenige Male im Hotel gewesen, und Edward hatte sich um alles gekümmert. Er hatte die Buchungen übernommen, sie beide eingecheckt und die Rechnung bezahlt, während sie mit den Koffern neben ihm stand und in ihrem Taschenspiegel ihr Make-up überprüfte.

Als sie nun in der Lobby stand, spürte sie sämtliche Blicke auf sich und zog nervös den Kragen höher. So wie der Rezeptionist sie beäugte, wünschte sie sich, Edward wäre bei ihr.

»Ich bräuchte ein Zimmer, bitte«, sagte sie und gab sich Mühe, damit ihre Stimme nicht zitterte.

»Für wie viele Nächte?«

»Ähm, äh, zwei, bitte.«

»Nur Sie allein?«, fragte der Rezeptionist vielsagend.

Es war, als sei dieser kleine Scheißer Albert Hixson plötzlich um zehn Jahre gealtert und würde an der Rezeption dieses verdammten Hotels arbeiten. Vivian wünschte, ihr würde etwas Schlagfertiges einfallen. Dieser Klugscheißer gehörte in seine Schranken verwiesen, aber stattdessen nickte sie nur und mied den Blickkontakt. Als er ihr den Schlüssel über den Tresen zuschob, beugte er sich vor.

»Also, ich bin immer da, wenn Sie etwas brauchen.«

»Ich brauche nichts von Ihnen«, fiel ihr diesmal rechtzeitig ein, und sie schnappte sich den Schlüssel, machte auf dem Absatz kehrt und ging, den kleinen Koffer in der Hand, zur Treppe. Als sie in ihrem Zimmer ankam, stellte sie den Koffer auf den Boden, schloss die Tür hinter sich ab und nahm die Möbel ins Visier, um eines herauszusuchen, das sie gegen die Tür schieben könnte, ehe sie sich schlafen legte.

Das war ein weiterer Faktor. Sie hatte fast sechzehn Jahre lang jede Nacht neben Edward geschlafen, und ohne ihn in einem großen Bett zu liegen machte sie unruhig. Die Decke kratzte. Die Matratze hing durch. Jedes Geräusch ließ sie hochschrecken. Der Mann im Zimmer nebenan hatte die letzten anderthalb Stunden ununterbrochen gehustet.

Nachdem sie drei Stunden lang in der Dunkelheit wach gelegen hatte, verlor sie die Geduld und strampelte ihre Decke wütend weg. Sie setzte sich kerzengerade im Bett auf, schnappte sich das zusätzliche klumpige Kissen, warf sich mit dem Gesicht darauf und schrie: »VERFLUCHT SEIST DU, EDWARD!«, wobei sie jedes erstickte Wort durch den Stoff und die Füllung hindurch vibrieren ließ. Durch die Kraft, mit der sie den Schrei ausstieß, versteifte sich jeder Muskel in ihrem Oberkörper, und als sie das Kissen schließlich sinken ließ, war sie ziemlich müde. Sie legte es wieder neben ihrem Kopf ab, ließ sich auf den Rücken fallen und schlief sofort ein. Allerdings war es ein unruhiger Schlaf, und sie träumte, dass ihr erneut alle Zähne gezogen wurden und sie auf dem Boden herumrutschte, um sie aufzusammeln und wieder in ihr Zahnfleisch zu stecken.

Am nächsten Morgen stand Vivian auf der Veranda des spätviktorianischen, schindelbedeckten Hauses und zog eine Lucky Strike aus der Schachtel. Sie hatte mit Rauchen aufgehört, als sie erfahren hatte, dass sie mit Charlotte schwanger war, und hatte nicht vorgehabt, wieder anzufangen, aber nun war alles anders. Edward hasste es, wenn sie rauchte. Aber wer war er, dass er glaubte, irgendjemandem Vorhaltungen machen zu können? Wer war er überhaupt? Wer war dieser Mann, den sie geheiratet hatte, der zuvor bereits mit einer anderen verheiratet gewesen war und ihr das sechzehn Jahre lang vorenthalten hatte?

»Das Ganze war nur ein Spaß. Das war nichts Ernstes.« Das waren Edwards Worte gewesen, die noch immer in ihrer Erinnerung nachhallten, während sie in der klirrenden Morgenkälte auf der Veranda an der South Salina Street in East Syracuse stand und das Klemmbrett auf dem linken Unterarm balancierte. In der rechten Hand hielt sie noch immer die Zigarette zwischen Zeige- und Mittelfinger geklemmt, und mit dem Daumen drückte sie die Türklingel.

# KAPITEL 31

Mildred Fischer Dalton Taggart ließ sich Zeit, um an die Tür zu gehen, während im Hintergrund ein kleiner Hund bellte. *Natürlich hat sie einen Hund.* Vivians Herz machte einen Aussetzer, als sie hinter der Nylongardine an dem kleinen Türfenster auf Augenhöhe eine gedrungene Silhouette den langen Flur entlangwanken sah. Als die Silhouette endlich die Tür erreichte, hatte sie die Lucky Strike bis zum Filter hinuntergeraucht. Schnell drückte sie den Stummel an der Unterseite ihres Klemmbretts aus, ließ ihn in einen Schneehaufen auf der Veranda fallen und setzte etwas auf, von dem sie hoffte, dass es wie ein gewinnendes und offizielles Lächeln aussah, als die Tür aufging.

»Hallo«, begrüßte sie sie mit ihrer fröhlichsten Stimme.

»Was woll'n Sie?«

Edwards erste Ehefrau war nicht fett, wie in Vivians Vorstellung, sondern klein und ein wenig pummelig in ihrer blümchengemusterten Kittelschürze, die etwas seltsam mit einem Gürtel um ihre speckige Mitte festgezurrt war. Ihre Haare waren in einem strengen Schlammbraun gefärbt, das sie älter wirken ließ. Bei diesem Anblick fühlte sich Vivian gleich ein wenig besser und richtete sich ein wenig auf in ihrem Mantel mit Pelzkragen und den neuen pelzgefütterten Stiefeln.

»Ich bin Shirley Smith vom Statistikamt«, sagte sie, wie sie es an diesem Morgen vor dem Badezimmerspiegel im Hotelzimmer zigmal geübt hatte. Sie hatte so etwas noch nie gemacht und war nervöser, als wenn sie sich auf eine Broadway-Bühne hätte stellen und »Oklahoma!« singen müssen.

»Statistikamt«, wiederholte Mildred und blickte Vivian in die Augen und dann zu ihrem Klemmbrett. »Die waren schon da.«

»Ja«, stimmte Vivian zu. »Entschuldigen Sie, dass wir Sie erneut belästigen, aber es gab einen kleinen Brand, bei dem die Daten aus dem Jahr 1950 für diese Gegend vernichtet worden sind.« Sie lächelte entschuldigend. »Deshalb müssen wir die Befragung wiederholen. Nur ein paar Fragen, wenn es Ihnen nichts ausmacht. Möchten Sie eine Zigarette?«

»Machen Sie's kurz.« Mildred drückte die Fliegengittertür auf, um auf die Veranda herauszutreten, was der kleine Hund nutzte, um Reißaus zu nehmen.

Mildred streckte eine Hand nach der angebotenen Zigarette aus, während Vivian den Atem anhielt und herumwirbelte, um zu sehen, wohin der Hund gelaufen war. *Raus auf die Straße,* kreischte die panische Stimme in ihrem Kopf. Als sie sich wieder umdrehte, konnte sie an Mildreds Gesichtsausdruck ablesen, dass sie nicht vorhatte, sie hereinzubitten, und sie die Befragung so kurz und schmerzvoll wie möglich hier auf der Veranda, in der Kälte, würde durchführen müssen. Vivian war einerseits begeistert, weil Mildred ihr die Geschichte abkaufte, und andererseits besorgt wegen des Hundes, der im Gegensatz zum armen Rambles auf der Veranda geblieben war und in einem dreckigen Schneehaufen herumwühlte. Ihr fiel auf, dass es nicht Mildreds Stimme gewesen war, die an jenem schicksalhaften Abend bei Betty Miller angerufen hatte. Damit wäre die Frage schon einmal geklärt.

Während Vivian mit ganz leicht zittriger Hand mit dem

Feuerzeug die Zigarette entzündete, studierte sie Mildreds Haut. *Fahl und fleckig*, dachte sie. Außerdem konnte sie es nicht fassen, dass sich jemand ohne Lippenstift an der Tür präsentierte. Mildred nahm einen Zug, zog den Kopf vom Feuerzeug zurück und inspizierte Vivian mit zusammengekniffenen Augen. Als Nächstes wurde sie vom Hund inspiziert, der sie wie eine Miniaturausgabe eines Wolfs umrundete und mit seiner feuchten Schnauze an ihren Stiefeln schnüffelte. *NICHT!*, schrie Vivian in ihrem Kopf, für den Fall, dass der Hund ihre Gedanken lesen konnte. Konnte er nicht. Der Hund streckte seine dreckigen Pfoten nach oben gegen ihren Rock und schnüffelte weiter. Wenn sie es nicht besser wüsste, hätte sie schwören können, dass er lächelte. Sie hätte beinahe zurückgelächelt. *Eine Mildred hatte einen Hund, und Bingo war sein Name.*

»Danke, dass Sie sich die Zeit nehmen«, sagte Vivian und fummelte in ihrer Handtasche herum, um das Feuerzeug darin zu verstauen und den blöden Stift zum Ausfüllen des Formulars zu suchen, während sie sich sanft den Hund vom Leibe zu halten suchte. *B-I-N-G-O.* »Dann wollen wir mal …«

»Brucie! Hör auf herumzunerven und geh zurück ins Haus!«, schnauzte sie ihn an und hielt ihm die Fliegengittertür auf.

Vivian holte durch die Nasenlöcher tief Luft und fand, der Hund habe einen besseren Namen verdient. Was für ein blöder Name für einen Hund! *B-R-U-C-I-E.* Zum Takt des Kinderlieds passte er auch nicht. Blöder Name hin oder her, Brucie gehorchte Mildred, plumpste auf alle viere zurück und tippelte zurück ins Haus auf seinen dreckigen Pfoten, die bestimmt Flecken auf ihrem besten Rock hinterlassen hatten. Vivian ertastete den Stift, zerrte ihn aus dem chaotischen

Durcheinander ihrer Handtasche und schlug dann auf dem Klemmbrett die erste Seite um, die sie absichtlich leer gelassen hatte.

»Haben Sie bereits 1950 in diesem Haus gelebt?«

»Ja.«

»Okay, prima. Und Ihr vollständiger Name lautet?«

»Mildred Rose Fischer.«

Vivian kritzelte mit dem Stift auf dem Papier und wartete darauf, dass Mildred einen oder beide ihrer Ehenamen nennen würde, was sie aber nicht tat.

»Mmm-hmm, könnten Sie ›Fischer‹ bitte buchstabieren?«

»F-I-S-C-H-E-R.«

»Danke. Und ähm, Frau, Fräulein? Fischer, sind Sie derzeit verheiratet?«

»Nein.«

»Waren Sie zuvor verheiratet?«

»Ja.«

»Mm-hmm.« Sie nahm an, dass sie mit einer Frage wie »Mit wem?« oder anderen detaillierten Fragen nach ihren Ex-Männern nicht durchkommen würde, insofern musste sich die gute alte Shirley Smith mit dieser Auskunft begnügen.

»Lebt sonst noch jemand bei Ihnen unter dieser Adresse?«

»Nur ich.«

Vivian hielt den Kopf gesenkt, während sie die Angaben notierte. Der *The Daily Record*-Artikel hatte erwähnt, dass Mildred und ihr zweiter Ehemann »einen Sprössling« hatten, weil ihr Edward das erzählt hatte. Sie fragte sich, wo dieser Sprössling jetzt war. Er oder sie musste jünger sein als Charlotte. Drinnen im Haus, vermutlich aus dem Wohnzimmer, war der eingesperrte Brucie wieder dazu übergegangen, laut zu bellen. Wenn Mildred von der freundlichen Sorte gewesen wäre, hätte Vivian vielleicht gescherzt, dass Brucie bei ihr lebte. Aber das war sie nicht, also ließ sie es sein.

»Und 1950? Hat da noch jemand bei Ihnen gelebt?«

»Nein.« Mildred zog an der Zigarette und blies den Rauch über Vivians Kopf hinweg. »Mein Sohn war ein paarmal zu Besuch, aber darüber wusste der Vermieter Bescheid.«

»Ah.« Vivian erstarrte bei der Erwähnung ihres Sohns. »Keine Ursache. Wir geben die Informationen nicht an den Vermieter weiter. Das geht uns nichts an. Also haben Sie Kinder. Wie viele Kinder haben Sie?«

»Nur meinen Sohn. IHR DRECKVIECHER!« Mildreds Aufmerksamkeit wurde von etwas abgelenkt, das sich direkt links von der Veranda befand, und sie marschierte schnurstracks durch die Schneeberge, um sich über die Brüstung zu lehnen. »HAUT AB!«

Vivian folgte Mildreds Blick zu dem Vogelfutterhaus, das auf dem Weg entlang der Hausseite stand. Ein paar Eichhörnchen hatten sich dem Häuschen genähert und knabberten an dem Vogelfutter, stieben aber bei Mildreds Geschrei auseinander.

»Verdammte Nager«, murmelte Mildred, als sie zurückgetrampelt kam und vor der Fliegengittertür mit den Füßen aufstampfte, um den Schnee abzuklopfen. Vivians Aufmerksamkeit war noch immer von dem Vogelhaus gebannt.

Es war auf einem Holzpfosten befestigt und sah aus wie ein Bungalow. Es versetzte ihrem Herz einen kleinen Stich, als sie Edwards Handwerksarbeit darin erkannte. Sie hatte genügend Sachen gesehen, die er an seiner Werkbank gedrechselt hatte, um zu wissen, dass er das Vogelhäuschen gebaut hatte. Das geschwungene Dachgesims. Die Form des Hauses. Er hatte sogar – das war eine Vorliebe von ihm – einen Schornstein angebracht. Das Puppenhaus, das er für Charlotte gebaut hatte, hatte einen Schornstein. Und ihr Vogelhäuschen im Garten auch. »Dann sieht es aus wie ein richtiges Haus. Die Vögel werden ganz aus dem Häuschen sein!« *Ach, verdammt noch mal, Edward.*

»Sind wir dann fertig?« Mildred hatte ihre Zigarette aufgeraucht und rubbelte sich mit den Händen die Arme.

Vivian sah wieder zu ihr, dann hinunter auf das Klemmbrett.

»Wie alt ist er?«

»Wie alt ist wer?«

»Sie sagten, Sie hätten einen Sohn?«

»Ja, aber der wohnt nicht bei mir. Was geht Sie das überhaupt an, wie alt er ist?« Mildred verschränkte die Arme vor der Brust und sah sie mit verkniffenem Blick an.

Vivian fiel wieder ein, dass sie ja Shirley vom Statistikamt war, und zwang sich wieder in ihre Rolle, um kein Risiko einzugehen.

»Sie haben recht. Das Alter spielt nur eine Rolle, wenn das Kind in Ihrem Haushalt lebt. Ich habe nur aus Gewohnheit nachgefragt, entschuldigen Sie. Und wie alt sind Sie?«

»Neunundvierzig.«

Tja, das erklärte ihre äußere Erscheinung. Aber sie war drei Jahre älter als Edward. Das war überraschend.

»Also dann, Mrs. Ta…« Vivian bremste sich, als sie sich dabei erwischte, wie sie fast Mildreds Ehenamen nannte, und schaute dann übertrieben auffällig noch einmal auf dem Formular nach. »Ich meine, Mrs. *Fischer*, entschuldigen Sie. Das Statistikamt bedauert, dass wir Sie erneut behelligen mussten, und bedankt sich für Ihre Mithilfe, Mrs. *Fischer*.«

Sie schlug das oberste Deckblatt herum, sodass es ihre

Aufzeichnungen verdeckte, und nestelte an der Schnalle ihrer Handtasche herum, um den Stift wegzupacken. Ihre Tasche war so vollgepackt mit Krimskrams, dass, als sie die Lasche öffnete, ein paar Dinge heraus und ihr zu Füßen fielen.

»Ach, Herrgott noch mal«, rief Vivian aus, als sie nach dem Feuerzeug und der Packung Sen-Sen griff. Gleichzeitig beugte sich Mildred Fischer Dalton Taggart hinunter, um Vivians Führerschein aufzuheben.

Vivian gab persönliche Schwächen ungern zu. Am liebsten war ihr, wenn sie gar niemandem auffielen. Wie die Tatsache, dass sie nicht sonderlich reaktionsschnell war. Sie war zwar nicht tollpatschig, aber hätte man ihr etwas zugeworfen, hätte sie es vermutlich nicht gefangen.

»Ah, danke!«, rief sie aus, als beide Frauen wieder aus ihrer gebückten Haltung hochkamen. Vivian versuchte Mildred den Führerschein zu entreißen, aber diese hielt ihn mit ihren nikotingefärbten Fingern fest, hielt ihn sich dicht vors Gesicht und spähte darauf.

»Shirley sagten Sie, sei Ihr Name?« Mildreds Tonfall war von generell unfreundlich zu regelrecht feindselig übergegangen, als sie vom Führerschein zu Vivian und zurück sah.

Vivians Herz klopfte, als sie das Feuerzeug und die Sen-Sen in ihrer Tasche verstaute.

»Das ist …« Sie ließ das Wort in der Luft hängen, und als Mildreds Blick ihren traf, schnappte sie nach dem Führerschein, wobei sie mit ihren Fire-&-Ice-Fingernägeln Mildreds Hände kratzte. Aber trotz des langsamen Wankens, das sie zuvor beim Öffnen der Haustür an den Tag gelegt hatte, verfügte Mildred anders als Vivian über gute Reflexe und presste die zerkratzte Hand mit dem Führerschein an sich. Einen Sekundenbruchteil lang starrte Vivian in Mildreds wutentbrannte schlammbraune Augen, die immerhin zu ihrer Haarfärbung passten, ehe sie auf dem Absatz kehrtmachte und das Klemmbrett und die Handtasche an die Brust gedrückt die Verandastufen herunterhastete.

»DALTON?«, schrie Mildred ihr von der Haustür hinterher. »SAGEN SIE EDDIE, SEIN SOHN WILL IHN SEHEN!«

Vivian, die sie hörte, schlurfte weiter die Straße entlang und spürte, wie ihre Nylonstrümpfe unter dem einengenden Gürtel und dem Rock aneinanderrieben. Dann bog sie um die Ecke, wo ihr Auto geparkt stand und sie außer Sichtweite von Mildreds Haus war. Dort ließ sie alles, was sie an die Brust gedrückt hielt, auf die verschneite Straße fallen und bückte sich dann nach der Tasche, um den Autoschlüssel herauszuholen, während ihr Puls in den Ohren pochte. Den Schlüssel fest umklammert, stocherte sie am Schloss herum, bis er endlich hineinglitt. Der Riegel sprang hoch, und sie riss die Autotür weit auf, schnappte sich das Klemmbrett vom Boden und warf alles auf den Beifahrersitz, ehe sie auf der Fahrerseite hineinkletterte.

Vivian lenkte das Auto aus der Parklücke und wäre jede Wette eingegangen, dass sie genau wie Bill Parker Reifenspuren auf der Straße hinterlassen hätte, hätte kein Schnee gelegen. Als sie von Weitem einen schwarz-weißen Streifenwagen auf sich zukommen sah, nahm sie den Fuß vom Gaspedal und ließ den Buick ausrollen, während die Polizisten vorbeifuhren. *Vorsicht!*, hörte sie Edward in ihrer Erinnerung rufen an jenem Nachmittag vor langer Zeit, als er ihr das Fahren beigebracht hatte.

»Ach, halt doch die Klappe, Edward«, keuchte sie laut vor sich hin. *Geht mir gewaltig auf die Nerven, selbst wenn er nicht da ist.*

Sie fuhr über vier weitere Stoppschilder, ehe sich ihr Atem

langsam beruhigt hatte. Als sie ein Geschäft für Hofbedarf entdeckte, fuhr sie mit dem Wagen auf einen der leeren Parkplätze, drehte den Motor ab und saß einfach da, während ihre Brust sich rasant hob und senkte. Der Rückspiegel zeigte ihr genau, wie sehr sie die letzten fünf Minuten mitgenommen hatten, und sie erschrak angesichts der unter ihrem Hut wild abstehenden Haare.

*Sein Sohn will ihn sehen.*

Edward hatte ihr erzählt, Mildred habe mit ihrem zweiten Ehemann einen »Sprössling« gehabt. War das eine weitere Lüge? Die offizielle Version für die Zeitung? Er hatte eine Frau, einen Sohn und, wer weiß, vielleicht sogar einen verfluchten Hund. Brucie. Wie lange lebten Hunde eigentlich, wenn sie nicht gerade auf der Jagd nach Eichhörnchen vors Auto rannten? Vivian schloss die Augen und schnaubte frustriert durch die Nasenlöcher. Vor ihrem geistigen Auge sah sie Mildred, wie sie im Türrahmen stand und ihr hinterherschrie. Ihr hinterherschrie und ihren Führerschein in der Hand hielt. *Ach, verflucht noch mal.*

Es war Freitag. Sie hatte jetzt keine Zeit, sich wegen des Führerscheins einen Kopf zu machen. Und sie hatte auch keine Zeit, um sich in irgendein Restaurant zu setzen mit einer schönen, warmen Tasse Kaffee, um ihre Gedanken zu ordnen und zu verarbeiten, was sie gerade gesehen und gehört hatte.

*Ringel-rangel rei,* summte sie und versuchte sich mit dem Kinderreim zu beruhigen, der ihr in den Sinn gekommen war, als sie von Mildreds Haus weggerannt war … *Osterei … Ich kann nicht fassen, dass ich ihn fallen gelassen habe, ich habe ihn fallen gelassen, fallen gelassen!* Vivian verließ den Parkplatz des Hofbedarfladens und steuerte das Amtsgericht an.

*Sein Sohn will ihn sehen,* schwirrte ihr durch den Kopf, zusammen mit dem Anblick ihres Führerscheins. *Grundgütiger.* Ihre Hände zitterten, als sie vor dem beigen Backsteingebäude parkte. Das Amt war Samstag und Sonntag geschlossen, insofern war heute ihre einzige Chance. Außerdem hatte sie nicht genug Geld, um ihren Aufenthalt im Hotel zu verlängern. Nicht genug Zeit, nicht genug Geld. Wovon Vivian jedoch reichlich hatte, waren Fragen. Und nach ihrer Begegnung eben umso mehr. Immer noch zitternd holte sie ihr braunes Notizbuch aus der Handtasche und blätterte durch die Seiten, bis sie fand, wonach sie suchte:

*Standesamt im Amtsgericht von Syracuse, New York – Ada M. Carr, Personenstandsregister*

Ada M. Carr. Die Hüterin der Einwohnerdaten im Standesamt von Syracuse.

## KAPITEL 32

Ada M. Carr klang wie eine gut strukturierte Dame. Wie jemand, der präzise und effizient war. Vermutlich trug sie einen strengen Dutt und verwendete Begriffe wie »Akteneinsicht« und »Verfahren«. Vivian ging mit vorsichtigen Schritten über den schmalen, vereisten Weg vom Auto zum Haupteingang des Gebäudes und überlegte, ob sie zuerst eine rauchen sollte.

*Hör auf, Zeit zu verschwenden.*

Sie trat über die Schwelle zu dem einigermaßen beheizten Eingangsbereich und musste einen kleinen hallenden Flur entlanggehen, ehe sie an einer Tür mit der Aufschrift »Städtischer Urkundsbeamter« ankam.

Erneut bekam sie Herzklopfen, wie als sie mit ihrer einstudierten Statistikamtsgeschichte die Stufen zu Mildreds Veranda hinaufgestiegen war. Für diesen Termin hatte sie sich keine Geschichte zurechtgelegt. Sie holte tief Luft, bevor sie die Tür öffnete und hineinging. Das Büro sah leer aus, bis sie über den Tresen hinwegblickte und einen jungen Mann entdeckte, der ganz hinten an einem Schreibtisch saß. Er sah nicht hoch. Sie räusperte sich und lehnte sich an den Tresen, während sie von einem Bein aufs andere trat.

»Eine Minute nur«, rief der Mann, ohne hochzuschauen.

Eine Minute verstrich. Und noch eine. Vivian hatte ihre Handschuhe ausgezogen und trommelte mit ihren Fire-&-Ice-Fingernägeln auf dem polierten Holz.

»Ich wollte gerne Mrs. Ada Carr sprechen«, rief sie hinüber.

»Haben Sie einen Termin?«

Shirley Smith vom Statistikamt der Vereinigten Staaten von Amerika hätte vermutlich einen Termin gehabt. Vivian fragte sich, ob man sie ohne Termin abweisen würde. Daran hatte sie gar nicht gedacht. Natürlich war Ada M. Carr eine vielbeschäftigte Frau und musste Termine vereinbaren. Eine Frau, die einen strengen, ordentlichen Dutt trug, hatte vermutlich auch einen strengen, ordentlichen Zeitplan, nicht wahr? Vivian wägte ab, ob es sich lohnte zu lügen. Gäbe es einen Terminkalender, in dem er ihre Angaben nachprüfen konnte? Sie war so müde von all ihren Lügen an diesem Tag, dass sie das Risiko einging.

»Nein.«

Der junge Mann seufzte, stand vom Schreibtisch auf, kam in Hemdsärmeln zu ihr herüber und ließ sein Jackett über der Stuhllehne hängen.

»Mrs. Carr ist krank«, sagte er unumwunden und ohne Entschuldigung. *Tja, kein Wunder, bei all dem Terminstress würde ich auch krank werden,* dachte Vivian, als die Tür hinter ihr aufflog und ein hochgewachsener Mann hereinkam. Als sie sich umdrehte, sah sie, dass er seinen Hut in den Händen hielt und sichtlich in Eile war.

»Bitte …« Vivian bedeutete dem Mann hinter ihr vorzugehen, damit sie Zeit hätte, sich etwas zu überlegen.

Der junge Mann hinter dem Tresen sah Vivian mit hochgezogenen Augenbrauen an und wandte sich dann achselzuckend dem großen Mann mit dem Hut zu.

»Wie kann ich Ihnen helfen?«

Der große Mann nickte Vivian zu, trat vor und legte seinen Hut auf dem Tresen ab.

»Ich möchte diese Eigentumsurkunde registrieren lassen«, sagte der Mann und zog einen zerknitterten Umschlag aus dem Mantel.

»Gerne, Sir«, sagte der Mann hinter dem Tresen. »Haben Sie einen Termin?«

»Ähm …« Der große Mann räusperte sich. »Nein.«

Der junge Mann seufzte erneut, und ein Grinsen machte sich auf Vivians Lippen breit.

»Na gut, haben Sie ein Ausweisdokument dabei?«

Der große Mann begann in den Innentaschen seines Mantels zu wühlen und zog schließlich eine schwarze Lederbörse heraus.

Ausweisdokument. Vivians Grinsen verging ihr, als sie zu Boden blickte. Dann machte sie ganz langsam kehrt und lief, die Handschuhe in der Hand, hinaus auf den Flur und in das kalte Tageslicht. Die frische Luft würde ihr beim Nachdenken helfen, und es war ohnehin ein Fehler gewesen, nicht vorher eine zu rauchen. Ihre Hände zitterten, als sie mit dem Feuerzeug die Zigarette entzündete, die zwischen ihren Lippen balancierte, und sie fluchte leise. *Verdammt noch mal.*

Sie sah sich nach einer Sitzgelegenheit um. Wieso gab es an diesem beschissenen Ort keine beschissene Bank? Mit den Augen suchte sie die ganze Gegend um dieses beschissene Amt ab, das doch eigentlich für die beschissenen Bürger dieser beschissenen Stadt da sein sollte, oder nicht? Sie lehnte sich gegen die beigefarbene Backsteinmauer und versuchte ihre Gedanken zu sortieren. Mildred. Sohn. Führerschein. Herrgott noch mal. Brucie. Ein schwarz-weißer Streifenwagen kam angefahren, und ihr Herz fing an zu rasen, während sie ihn vorübergleiten sah. Sie brauchte sieben Minuten, um ihre Lucky Strike aufzurauchen, und sieben Minuten, um sich eine Lösung für ihr Ausweisproblem einfallen zu lassen.

Vivian drückte die Lucky Strike mit der Spitze ihrer hübschen neuen Stiefel aus, bei deren Anblick sie lächeln musste, ging dann zurück zum Wagen, schloss auf und setzte sich hinter das Lenkrad. Der junge Mann hinter dem Tresen ließ sie an ihren Job bei Bell denken. Sie erinnerte sich an ihre Anfangszeit, als sie Anrufer je nach Lust und Laune durchstellte oder abblitzen ließ, so wie an jenen Tag, als sie mit einer schwungvollen Armbewegung ein Dutzend Verbindungen durchtrennt hatte.

Vivian rückte den Rückspiegel so zurecht, dass sie ihr eigenes Spiegelbild sah, und zog den Lippenstift nach. Nachdem sie die Lippen aufeinandergepresst und mit einem Taschentuch abgetupft hatte, nahm sie das Klemmbrett und schlug das leere Deckblatt sowie die zweite Seite um, auf der sie die Antworten auf ihre getürkte Statistikbefragung notiert hatte. Die dritte Seite war der Brief, den sie vom städtischen Urkundsbeamten erhalten hatte. Er lautete wie folgt:

*Wir haben in unseren Akten Geburtsurkunden von 1873 bis heute. Eine Urkunde muss jedoch bereits seit fünfundsiebzig (75) Jahren zu den Akten genommen sein, um von nicht verwandten Personen eingesehen werden zu können.*

*Des Weiteren bewahren wir Heiratsurkunden von 1907 bis heute auf. Um Daten aus dem Ehestandsregister abzufragen, müssen beide Ehegatten bereits verschieden sein und die Todesurkunden zusammen mit dem Antrag auf Akteneinsicht vorgelegt werden.*

Seit der Geburt von Mildred Fischer Dalton Taggarts Sohn waren noch keine fünfundsiebzig Jahre vergangen, und Vivian konnte sich nicht mehr mit ihrem Führerschein ausweisen, aber für jede Regel gab es eine Ausnahme. Vivian musste zurück ins Amt und herausfinden, wie sie ausnahmsweise diese Ausnahme in Anspruch nehmen konnte.

Vivian nahm an, dass dieser ausnahmslos wenig ausnahmefreudige Blödmann in Hemdsärmeln hinter dem Tresen Ende zwanzig war. Entweder hatte ihn seine Mutter nicht richtig erzogen oder derjenige, der ihn eingelernt hatte, hatte, wie Edward sich ausdrücken würde, einen »hundsmiserablen Job« gemacht und ihm nicht beigebracht, wie man Menschen anständig behandelte. Wahrscheinlich sollte sie nicht zu viel erwarten von einem städtischen Beamten, der für ein Amt arbeitete, das es nicht einmal schaffte, Bänke vor dem Gebäude aufzustellen. (Wenn sie nicht eben erst eine geraucht hätte, hätte sie gesagt, »eine beschissene Bank vor dem beschissenen Gebäude«, doch zum Glück war sie nun schon ein wenig entspannter.) Selbst Bürgermeister Reed hatte es sich nicht nehmen lassen, zusätzliche Bänke auf dem Hauptplatz von Wooster aufstellen zu lassen, damit die Leute irgendwo sitzen konnten, verdammt noch mal.

Vivian näherte sich erneut dem Schalter. Der große Mann mit dem Hut (und ohne Termin) war fort und außer ihr sonst niemand im Büro.

»Wieder da?«, sagte der Mann erschöpft hinter dem Tresen.

»Ja.« Vivian lächelte, als sie ihren Charmeregler von eins auf zehn schaltete, mit den Wimpern klimperte und mit dem Zeigefinger schüchterne kleine Kreise auf dem Tresen beschrieb. Dann musste sie niesen, und einer ihrer Ohrclips fiel herunter, prallte vom Tresen ab und landete auf dem Boden. Vivian hatte ganz geschmeidig und gerissen wie Rita Hayworth in *Die Lady von Shanghai* auftreten wollen, aber nun sah ihre Aktion vermutlich mehr nach einer Lachnummer von Lucy und Ethel aus.

»Ach herrje, Looooocy«, murmelte sie in ihrer Ricky-Ricardo-Stimme, als sie sich stöhnend hinabbeugte, um den Ohrring aufzuheben.

Das Archiv war riesig und von einer fürchterlich grellen Neonlampe beleuchtet, die alles in ein gleißendes weißgrünes Licht tauchte. Es roch nach Farbe, Metall und Bodenreiniger mit Zitronenduft. Es entstand fast ein Echo, als Vivian dem jungen Mann, der wie sie nun wusste Nicholas hieß, in die Mitte des Raumes folgte, wo er ihr zeigte, welche Aktenschränke welche Unterlagen beherbergten.

»Dann lasse ich Sie mal«, flötete er mit einem Grinsen und zwinkerte ihr zu.

Wie sich herausstellte, war Nicholas großer *I Love Lucy*-Fan.

Vivian zwinkerte zurück und wartete, bis er die Tür hinter sich zugezogen hatte, ehe sie ihre Handtasche auf dem langen Tisch abstellte, der am anderen Ende des Raums stand, weit weg von der Tür.

Die Standesamtunterlagen in den Aktenschränken waren nach Datum sowie alphabetisch nach dem Nachnamen sortiert. Vivian zog immer eine Schublade mit den Ordnern einer Buchstabengruppe heraus und brachte dann fünfzehn bis zwanzig Minuten damit zu, am Tisch zu sitzen und sie durchzublättern. Einige der Unterlagen waren im A4-Format, andere im A5-Format und wiederum andere im Karteikartenformat. Insgesamt ein ziemliches Durcheinander.

Die meisten Unterlagen waren fein säuberlich alphabetisch geordnet, wie es Mrs. Ada Carr sicherlich angeordnet hatte, aber als Vivian Akte für Akte durchging, beschlich sie der Verdacht, dass Mrs. Carr schon eine ganze Weile krank sein musste und dieser schludrige Nicholas sein ganz eigenes Karteisystem angelegt hatte. (In der Tat hatte sie ihn beobachtet, wie er hastig die Eigentumsurkunde des großen Mannes in eine Holzablage mit der Aufschrift »Heiratserlaubnisanträge« gestopft hatte.) Vivian war davon ausgegangen, dass sie nur die Akten für E-F durchgehen müsse, aber als ihr *Ingraham, Jefferson, James, Ikehorn* unterkamen, wurde ihr klar, dass die Unterlagen falsch einsortiert worden waren. Sie blätterte weiter durch, falls doch noch E-F auftauchten, immerhin war der Ordner mit »E-F« beschriftet, doch dann entdeckte sie auf einer der falsch einsortierten Karten einen Namen, den sie kannte, aber es war nicht Mildred Fischer.

»Grundgütiger«, flüsterte Vivian laut vor sich hin.

Mit dem Zeigefinger fuhr sie die Namen auf der Karte nach und überlegte, wenn dies eine Enthüllungsstory in einer ihrer Filmzeitschriften wäre, würde darunter »Illegitim!« und »Skandalös!« stehen. Die nächsten fünf Minuten lang konnte sie nichts anderes tun, als auf die falsch einsortierte Datei zu starren.

»Na, wie läuft's, Looocy?« Nicholas streckte den Kopf durch die Tür und riss sie aus ihrer Schockstarre.

»Oh!« Erschrocken fuhr Vivian auf dem Stuhl hoch.

»Soll ich Kopien für Sie anfertigen?«

»Kopien?«

»Von der Akte, nach der Sie gesucht haben.«

Nicholas kam zu ihrem Tisch gelaufen und nahm ihr die Karte aus der Hand, die so erstarrt war wie bei den Schaufensterpuppen im Freedlander's.

»Ich suche noch eine. Aber kann es sein, dass diese Unterlagen für I bis J hier irrtümlich einsortiert sind?«

Nicholas zog die Augenbrauen hoch und kam zurückgelaufen. Sie deutete auf die Namen und die Beschriftung des Ordners. Nicholas kratzte sich am Kopf. »Grmpf, gibt's denn so was?« Dann zog er den I-J-Ordner heraus und schlug ihn auf einer Seite mit dem Namen *Eberhardt* auf. »Da haben wir's! E bis F!« Sichtlich unbekümmert über die vertauschten Akten reichte er ihr den Ordner. »Ich komme nachher noch mal.«

Als Nicholas nach einer Weile wiederkam, hatte Vivian tatsächlich gefunden, wonach sie gesucht hatte.

»Nicholas, wenn es dir nichts ausmacht, würdest du diese beiden Akten für mich kopieren? Das wäre ganz entzückend.«

»Ach, Looocy.« Nicholas wackelte mit dem Zeigefinger in ihre Richtung und zwinkerte ihr erneut zu.

So einfach war das. Vivian hatte genau bekommen, was sie brauchte und noch mehr. Allerdings hätte die arme Ada M. Carr alle Hände voll zu tun, wenn sie wieder ins Büro kam. Wer weiß, welches Chaos Nicholas sonst noch angerichtet hatte?

Vivian saß in ihrem Hotelzimmer auf dem Sessel am Fenster und aß ihre italienischen Take-away-Ravioli mit der Gabel, die sie sich aus der Hotelküche hatte borgen müssen. Wahrscheinlich hatte man im Restaurant angenommen, sie würde das Essen mit nach Hause nehmen, und ihr deshalb kein Besteck eingepackt, denn welche achtbare Dame würde allein in einem Hotel übernachten? Sie fragte sich, ob die Köche in dem Restaurant echte Italiener waren, und falls ja, ob sie das gute Soßenrezept verwendeten?

Sie stellte die Ravioli auf den kleinen Beistelltisch und stand auf, um das Fenster hochzuschieben und sich die Knoblauchbrotkrümel vom Rock zu klopfen, auf dem blasse Pfotenabdrücke zu sehen waren, schönen Dank auch, Brucie.

Außerdem hatte sie sich an der Türkante des Buicks eine Laufmasche geholt, als sie vor Mildred geflohen war.

Mit einem tiefen Seufzer nahm Vivian wieder Platz, zündete sich eine Zigarette an und paffte durch das offene Fenster, während sie Wasser in die Badewanne einlaufen ließ. Nach so einem Tag gab es nichts Besseres als eine Zigarette und ein entspannendes Bad in der altmodischen Badewanne, wo sie versuchte nicht an das Vogelhäuschen oder ihren Führerschein zu denken und einfach nur in dem warmen Wasser zu entspannen. *Edward*, seufzte sie vor sich hin, *du gehst mir gewaltig auf die Nerven.*

Während sie ihr künstliches Gebiss in einem Glas neben der Spüle einweichen ließ, schmierte sie sich mit ihrer Gesichtscreme ein und atmete den vertrauten Duft ein, bei dem sie sich fast wie zu Hause fühlte. Plötzlich hörte sie draußen auf dem Flur Schritte und erstarrte, bis jemand vor einem der anderen Zimmer »Reinigungsservice!« brüllte.

*Klappe da draußen!* Vivian stapfte mit wehendem Nachthemd zur Tür und schüttelte drohend ihre Faust in Richtung der Stimme. In diesem Hotel hatte man nicht einmal fünf Minuten seine Ruhe. Entweder schäkerten auf dem Flur irgendwelche Paare herum, oder der Mann nebenan hustete sich die ganze Nacht die Seele aus dem Leib. Wer bitte verbrachte schon freiwillig so viele Tage hier, dass er den Reinigungsservice brauchte? Kriminelle vielleicht. Gangster. Ehemänner, die von ihren Frauen rausgeworfen wurden, weil sie sie belogen hatten.

Vivian rollte mit den Augen nach oben und unten und hinüber zu dem Sessel, wo sie ihre Ravioli gegessen und ihre Lucky Strike geraucht hatte. Als sie vorhin ins Hotel zurückgekommen war, hatte sie Handtasche und Klemmbrett einfach dort auf den Boden plumpsen lassen, und die Kopie der zweiten Geburtsurkunde, die Nicholas für sie gemacht hatte, ragte noch immer aus dem Klemmbrett heraus. Das war genau die Urkunde, nach der sie gesucht hatte, und eigentlich hätte ihr Inhalt sie nicht überraschen dürfen.

Das Geburtsjahr war 1922. Geschlecht: männlich, Gewicht: zweitausendneunhundertzwanzig Gramm. Mutter: Mildred Fischer. Vater: Edward Dalton. Vivian hatte bereits alles durchgerechnet, als sie an dem langen Tisch in dem verwaisten Archiv gesessen hatte. Zu dem Zeitpunkt, da das Kind gezeugt wurde, war Edward fünfzehn Jahre alt gewesen.

# KAPITEL 33

Es gab nicht wenig, worüber Vivian nachgrübeln musste, als sie mit dem Buick auf die Bundesstraße in Syracuse in Richtung der Autobahn fuhr, die sie zurück nach Wooster bringen würde. Zum einen war da die Wut. Sie war noch unschlüssig, ob ihre Wut über Edwards heimlichen Sohn größer war als ihre Wut über die heimliche erste Ehefrau. Vermutlich nicht. Sobald man erst einmal herausfand, dass der eigene Ehemann in einer Hinsicht gelogen hatte, war es kaum überraschend, dass er in anderer Hinsicht ebenfalls gelogen hatte. Allerdings machte es das auch nicht besser.

Und dann war da noch der Schock über die andere falsch einsortierte Akte. Das hatte ihr den Rest gegeben. *Grundgüüüütiger!* Sie konnte es einfach nicht fassen. Ihr war die Kinnlade heruntergefallen. Und nachdem sie ihre Kinnlade schnell wieder hochgeklappt hatte, als Nicholas hereinplatzte, hatte sie sich so ähnlich gefühlt wie damals, als sie Tante Catharines irischen Claddagh-Ring bekommen hatte. Vivian hatte Befriedigung empfunden. Nein, besser noch, *Genugtuung*. Vera, die sie immer auslachte, die ihr immer ihre Fehler vorhielt und allen unter die Nase rieb, dass sie Salz statt Zucker in den Zuckerguss gekippt hatte. *Irischer* Schelm, *nicht* Helm, *du Dummie*. Vera, die sie verpetzte, wenn sie lauschte. Genau wie ihre verbitterte, grummelige Mutter, konnte sich Vivian nur an die schlechten Erlebnisse erinnern, insofern ja, aber als sie Tante

Catharines Ring geerbt hatte, hatte sie Genugtuung empfunden. Und nun empfand sie ebenfalls Genugtuung.

Vivians Lippen spannten sich über ihr perfektes künstliches Gebiss, als sie mit einem breiten Grinsen in die Gaspedale trat, um auf die Autobahnspur zu wechseln. Mannomann, was man nicht alles mit ein bisschen Recherche in so einem Standesamt in Syracuse herausfand! Und sie hatte noch nicht einmal einen Highschool-Abschluss! Sie fragte sich, ob sie nicht ihr eigenes Schild raushängen sollte: »Vivian Dalton, Privatdetektivin« – *Schön, Sie kennenzulernen.* Es gab jede Menge Leute, *wichtige* Leute, die eine stattliche Summe für die Informationen hinblättern würden, die in dem Innenfach ihres Koffers steckten. Wenn man eine gewichtige Persönlichkeit war, noch dazu jemand wie der Bürgermeister von Wooster, hatte jeder ein Interesse daran zu erfahren, was man machte und wie man es machte, so viel war sicher.

Vivian konnte nicht fassen, was sie da zufällig entdeckt hatte, vor allem aber konnte sie nicht fassen, dass sie die Einzige war, die davon wusste. *Die kleine Vivian Dalton.* Da war es wieder, das Gefühl von Macht. Es entschädigte sie beinahe dafür, dass Edward ihr Leben ins Chaos gestürzt hatte.

Vivian hatte die letzten paar Monate etwas vermisst, aber nicht gewusst, was es war. Wie ein winziges Härchen, das ihr ins Auge geraten war und das sie nicht zu fassen kriegte. Aber sie spürte, dass da etwas war. Das ihr Leben verpfuschte, so wie diese verdammten Härchen ihre Mascara verpfuschten, wenn sie versuchte sie herauszufischen.

Tja, jetzt hatte sie die erste Mrs. Dalton getroffen, und dieses »etwas« hatte nun ein Gesicht. Ein Gesicht, das sich nicht die Mühe machte, Make-up aufzulegen, wenn jemand an der Tür klingelte, aber dennoch ein Gesicht. Und das Vogelhäuschen!

Das Vogelhäuschen hatte ihr einen weiteren heftigen Stich versetzt und einen Schmerz irgendwo zwischen ihren Rippen und ihrem Herzen hinterlassen, den sie spürte, als sie nun durch die Windschutzscheibe auf die karge, verschneite Autobahn blickte. *Vielleicht hatte er ihr das zu ihrem fünften Jahrestag geschenkt. Die Holzhochzeit.*

Im Autoradio lief schon seit einer Weile nur Rauschen, seit sie sich von Erie in Pennsylvania entfernt hatte, wo sie kurz haltgemacht hatte, um eine Tasse Kaffee zu trinken und eine saubere Toilette zu benutzen. Vivian war so in Gedanken versunken gewesen, dass ihr das Rauschen aus den Lautsprechern beim Überqueren der Grenze nach Ohio gar nicht aufgefallen war. Sie griff gerade zum Regler, um das Radio auszuschalten, als sie ein leises Surren hörte, als ob eine Mücke seit dem Sommer im Auto eingesperrt gewesen wäre. Es wurde stetig lauter.

Iiiiiiiiiiiiii.

Als sie in den Rückspiegel sah, erblickte sie das Blaulicht eines näher kommenden Polizeiwagens. Verdammt. *Ach, du heiliger Bimbam, bei allen päpstlichen Plätzchen!* War sie zu schnell gefahren? Nach so vielen Stunden im Auto hatte sie die Konzentration verloren und womöglich ein wenig zu sehr aufs Gaspedal gedrückt, und nun würde sie dafür büßen. Ein Strafzettel für Geschwindigkeitsübertretung konnte locker mal mehr als dreißig Dollar kosten, und Vivian hatte bereits fast ihr gesamtes Bargeld ausgegeben.

Sie drückte auf die Bremse und rollte mit dem Wagen über den verschneiten Standstreifen, ehe er ganz zum Halten kam. Als sie die Handbremse einlegte, fiel ihr der Führerschein ein.

»O Gott. Verdammt noch mal!«

In Filmen hatte sie jede Menge Verfolgungsjagden gesehen, und ihr Blick schnellte vom Schaltknüppel über die Straße vor ihr zum Rückspiegel, in dem sie sah, wie der Polizist die Autotür zuschlug und über den knirschenden Schnee zu ihrem Buick herübergetrottet kam. Ihre Nerven langen blank, und ihre Hand schwebte über dem Schaltknüppel. Sie prüfte erneut den Rückspiegel. *Tu es nicht.* Die Gestalt in Polizeiuniform war imposant: die schwarzen Stiefel, die Schildmütze, die dunkle Sonnenbrille. *Tu's nicht.* Vivian hörte nicht immer auf diese reflexartige Stimme in ihrem Kopf, die sich immer als erste meldete, wenn sie eine Antwort brauchte. Aber dieses Mal war sie stur. Die Logik (und jüngste Erfahrungen) sagten ihr, dass sie nicht dafür gemacht war, sich schnell aus dem Staub zu machen. Ihr Buick vermutlich auch nicht. Eventuell müsste man ihn sogar anschieben, um ihn aus dem Schnee zu bekommen. Mit einem tiefen Seufzer gab sie sich geschlagen und fühlte sich, als würde sie jeden Moment in Tränen ausbrechen. Sie wartete, bis der Polizist an ihr Fenster klopfte, ehe sie es herunterkurbelte.

»Na, wen haben wir denn da?!«, rief der Polizeibeamte aus, dessen Atem in der Kälte als Wolke sichtbar war.

Vivian kniff die Augen zusammen und blickte durch die Tränen hindurch in das vertraute Gesicht, das zu der vertrauten Stimme passte.

»Onkel Hugh!«, rief sie in atemloser Erleichterung aus, während die Tränen ihre Sicht verschleierten.

»Was in aller Welt machst du denn hier draußen? Weinst du etwa?«, wollte er wissen.

Sie lachte trotz der Tränen und konnte ihr Glück nicht fassen. Wurde ja auch höchste Zeit, dass sie auch einmal Glück hatte!

»Vivy«, sagte Onkel Hugh nun ernster, »was bringt dich denn nun hierher?«

Vivians Erleichterung über ihr unfassbares Glück verwandelte sich wieder in Anspannung angesichts dieser Frage. Ihr wurde bewusst, wo sie sich befanden, und ihr Lächeln schwand etwas, als sie sich mit den Fingerspitzen ihrer Handschuhe die Tränen abtupfte. Offiziell war sie in Akron, bei ihrer »kranken« Schwester. Was sollte sie Onkel Hugh erzählen? *Die arme Vera hat Syphilis.* Natürlich hätte sie bei ihrer ursprünglichen Geschichte bleiben können, aber sie befanden sich sehr viel weiter nördlich von Akron, ganz zu schweigen davon, dass sie in die falsche Richtung unterwegs war.

»Ach«, zögerte sie eine Antwort hinaus. »Edward …« – *los, denk schon nach, Dummie* – »…s Mutter. Edwards Mutter. Sie hat mich gebeten, nach Fair Haven zu fahren, um nach einem ihrer Häuser zu schauen.«

Das war eine gute Ausrede. Edward hatte tatsächlich eine Mutter, und diese besaß in der Tat mehrere Häuser.

Vivian wusste, die McGintys waren ein wenig empfindlich, was Eigentumsfragen anging. Sie hatten sich das Wenige, das sie besaßen, hart erarbeiten müssen und sahen in Edward ein verwöhntes Einzelkind, dessen Eltern mehr Häuser besaßen, als sie brauchten. Sie hoffte, Onkel Hugh würde nicht weiter nachhaken.

»Ah, verstehe. Planen Edward und du raufzuziehen nach …?«

»Onkel Hugh.« Vivians Zähne hatten durch den kalten Wind, der durch das geöffnete Fenster hereinwehte, angefangen zu klappern, aber die klare Winterluft hatte offenbar ihr Hirn auf Trab gebracht. »Ich habe in Fair Haven meinen Führerschein verloren und ein wenig Sorge, dass ich noch mal von einer Polizeikontrolle herausgezogen werden könnte. Könntest du mir bis Wooster hinterherfahren?«

Wenn sie noch mal kontrolliert werden würde, hätte sie ein Problem. Sie hatte nur einen Onkel bei der Autobahnpolizei.

»Klar kann ich das, Süße. Lass mich nur kurz in der Zentrale anrufen. Und immer schön vorsichtig mit dem Gaspedal!«

Während Onkel Hugh noch zurück zu seinem Streifenwagen schlenderte, kurbelte Vivian das Fenster wieder hoch und quietschte leise vor Glück. *Das Glück der Iren, Vivian.*

Sie wartete, bis sie Onkel Hugh sah, der mit dem Arm aus dem Fenster winkte und drückte dann sanft aufs Gas. Die Weißwandreifen des Buick drehten ein wenig durch, bekamen dann aber Grip, und der Wagen holperte vom Standstreifen auf die Autobahn zurück.

Mit ihrem Onkel in seinem Streifenwagen im Schlepptau, der ihr den ganzen Weg bis nach Wooster folgte, entspannte sich Vivian endlich, und in Gedanken ging sie die Geschichte durch, die sie Edward erzählen würde, wenn sie nach Hause kam. Dann dachte sie darüber nach, was sie mit den Informationen über J. Ellis Reed anstellen würde, die in ihrem Koffer lagen. Und dann dachte sie daran, dass sie sich einen neuen Führerschein ausstellen lassen müsste. *Ach, Herrjemine.* Vor ihrem geistigen Auge sah sie die kleine weiße Karte vor sich, auf der unten in fetten Großbuchstaben »**FÜHRERSCHEIN**« gedruckt war. Darüber waren in Blocksatz ihr Name und ihre Anschrift abgetippt. Die Behörden kannten ihre Anschrift. Und nun kannte sie auch Mildred.

# KAPITEL 34

»Dad, hast du die Adresse von Tante Vera? Wir könnten ihr doch Genesungswünsche schicken«, hatte Charlotte gefragt. Doch ihr Vater war dagegen und wollte zunächst abwarten, was ihre Mutter zu berichten hatte.

Charlottes Mutter war gerade drei Tage bei Tante Vera gewesen, mit der sie selten sprach und die offenbar irgendeine mysteriöse Krankheit hatte. Zumindest wusste ihr Dad auch nichts Konkretes. Aber als ihre Mutter zurückkam, schien sie noch wütender zu sein als vor ein paar Wochen, als sie von Dads erster Ehefrau erfahren hatte. Wahrscheinlich hatte Tante Vera sie so erzürnt.

»Wie geht's Tante Vera, Mutter?«

»Nicht gut, Charlotte!«, brüllte Vivian, als sie Küchenschränke öffnete und zuschlug. »Nicht gut!«

Charlotte war wirklich neugierig, an welcher Krankheit Tante Vera wohl litt. Ob es eine tödliche oder gar ansteckende Krankheit war? Vielleicht hatte sie Polio so wie ihr Cousin James vor ein paar Jahren? Andererseits schienen von der Krankheit nur Kinder und keine Erwachsenen betroffen zu sein. Aber was konnte so ernst sein, dass ihre Mutter drei ganze Tage in Akron verbracht hatte? War das Geldkuvert dafür gewesen? Angesichts des gereizten Tons ihrer Mutter und ihrem rabiaten Umgang mit den Küchenschränken war jetzt wohl nicht der geeignete Zeitpunkt, um nachzufragen.

Sie ging hoch in ihr Zimmer und sah auf den Coca-Cola-Wandkalender über ihrem Schreibtisch. Am Samstag war Valentinstag. Charlotte zeichnete mit dem Finger ein Herz um die »14« und fragte sich, wie der Valentinstag in diesem Jahr wohl aussehen würde. Hoffentlich so wie Max Zimmerman, aber vielleicht war es dafür noch zu früh. Max hatte erst seit Kurzem Interesse an ihr gezeigt, und Charlotte wusste nicht, ob er sie wirklich mochte oder nur Mitleid wegen ihrer »bedauerlichen Situation« hatte. Die meisten ihrer Klassenkameradinnen – Sue, Barb und die anderen Mädels im GAA – hatten sich nach dem Skandal solidarisch um sie geschart, da sie ein Opfer der ganzen Geschichte war und nichts dazu konnte. Charlotte sah sich selbst nicht gern als Opfer, war aber auch nicht der feindselige Typ, der andere dazu angestachelt hätte, sie offen als »Bastard« zu bezeichnen. Wenn Sue dasselbe passiert wäre, hätten ihre Klassenkameradinnen bestimmt mehr getuschelt und vermutlich ein paar fiese Kommentare abgegeben. Tendenziell waren die Leute schadenfroh, wenn Sue etwas Schlechtes zustieß.

Einige aus der Klasse wie Margie Miller und ihre Freunde zerrissen sich das Maul wegen der Doppelehe ihres Vaters, waren aber nicht offen fies zu Charlotte. Nicht dass es Charlotte gekümmert hätte. Margie war erst in der zehnten Klasse. Nach dem »in die Hose scheißen«-Kommentar, den Charlotte zufällig mitgehört hatte, hatte sie außerdem so eine Ahnung, dass Margie sich gerne wichtigmachte und viel erzählte, wenn der Tag lang war. *Weil ich Menschenkenntnis besitze,* dachte Charlotte und ahmte ihre Mutter nach. Sie selbst würde sagen, dass ihre Mutter vielleicht in sechzig Prozent der Fälle mit ihrer Einschätzung richtig lag. Vielleicht fünfundsechzig. Aber ihr entging auch vieles.

Charlotte ging nicht davon aus, dass es zum Valentinstag irgendeine Geste der Zuneigung zwischen ihren Eltern geben würde, auch wenn sich ihr Vater in letzter Zeit große Mühe gab, ihre Mutter zufrieden zu stimmen. Als ihre Mutter mit den Koffern zur Tür hereingekommen war, hatte Charlottes Dad von seiner Zeitung hochgeschaut und in einem Tonfall, den sie selten bei ihm hörte, gesagt: »Marianka potesem, wo bist du gewesen?« Und Charlotte hatte gedacht: *Ganze Nacht auf Trallala, du verflixter Besen*, weil der Reim so lautete, aber ihre Mutter hatte ihn angefahren: »In Akron, Edward. Du weißt genau, dass ich in Akron war!«

Im Haushalt der Daltons gab es zum Valentinstag immer Sauerrahmplätzchen. Diese wurden nach demselben Rezept gebacken wie die Weihnachtsplätzchen, bloß mit herzförmigen Ausstechformen und einer Glasur aus dicker Buttercreme mit einem roten Zimtbonbon in der Mitte. Als Charlotte noch zur Grundschule ging, machte ihre Mutter ein riesiges Blech, legte dann eine Kleiderschachtel von Beulah Bechtel's mit Wachspapier aus und schichtete die Plätzchen fein säuberlich nebeneinander und mit Wachspapier getrennt hinein, damit sie sie mit zur Schule nehmen konnte. Als Charlotte älter wurde, hörte sie auf, Plätzchen mit in die Schule zu bringen, sehr zum Bedauern ihrer Klassenkameraden.

Dieses Jahr wusste Charlotte nicht, was sie erwartete. Zu Hause herrschte dicke Luft.

Ihre Ohren klingelten noch immer von dem Brüllen und Türenschlagen ihrer Mutter in der Küche, als Charlotte ins Bad ging. Als sie herauskam, sah sie, dass die Tür zum Schlafzimmer ihrer Eltern offen stand und die Handtasche ihrer Mutter offen auf dem Bett lag. Nachdem sie die Treppe hinuntergespäht hatte, schlich sie auf Zehenspitzen in das Zimmer, und als sie sich dem Bett näherte, entdeckte sie das kleine braune Notizbuch, das oben herausragte. Hatte ihre Mutter neue Notizen gemacht? Hatte sie Neues entdeckt? Flink blätterte sie über die Seiten hinweg, die sie bereits kannte und stieß auf einen neuen Eintrag.

*Ich fühlte, dass ich auf Jesus Christus vertraute, auf Christus allein, meinen Erlöser; und mir wurde die Zuversicht gegeben, dass Er meine Sünden hinweggenommen und mich freigemacht vom Gesetz der Sünde und des Todes.*

Diese Zeilen hatte sie inbrünstig hingekritzelt. Es war nicht das, was Charlotte erwartet hatte, und sie sah irritiert von der Seite zur Tür. Unten in der Küche fuhrwerkte ihre Mutter noch immer herum. Was hatte sie zu diesem Ausspruch bewogen? Tante Veras Krankheit? Etwas, das sie in der Kirche gehört hatte? Normalerweise war Charlotte diejenige, die den Psalmen andächtig lauschte, aber das hier schien glühender zu sein als die milden religiösen Bekenntnisse, die Reverend Alsop normalerweise über die Lippen kamen. Hatte ihre Mutter etwas Sündiges getan, von dem sie sich Vergebung erhoffte? Bei diesem Gedanken verzog sie das Gesicht. Wenn Charlotte über Sündiges nachdachte, dann in Zusammenhang mit Max Zimmerman, nicht mit ihrer Mutter. Sie hatte beschlossen, dass ihre Eltern nur einmal »gesündigt« hatten, und zwar, um sie zu zeugen. Gott sei Dank und igitt.

Die nächsten anderthalb Stunden verbrachte sie damit, auf dem Boden ihres Zimmers zu liegen, Eddie Fisher zu hören und imaginäre Situationen und Unterhaltungen mit Max Zimmerman beim Tanz zum Valentinstag durchzuspielen.

Als sie zum Abendessen nach unten ging, sah sie, dass die Sauerrahmplätzchen auf der Arbeitsplatte abkühlten. Charlotte fragte sich, ob das »Beruhigen« diesmal geholfen hatte.

**Sauerrahmplätzchen**

Zutaten:
*190 g Backfett (ersetze ich teilweise durch Butter)*
*400 g Zucker*
*2 (oder mehr) große Eier*
*650 g Mehl*
*½ Teelöffel Salz*
*2 Teelöffel Backpulver*
*250 g Sauerrahm*
*1 Teelöffel Vanille*

Backfett, Zucker und Eier gut verrühren, bis es eine geschmeidige Masse ergibt. Mehl, Salz und Backpulver ~~mixen~~ hineinsieben und abwechselnd mit dem Sauerrahm der Masse hinzugeben und Vanille unterrühren. Mit den Händen verrühren ist an dieser Stelle gründlicher. Dann jeweils einen Batzen herausnehmen und zu einer vier Zentimeter dicken Teigschicht ausrollen. Mit Ausstechformen Plätzchen ausstechen und bei 180 °C ungefähr 15 Minuten lang backen. Ich mache immer gleich die doppelte Menge, sodass eine Riesenfuhre Plätzchen dabei herauskommt. Aber man kann einen Teil des Teigs auch einfach einfrieren und zu einem späteren Zeitpunkt backen.

# KAPITEL 35

Dr. Charltons Beruhigungstechniken funktionierten nur, wenn Betty daran dachte, sie einzusetzen. Und wie bitte sollte ihr das gelingen, wenn sie lauter Veranstaltungen zu organisieren hatte? Die guten Bürger von Wooster hatten ihre Rolle in diesem Skandal nicht ganz begriffen, und Betty Miller musste mal wieder nachhelfen. Mit ihrer Valentinstagsfeier musste sie nun schon das zweite Mal einen Anlass schaffen, um Vivian Dalton in die Schranken zu weisen. Aber wie alles, was Betty tat, empfand sie es als absolut unerlässlich, ja als ihre Pflicht. Natürlich würde Vivian selbst nicht zu ihrer Feier kommen, da sie im Country Club abgehalten wurde. Die Feier wäre lediglich eine kleine entfernte Erinnerung an Vivian (die natürlich Wind bekommen würde von der Feier im Country Club in Hommage an die Liebe und glückliche Paare), dass ihre Ehe ein Schandfleck war. Betty hatte schon immer über die regulären Pflichten einer gesellschaftlichen Vorbildfigur hinaus Verantwortung übernehmen müssen, um dafür zu sorgen, dass in ihrer Stadt alles seine Ordnung hatte, aber das machte Betty Miller aus.

Letzten Frühling zum Beispiel hatte sie mehrere Wochen in ihrem extrem vollen Terminkalender freischaufeln müssen, um Dolly das Autofahren beizubringen, damit Dolly mit dem Coupé zur Tankstelle fahren konnte, wenn der Tank leer war. Und mal ehrlich, wenn man darüber nachdachte, hatte sie Dolly damit einen großen Dienst erwiesen. Es mochte Leute geben, die dagegen waren, Negern das Fahren beizubringen, aber Betty fand das absurd. Wenn man in einem Haushalt diente, musste man in der Lage sein, eine große Vielzahl an Botengängen zu erledigen, und gelegentlich war dafür ein Auto nötig.

Sie wusste wirklich nicht, was sie ohne ihre Dolly tun würde. Dolly putzte das Haus, wusch ihre Kleider und kochte ihre Mahlzeiten. Ja, Dolly gab Betty sogar ab und an hilfreiche Tipps für ihre Veranstaltungen. Apropos, da fiel ihr ein, Dolly musste für die Valentinsgala noch die Blumen abholen.

* * *

»Betty, du scheinst dich ein wenig hineinzusteigern«, bemerkte Clara Weaver vorsichtig. Genau wie die anderen Frauen hatte sie sich an dem Klatsch um Edward Daltons Doppelehe beteiligt, aber den persönlichen Angriff auf Vivian, den Betty offenbar plante, empfand sie als übertrieben. Vivian verkehrte nicht einmal in ihren Kreisen, was Betty nicht davon abhielt, ebenso viel Zeit darauf zu verwenden, sich darüber auszulassen, wie »gewöhnlich und proletenhaft« sie war. Das war ein klein wenig heuchlerisch aus dem Mund einer Frau, die selbst mehr als nur ein paar ziemlich unrühmliche Verwandte hatte. Clara sagte nichts dazu, schüttelte aber innerlich mit dem Kopf. Man konnte nie wissen, wen Betty als Nächstes auf dem Kieker hatte.

Clara meinte einen kleinen Schatten über Bettys Gesicht huschen zu sehen. Ein seltener Anflug von Zweifel auf dem Antlitz der stets sicheren, selbstbewussten Betty Miller. Vielleicht wurde ihr bewusst, dass sie tatsächlich zu weit ging, und brauchte nur eine Freundin, die sie von diesem absurden Rachefeldzug abbrachte. Zu Claras Überraschung griff Betty nach ihrer Hand, als draußen vor dem Laden eine Hupe ertönte und beide Frauen aufschreckten. Betty warf einen entnervten Blick Richtung Lärm und fuhr dann erneut gereizt fort: »Du hättest sie mal an *Weih*-nachten in der Kirche sehen sollen, was für ein *The*-ater sie ver-*an*-stal-tet hat!«, entgegnete Betty. »Und *neulich* habe ich *zufällig* deinen *David* im *Post*-amt getroffen. Er *mein*-te, er habe sie beim *Tag* der offenen *Tür* an der *Highschool* getroffen, und sie sei *fürchter*-lich nett zu ihm gewesen.« Betty zog bei dem Wort »fürchterlich« die Augenbrauen hoch. »*Verstehst* du nicht, wozu eine *betro*-gene Frau *im*-stande ist?«

Clara kannte sich mit betrogenen Frauen nicht aus, wusste aber, wozu Betty imstande war. Sie wusste genau, was Betty vorhatte, allerdings ging sie das Ganze völlig falsch an. Nicht nur bezweifelte Clara, dass Betty David im Postamt getroffen hatte (Clara war für das Einkaufen von Briefmarken und das Versenden von Briefen zuständig), sie bezweifelte auch, dass Vivian ihn beim Tag der offenen Tür überhaupt bemerkt hatte, denn er war an jenem Tag nur kurz da gewesen. Wenn jemand »fürchterlich nett« war, dann ja wohl Betty, die bei Schulfesten und Elternabenden immer ausgiebig die Hände aller Lehrer und des Direktors Scott schüttelte.

An ihren Manipulationstechniken musste Betty noch feilen, dachte Clara spitzbübisch. Wenn ihr Vater nicht der Bürgermeister von Wooster wäre, würde sie mit ihrem Verhalten nicht so leicht davonkommen.

* * *

Dank der Neuigkeiten rund um Edward Dalton herrschte im gesamten Country-Club-Clan noch immer ein hohes Maß an Misstrauen den Ehemännern von Wooster gegenüber. Die Saat des Zweifels war in den Köpfen der Damen gesät worden, so wie jeden Frühling im Trowel-und-Trellis-Gartenklub die Saat ausgebracht wurde. Einige Frauen hatten beschlossen, es lieber nicht wissen zu wollen, aber andere konnten nicht anders und hatten begonnen, hin- und hergerissen zwischen der Furcht, betrogen zu werden, und der Furcht, mit reißerischen Schlagzeilen auf der Titelseite des *Daily Record* zu landen und öffentlich gedemütigt zu werden, herumzuschnüffeln und an geschlossenen Türen zu lauschen. Diese Paranoiawelle in den gehobeneren Haushalten sorgte für schlaflose Nächte bei den Ehefrauen, einen dramatischen Anstieg von Kontrollanrufen bei den Ehemännern und eine Vielzahl an ungeliebten Aufträgen bei Woosters Privatdetektiv Nummer eins.

# KAPITEL 36

Wäre er ein Küchenutensil, wäre er ein Tranchiermesser. Wäre er ein Werkzeug, wäre er ein Stemmeisen. Oder vielleicht das geradkantige Rasiermesser, das Elmer im Herrenfriseurladen in der Bowman Street für die Feinrasur benutzte. Egal welchen unbelebten Gegenstand man als Vergleich heranzog, Don war einer der Privatdetektive mit dem schärfsten Verstand in Ohio, wenn nicht der gesamten Mittelatlantikstaaten der USA.

Womöglich hätten einige in Wayne County argumentiert, wenn Don McAfee so ein hervorragender Privatdetektiv war, wieso hatte er dann Gilbert Ogden und Flora Parker nicht ausfindig machen können? Zwei harmlose Bankangestellte, und er konnte sie nicht finden? Don hatte sich von den Leuten mehr als genug anhören dürfen, was sein vermeintliches Versagen in diesem Fall betraf. »Hast diese beiden Betrüger nie gefunden, hä, Don?«

Don nahm diese gelegentlichen Verunglimpfungen bezüglich seiner beruflichen »Misserfolge« gelassen hin und grüßte nur freundlich an den Hut tippend, wenn es doch einmal jemand wagte, ihn persönlich anzugreifen; normalerweise Leute, die noch immer sauer waren, weil ihnen ihr Geld bei der Wayne Building & Loan geklaut worden war. Einige dieser Leute fragten sich, wieso die Building & Loan nicht versichert gewesen war, aber angesichts dessen, was Don

McAfee über David Weavers Versicherungsgesellschaft wusste, wunderte ihn das überhaupt nicht.

Jeder, der Don engagierte, wusste, wie gut er war. Die Causa Ogden-Parker galt als eine der großen unlösbaren Fälle. Genau wie das Verschwinden von Amelia Earhart oder der Mord an Elizabeth Short, genannt »Die schwarze Dahlie«. Und wenn Don McAfee Gilbert und Flora nicht gefunden hatte, dann konnte sie vermutlich niemand finden. Don hatte Ex-Knackis und Ausreißer aufgespürt; er hatte untreue Ehemänner und Ehefrauen enttarnt; er hatte sogar den rechtmäßigen Erben eines vermögenden Eisenbahnmagnaten gefunden, nachdem er die Adoptionspapiere in Cleveland durchforstet hatte. Diese Erkenntnisse waren fast schon Lohn genug, und je nachdem wie zahlungskräftig sein Klient war, passte er sein Honorar flexibel an. Vivian Dalton war jedoch ein schwieriger Fall gewesen, und an diesem Abend dachte er ganz besonders an sie. Er dachte immer an seine Klienten mit Ehekrisen, wenn der Valentinstag näher rückte.

Er erinnerte sich an Vivians Gesichtsausdruck, als er ihr die Heiratsurkunde aus dem Jahr 1923 vorgelegt und ihr erklärt hatte, dass er nirgends Unterlagen darüber finden konnte, dass die Ehe Edward/Mildred aufgelöst oder geschieden worden war. Außerdem hatte sie von ihm erfahren, dass Mildred noch lebte. Das musste ein ganz schöner Schock für sie gewesen sein.

Eheprobleme machten den Großteil seiner Arbeit aus, waren aber auch am schwierigsten für ihn. Bei Kriminalfällen war es sein Gerechtigkeitssinn, der ihn dazu antrieb, sich festzubeißen und nicht lockerzulassen. Und übrigens, nur damit das klar ist, er hätte Gilbert Ogden und Flora Parker sehr wohl aufspüren können, wenn er wirklich gewollt hätte. Tatsächlich hatte er hin und wieder, wenn gerade nicht viel los war, ein wenig herumgeschnüffelt, nur um seine Neugier zu befriedigen, um zu sehen, ob sein Instinkt ihn nicht verlassen hatte. Hatte er nicht. Wenn man ihm nur ein paar Tage, maximal eine Woche Zeit gegeben hätte, hätte er sie beide in Handschellen nach Wooster zurückgebracht und vor den Richter gestellt. Aber Don war überaus loyal seinen Klienten gegenüber und tat genau das, worum sie ihn baten. Und in diesem Fall wurde er dafür bezahlt, sie *nicht* zu finden.

Don lutschte nachdenklich an seinem Pfefferminz und blickte auf den umklappbaren Tischkalender auf seinem überquellenden Schreibtisch. Freitag, der 13. Der Tag vor Valentinstag. Er schüttelte den Kopf.

## KAPITEL 37

Der Tag vor Valentinstag war alles andere als romantisch für Flora Parker, da Gilbert fort wollte. Hektisch traf es wohl eher. Flora rannte zum Koffer, packte wahllos zusammengefaltete Hemden und Hosen und warf sie aufs Bett.

»Das kannst du nicht machen!«, bettelte sie.

Gilbert kam, sein Rasierzeug in der Hand, aus dem Bad und schüttelte den Kopf angesichts der Szene, die sich ihm bot.

»Flora, bitte hör auf.«

Aber sie hatte bereits den ganzen Koffer auf den Kleiderhaufen ausgekippt und trommelte mit beiden Händen auf die harte Schale.

»Das kannst du nicht machen«, wiederholte sie, diesmal mit einer Stimme, die fast zu brechen drohte.

Gilbert kam quer durch das Zimmer zum Bett, stellte sich neben Flora und richtete den Koffer auf, auf dessen Boden er sein Rasierzeug legte. Er rieb sich die Stirn.

»Ich muss gehen. Sie ist krank. Sie hat sonst niemanden.«

Flora glitt von der Kante hinunter, bis sie auf dem Boden ans Bett gelehnt saß, und vergrub das Gesicht in den Händen.

»Wenn sie dich erwischen, landest du auf dem elektrischen Stuhl.«

»Ich lasse mich nicht erwischen. Ich versprech's dir, ich werde aufpassen.«

»Gil, das war eine Menge Geld, die wir gestohlen haben. So etwas vergessen die Leute nicht so schnell.«

Schritte hallten auf den Stufen.

»Bill.« Flora zog die Hände weg und entblößte ihr tränenverschmiertes Gesicht. »Sag ihm, er soll nicht gehen.«

Bill hasste es, seine Frau so zu sehen. Verzweifelt und neurotisch. Das war völlig untypisch für sie, aber wenn es um ihren Bruder ging, war sie schon immer so gewesen.

Seit ihre Mutter allmählich den Verstand verlor und Flora Vorwürfe wegen ihrer Heirat mit einem weißen Mann machte, hatte Gilbert die gesamte Kommunikation mit ihr übernommen. Gilbert war der einzige Verwandte, den Flora und ihre Mutter noch hatten.

»Liebling, wenn es meine Mutter wäre«, sagte Bill und streichelte ihr über den Kopf, »würde ich dasselbe tun. Ich kann ihn nicht aufhalten.«

Tja, da hatte sie den Falschen um eine Meinung gefragt, dachte Flora mit einer Mischung aus Verärgerung und Zuneigung. Bill Parker war schon immer ein Mamakind gewesen. Es war nicht das Schlechteste, einen Ehemann zu haben, der seine Mutter liebte und ehrte, aber es war auch nicht ihr Lieblingszug an ihm. Aber er hatte durchaus seine Stärken.

Bills schauspielerisches Talent überstieg ihres bei Weitem. Wenn Madame Ososki sie beide gesehen hätte, wäre sie überrascht gewesen, dass die beiden naiven Landeier aus »Nebraska« etwas von ihr gelernt hatten. Dass sie im Unterricht aufgepasst und ihre Lektionen verinnerlicht hatten. Sie wäre stolz auf sie gewesen, auch wenn sie darauf beharrt hätte, dass Bill »Wörter benutzen« sollte, um seiner Wut Ausdruck zu verleihen. Da hätte sie sich getäuscht. Denn Bill hatte es ganz wunderbar auch ohne hingekriegt.

Hätte es ein besseres Übungsfeld geben können als die Theater von New York? Auch wenn beide in der Überzeugung nach Wooster gezogen waren, dass sie nie wieder schauspielern würden, war die Kleinstadt letztlich zu ihrer Bühne geworden, auf der sie die schauspielerische Meisterleistung ihres Lebens ablieferten. Flora als sanftmütige, ein Doppelspiel treibende Bankangestellte. Und Bill als wutentbrannter gehörnter Ehemann.

Flora hätte Vivian Daltons Annahme widersprochen, dass in einer Kleinstadt jeder alles über jeden wusste. Bill und sie hatten sich größtenteils aus allem rausgehalten, und niemand ahnte, was sie vorhatten. Klar, es gab sicher den einen oder anderen Nachbarn, der sich neugierig fragte, wohin sie unterwegs waren, und bestimmt hatte sie auch einmal eine neugierige Hausfrau dabei erwischt, wie sie ihren Einkaufswagen im Buehler's inspizierte, um sich ein Urteil über ihre Einkäufe zu bilden, aber im Großen und Ganzen hatten die Parkers ein ruhiges, zurückgezogenes Dasein in Wooster geführt.

Genau wie in New York, hatten sie nach der Arbeit abends zu Hause geprobt. Bill war regelrecht besessen gewesen von seiner Rolle und hatte Stunden damit zugebracht, die perfekten Requisiten zu finden und sich zu fragen: »Was ist meine Motivation?«, um glaubwürdig zu wirken. Sollte er den Hut tragen? Oder wäre ein betrogener Ehemann vor lauter Zorn und Eifersucht viel zu sehr außer sich, um an seinen Hut zu denken? Dieselbe Frage stellte er sich bezüglich des Mantels, dabei war es gerade einmal Juni. Vielleicht sollte er gerade den Mantel anziehen, um zu unterstreichen, wie sehr er von der Rolle war. Mitten im Sommer im Wintermantel rauszugehen war ein eindeutiges Indiz für eine ernsthafte geistige Verwirrung. Ein Wintermantel im Juni? Also dieser Bill Parker musste ja völlig irre sein, und wer konnte es ihm verübeln? Immerhin hatte seine Frau eine Bank ausgeraubt und war mit einem anderen Mann davongelaufen.

Er hatte lange hin und her überlegt, was der ideale Zeitpunkt für seinen dramatischen Abgang aus ihrem kleinen schnuckeligen Häuschen wäre. Mitten in der Nacht, wenn keiner zusah, wäre ebenso sinnlos wie mitten am Tag, wenn all seine Nachbarn bei der Arbeit wären oder unterwegs, um Wege zu erledigen. Allerdings hatte ihn Flora daran erinnert, dass Gilbert und sie die Stadt an einem Freitag verlassen würden, und wenn alles gut lief, würde bis Montag keinem auffallen, was sie getan hatten. Das heißt, sie mussten sich eine Geschichte ausdenken, weshalb Flora an jenem Freitag nicht von der Arbeit nach Hause kam. Gegenüber seinen Nachbarn hatte Bill daraufhin nebenbei erwähnt, dass Flora vorhabe, an jenem Wochenende rauszufahren, um ihre Mutter zu besuchen. »Ehrlich gesagt bin ich heilfroh, dass ich dableiben kann, wenn Sie wissen, was ich meine«, hatte er Sam Goosson von nebenan glucksend erzählt. Sam hatte gewiehert vor Lachen und ihm auf den Rücken geklopft. »Und ob ich das weiß!« *Schwiegermütter und so weiter.*

Bill hatte letztlich beschlossen, just zu der Zeit mit seiner Show zu beginnen, wenn Sam Goosson an jenem Montag von der Arbeit nach Hause kommen würde. Zudem hatten sie von anderer Seite unerwartete Unterstützung bekommen, die ihnen in die Hände spielte, nämlich als Boyd Hunsicker an jenem Montag von der Bank aus bei den Parkers zu Hause anrief, um nachzufragen, wo zum Henker Flora steckte und ob Bill irgendetwas über den Raub wusste, doch dieser war den ganzen Tag über ganz regulär bei der Arbeit.

»Es tut mir leid, Mr. Hunsicker, aber es geht niemand ran«,

hatte Vivian an ihrem Glühlampenschrank in die Sprechmuschel gesagt. »Möchten Sie es später erneut versuchen?«

Als Bill heimgekommen war, läutete bereits das Telefon, und bevor er ranging, versicherte er sich kurz mit einem Blick nach draußen, dass Sams Auto dastand. Es war Juni und warm, sodass die Fenster offen standen. Bill hatte sichergestellt, dass Sam nebenan das Telefon klingeln hörte, ehe der Vorhang aufging für Bills große Show.

Die Pistole war ein genialer Schachzug gewesen. Und er hatte sich an Jacob Starlins schäumende Wut erinnert, als er damals einmal die Schubkarre vom Garten gefahren hatte, ohne zuerst um Erlaubnis zu bitten. Die Schubkarre war völliger Schrott. Komplett verrostet und mit einem schönen Loch in der Ecke. Bill hatte sich so schlecht gefühlt nach Jacobs Wutanfall, dass er, anstatt ihm die Rostlaube wiederzubringen, ihm eine neue bei Oliver's Hofbedarf gekauft hatte. Aber Bill hatte nie Jacobs hochrotes Gesicht vergessen, und wie seine Venen am Hals hervorstanden, als er im Garten direkt gegenüber von dem der Parkers Zeter und Mordio geschrien hatte. Daraufhin war Jacob auf die Straße von Wooster gerannt und hatte lauthals etwas geschrien von »dieses Gelump, diese dreckigen Diebe, ham nichts Bess'res zu tun, als mein Eigentum zu stehl'n!« Diesen Tobsuchtsanfall hatte Bill für seine Darbietung abgerufen.

Da Jacob hinter den Parkers lebte, hatte er Bills dramatischen Abgang, nachdem er vermeintlich von dem Banküberfall erfuhr, nicht gesehen, aber später davon gehört. Die Nachbarn zu beiden Seiten der Parkers hatten ausgesagt, dass es ein Wunder sei, dass er mit seinem Studebaker nicht geradewegs durch das Garagentor gebrettert sei, so wutentbrannt sei Bill gewesen, als er einstieg. »In der einen Hand seinen Hut, in der anderen eine Pistole«, hatten sie hinterher einhellig berichtet.

Sie hatten sich auch gewundert, als Bill, der losgezogen war, um seine Ehefrau zu suchen, auch nach Stunden nicht zurückgekehrt war. Die Reifenspuren waren eine stete Erinnerung an dieses irre Spektakel, aber Bill ward danach nie wieder gesehen. Einige vermuteten, dass ihm derart die Sicherungen durchgebrannt waren, dass er sich mit dem Wagen vom Felsen in den Tod gestürzt haben musste. Andere wiederum waren der Meinung, er lebe noch, schäme sich aber so abgrundtief, dass er nie wieder in die Stadt zurückkehren würde.

»Vielleicht hat er eine Neue gefunden«, sagte Roy Patterson. »Eine, die ihn nicht hintergeht und mit einer mageren Brillenschlange und zweihundertfünfzigtausend Dollar davonläuft.«

Aber niemand in Wooster hätte es für möglich gehalten, dass Bill selbst in den Bankraub involviert war und nur eine große Show abgezogen hatte, ehe er nach Kanada gefahren war, um mit seiner Frau und ihrem Komplizenbruder vereint zu sein. Nicht einmal Vivian Dalton. Vivian hätte nie für möglich gehalten, dass Flora Parker ihren Mann verlassen würde, insofern lag sie zumindest halbwegs richtig.

Und nach ihrer Reise nach Syracuse kannte Vivian die ganze Wahrheit und war in Besitz wichtiger Informationen.

# KAPITEL 38

Vivian war im Besitz wichtiger Informationen, das schon, aber nicht im Besitz ihres Führerscheins. Und zu wissen, wer stattdessen in seinen Besitz gelangt war, sorgte für ein dumpfes Angstgefühl. Die Furcht lag ihr schwer im Magen, direkt neben einem Haufen angestauter Wut, der Edwards Namen trug. Wenn sie es durch den Sommer schaffte, ohne ein Magengeschwür zu entwickeln, wäre das ein Wunder.

Wenn ihr der Zahnarzt nicht bereits aus kosmetischen Gründen alle Zähne gezogen hätte, wären sie ihr spätestens jetzt ausgefallen. Das war schon immer Vivians Lösung für alles: Wenn sie irgendetwas störte, wurde es entfernt. Ihre Zähne, ihre Gebärmutter, graue Haare, Kinnstoppeln und zuletzt die Stöpselschnüre am Klappenschrank, jedes Mal, wenn Betty Miller einen Anruf tätigen wollte. Aber sie konnte Edward nicht einfach aus ihrem Leben entfernen.

Allein die Vorstellung, ihn zu verlassen. Haha, der war echt gut. Wie sollte sie das bitte schön anfangen? Sollte sie sich ein Zimmer über dem Waschsalon mieten und sich prostituieren wie Daisy Stucker, deren Ehemann Joe bei einem furchtbaren Unfall auf dem Bauernhof umgekommen war und sie mit mehreren Tausend Dollar Schulden zurückgelassen hatte? Gut, so weit würde Vivian nicht gehen müssen, da sie noch ihren Job bei Bell hatte. Aber wenn sie Edward rauswarf, wäre sie allein. Wollte sie wirklich, dass alle Leute der Stadt mitleidig auf sie blickten, weil sie allein lebte? Denn genau so wurde man als Frau angesehen, wenn kein Mann im Haus war. Selbst wenn man sechs Kinder großzuziehen hatte. Man lebte allein. Vivian wusste nicht, was schlimmer war: wenn die Leute hinter deinem Rücken reden, weil du allein bist, oder wenn sie hinter deinem Rücken reden, weil du dich prostituieren musst, um zu überleben.

Wenn es hart auf hart kam, glaubte Vivian nicht, dass sie nur mit ihrem Gehalt klarkäme. Vivians Lohn bei Bell reichte den Daltons gerade so als Zubrot, um neue Kleidung kaufen zu können, wenn die alte abgetragen war, oder um sich an Samstagen einen besseren Aufschnitt beim Fleischer leisten zu können. Aber es war nicht genug für eine Person, um davon zu leben. Das war auch der Grund, weshalb Bell Frauen einstellte. Sie waren billige Arbeitskräfte. Es war so unfair, dass es immer an den Frauen hängen blieb, die Mäuler zu stopfen, und sie in ihren Ehen gefangen waren und es keinen Ausweg aus dieser Situation gab. Vivian durfte gar nicht zu sehr darüber nachdenken, sonst regte sie sich nur darüber auf und bekam Lust, mit einem Transparent auf die Straße zu gehen oder Hosen anzuziehen. Deshalb dachte sie lieber nicht zu lange darüber nach. Nur lang genug, um zu wissen, dass es momentan in ihrem Leben keine Option war, Edward zu verlassen. *Der Käse stand allein da.* Schön und gut für den Käse, aber für sie kam das nicht infrage.

Was man Edward zugutehalten musste: Er hatte sich mächtig ins Zeug gelegt und um ihre Gunst gebuhlt. Zum Valentinstag hatte er sogar richtig groß aufgefahren, war beim Herrenfriseur in der Bowman Street gewesen und hatte sich von Elmer ein wenig oben und jede Menge an den Seiten und hinten wegschneiden lassen, und wo er schon mal da war, hatte er sich auch gleich die Nasen- und Ohrenhaare trimmen lassen. (Er wusste, Vivian sah es nicht gern, dass er seine Körperpflege zuletzt hatte schleifen lassen.) Und am Freitag hatten in der Mitte des Esstischs in der Kristallvase, die die Daltons zu ihrer (ersten) Hochzeit geschenkt bekommen hatten, zwölf rote Rosen vom Blumenladen Barrett gestanden. Wo hatte er das Ding überhaupt gefunden? Vivian hatte die Vase schon Jahre nicht mehr gesehen und nicht mehr daran gedacht. Offenbar hatte er im Keller die Kisten durchwühlt und all den in Zeitungspapier eingewickelten Kram durchforstet.

Er hatte ihr sogar im Beulah Bechtel's ein neues Kleid gekauft, was das Nonplusultra in Wooster in Sachen Kleidung war, und es neben den Rosen auf dem Esstisch in einer Schachtel für sie hinterlegt. Edward hatte einmal gesagt, ihre Hälfte des Kleiderschranks sei für ihn eine völlig fremde Welt, und er habe Angst, irgendetwas anzufassen, sonst würde er am Ende noch nach Maiglöckchen oder so riechen. Und was würden seine Kameraden in der Freimaurerloge denken! Aber offenbar war er ihren Kleiderschrank durchgegangen und hatte auf den Etiketten der Kleider, die sie nicht selbst genäht hatte, nachgeschaut, welche Größe sie trug. Die Vorstellung, wie er im Beulah Bechtel's herumstöberte, umgeben von Hüten und Pelzen und Nachthemden, war einfach zu merkwürdig. Wenn sie nicht so wütend darüber gewesen wäre, dass er seinen Sohn vor ihr verheimlicht hatte, hätte sie seine Mühen vielleicht sogar zu würdigen gewusst.

Manches tat man aus Liebe, und manches tat man aus einem Schuldgefühl heraus. Alles, was Edward tat, war aus einem Schuldbewusstsein heraus. Als er sie damals umworben hatte, und selbst in den ersten Jahren ihrer Ehe hatte er manchmal mit einem Fliedersträußchen oder einem Strauß

Wildblumen vor der Tür gestanden, die er an der Straße gepflückt hatte, weil er an sie gedacht hatte. Rosen waren die »Tut mir leid«-Blumen, die Versöhnungssträuße, die er ihr später in ihrer Ehe schenkte, wenn er Mist gebaut hatte. Offenbar glaubte er, nur weil sie teuer waren, gefielen sie ihr, und alles war vergeben und vergessen. Aber jedes Mal, wenn sie die Rosen sah, erinnerten sie sie lediglich an das, was er jeweils verbockt hatte.

Wenn sie nur entfernt in romantischer Stimmung gewesen wäre, wäre sie vor der Arbeit beim Buehler's vorbeigegangen, um für den Samstag Zutaten für ein besonderes Abendessen zu besorgen. Schweinekoteletts vielleicht, die er so gern mochte. Mit Minzsoße. Oder aß man die mit Lamm? Oder sie hätte Dorothy nach ihrem Schokoladenmousserezept aus dem vornehmen französischen Kochbuch gefragt, das ihr Bruder gekauft hatte, als er in Europa stationiert war.

Aber Vivian war nicht in romantischer Stimmung, und Edward konnte sich glücklich schätzen, dass er am Valentinstag Hackbraten und Limabohnen und ein weiteres Abendessen in angespannter Atmosphäre bekommen würde, während Vivian noch darüber nachdachte, ob sie ihn mit Mildreds Vogelhäuschen und seinem Sohn konfrontieren sollte.

## KAPITEL 39

Um ihren Eltern und der Anspannung, die im Haus der Daltons in der Luft lag, zu entfliehen, hielt Charlotte ihre Zimmertür geschlossen. In ihrem Zimmer stressten sie lediglich ihre Hausaufgaben und die Entscheidung, was sie anziehen sollte. Charlotte würde heute, passend zum Valentinstag, ihre rote Strickjacke tragen. Allerdings war Valentinstag erst morgen, und heute war Freitag, der dreizehnte.

Charlotte war nicht abergläubisch, außer ihr lief eine schwarze Katze über den Weg oder sie lief aus Versehen unter einer Leiter hindurch, und sie konnte sich auch nicht erinnern, was man trug, um am Freitag, dem dreizehnten, Unglück von sich abzuwenden. Irgendetwas am heutigen Tag stimmte nicht. Das hatte sie im Gefühl.

»Verdammt!« Sie stampfte barfuß auf dem Teppich auf und raufte sich die Haare, als sie die Schweißflecken an ihrer Bluse entdeckte, die sie gerade erst angezogen hatte.

Sie schnaubte in die blöde warme Luft ihres Zimmers hinein, das die bestfunktionierende Heizung im ganzen Haus hatte. Damit sie gut schlafen konnte, ließ sie normalerweise nachts das Fenster offen, worüber sich ihr Vater immer aufregte. »Ich zahle doch nicht, damit wir die ganze Nachbarschaft beheizen«, grummelte er und fluchte vor sich hin, wenn er an ihrem Zimmer vorbeikam und das geöffnete Fenster sah. Wie sich herausstellte, war die Heizung auch keine große

Hilfe, wenn man sich anzog und versuchte, nicht ins Schwitzen zu geraten.

Sie ging zum Fenster hinüber und schob es hoch, wobei Farbe abplatzte und auf den Teppich fiel. In den Büschen, die das Grundstück der Daltons von dem der Giffords trennte, raschelte es, und eine Schneefontäne ging auf der Seite der Daltons nieder. Charlotte schaute zweimal hin und spähte zu den Büschen hinüber. War da jemand? Sie spürte ein Kribbeln und den kalten Schweiß auf der Haut, als sie vom Fenster zurücktrat. Sie schüttelte den Kopf und versuchte den seltsamen Schauer, der sie überkam, abzuschütteln. Wahrscheinlich war es nur die Katze der Giffords (die *nicht* schwarz war).

Charlotte versuchte sich wieder aufs Anziehen zu konzentrieren und nicht auf ihr seltsames Gefühl, beobachtet zu werden. Sie könnte die Jalousie herunterziehen, aber dann wäre es zu dunkel im Zimmer. Da draußen war sowieso niemand. Erneut schüttelte sie den Kopf und holte ihren öden alten schwarzen Bleistiftrock aus dem Schrank. Sie erinnerte sich, dass Max Zimmerman einmal gesagt hatte, er möge Mädchen mit einem legeren Stil. »Wenn es so aussieht, als wäre ihnen ihre Kleidung egal.«

*Tja,* dachte sie, *nichts sagt mehr »Mir doch egal« wie dieser Rock.* Sie presste sich an die vom Fenster am weitesten entfernte Wand, um den Rock überzuziehen, und streckte dann den Arm aus, um nach der roten Strickjacke von der Stuhllehne zu greifen. Als sie sie zuknöpfte, holte sie kurz ihre Paranoia ein, als sie sich vorstellte, was Sue über ihr Outfit sagen würde: »Argh, Rot zum Valentinstag, ist das dein Ernst?« Der Gedanke ärgerte sie so sehr, dass sie darüber kurzzeitig das Rascheln im Gebüsch vergaß. Es war ihr egal, was Sue dazu sagen würde, schließlich war es garantiert nicht Sues Spind, in dem Max

Zimmerman eine Karte hinterlegen würde. Nicht dass er unbedingt etwas in Charlottes Spind legen würde, ermahnte sie sich, um ihre Hoffnungen nicht zu hoch zu hängen.

Charlotte drehte sich zur Seite, streckte die Brust raus und betrachtete sich im Spiegel, wobei sie überlegte, ob sie ihren Büstenhalter etwas ausstopfen sollte. Ihre Mutter weigerte sich ihr einen spitzen BH zu kaufen, also tat sie, was sie tun konnte, um ihre Brüste in Szene zu setzen. Sie drehte sich wieder nach vorn und dann zur anderen Seite und strich die Strickjacke über ihrem Bauch glatt. Erneut lief ihr ein Schauder über den Körper, und ihr Blick schnellte zum Fenster, als sie überlegte, wie viel jemand, der sie vom Boden aus in ihrem Zimmer ausspionierte, wohl sehen würde.

»CHARLOTTE!«, schallte der Schrei die Treppe hinauf.

»Komme!«, rief sie zurück, zog schnell ihre weißen Socken und Pennyloafer an und ging dann zum Fenster, um es wieder hinunterzuschieben.

Für den Weg zur Schule musste Charlotte über ihre rote Strickjacke einen Wintermantel überziehen. Es war noch immer eiskalt draußen. Und heute musste sie so viel mit in die Schule schleppen, dass sie ihren Ranzen aufhatte, womit sie sich immer kindisch vorkam. Außerdem würde es ihre Frisur ruinieren, aber Sue, Barb und sie trafen immer ein paar Minuten vor Schulbeginn ein und gingen im Erdgeschoss neben dem Rektorzimmer auf die Toilette, um ihre Haare zu richten. Charlotte brachte eine Dose Haarspray mit, Sue einen Kamm und eine Bürste, und Barb brachte Haarklemmen und Haarbänder mit. Wenn sie sich dann mit dem Gong zur ersten Stunde im Klassenzimmer einfanden, saßen ihre Haare perfekt gekämmt, festgesteckt und fixiert, als ob sie gerade vom Friseur kämen.

Die ersten paar Stunden zogen sich, und Charlotte hatte Mühe, sich auf den Unterricht zu konzentrieren. Irgendwie wurde sie das Gefühl nicht los, dass ihr jemand auf dem Weg zur Schule gefolgt war. Sie war unterwegs ein paarmal stehen geblieben und hatte sich umgedreht, aber niemanden gesehen. Doch das Gefühl blieb. Dadurch lief sie schneller als gewöhnlich, was in ihrem öden schwarzen Bleistiftrock nicht eben einfach war. Sobald sie die Schule betreten hatte, hatte sie seitlich der Eingangstür durch die Fenster zur Straße gespäht, aber nichts Ungewöhnliches entdeckt. Nur andere Schüler und ein paar vorbeifahrende Autos.

Der ganze Tag fühlte sich irgendwie falsch an. *Dieser verdammte Freitag, der dreizehnte!* Sue hatte nichts zu ihrer roten Strickjacke gesagt, Barb hatte die Haarklemmen vergessen, sodass sie alle umso mehr Haarspray benutzen mussten, und Charlotte hatte Max Zimmerman kein einziges Mal zu Gesicht bekommen. Sie fragte sich, ob er überhaupt zur Schule gekommen war. Nach dem Mittagessen ging Charlotte zu ihrem Spind, und als sie ihn öffnete, lag ein rosa Umschlag darin, den jemand durch die Schlitze gesteckt hatte.

* * *

Der Wind pfiff, und sie zog sich den Hut dicht über die Ohren. Die Temperaturen waren im Verlaufe des Tages auf etwa fünf Grad gestiegen, aber der Wind war noch immer eisig. Sie war eine halbe Stunde länger in der Schule geblieben, um in der Bibliothek ein wenig zu ihrem Referat zu recherchieren, aber auch, um nicht erneut hinter den Bluffern laufen zu müssen, die womöglich noch immer über die »bedauerliche Situation« der Daltons lästerten.

Ganz allein in der Kälte des Spätnachmittags legte sie ein flottes Tempo ein, um so schnell wie möglich nach Hause zu kommen und erneut Max' Valentinskarte zu lesen. Darin stand, er hoffe, sie beim Tanz zu sehen. So simpel und unverbindlich das auch war, wollte sie es erneut lesen. Wenn man verknallt war, machte man die größten Dummheiten, das war ihr durchaus klar.

Charlotte würde mit ein paar Freunden zum Valentinstagtanz gehen, denn anders als bei Klassentreffen oder Abschlussbällen brauchte man keine Einladung von einer Begleitperson. Sie brauchte keine Einladung, da sie wusste, dass Max da wäre und er »hoffte, sie dort zu sehen«. Ihre Pennyloafer patschten über den matschigen Gehweg, während sie versuchte, in Gedanken beim bevorstehenden Valentinstag zu bleiben, doch genau wie am Morgen hatte sie das eindeutige Gefühl, beobachtet zu werden. Wenn ihre Wollmütze nicht ihre Haare platt drücken würde, würden sie ihr zu Berge stehen. Ungefähr nach jedem Häuserblock blieb sie stehen und drehte den Kopf, um auf Geräusche zu lauschen. Doch alles, was sie hörte, war das Pfeifen des Winds. Wenn die Straßen von Wooster leer gefegt waren, waren sie wirklich leer, und inzwischen war es spät, und es wurde dunkel.

Sie bog in die Gasse zwischen der Mulberry und der Ohio Street ein, die sie als Abkürzung nutzte, doch sobald sie um die Ecke der verwaisten Gasse gebogen war, wurde ihr schlagartig klar, dass sie hier weder Anwohner noch vorbeifahrende Autos oder sonst jemand sehen würde, falls sie Hilfe bräuchte. Konzentriert setzte sie einen Fuß vor den anderen und versuchte kontrolliert zu atmen, während sie ihren Ranzen wie ein Schild vor den Körper hielt.

Ihre Loafer patschten noch immer über das Pflaster, aber

nun hörte sie Schritte hinter sich. Wie weit hinter ihr, konnte sie nicht sagen, und sie war viel zu verängstigt, um sich umzudrehen. Ihre Furcht prickelte in ihrem Nacken, und ihr Atem kam nur noch stoßweise. Die Schritte hinter ihr wurden schneller, und sie konnte hören, dass sie näher kamen. Charlotte lief weiter, griff aber mit der rechten Hand in ihren Ranzen und schob ihren Finger in den Spalt zwischen Haarspraydose und Deckel und drückte ihn auf. Dann umklammerte sie die Dose, als die Schritte direkt hinter ihr waren. *Warte nicht länger, tu es einfach. Jetzt!*

Mit einem Ruck zog Charlotte ihren Arm aus dem Ranzen und wirbelte herum.

»Hau aaaaaaab!«, schrie sie, während sie fest auf die Spritzdüse des Haarsprays drückte. Der Sprühnebel landete direkt im Gesicht der Person hinter ihr, und sie hörte einen schmerzerfüllten Schrei und ein »FUCK!«, ehe sie die Dose fallen ließ und panisch die Gasse hinunter und um die Ecke rannte, so schnell es ihr Bleistiftrock zuließ. Sie hörte erst auf zu rennen, als sie die Verandastufen hinaufstolperte, fummelte am Türknauf herum, riss die Tür auf und schlug sie hinter sich zu.

Ihr Herz schlug ihr bis zum Hals, und ihr Blick fiel auf das Telefon, das auf dem Beistelltisch neben der Couch stand. Wäre es zu viel des Guten, zu hysterisch, um Hilfe zu rufen? Sie war ja nicht direkt angegriffen worden, nicht wahr? Charlotte stakste in die Küche und spähte durch das Fenster in den Hinterhof, die Arme um den Körper geschlungen, während ihr Blick von den Hecken zum Schuppen und hinüber auf das Grundstück ihrer Nachbarn schnellte. Noch immer mit Herzklopfen ging sie zurück ins Wohnzimmer und lugte aus dem vorderen Fenster. Sie wusste nicht, was sie als Nächstes tun sollte, aber ihre drückende Blase dirigierte sie Richtung Bad.

Erneut fiel ihr Blick auf die Haustür und das Telefon. Sollte sie jemanden anrufen? Die Polizei? Ihre Mutter? Sie stellte sich vor, was man sie fragen würde. *Wie sah er aus? Kannst du beschreiben, was er anhatte?* Doch sie hatte keine Ahnung. Aber es war ein »er« gewesen, so viel war sicher. Sie ging in das Bad im Flur und schloss sich ein. Hier in dem beengten, abgesperrten Raum fühlte sie sich sicher. *Konnte es Max Zimmerman gewesen sein? Hatte sie eventuell gerade Max Zimmerman Haarspray ins Gesicht gesprüht?*

Grübelnd saß sie lang genug auf der Toilette, dass sich ein roter Abdruck an ihren Oberschenkeln abzeichnete, und sie wäre noch länger sitzen geblieben, aber ihre Beine schliefen allmählich ein. Sie trocknete sich ihre Hände an dem rosa bestickten Handtuch, als sie ein Klopfen an der Haustür hörte. Sofort erstarrte sie und sah auf den Riegel an der Badtür. Erneut ertönte das Klopfen, und Charlotte öffnete den Riegel und schob die Tür nur einen Spalt weit auf.

»Vivian?«, drang eine gedämpfte Stimme durch die seitlichen Fenster in der Tür. »Irgendjemand zu Hause?«

Es war Mrs. Gifford, ihre Nachbarin. Charlotte stieß ihren angehaltenen Atem aus, verließ die sicheren vier Wände des Bads und stolperte hastig durchs Wohnzimmer zur Tür, begierig darauf, ein vertrautes Gesicht zu sehen.

»Hi!« Charlotte riss die Tür auf.

»Oh, Charlotte«, sagte Mrs. Gifford. »Hallo, Spätzchen. Ist deine Mom zu Hause?«

»Derzeit nicht«, antwortete Charlotte, die nicht mehr kurzatmig war, aber schneller als üblich sprach. »Sie ist bis heute Abend um elf in der Arbeit.«

»Okay, könntest du ihr dann das hier für mich geben?« Sie überreichte Charlotte die Dose Haarspray, die sie hatte fallen lassen, und eine kleine weiße Karte. »Die müssen ihr aus der Handtasche gefallen sein. Wahrscheinlich war sie ziemlich in Eile, dass sie nicht gehört hat, wie sie auf den Boden gefallen sind.«

Charlotte sah hinab auf die kleine Karte, die Mrs. Gifford ihr reichte, und erkannte, dass es der Führerschein ihrer Mutter war.

»Danke«, sagte sie und starrte verwirrt auf den Ausweis.

»Sag deiner Mom, sie soll mich mal anrufen.«

»Mach ich.«

Charlotte machte die Tür zu und schloss ab, während Mrs. Gifford die Verandastufen hinunterging. Der Führerschein ihrer Mutter. War er vielleicht aus ihrem Ranzen gefallen, als sie die Dose herausgezogen hatte? Aber was machte der Führerschein in ihrem Ranzen? Charlotte ging in die Küche und legte den Führerschein neben die leere Keksdose.

***

Charlotte konnte sich nicht auf die Hausaufgaben konzentrieren, ja nicht einmal auf *Meine Cousine Rachel*. Nachdem sie denselben Satz bestimmt schon zehnmal gelesen hatte, gab sie auf und beschloss, früher zu Bett zu gehen. Zuvor hatte sie mit ihrem Dad in aller Ruhe die Reste des Nudel-Schinken-Auflaufs zu Abend gegessen, und danach hatten sie noch eine Weile Schach gespielt. Charlotte war unschlüssig, ob sie ihm erzählen sollte, was geschehen war. Aber je mehr sie nachdachte, desto mehr beschlich sie das Gefühl, dass sie es selbst gar nicht sagen konnte.

Als sie den Schlafanzug anzog, blickte sie unbehaglich zum Fenster. Sie hatte die Jalousie heruntergelassen, sobald sie in ihr Zimmer gekommen war, dabei war es noch nicht einmal dunkel, aber sie wollte kein Risiko eingehen. Nun war es stickig und warm im Zimmer. Normalerweise hätte sie die Jalousie bis zur Hälfte hochgezogen und das Fenster hochgeschoben, ein paar Zentimeter nur, um Luft hereinzulassen. Aber nicht heute Abend. Irgendjemand war da draußen, und es war nicht Max Zimmerman.

# KAPITEL 40

Vivian betrat das dunkel daliegende Haus und schaltete das Verandalicht aus, als sie ihre Stiefel auszog, die inzwischen nicht mehr brandneu und zudem eine weitere Erinnerung an Edwards Lügen waren. Als ob sie mehr davon bräuchte. Sie hängte ihren Mantel in den Flurschrank, ehe sie zur Küche ging und den Lichtschalter betätigte, als sie zum Tresen ging. Vivian hatte einen Mordshunger. Sie war heute Abend für Maria Tomasetti eingesprungen, weil Maria ihre Schicht letzten Donnerstag und Freitag übernommen hatte, als sie nach »Akron« gefahren war.

In dem leeren Keksglas auf der Arbeitsfläche lagen hellbeige Krümel und weiße Glasurbrocken. Herrgott noch mal. Sie hatte die verdammten Plätzchen Samstagabend gebacken, und nun waren keine mehr für den Valentinstag übrig. Sie sah auf die Uhr über dem Kühlschrank. Zwanzig nach elf. Sie seufzte tief und entdeckte dann etwas auf der Arbeitsplatte, das ihr zuvor nicht aufgefallen war. Als sie sich vorbeugte, sah sie, dass es ihr alter Führerschein war.

Vivian sog scharf Luft ein, als sie ihn hochnahm, und spürte, wie ihr Herz wie wild zu schlagen begann und ihre Eingeweide nach unten sackten. Mildred Fischer. O Gott, Mildred Fischer war in Wooster. Vielleicht war sie sogar hier im Haus gewesen? Wie war der Führerschein hergekommen? Sie erblickte ihr Spiegelbild im Fenster über der Spüle. Eigentlich hatte sie immer vorgehabt, dort richtige Vorhänge anzubringen. Außer der schwarzen Nacht war nichts zu sehen, und plötzlich wurde ihr überaus bewusst, dass man sie von außen sehen konnte, wenn jemand zum Fenster hereinsah. Schnell ging sie zurück zum Lichtschalter und schaltete ihn aus, sodass die Küche dunkel dalag. Sie wartete, bis sich ihre Augen an die Dunkelheit gewöhnt hatten, und spähte durchs Fenster. Die Schatten rund um den Garten hinterm Haus sahen aus wie lauernde Gestalten. Vivian war nach Schreien zumute, aber das Haus war ganz still, und sie wollte die Stille nicht zerreißen.

Schnell ging sie die Treppe hinauf und sah durch den Türspalt von Charlottes Zimmer einen schmalen Lichtstreifen.

»Charlotte?«, flüsterte sie durch den Türspalt.

Charlotte kreischte auf.

Sofort öffnete Vivian die Tür und fand Charlotte im Bett vor, die die Decke bis unters Kinn hochgezogen hatte und aussah, als hätte sie einen Geist gesehen. Oder eine Fledermaus. Einmal hatte auf dem Dachboden eine ganze Fledermausfamilie genistet, und Edward hatte sie mit dem Besen vertreiben müssen.

»Liebling, was ist denn?«

»Ach, Mutter«, keuchte Charlotte.

»Was? Was ist denn? Und wie kommt mein Führerschein in die Küche?« Natürlich machte sie sich Sorgen angesichts von Charlottes erschrockener Reaktion, aber noch mehr wegen Mildred Fischer.

»Dein Führerschein?«, fragte Charlotte verwirrt.

Wahrscheinlich hatte sie schon geschlafen.

»Mein Führerschein lag auf der Arbeitsplatte in der Küche.«

»Ah. Mrs. Gifford hat ihn heute vorbeigebracht. Ich glaube, er ist mir aus meinem Ranzen gefallen.«

»Mrs. Gifford«, wiederholte Vivian mit tonloser Stimme. »Erma Gifford? Aus deinem Ranzen? Wieso sollte sie …?«

»Mutter, mir ist heute jemand von der Schule nach Hause gefolgt, und ich habe Angst, dass er immer noch da draußen ist.«

»Jemand ist dir gefolgt?« Vivian legte Charlotte eine Hand auf die Stirn, wie immer, wenn es ihrer Tochter nicht gut ging. »Du sagtest ›er‹? Wer er?«

Beruhigt durch die Anwesenheit ihrer Mutter, die sich neben sie aufs Bett setzte, so wie früher, wenn sie krank war, setzte sich Charlotte auf. Die Decke hielt sie jedoch fest mit ihren Fäusten umklammert.

»Ich weiß auch nicht. Ich habe ihn mit meinem Haarspray eingesprüht, die Dose fallen gelassen und bin weggerannt.«

»Charlotte!«

Charlotte zuckte zusammen.

»Später ist dann Mrs. Gifford vorbeigekommen und hat mir den Führerschein und das Haarspray gebracht. Das hatte ich in der Gasse hinter der Garage der Messners fallen gelassen.«

»Ach du liebe Güte, Liebling.« Vivian schob die Augenbrauen zusammen und drückte mit Daumen und Mittelfinger gegen die Schläfen, als habe sie Kopfschmerzen. Das war alles ihre Schuld. Ihr versehentlich fallen gelassener Führerschein hatte dafür gesorgt, dass dieser Schlamassel bis zu ihrer Haustür und ihrer Familie vorgedrungen war. *Da hab ich es verloren, da hab ich es verloren. Ein kleiner Junge hat es aufgehoben und in die Tasche gesteckt.* Sie holte tief Luft.

»Na ja, vielleicht war es ja jemand, der meinen Führerschein gefunden hat und ihn nur zurückgeben wollte.«

Der Satz kam ruhig und geordnet heraus, und Vivian hoffte,

dass es Charlotte ein wenig beruhigen würde. Fast hätte sie selbst daran geglaubt.

Charlotte runzelte die Stirn, als sei ihr dieser Gedanke noch gar nicht gekommen. »Du hast ihn also nicht in meinen Ranzen gesteckt?«

Vivian ging nicht darauf ein. Wieso hätte sich ihr Führerschein in Charlottes Ranzen befinden sollen?

»Du hast dem armen Finder wahrscheinlich einen Schrecken eingejagt, und vielleicht musste er sogar ins Krankenhaus, wenn er das Haarspray in die Augen bekommen hat.«

»Hmm«, machte Charlotte. »Kann sein. Das wäre durchaus denkbar, nicht? Wenn du ihn irgendwo anders verloren hast.« Sie ließ die Decke los.

Vivian tätschelte Charlottes nun entspannte Hände.

»Denk nicht mehr daran, Liebling, und versuch zu schlafen.«

Erleichterung durchflutete Charlotte, und sie sank in ihr Kissen zurück. Ihre Lider fielen zu, und sie spürte, wie sie vor Erschöpfung in einen tiefen Schlaf fiel.

Vivian stand auf, beugte sich hinab und drückte Charlotte einen Kuss auf die Stirn wie früher, als sie noch klein war.

»Gute Nacht«, flüsterte sie.

Als sie die Tür hinter sich zuzog, meinte sie draußen einen dumpfen Schlag zu hören. An die Wand gepresst schlich sie zu dem Fenster am Ende des Flurs, das zum Haus der Giffords hinausging. Als ihr Blick hinunterwanderte, sah sie in den Gebüschen nahe dem Haus eine Gestalt.

*Es war ein Mann, da bin ich mir sicher.*

Das war kein Zufall. Der Führerschein konnte ja nicht allein den ganzen Weg von Syracuse bis hierher zurückgefunden haben. Da war jemand, der in Mildred Fischers Haus gewesen war.

Sie hoffte, Charlotte schlafe bereits, aber sie hatte keine Zeit, sich darüber Gedanken zu machen. Stattdessen riss sie die Tür zum Schlafzimmer auf, ging zu Edwards schlafender Gestalt hinüber und schüttelte ihn. Fest.

»Steh auf«, zischte sie. »Steh schon auf! Jemand versucht in unser Haus einzubrechen!« So fest er auch schlafen mochte, war Edward jemand, der sofort reagierte, wenn man ihn aufweckte. Vielleicht hatte er sich das in den paar Jahren, die er im Gefängnis gearbeitet hatte, angewöhnt. Vivian wusste es nicht. Aber nun schoss Edward im Bett hoch, schnappte sich seinen Morgenmantel und lief die Treppe hinunter, mit Vivian dicht hinter sich. Noch ehe Vivian die unterste Stufe erreichte, hörte sie lautes Klirren von Glas. Als sie um die Ecke eilte, sah sie im Flur einen Ziegelstein liegen, inmitten von Scherben eines zerbrochenen Fensters. Mit vier Schritten war sie am Telefon im Wohnzimmer, während Edward den Baseballschläger aus dem Flurschrank holte.

»Dorothy!«, schrie sie in den Hörer. »Dorothy, verbinde mich mit der Polizei!«

# KAPITEL 41

Ganz Wooster redete über nichts anderes als den Zeitungsartikel. Ja, der Großteil von Ohio, ganz zu schweigen von den umliegenden Bundesstaaten, redete über nichts anderes. Die Meldung war zuerst in Buffalo im Bundesstaat New York erschienen, dann hatten es die Zeitungen in Pennsylvania und Ohio aufgegriffen und eigene Meldungen abgedruckt.

Gilbert J. Ogden war beim Überqueren der Grenze von Ontario in Kanada in den Bundesstaat New York erschossen worden. In dem Artikel auf der Titelseite wurde noch einmal der Bankraub der Wayne Building & Loan in Wooster (Ohio) im vergangenen Juni rekapituliert und zusätzlich Informationen aus dem *Buffalo Courier Express* übernommen, die die jüngsten Ereignisse an der Grenze schilderten. Einer der involvierten Polizeibeamten hatte sich bereit erklärt, mit Harry Sweeney vom *The Daily Record* zu sprechen, und berichtete, wie Polizei und FBI dem flüchtigen Bankräuber aufgelauert hätten. Sie hatten einen heißen Tipp von einer in Buffalo ansässigen Telefonistin namens Hazel Horschatz bekommen, dass Gilbert nach New York reisen würde. Hazel hatte die örtliche Polizei informiert, nachdem sie »zufällig mitgehört« habe, wie ein Mann in Toronto und eine Frau in Lackawanna, »einer kleinen Niemandsstadt südlich von Buffalo«, sich am Telefon unterhielten.

»Die Dame, sie klang schon älter«, berichtete Hazel, »sagte

plötzlich: ›Gilbert!‹, woraufhin der Anrufer panisch ›Pssst‹ machte, und dann sagte er etwas, was war das noch gleich, es klang auf jeden Fall wie aus *Frau ohne Gewissen*, irgendetwas von wegen ›Geheimhaltung ist alles‹. Die alte Dame war jedoch nicht besonders ›auf Zack‹, wenn Sie verstehen, was ich meine. Der Mann, Gilbert, musste sich mehrmals wiederholen und klang nervös. Als ob er etwas zu verheimlichen hätte.«

Hazel Horschatz, »geschrieben H-O-R-S-C-H-A-T-Z, falls Sie meinen Namen veröffentlichen wollen«, hielt sich selbst für eine ziemlich trickreiche Amateurdetektivin. Seit sie vor drei Jahren ihre Stelle bei der Telefongesellschaft angetreten hatte, belauschte sie regelmäßig die Anrufe. Drei Jahre Berufserfahrung waren nicht eben wenig, meinte sie. Außerdem las sie Detektivromane, wenn auch nicht bis zu Ende, und schaute »Film noir«, meistens bis zu Ende, und brüstete sich vor ihren Kolleginnen mit ihren Fähigkeiten, »Dinge herauszufinden«. Klar, ab und zu lag sie daneben, wie als Annie Fuller ihre Ma anrief, um ihr von dem Kerl zu erzählen, mit dem sie ausging, und Hazel hatte steif und fest behauptet, Annies Ma würde dem Ganzen ein Ende setzen, »ihr werdet euch noch an meine Worte erinnern«, aber letztendlich hatte Annie den jungen Mann mit dem Segen ihrer Ma geheiratet.

Doch Detektivromane und Filme waren bei Weitem nicht alles, sie las auch die Zeitung und verfolgte Kriminalfälle, bis sie ihr zu fad wurden. Vergangenen Juni hatte sie sich ausgiebig mit dem Bankraub in Ohio beschäftigt, da sie von den Namen der Figuren fasziniert war – so bezeichnete sie die Menschen, die in Zeitungsmeldungen vorkamen: als »Figuren«. Jedenfalls war sie der Meinung gewesen, dass »Gilbert Ogden« womöglich einer der besten Namen war, die ihr je untergekommen waren. Sie stellte sich darunter einen großen, fetten Kerl mit wirren roten Haaren vor, dessen Gesicht ebenso rot war von all dem Fusel, den er soff. »Bestimmt hat er seine Verbrecherlaufbahn mit Alkoholschmuggel begonnen«, hatte sie zu den anderen Mädchen in der Telefonzentrale gesagt und dazu mit dem linken Auge gezwinkert (mit dem rechten konnte sie nicht zwinkern) und sich mit dem Zeigefinger an die Schläfe getippt.

Hazel hatte sich nicht damit aufgehalten, den ganzen Artikel durchzulesen, der Beschreibungen der »Figuren« sowie den Aufruf enthielt, sich in Acht zu nehmen, wenn man jemandem begegnete, der auf diese Beschreibung passte. Hätte sie den ganzen Artikel gelesen, hätte sie gewusst, wie unzutreffend ihr imaginäres Phantombild war.

Sie hatte den anderen Mädchen so viel über ihre Theorien zu Gilbert Ogden und Flora Parker erzählt, dass als Gilbert erschossen wurde, die Mädchen sich am nächsten Tag alle um sie scharten, um den Artikel zu lesen. Ein paar lasen ihn von Anfang bis Ende und empfanden es als ihre Pflicht, Hazel darauf aufmerksam zu machen, wie sehr sie mit ihrer Täterbeschreibung danebengelegen hatte. Hazel wurde nicht gerne auf ihre Fehler gestoßen und hatte alle mit einem Naserümpfen daran erinnert, dass dieser Landstreicher ohne sie gar nicht erst gefasst worden wäre. Immerhin war sie fasziniert genug gewesen von der ganzen Geschichte, dass sie sich den Namen Gilbert gemerkt hatte und die Tatsache, dass er auf der Flucht war. Als der Mann, der mit der alten Dame telefonierte, dann über den Namen gestolpert war, hatte sie gewusst, dass er es war. Sie hatte es einfach gewusst!

Diese Flora Parker war nicht gefasst worden, aber Hazel war sich sicher, dass sie leicht zu finden wäre mit ihrer platinblonden Bouffant-Frisur und dem vielen Make-up. Erneut mussten ihre Kolleginnen auf die Beschreibung in dem Zeitungsartikel verweisen, um sie zu widerlegen. Hazel hatte auf die Zeitung geschaut, mit der Achsel gezuckt und geschnalzt. Ihrer Meinung nach klang »Flora Parker« eindeutig nach platinblondem Haar. Aber was kümmerte sie es. Richie würde schon bald um ihre Hand anhalten, und sobald sie verheiratet war, konnte sie endlich diesen ätzenden Job hinschmeißen. Wer wollte schon einen Job, bei dem man sich nicht einmal Ohrlöcher stechen lassen durfte, das hätte sie nur zu gern gewusst. Ja, ganz recht, sie würde diesen ätzenden Job hinter sich lassen genau wie diese ätzenden Damen, die glaubten, alles besser zu wissen. Wenn sie alles besser wussten, wie kam es dann, dass nicht sie diejenigen waren, die den Bullen den entscheidenden Tipp gegeben hatten? Hä? Tja, das hätte sie gern mal gewusst. Horschatz, das buchstabiert man H-O-R…, ach egal. Richie würde ihr sowieso bald einen Antrag machen und sie seinen Namen annehmen. Schreiben Sie einfach Hazel Fleischhauer. Das buchstabiert man F-L-E-I…

* * *

In Wooster hatte man die Zeitungen x-mal gefaltet und aufgefaltet, zerknittert und zerfleddert, aufgeschlagen und zugeschlagen und die Geschichte rund um Gilbert Ogden und den Bankraub wieder und wieder gelesen, und jeder Einwohner der Stadt ging anders mit der Nachricht um. Alma Kellerman, eine ältere Nachbarin mit lila Haar, die sich immer gut mit ihrem Nachbarn Gilbert verstand, hatte erstaunt die Luft angehalten, als sie erfuhr, dass er ein Bankräuber war.

»Ach, so ein netter junger Mann!«

Und war traurig, als sie las, dass er erschossen worden war:

»Ach, so ein netter junger Mann!«

Er war wirklich reizend gewesen und hatte ihr beim Pflanzen ihrer Hortensien geholfen und dafür gesorgt, dass der Milchmann die Milch direkt vor ihrer Tür abstellte und nicht auf der untersten Verandastufe, damit sie nicht extra jedes Mal hinuntersteigen musste.

»Ach, so ein netter junger Mann!«

Und sie war noch trauriger geworden, als sie davon las, dass Gilberts Mutter einen Herzinfarkt erlitten hatte, als sie erfuhr, dass ihr Sohn erschossen worden war.

»Ach herrje. Die arme Frau.«

Gerald Houders Frau hatte den Zeitungsartikel erwähnt, aber da er schwerhörig war, musste er warten, bis sie mit der Zeitung fertig war, ehe er ihn selbst lesen konnte. Die Pfeife zwischen die Zähne geklemmt, schüttelte er den Kopf von links nach rechts, ehe er schrie: »DA SIEHT MAN'S WIEDER. MAN KOMMT NICHT WEIT, WENN MAN EHRLICHE LEUTE BESTIEHLT, NEIN, NEIN. ABER SCHADE UM SEINE ARME MUTTER!«

Sobald sie sich von ihrem anfänglichen Ärger darüber gefangen hatte, dass ihre Valentinstagfeier im Country Club in der Zeitung auf Seite vier degradiert worden war, vollführte Betty Miller angesichts der Nachricht von Gilbert Ogdens Tod eine Art Freudentanz und kreischte beinahe rachsüchtig, als sie hämisch frohlockte: »Hab ich's doch gesagt!« und »Endlich hat er gekriegt, was er verdient hat!« Betty zeigte keinerlei Mitgefühl, auch für Gilberts Mutter nicht. »Seine Mutter war bestimmt genauso kriminell wie er!« Der Apfel fällt nicht weit vom Stamm, wie jeder wusste.

Sie hatte es ihnen persönlich übel genommen, als diese

beiden Verbrecher Daddys Bank bestohlen und ihn vor der ganzen Stadt und allen Bankangestellten blamiert hatten, wo er ihnen doch immer ein so vorbildlicher Arbeitgeber gewesen war. Wie undankbar die Leute doch sein konnten. Wie konnte man nur so dreist sein? Das würde sie nie verstehen.

Sie hatte die Geschichte am Frühstückstisch über einer Tasse Kaffee gelesen, nachdem sie Charles zur Arbeit geschickt hatte. Mit der Zeitung unterm Arm war sie triumphierend zum Telefon marschiert, um alle Leute, die sie kannte, anzurufen, damit sie den Artikel ebenfalls lasen. Es reichte nicht, dass er seine gerechte Strafe bekommen hatte, und es reichte auch nicht, dass es die Titelstory im *The Daily Record* war, mal ganz zu schweigen von ein paar weiteren Zeitungen in der Umgebung. Nein, sie wollte, dass alle davon erfuhren, und wollte sich nicht darauf verlassen, dass sie es in der Zeitung lasen.

»Kriminalität hat sich noch nie ausgezahlt!« und »Verräter bekommen am Ende immer, was sie verdienen!«, hatte sie mit so schriller Stimme gekeift, wie sie ihre Freunde noch nie an ihr gehört hatten, sodass sie sich fragten, ob sie so früh am Morgen getrunken hatte. Marilyn Dean erwog sogar Dr. Charlton anzurufen, damit er ihr Dexamyl verschrieb. Es würde ihr nichts ausmachen, rüber zur Drogerie Rexall zu gehen, wirklich nicht.

***

Das war die erste Titelstory über Gilbert J. Ogden gewesen, aber nicht die letzte. Sein Tod war in allen Details mit Datum, Ort und Uhrzeit beschrieben sowie als Todesursache »Schusswunde« angegeben worden. Der Todesschein, den nur der anwesende Arzt, der Gerichtsmediziner und der städtische Urkundsbeamte von Buffalo zu sehen bekommen hatten, würde weder für die Presse freigegeben noch öffentlich einsehbar sein. Dieser enthielt weitere Informationen, die nicht im Zeitungsbericht standen und für einen ziemlichen Aufruhr gesorgt hätten, wären sie an die Öffentlichkeit gelangt. Waren sie aber nicht. Der Aufruhr ereignete sich dennoch.

Die erste Gilbert-Ogden-Story hatte eine Welle von Anrufen beim *Daily Record* ausgelöst, und in der gesamten Stadt hatte sich ein schockiertes Gemurmel wie sich kräuselnde Wellen ausgebreitet. Doch es war die zweite Story, die die Wellen zu einer Flutwelle anwachsen ließ und die Stadt endgültig auf den Kopf stellte. Der von einem anonymen Absender an Harry Sweeney adressierte Brief enthielt einen entscheidenden Beweis. Es war nicht Gilbert J. Ogdens Todesschein, sondern eine offiziell mit dem Stempel der Stadt Syracuse beglaubigte Kopie seiner Geburtsurkunde. Laut dieser waren Gilbert Ogden Jacobs und Flora Isabelle Jacobs zweieiige Zwillinge ihrer gemeinsamen Mutter Isabelle Jacobs (Mulattin) und ihres Vaters Johnston Ellis Reed (weiß).

Harry Sweeney hatte sich daraufhin mit Lester Kaplan, seinem Chefredakteur, beraten, ehe er die Story veröffentlichte. Das war ein gehöriger Schock, denn J. Ellis Reed war der Bürgermeister von Wooster. Nun, wäre der Chefredakteur derselbe Mann, der auch all die Lobeshymnen auf J. Ellis Reeds Großzügigkeit nach dem Skandal im Juni veröffentlicht hätte, hätte sich das Problem nicht gestellt. Dann hätte es keine Story gegeben. Die Geburtsurkunde wäre auf mysteriöse Weise verschwunden und die ganze Angelegenheit unter den Teppich gekehrt worden. Wooster war eine Stadt, die nach dem Prinzip *Eine Hand wäscht die andere* funktionierte, was die örtliche Regierung und Geschäftsbeziehungen betraf. Aber Lester Kaplan war neu beim *Daily Record* und hatte noch niemandes Hand gewaschen.

Wäre Lester Kaplan einer von Bürgermeister Reeds glühenden Anhängern oder auch nur ein guter Bekannter gewesen, wäre die Story vielleicht auf ähnliche Weise in der Versenkung verschwunden. Wäre Lester Kaplans Antrag auf Mitgliedschaft im Country Club nicht so rigoros von J. Ellis Reed abgeschmettert worden, hätte die ganze Sache vielleicht anders ausgesehen. Aber anstatt Kaplans Hand zu waschen, hatte er ihn mit den Händen heftig weggeschubst. Und so kam es, dass Kaplan entschied, die zweite Story über Gilbert Ogden zu veröffentlichen, wie er es für richtig hielt.

# KAPITEL 42

J. Ellis Reed war gerne Bürgermeister. Die Position passte zu ihm. Er war dazu geboren, wichtig zu sein, und die Leute von Wooster hatten das erkannt. Am Anfang hatte er alle Regeln brav befolgt, und alle waren glücklich und zufrieden. Doch dann hatte er sich überlegt, dass es nicht schaden konnte, ein wenig aus der Staatskasse abzuschöpfen. Sein persönliches Vermögen war durch die Veruntreuung der Bankgelder erheblich in Mitleidenschaft gezogen worden, und es war nicht so einfach gewesen wie gedacht, die Kassen wieder aufzufüllen. Allerdings hatte er sich fest vorgenommen, nur gelegentlich und nur kleine Mengen zu entnehmen. Eine rundum zufriedene Bevölkerung stellte ihre Regierung nicht infrage. Insbesondere nicht, nachdem er die Bänke vor den öffentlichen Gebäuden hatte aufstellen lassen, damit die Leute sich hinsetzen konnten.

Der Zeitpunkt hätte also nicht ungünstiger sein können für die beiden unerfreulichen Nachrichten Anfang und Ende der Woche. Der erste Schock (Montag) war, dass Gilbert Ogden, der Bankräuber, auf den J. Ellis einen Privatdetektiv angesetzt hatte, um ihn *nicht* zu finden, nicht nur gefunden worden war, sondern auch noch »im Kugelhagel seine gerechte Strafe bekommen« hatte und »passend zu seinem Charakter auf der Straße niedergeschossen worden war wie ein räudiger Hund«. Der Zeitungsartikel war übermäßig theatralisch gewesen und hatte J. Ellis angewidert.

Der zweite Schock (Freitag) war jener, der wiederum J. Ellis beinahe umgebracht hätte, direkt hier auf seinem glänzenden Ledersessel hinter dem Schreibtisch im Rathaus. Der Schock, seinen Namen neben dem von Gilbert Ogden auf der Titelseite der Zeitung *Daily Record* zu lesen, die ihn nicht nur in eine Reihe mit einem Kriminellen stellte, sondern auch ein lang gehütetes Geheimnis lüftete. Das Geheimnis um seinen Erstgeborenen. Seinen Sohn, den er verstoßen hatte, weil er nicht in das Leben hineinpasste, das J. Ellis für sich gewählt hatte.

Gilbert Ogdens Geburtsname war eigentlich Jacobs. Sein erster wie auch sein zweiter Führerschein waren beide in Syracuse vom Bundesstaat New York ausgestellt worden. Allerdings hatte beim zweiten Mal ein unachtsamer Beamter in der Führerscheinstelle ihn aus Versehen als »Gilbert Ogden« registriert und Gilberts zweiten Vornamen mit dem Nachnamen verwechselt. Gilbert, der normalerweise größten Wert auf Präzision legte, hatte mit den Füßen gescharrt und auf den Nägeln herumgekaut und ungeduldig gewartet, bis ihm der Beamte den Führerschein aushändigte, damit er zur Toilette rennen konnte, ehe ein Unglück passierte. Gilberts grummelnde Eingeweide (eine Mischung aus Anspannung und halbrohem Huhn) zwangen ihn, sich den Ausweis (ohne vorherigen prüfenden Blick) zu schnappen, in die Tasche zu stecken und zum nächstgelegenen Bad zu sprinten. Als er später stirnrunzelnd und missmutig darüber, nochmals zur Führerscheinstelle zurück zu müssen, den Führerschein betrachtete, kam ihm eine Idee. Vielleicht ließe sich der Fehler zu seinem Vorteil nutzen. Dazu, den Weg zu ebnen. Sich anonym Zugang zur Welt von J. Ellis Reed in Wooster, Ohio, zu verschaffen.

J. Ellis Reed hatte den Nachnamen Ogden nicht erkannt. Genauso wenig wie Gilbert selbst. Ein erwachsener Mann mit

Brille, den er noch nie gesehen hatte, der enorm intelligent zu sein schien und ein Talent für Zahlen hatte. Genau der Richtige für die Wayne Building & Loan.

J. Ellis starrte auf die Titelseite des *Daily Record*. Nach dieser verfluchten Geschichte würde ihm niemand mehr die Rolle des großzügigen, vertrauenswürdigen Bürgermeisters abkaufen. Die Scheinwerfer hatten sich plötzlich auf ihn und gegen ihn gerichtet. Er starrte auf die Überschrift und spürte, wie ihm übel wurde und es in seinen Gedärmen arbeitete. BÜRGERMEISTER REED, VATER DES BANKRÄUBERS. Eine große Hitze wallte in ihm auf, und er klammerte sich an die Armlehnen seines Bürodrehstuhls. Auf seinem Schreibtisch begann das Telefon zu klingeln, zeitgleich mit dem vor seinem Büro.

»Sir?« Darla Adams, seine zuverlässige Sekretärin, streckte den Kopf zur Tür herein.

»Jetzt nicht!«, brüllte er und knallte mit der Hand auf die Löschwiege.

Die Tür ging augenblicklich wieder zu.

Don McAfee hatte ihm bestätigt, dass Isabelle nie geheiratet hatte und noch immer ihren Mädchennamen Jacobs trug, allerdings war sie von Syracuse nach Lackawanna, kurz hinter Buffalo, gezogen. Dort hatte sie in der Stadtbibliothek gearbeitet. Sie hatte schon immer gern gelesen.

Ein Teil von J. Ellis war aufrichtig stolz auf Gilbert und Flora. Beide waren klug, ehrbar und besaßen mehr Arbeitsmoral als so manche seiner obersten Führungskräfte. Und er hatte gestaunt über die schiere Genialität, mit der die Unterschlagung ausgeführt worden war. Kaum zu fassen, dass sie das durchgezogen hatten. In seinen verblendetsten Momenten empfand er es sogar als sein Verdienst, was für tüchtige

Menschen aus ihnen geworden waren, als ob er irgendetwas mit ihrer Erziehung am Hut gehabt hätte.

Seine beiden ehelichen Kinder Betty und Johnston waren durch ihre Treuhandfonds abgesichert. Insofern erachtete er das Geld, das Gilbert und Flora gestohlen hatten, als rechtmäßig ihrs, angesichts all der Jahre, in denen er es versäumt hatte, ihrer Mutter Geld zu schicken. Seine Furcht vor belastenden Papieren, anhand derer man die Spur zu ihm und seiner wohlhabenden, angesehenen Familie zurückverfolgen könnte, war zu groß. Indem er zuließ, dass sie davonkamen, hatte J. Ellis Reed das Gefühl, seine Schulden beglichen und seinen Fehler wiedergutgemacht zu haben. Er bedauerte fast, dass er niemandem von seiner heimlichen Mildtätigkeit erzählen konnte, wenn auch nur, um Betty in ihrer Idee zu bestärken, ihm ein Denkmal zu errichten, oder damit ihm seine Enkel zumindest eine weitere Schärpe bastelten.

Frustriert stöhnte und knurrte er über dem Zeitungsartikel, trommelte mit der Faust auf die Löschwiege und wischte sich den Schweiß vom Gesicht, gequält von dem Gedanken an seinen bevorstehenden Untergang, Gilberts Tod oder beidem.

# KAPITEL 43

Im Leben eines jeden Menschen kommt der Moment; eine Gelegenheit zur Wiedergutmachung, eine Chance, als Persönlichkeit zu wachsen, ein besserer Mensch zu werden. Manchmal geht diesem Moment ein Aha-Moment oder irgendein aufrüttelndes Ereignis oder Desaster voraus, und oft beinhaltet es, einen ungeschönten Blick auf sich selbst zu werfen, seinen Stolz hinunterzuschlucken und eine schier herkulesartige Anstrengung einer Entschuldigung.

Es wäre schön gewesen, hätte Betty Miller diesen Moment erkannt, wäre sie Manns oder Fraus genug gewesen, sich bei Vivian Dalton zu entschuldigen. Sie hatte absichtlich äußerst persönliche, zutiefst verletzende Informationen ausgeplaudert und dann versucht, Vivian bei jeder Gelegenheit zu beschämen und zu demütigen. Aber eine Entschuldigung hätte die Einsicht, nicht zu vergessen das Selbsteingeständnis erfordert, dass sie einen Fehler gemacht hatte und um Vergebung bitten musste. Dass das, was sie getan hatte, nichts damit zu tun hatte, jemandem eine Lektion zu erteilen, es jemandem heimzuzahlen. Aber Betty Miller war beinahe erstaunlich unreflektiert, was ihr eigenes Verhalten anging. Wie hätte sie auch ihre eigenen Schwächen aufdecken sollen, wenn sie damit beschäftigt war, die Schwächen anderer offenzulegen? Das war ziemlich zeitaufwendig, muss man wissen. Jeder musste für *irgendetwas* büßen. Jeder, bis auf sie und ihren Vater.

Obwohl einige ihrer sogenannten Freunde Vergleiche zogen, sah sie keinerlei Parallelen zwischen dem Skandal um Edward Daltons heimliche erste Ehefrau und dem Skandal um die *mutmaßlich* unehelichen Kinder ihres Vaters. Und sie ließ es sich nicht nehmen, mit resolutem Feuereifer Beweise dafür zu finden, dass die Kopie der Geburtsurkunde gefälscht war. Es war unmöglich und undenkbar, dass ihr Vater, *ihr eigener Vater* etwas so Schändliches getan hatte.

Sobald die Menschen in Wooster sich an den Gedanken gewöhnt hatten, dass Gilbert und Flora aus einer Mischehe stammten, begannen sie hinter vorgehaltener Hand zu tuscheln, dass Gilbert und Flora tatsächlich ein klein wenig J. Ellis Reed ähnelten. Die Stirnpartie, vielleicht auch die Kinnpartie.

»*Un*-sinn!« und »*Lächer*-lich!«, hatte Betty ausgerufen.

Beobachter hätten gesagt, sie habe gekreischt, aber Betty kreischte nicht, sie sprach äußerst betont. Der Mann, der diese Negerfrau geschwängert hatte (Betty machte keinen Unterschied zwischen Mulatte und Neger) und sie dann mit zwei kleinen Kindern im Stich gelassen hatte (eine Schande, wirklich wahr), war mit Sicherheit jemand anderes gewesen. Sie weigerte sich, es zu glauben, selbst nachdem ihr Vater seine Missetat eingeräumt hatte.

Am Samstagnachmittag hatte J. Ellis Reed sich im Salon der Reed-Villa ganz klar dazu geäußert (nachdem jeder die beiden *Daily Record*-Artikel über Gilbert Ogden gelesen hatte). Betty war zugegen gewesen in ihrem neuen schicken schwarzen Kostüm, das sie bei Beulah Bechtel's gekauft hatte, um sich etwas aufzuheitern. Trotz des kostspieligen Preises hatte es leider nicht den gewünschten Effekt gehabt, sodass sie nach ihrem Einkaufsbummel mehrfach und erfolglos versucht hatte, bei Dr. Charlton zu Hause anzurufen, um sich Dexamyl verschreiben zu lassen. Offenbar waren die Leitungen bei Bell mal wieder blockiert, was sich zu einem Dauerproblem zu entwickeln schien.

Ihr jüngerer Bruder Johnston war ebenfalls zu Hause (und musste dringend mal wieder zum Friseur), genau wie ihre Mutter. Blass und still, aber adrett wie immer, saß sie da in ihrem preußischblauen Kostüm, das sich herrlich von dem Schaukelstuhl mit korallenfarbenem Damast abhob. Ihr Vater mied jeglichen Blickkontakt, sprach aber ganz offen. Er gab alles zu, angefangen bei der Liebesaffäre mit Isabelle Jacobs über die ungewollte Schwangerschaft bis zu der Tatsache, dass er daraufhin aus der Stadt abhaute. Er weinte sogar ein wenig, kniff aber die Augen zusammen, um die Tränen zurückzuhalten. Und dennoch glaubte Betty ihm nicht. Bettys Gesicht verwandelte sich in eine grinsende Maske, wie die der Howdy-Doody-Figuren hinten auf der Kellogg's-Rice-Krispies-Packung, die in ihrer Speisekammer stand. Ihr ganzer Körper war so steif, dass sie einen Krampf im Nacken und Rücken bekam, und ihre Hände waren gefühlt schon seit Tagen zu Fäusten geballt, während der kleine *Gütige Gedanken*-Engelanhänger machtlos und vergessen von ihrem Handgelenk baumelte. Sie hatte sich für diesen Familienrat gewappnet, und die bittere Wahrheit, die ihr Vater ihnen versuchte beizubringen, prallte an ihr ab wie an einem unsichtbaren Schild.

Betty versuchte gar nicht erst zu verstehen, weshalb er eine Beziehung mit einer Negerin eingegangen war, denn in ihrer Welt kam das schlichtweg nicht vor. Sie hätte versuchen können, ihre Mutter zu trösten, so wie Johnston es tat, aber es gab keine Veranlassung dazu. Alles war bestens. Mutter war vermutlich nur etwas müde. Stattdessen schloss sie ihren Vater fest in die Arme, diesen wundervollen Mann, dem die Zeitung so übel mitgespielt hatte. Nur damit wir uns richtig verstehen, die *Daily Record* würde sich von ihr etwas anhören dürfen. Ihr fielen mannigfaltige Möglichkeiten ein, wie sie der Zeitung schaden konnte. Sie besaß profunde Kenntnis von Dutzenden von Geheimnissen und Skandalen über die Leute von Wooster, und sie würde dieses Wissen zu ihrem Nutzen einsetzen. Vielleicht würde sie eine eigene Zeitung gründen. Die Art von Publikation, die schicklichen, erbaulichen Inhalt zum Wohle der Stadt verbreiten würde.

Als sie einen Kuss auf die blasse Wange ihrer Mutter drückte und ihren Bruder zum Abschied umarmte, begann sie im Geiste bereits schon das nächste Event, ein formelles Mittagessen, zu planen. Sie hängte ihre Handtasche über das Handgelenk und zog ihre kurzen beigefarbenen Lederhandschuhe an. Die größere Herausforderung würde darin bestehen, die meistverkaufte Zeitung der Stadt zu boykottieren, aber darüber machte sie sich keine Sorgen. Was sollte sie am besten zum Mittagessen servieren? Sie würde Dolly fragen.

Aber als sie das Haus verließ und zum Cadillac lief, der draußen geparkt stand, musste sich Betty konzentrieren, um gleichmäßig zu atmen und aufrecht zu gehen. Das Coupé war das neueste Modell, schicker noch als das von Marilyn Dean, aber machte das noch einen Unterschied? War das je von Bedeutung gewesen? Ihre Schritte verlangsamten sich, als sie an den Silvesterabend dachte, als sie die benebelte, warme Wohligkeit ihres dritten Champagnercocktails genossen hatte, während ihre vier Kinder im Lichtschein des Christbaums ihrer Großeltern Parcheesi gespielt hatten. Sie erinnerte sich, wie glücklich sie damals gewesen war und gedacht hatte: Das Wichtigste im Leben sind Gott, Liebe und die Familie. *Die Familie.*

Betty kroch auf die gepolsterte Bank des Coupés und schlug die schwere Tür hinter sich zu. Mit Handschuhen an den Händen hielt sie sich oben am Lenkrad fest, ließ die Schultern sacken und begann zu beben, als ihr qualvolles Schluchzen entfuhr.

# KAPITEL 44

»Gilbert Ogden!« »Ogden!« »O Gott, der Ogden-Artikel!« »Hast du schon das über Gilbert Ogden gelesen?«, quäkte es in jener Woche am Klappentisch aus jedem Kopfhörer. Die Eddie-Fischer-Geschichte war von der Gilbert Ogden-Geschichte völlig verdrängt worden. An jedem anderen Tag hätte es groß in der Zeitung gestanden, ja sogar auf der Titelseite, dass jemand die nette Charlotte Dalton (armes Ding!) angegriffen und dann versucht hatte, in ihr Haus einzubrechen, indem er einen Ziegel durchs Fenster warf. Aber da Gilbert Ogden erschossen wurde, landete die Nachricht nur auf Seite zwei.

Eddie Fischer war in jener Nacht unweit vom Haus der Daltons von der Polizei aufgegriffen worden. Vivian war mit Edward zum Polizeirevier gegangen, während Erma Gifford dankenswerterweise bei Charlotte blieb. Die ganze Angelegenheit war am Ende eher traurig. Da stand dieser junge Mann vor ihnen, denn er war kein Kind mehr, sondern ein erwachsener Mann, liebe Güte, er war immerhin Ende zwanzig und war völlig frustriert und verwirrt. Vivian wusste genau, wie er sich fühlte und was ihm fehlte. Eine Vaterfigur in seinem Leben. Vivian konnte das von seinen Augen ablesen, die genauso aussahen wie die von Edward, nur ein wenig geröteter und blutunterlaufener von der Haarspray-Attacke.

Er wollte nicht mit der Sprache herausrücken, wünschte aber Edward allein zu sprechen. Zunächst verweigerte die

Polizei ihm das, doch dann schickten sie einen Beamten mit beiden in einen Raum, um ihnen etwas Privatsphäre zu geben. Vivian starrte derweil auf die Wanduhr im Revier, wrang ihr Taschentuch in den Händen und dachte darüber nach, dass seit Edwards Lüge herausgekommen war, alles immer nur noch schlimmer wurde. *Schönen Valentinstag auch.*

Vivian hoffte, Eddie Fischer würde ihren Führerschein nicht erwähnen. Wenn Edward herausbekam, dass sie nach Syracuse gefahren war, würde sie die Oberhand in ihrer Ehe verlieren, und das konnte sie nicht zulassen. Die Oberhand war alles, was ihr geblieben war.

Eddie hatte gegenüber der Polizei ausgesagt, er habe Charlotte nicht verletzen, sondern nur mit ihr reden wollen. »Sie ist immerhin meine Schwester, nicht?« Doch er hatte keine Erklärung dafür, weshalb er den Ziegel durchs Fenster geworfen hatte. Vivian hatte den Ziegel gesehen und den Zorn darin gesehen. Sie wusste genau, wie der aussah. Eddie würde nach Syracuse zurückkehren, vielleicht sogar ins Gefängnis wandern. Vivian war sich nicht sicher, ob er gegen Gesetze verstoßen hatte, indem er nach Ohio gekommen war, aber sie wäre froh, wenn er endlich wieder weg wäre. *Du hast deinen Vater ja jetzt gesehen, insofern ist das abgehakt.* Vivians Inneres verkrampfte sich, als ein Gedanke sie beschlich. *Was, wenn es damit nicht getan war? Was, wenn dieser Mensch jetzt Teil ihres Lebens war?*

Edward und Vivian hatten schweigend das Polizeirevier verlassen und waren schweigend nach Hause gefahren. Sie hatten schweigend das Haus betreten, und Vivian hatte Edward schweigend geholfen, das eingeschlagene Fenster mit Zeitung abzukleben. Vivian wäre die Stille vielleicht sogar aufgefallen, hätte sich in ihrem Kopf nicht ein stetes Geplapper abgespielt. *Hat sein Sohn ihm erzählt, dass ich in Syracuse war? Ist er sauer auf mich? Ist er sauer auf seinen Sohn? Welches Recht hatte er überhaupt, sauer zu sein? Ich bin diejenige, die sauer sein sollte!*

Charlotte ließ den Valentinstagtanz sausen und schloss sich mit einem vorübergehenden akuten Fall von Platzangst in ihrem Zimmer ein. Sie spielte den ganzen Abend lang ihre Eddie-Fisher-Platte hoch und runter, dann den ganzen Sonntag lang, und hätte sie noch die ganze Woche gehört, hätte sie nicht aus der Zeitung erfahren, dass der Mann, der wegen Sachbeschädigung im Haus der Daltons und wegen seines Überfalls auf Charlotte Dalton verhaftet worden war, Edward »Eddie« Fischer hieß. In diesem Moment wusste Charlotte, sie würde den Namen Eddie Fisher (egal wie er geschrieben wurde) nie wieder hören können, ohne an den Überfall zu denken. In der Woche darauf war es in der Schule *das* Thema Nummer eins. Eddie Fischer hatte Charlotte verfolgt und einen Ziegel durchs Fenster ihres Elternhauses geworfen. Einige der leichtgläubigeren Schüler glaubten, sie sei von dem Schnulzensänger Eddie Fisher überfallen worden und fragten sich, wie sie ihn überhaupt kennengelernt hatte. Sie musste ja ein echt heißer Feger sein, wenn Eddie Fisher so verrückt nach ihr war, dass er einen Ziegel durchs Fenster warf. Insbesondere Sue fand, dass die Grenzen der Hysterie damit vollends erreicht waren. Es war zwar vielleicht nicht ganz so eine absurde Verirrung wie *Der Mythos der Syphilis*, aber nah dran, und sie machte sich einen Spaß daraus, die Gerüchte rund um Eddie Fisher anzuheizen.

»Char«, sagte sie über ihrem Rindfleischgeschnetzelten in der Cafeteria. »Wenn Eddie Fisher einen Ziegel durch dein Fenster geworfen hätte, hättest du ihn doch sicherlich zumindest ins Haus eingeladen, oder nicht?«

Charlotte hatte nur müde gelächelt und sich insgeheim gewünscht, Sue würde nicht alles ins Lächerliche ziehen. Sie hatte ja keine Ahnung, wie beängstigend es gewesen war, und es würde eine Weile dauern, bis Charlotte über die Gerüchte lachen konnte. Barb war da einfühlsamer.

»Du musst fürchterliche Angst gehabt haben!«

Charlotte hatte *wirklich* Angst gehabt, und diese Angst hatte das ganze Wochenende überschattet. Die Angst hatte sie davon abgehalten, zum Valentinstagtanz zu gehen, und Charlotte machte die Angst auch dafür verantwortlich, dass sie Max Zimmerman direkt in die Arme von Peggy Cline getrieben hatte, die an jenem Abend keinerlei Angst haben musste. Max konnte Charlotte seither nicht mehr in die Augen sehen, wofür Sue eine einfache Lösung hatte: »Wenn du mich fragst, braucht er Tabletten vom Typ *Scher dich zum Teufel.*« Das klang für Charlotte nach einer guten Lösung.

Nachdem sie den Polizeibericht gelesen hatte, hatte Charlotte ihre 45-minütige Eddie-Fisher-Schallplatte sowie ihre anderen LPs von ihm über dem Knie zerbrochen und sie allesamt in den Mülleimer unter ihrem Schreibtisch geworfen.

Louis Jordans »Saturday Night Fish Fry« füllte seither die Stille ihres Zimmers. Mit ihrem peppigen Gute-Laune-Sound war es genau die Art von schockierender »Negermusik«, über die sich Mrs. Barnes beschwert hatte, als ihr Sohn Raymond dieses halbseidene Mädchen aus New York mit nach Hause gebracht hatte, um sie kennenzulernen. Charlotte wusste, dass ihre Mutter ähnlich engstirnig dachte und vermutlich gen Decke fluchte, während ihre Musik über der Küche aus den Boxen dröhnte.

Charlotte wäre überrascht gewesen, hätte sie ihre Mutter gesehen, die das Album in die Hand genommen und den Titel mit einer gewissen Wehmut gelesen hatte, als sie in Charlottes Zimmer ging, um herumliegende Kleidung für den allwöchentlichen Waschtag mitzunehmen. Fish Fry. Die guten alten Backfisch-Freitage der McGintys. Was hätte sie nicht darum gegeben, die Zeit zurückzudrehen, als ihr Leben in Wooster noch deutlich einfacher gewesen war.

Das Leben in Wooster war für alle in der Dalton-Familie kompliziert geworden, und Charlotte konnte kaum den Tag erwarten, da sie der Stadt den Rücken zukehren würde. Als sie es in jenem Frühjahr in das Cheerleaderteam der Wooster Highschool geschafft hatte und ihre brandneuen Sattelschuhe trug, hatte sie das Gefühl gehabt, sie könne es noch ein wenig hier aushalten. Das Cheerleading würde sie auf der wachsenden Liste ihrer Erfolge verbuchen (und ob sie ein Hansdampf in allen Gassen war!) und jeden ignorieren, der ihr sagte, dass es nichts Besonderes war. Max Zimmermans neue Freundin Peggy Cline hatte sich auch dafür beworben. Aber sie hatte es nicht geschafft.

Ein weiterer Aspekt, weshalb Charlotte sich mit Wooster ein wenig versöhnt hatte, war die Enthüllung über Bürgermeister Reed. Ihr waren beinahe die Augen rausgefallen, als sie davon in der Zeitung las, und ihr war die Kinnlade heruntergeklappt. Sie hätte einiges darauf gewettet, dass Reeds Enkelin Margie Miller sich in diesem Moment bestimmt deswegen vor Angst in die Hose schiss.

# KAPITEL 45

Vivian wusste nicht, wer die Kopie von Gilbert und Floras Geburtsurkunde an den *The Daily Record* geschickt hatte. Ihre Kopie lag noch immer schön sicher in der Hutschachtel versteckt. Sie war fast in Ohnmacht gefallen, als sie an jenem Tag die Schlagzeile in der Zeitung gesehen hatte. Sofort war sie nach oben zu ihrem Kleiderschrank geeilt und hatte den Deckel von der Hutschachtel heruntergerissen. Doch da lag sie. Die Kopie lag noch immer neben den Zigaretten, die sie ab und zu noch brauchte, nicht dass es jemanden etwas anginge.

Auf der langen Fahrt von Syracuse zurück hatte sie darüber nachgedacht. Das heißt, sie hatte mehr als nur darüber nachgedacht. Sie hatte sich ausgemalt, dass es genauso wäre wie damals, als sie mit einem Ruck mit dem Arm bei Bell alle Verbindungskabel herausgerissen hatte. Sie hatte ihre Macht dazu genutzt, ganz Wooster lahmzulegen, und zunächst hatte sich das gut angefühlt. Die Geschichte über J. Ellis Reed würde Wooster definitiv ebenfalls lahmlegen, dachte sie, als sie durch die endlose, karge Landschaft zwischen New York und Ohio fuhr und ihre Gedanken schweifen ließ. In Vivians Vorstellung würde dies eine dramatische Szene beinhalten, in der Betty Miller gezwungen wäre, in der Werbepause von *I Love Lucy* im Fernsehen laut die Geburtsurkunde zu verlesen.

J. Ellis Reed bloßzustellen hätte diese fiese Betty Miller genauso hart getroffen, wie Bettys Gerüchte Vivian getroffen hatten. Und vielleicht hätte sie es irgendwann getan, wäre ihr nicht jemand zuvorgekommen. Aber … vielleicht hätte sie es auch für sich behalten. Das alles war inzwischen ein einziger Kuddelmuddel, um es mit Gewissheit zu sagen, aber Vivian beschloss, sich selbst anerkennend auf die Schulter zu klopfen dafür, dass sie der Versuchung widerstanden und das Dokument in ihrer Hutschachtel versteckt hatte. Sie beschloss, es als spirituellen Ansporn zu sehen, der sie näher zu Gott brachte. Jeder brauchte ab und an ein wenig Ansporn. Der spirituelle Ansporn war beinahe so befriedigend wie die Gewissheit, die ihr die Geburtsurkunde verschafft hatte. Sie hatte von Anfang an geahnt, dass Gilbert und Flora kein Paar abgaben. *Ich habe schließlich Menschenkenntnis, gottverdammt …* Sie brach mitten im Gedanken ab, als ihr plötzlich klar wurde, dass »gottverdammt« sich nicht unbedingt mit ihrer spirituellen Läuterung vertrug. Wenn sie vorhatte, weiter ihren Weg zu einem besseren Ich zu beschreiten, musste sie besser auf ihre Gedanken aufpassen. Jedenfalls, dieser schlitzohrige Gilbert Ogden war zwar erschossen worden, aber noch immer gab es keine Spur von Flora Parker. Vivian wäre nicht im Mindesten überrascht, wenn sie sich mit ihrem Mann Bill irgendwo abgesetzt hätte und die Reste des Geldes der Wayne Building & Loan auf den Kopf haute. Denn auf Vivian hatten die beiden wie unzertrennliche Turteltäubchen gewirkt, *und Vivian besaß Menschenkenntnis.*

Die Schreibmaschine in der kleinen Kammer auf dem Dachboden der Daltons hatte viele neue Gedichte produziert, wenn auch nicht ganz so viele verzweifelte Briefe an Behörden infolge der spirituellen Läuterung und ihres Wegs zu einem besseren Ich. Poesie vermittelte ihr ein inneres Gefühl von Frieden, auch wenn sich die Knoten in ihrem Magen noch nicht gänzlich aufgelöst hatten. Es war, als ob sie aufgeweicht und geschrumpft seien, aber auch ein wenig fester, sodass es noch ein wenig kniffliger war, sie zu entknoten.

***

Vivians Lederpumps schmatzten über den nassen Gehweg, als sie auf dem Weg zur Arbeit am Freedlander's vorbeikam. Der Schnee der letzten Woche war geschmolzen, und es sah aus, als würde der Murmeltiertag mit seiner Wetterprognose doch nicht recht behalten. Hoffen wir's mal, dachte sie. Ich hab genug vom Winter, es wird Zeit, dass es endlich Frühling wird. Leise summte sie »Row, Row, Row Your Boat« vor sich hin, als das abfließende Schmelzwasser wie ein Miniaturfluss im Rinnstein neben ihr dahinrann.

Vivian hatte zwar keinen neuen Frühlingshut, aber einen neuen unsichtbaren, selbst verliehenen Heiligenschein. Den ließ sie auf, hängte aber ihren beigefarbenen Wollgabardinemantel über ihre Handtasche an den Haken und betrat dann den Raum, um ihren Kolleginnen etwas zu verkünden.

»Ich werde künftig keine Gespräche mehr belauschen.«

Sie verkündete dies im Flüsterton, außer Hörweite ihrer Vorgesetzten Leona, weil es den Telefonistinnen bei Bell untersagt war, mitzuhören. Das stand definitiv irgendwo im Regelbuch. Und mit einem Mal war Vivian damit einverstanden.

Ihre Verkündigung traf auf zweifelhaft hochgezogene Augenbrauen, sowohl mit braunem als auch schwarzem Kajal gezogen, und ihre Kolleginnen beschlossen, ihr in den Minuten, Stunden und Tagen nach dieser seltsamen Verlautbarung lieber aus dem Weg zu gehen. Es war eine Sache, dass sie den Entschluss gefasst hatte, nicht mehr zu lauschen (Maria

Tomasetti hatte nur gelacht und den Kopf geschüttelt), aber es war eine andere Sache, alle anderen dafür zu verurteilen. Aber sie alle hatten in der Zeitung darüber gelesen, wie Edwards geheimer, gefährlicher Verbrechersohn die arme Charlotte angegriffen hatte. Vivian hatte sich etwas Mitgefühl und Nachsicht verdient, und sie ignorierten sie einfach, wenn sie sie verurteilte; wenn sie eine Schnute zog und den Kopf schüttelte, wenn sie Dorothy, Ruth, Pearl oder Laura dabei erwischte, wie sie den Stumm-Schalter umlegten und sich heimlich einklinkten.

Der Rest von Wooster hatte ebenfalls kollektiv aufgeatmet, als sich die Hysterie von Ende Februar allmählich legte. Der Monat März brachte zumindest eine wichtige Veränderung mit sich. J. Ellis Reed trat aus Scham über den Skandal als Bürgermeister von Wooster zurück und ging in Frührente, um mehr Zeit mit seiner Frau verbringen zu können, die trotz allem blass, bereit und mit erzwungenem Lächeln an seiner Seite stand.

Harold Richardson, der Stadtratsvorsitzende, musste vorübergehend als Interims-Bürgermeister den Eid ablegen, aber sobald die Amtszeit vorbei wäre, würde es Neuwahlen geben. Laut Buschfunk gab es eine Dame – EINE DAME –, die erwog, ihren Hut in den Ring zu werfen. Dorothy Hoffmann hatte etwas dergleichen am Klappenschrank mitgehört.

»Haste auch den Namen aufgeschnappt?«

Vivian warf Pearl für ihre neugierige Frage einen tadelnden Blick zu und verzog dann das Gesicht, als ein Lämpchen vor ihr aufleuchtete und sie den Anruf annehmen musste, anstatt den Namen der Dame zu hören, die sich aufstellen ließ, um Bürgermeister zu werden. *Bürgermeisterin?*

Vivian verband schnell den Anruf und legte den Stummschalter um.

»Als ihre Kinder zur Highschool gingen, hat sie mit ihnen zusammen die Schulbank gedrückt …«, berichtete Ruth von dem, was sie gehört hatte.

»Sie hat ihren Abschluss gemacht …«, schaltete sich Lauras Babystimme ein. »Und ist dann nach Cornell gegangen! Die gehört zur berühmtem Ivy League!«

Cornell war eine angesehene Universität. Noch angesehener als die Universität von Wooster. Vivian überlegte, ob sie für eine Kandidatin stimmen würde, die nach Cornell gegangen war.

»Und jetzt, stellt euch das mal vor«, staunte Pearl, »überlegt sie, als Bürgermeister hier in Wooster zu kandidieren.«

Vivians selbstgerechter Vorsatz, nie mehr lauschen zu wollen, hielt genau eine Woche. Dann gelangte sie zu der Überzeugung, dass sie ihren Mitmenschen mehr Mitgefühl entgegenbringen konnte, wenn sie wusste, was in ihren Leben vorging.

# KAPITEL 46

Edward Dalton war noch nie ein Mann der vielen Worte gewesen, aber der Überraschungsbesuch seines Sohnes am Valentinstag hatte ihm die Sprache verschlagen. Es waren vier Wochen vergangen seit dem Beinaheüberfall auf Charlotte und dem versuchten Einbruch, und Edward hatte seine Tage entweder im Schuppen hinterm Haus, im Keller, bei der Arbeit oder bei der Freimaurerloge verbracht. Vivian fragte sich, ob er außerhalb ihrer vier Wände noch mit Leuten sprach, oder ob seine Stimmbänder einfach aufgrund mangelnden Einsatzes verkümmert waren. Wenn Charlotte ihn etwas fragte, antwortete er entweder mit einem Kopfschütteln oder indem er ihr eine Hand auf die Schulter legte oder einen Kuss auf den Scheitel drückte.

Vivian hatte es genossen, zumindest eine kurze Zeit lang in ihrer Ehe die Oberhand zu haben, da Edward der unehrliche Bigamist und sie die nichts ahnende Ehefrau (Geliebte!) war. Doch der spontane Besuch von Eddie Junior hatte alles auf den Kopf gestellt. Nun wusste Vivian nicht mehr, wogegen sie ihre unterschwellige Wut richten sollte, die durch Edwards plötzliches Schweigen ziemlich verpufft war.

Vivian hatte ihn gefragt, ob er sie zum 90. Geburtstag von Großmutter Kurtz begleiten wollte, und er hatte nicht geantwortet. Vivian hatte einfach weiter auf ihn eingeredet, weil sie wusste, dass er irgendwann sein Schweigen brechen und endlich etwas sagen würde. Oder nicht? Doch, ganz bestimmt. Oder nicht? Sie wusste es nicht. Es dämmerte ihr, dass sie Edward nicht so gut kannte, wie sie immer geglaubt hatte. Sie fühlte sich, als habe das Leben ihr eine saftige Ohrfeige verpasst, wie bei den Looney Tunes, wo bei der Cartoonfigur anschließend eine platt gedrückte Gesichtshälfte zurückblieb. Vivian hatte das Gefühl, als stolpere sie desorientiert umher und sei womöglich ein wenig vom Weg, ein besserer Mensch zu werden, abgekommen.

Großmutter Kurtz' Haus war brechend voll mit Verwandten, angefangen bei der schrulligen neunzigjährigen Matriarchin höchstpersönlich bis hin zum jüngsten Wildfang, ihrem Urenkel, eines von Cousin Georges Kindern. Vivian hatte Charlotte mitgenommen, die gerne ihre Urgroßmutter sehen und Zeit mit ihren Cousins und Cousinen verbringen wollte. Vivian wollte eigentlich niemanden sehen, nachdem sie im Vormonat als gedemütigtes Familienmitglied im Mittelpunkt gestanden hatte. Aber sie würde sich von ihrem angekratzten Ego nicht davon abhalten lassen, trotzdem zu kommen. *Prima, danke!* Immerhin war es ein besonderer Anlass. Neunzig Jahre, Grundgütiger! Und man wusste ja nie; vielleicht hatte die alte Schachtel ja Geld, das sie in ihrem Testament vermachen würde. Großmutter McGinty war immer ihre Lieblingsoma gewesen. Großmutter Kurtz hingegen war schon immer ein Drachen gewesen. Aber herzlichen Glückwunsch, alte Dame!

Das Wohnzimmer und der nebenan gelegene Salon waren bis zum Bersten vollgestopft mit Kurtz-Verwandten samt Anhang, und Vivian war irgendwie neben Vera gestrandet, während ihr Onkel David eine Ansprache hielt. Sie hatte nicht mehr mit Vera gesprochen, seit sie sie als verwöhntes Gör und undankbares Flittchen bezeichnet hatte, und Vivian nahm nicht an, dass sie in allzu naher Zeit eine Entschuldigung von ihr erwarten konnte. Nein, stattdessen besaß Vera die Dreistigkeit, während Onkel David über Großmutter Kurtz' langes, unglaubliches Leben sprach (Vivian hätte gern gewusst, was so »unglaublich« daran sein konnte, auf einem Hof mit einer Riesenschar Kinder zu leben), ihre Hand zu nehmen. Vivian spürte, wie Veras Finger an ihrem Claddagh-Ring herumfummelten und daran zogen, wobei sie etwas ungeschickt versuchte, es spielerisch herüberkommen zu lassen, doch sie versuchte ihn ihr ernsthaft abzuziehen.

»Komm schon, Vivy«, sagte sie leise. »Letztlich warst du ja doch nicht die Erste von uns, die geheiratet hat, nicht?«

Die Verwandten, die in unmittelbarer Nähe standen, hielten kollektiv den Atem an. Das war ein Schlag unter die Gürtellinie, selbst für Vera.

»Vera!«, zischte ihre Cousine Ruby ihr zu, während Onkel David, der von alledem nichts mitbekam, weiterredete. Vivian stellte sich daraufhin hinter Ruby, weg von Vera, und lief hochrot an wie eine Tomate.

Nachdem er seine Rede beendet hatte, stimmte David *For she's a jolly good fellow* an, und während alle begeistert im Chor mitsangen und dem Geburtstagskind applaudierten, erntete David ein runzliges, lächelndes »Danke, mein Schatz« von Großmutter Kurtz. Offenbar war sie milde geworden auf ihre alten Tage, dachte Vivian, als sie sich umdrehte und zur Treppe ging.

Was glaubte Vera eigentlich, wer sie ist? Nennt mich ein Flittchen, nachdem ich gerade die schwerste Zeit meines Lebens hinter mir habe. Vivian stampfte am ersten Stock vorbei die Treppe hoch. Ihre Haut kribbelte, und ihre Augen brannten bedrohlich. Ihr Selbstwertgefühl hing an einem seidenen Faden oder vielmehr an einem Ring und einem Ringfinger. Sie konnte nicht fassen, was ihre Schwester gerade getan hatte.

Während Verwandte und Freunde im Erdgeschoss herumliefen und Kuchen aßen, wartete Vivian ganz allein und den Tränen nahe darauf, dass das Bad im zweiten Stock des Hauses, das Großmutter Kurtz eigens eingerichtet hatte, frei wurde. »Weil, wenn ich in mein' Bilderbüchern blätter' …« (Bilderbuch war Großmutter Kurtz' Bezeichnung für die Fotoalben, die ihre Kinder und Enkelkinder ihr geschenkt hatten), »wenn ich in mein' Bilderbüchern blätter', will ich nich' extra bis runter flitz'n müss'n, wenn die Blase drückt.«

Außer ihr benutzte fast niemand ihrer Verwandten dieses Extra-Bad im zweiten Stock, weil sie kein Interesse an den Bilderbüchern hatten und wegen der vielen Treppen, aber Vivian nahm die Mühe auf sich, um allein sein zu können. Aber wie konnte es anders sein, natürlich war ausgerechnet in diesem Moment jemand anderes in dem Bad, und Vivian musste warten.

Endlich ging die Badezimmertür auf, und Veras Ehemann Wally sowie ein frischer Spritzer holzigen Eau de Cologne begrüßten sie. Sie rang sich ein Lächeln ab (*Prima, danke!*). Vivian ließ bei gesellschaftlichen Anlässen nie ihre guten Manieren vermissen, egal mit wem sie es zu tun hatte. Wally stand im Türrahmen mit dicker Wampe und Schweißflecken unter den Achseln und hatte die Augen vor Erstaunen darüber, hier im zweiten Stock jemandem zu begegnen, weit aufgerissen. Dann schlug er sich mit einer Hand an die Wange. »Na, wenn das mal nicht die zweite Ehefrau von Edward Dalton ist!«

Das gab ihr den Rest.

Energisch schob sie sich an Wally vorbei, schlug die Tür zu, sperrte ab und griff nach dem beigen Handtuch, das gefaltet über der Halterung hing. Sie wartete gar nicht erst, bis Wally die Treppe hinunterging, ehe sie sich das Handtuch vors Gesicht hielt und einen lauten, gedämpften Schrei ausstieß. Dann ließ sie sich heftig auf die Klobrille aus Holz fallen (die sie natürlich zuerst herunterklappen musste, weil Wally ein typisches Ferkel war, das den Toilettensitz oben ließ) und schrie erneut in das Handtuch.

Als sie die Augen öffnete, verschwamm ihre Sicht, und sie musste sich am Sitz unter ihr festhalten. Der kleine Raum schien von einer Seite zur anderen zu schwanken. Vivian kniff die Augen wieder zusammen und versuchte ihren Atem zu verlangsamen. In ihren Ohren klingelte es ein wenig, und von zwei Stockwerken unter ihr drangen entfernt Stimmen herauf. Als sie die Augen erneut öffnete, hatte sich ihre Sicht aufgeklart. Sie sah auf das Handtuch und lächelte über den Lippenstiftabdruck, über den sich Großmutter Kurtz später bestimmt lauthals beschweren würde, lange nachdem alle Gäste gegangen waren. Ein Kichern stieg wie ein Schluckauf in ihrer Kehle hinauf. Dann rief Charlotte nach ihr die Treppe hinauf, und sie stand schnell auf und strich ihre Kleidung und abstehende Haarsträhnen glatt. Im Spiegel wischte sie sich Fire & Ice von den Zähnen und aus den Mundwinkeln.

Als sie zusammen mit Charlotte wieder im Salon im Erdgeschoss auftauchte, kam Ruby mit einem kleinen Kuchenteller und einer Gabel auf sie zu. »Vivy, hast du von der Dame gehört, die eventuell als Bürgermeister in Wooster kandidieren will? Geht's dir gut? Du siehst blass aus. Charlotte, Liebes, in der Küche gibt's noch mehr Kuchen.«

Das war Rubys Art, Mitgefühl zu zeigen, und Vivian wusste diese Geste zu schätzen. Sie nahm Kuchenteller und Gabel entgegen und sah sich kurz im Raum um. Sie entdeckte ihre Mutter in der Nähe der Küche und ihren Vater neben dem Panoramafenster, der sich mit Charlie und seiner furchtbaren Ehefrau Norma unterhielt. Furchtbar in dem Sinne, dass sie geschniegelt und gestriegelt aussah und Glück gehabt hatte, sich jemanden wie Charlie zu schnappen.

»Vivy?«

»Hmm?« Sie sah zu Ruby. »Eine Dame, die als Bürgermeister von Wooster kandidiert?«

»Ja!« Ruby klatschte in die Hände. »Sie ist zur Apple Creek Highschool gegangen, insofern dürftest du sie nicht kennen. Sie musste von der Schule abgehen, aber der Teufel soll mich holen, wenn sie nicht kurz darauf wieder die Schulbank drückte, als ihre Kinder an die Highschool gingen.«

Vivian hatte mit der Gabel sanft in den Kuchen gestochen und trennte ein Eckstück ab.

»Kannst du dir das vorstellen? Bürgermeister Sylvia!«

»Sylvia?«, wiederholte Vivian und ließ sich den Namen auf der Zunge zergehen. »Sylvia *Emerich*?«

»Ja, wieso?« Ruby war begeistert, dass Vivian offenbar wusste, über wen sie sprach. »Allerdings heißt sie nicht mehr Emerich, sondern Yoder. Sie hat doch diesen süßen Bauern geheiratet.« Sie senkte die Stimme. »Er war derjenige, wegen dem sie, äh, in Schwierigkeiten war. Deshalb musste sie auch von der Schule abgehen.«

*Der Bauer nahm sich ein Weib. Der Bauer nahm sich ein Weib. Äääääää!*

***

Als Vivian nach der Geburtstagsfeier nach Hause kam, zog sie an der Haustür ihre Pumps aus, hängte Mantel und Hut in den Flurschrank und stapfte geradewegs hoch in die Dachkammer und überließ es Charlotte, den Teller, auf dem sie das Bananenbrot mitgenommen hatten, aus dem Auto zu holen und die Garage abzuschließen. In der Dachkammer schloss sie die Tür hinter sich und saß dann eine halbe Stunde lang weinend über der Schreibmaschine, ehe sie ihre Tränen schließlich trocknete und auf die Tastatur einzuhämmern begann.

**VOR MEINEM FENSTER**

*Der Frühling steht vor der Tür,*
*Die Weihnacht längst vergangen,*
*Mit schlichtem Danke beten wir,*
*Unserer Arbeit Früchte zu empfangen.*

*Gib uns Kraft, die Erde umzugraben,*
*Die Saat zu säen mit Herz und Verstand,*
*Auf dass wir Freud am Mühsal haben,*
*Und Du uns führest mit gütiger Hand.*

*Diese stille Zwischenzeit,*
*Gleicht einer Hand, die mich berührt,*
*Mir Mut zuspricht, ich sei bereit,*
*Und mich in Richtung Frühling führt.*

Gleich am Montagmorgen brachte Vivian den Brief mit »Vor meinem Fenster« höchstpersönlich zur Redaktion des *Daily Record* an der Road 4, direkt hinter der Schokoladenfabrik, wo Don McAfee sein Büro hatte. Anstatt ihr per Post eine

Antwort zukommen zu lassen, rief sie die Redaktion am Mittwoch an, um ihr mitzuteilen, dass ihr Gedicht angenommen worden war, und da es so ein überaus passendes Frühlingsthema hatte, würden sie es gleich am kommenden Samstag in ihrer Kolumne abdrucken.

Den ganzen Donnerstag und den ganzen Freitag über trug Vivian ein Lächeln auf den Lippen, egal wohin sie auch ging. Zur Arbeit, zum Buehler's, raus zum Schuppen, um ihren stummen Mann zu ermahnen, dass das Essen kalt wurde. Man bekam das Lächeln einfach nicht mehr aus ihrem Gesicht. Das war mehr als nur ihre übliche Freude darüber, wenn eines ihrer Gedichte im *The Daily Record* abgedruckt wurde. Sie wertete die positive Rückmeldung der Zeitung als ein Zeichen.

Die Freiheit, die sie empfand, und das Wissen um die neuesten Entwicklungen rund um Sylvia Emerich aus Apple Creek hatten ihr Leben verändert und gaben ihr ein wenig Hoffnung, dass ihr Leben vielleicht doch nicht so eine Sackgasse war, wie sie dachte.

# KAPITEL 47

»Was zum Henker soll ich denn damit?«, rief Vivian aus, als sie ihr Muttertagsgeschenk (wie sie es später beschreiben würde) *emporhob*.

Charlotte hatte ihr ein nigelnagelneues Wörterbuch *Webster's Dictionary* geschenkt.

»Ach, Mutter.« Charlotte verdrehte mit einem kleinen Lächeln die Augen, ging hoch in ihr Zimmer und ließ ihre Eltern auf der Couch im Wohnzimmer zurück.

Vivian legte das Wörterbuch auf den Couchtisch und lehnte sich gegen das vom Lippenstiftabdruck befreite Sofakissen zurück.

»Edward. Ich weiß, du möchtest nicht darüber reden.«

Stirnrunzelnd betrachtete er seine Fingernägel, die noch immer Flecken und Blutergüsse von den Blumenkästen aufwiesen, die er ihr gezimmert hatte.

»Aber kannst du mir nur eins sagen?«

Als er nicht vom Sofa aufstand, fuhr sie fort.

»Hast du den Gefängnisjob angenommen, damit du ein Auge auf ihn haben konntest?«

Edward spitzte den Mund und sah zu Boden.

Vivian betrachtete ihn eine Minute lang, wie er schweigend dasaß, ehe er langsam nickte.

»Erinnerst du dich …«, begann er, und Vivian blieb still, damit er weitersprach. Es wurde Zeit, dass er endlich *sprach*.

»Erinnerst du dich, wie du immer von den Mädchen erzähltest, die sich in Schwierigkeiten brachten, noch ehe sie verheiratet waren?« Er rieb ein paarmal mit der Hand vor und zurück über die Stirn und rieb sich dann die raue, wettergegerbte Haut an Wangen und Kinn. Vivian saß da und wartete.

»Ich erinnere mich besonders an eine. Sylvia Emerich. Du hast ständig von ihr geredet.«

Sylvia Emerich. Vivian nickte und fragte sich, wieso derzeit alle über Sylvia Emerich redeten. Aber sie wusste, was er meinte. In den ersten Jahren ihrer Ehe hatte sie es ständig mit Sylvia gehabt. »Dieses Flittchen« und »hat ihr Leben ruiniert« und »wie kann man so dumm sein, so verantwortungslos zu handeln?« und so weiter und so fort. Sie war überrascht, dass Edward ihr überhaupt Gehör geschenkt hatte. Ihr ganzes Gegrummel damals rührte vor allem daher, dass sie selbst allein, gelangweilt und übellaunig in diesem kleinen schäbigen Bungalow festsaß.

Sie starrte ein paar Minuten lang auf das »W« auf dem Umschlag des Webster's Dictionary, während Edward einfach neben ihr saß, die Ellenbogen auf den Knien, die Stirn auf den Händen abgestützt. Es herrschte Stille, bis auf das innere Zwiegespräch in Vivians Kopf. Endlich ging ihr auf, was er damit sagen wollte. War das nicht zum Brüllen? Sie hatte nie darüber nachgedacht, dass ihr eigener Mann womöglich »so verantwortungslos« gewesen sein könnte.

Vivian hatte nie daran gedacht, aber wenn Edward die ganze Zeit über mit Mildred zusammengeblieben wäre, anstatt sie zu verlassen und nach Wooster zu kommen, würden sie dieses Jahr ihren dreißigsten Hochzeitstag feiern. *Arme, arme Mildred,* dachte Vivian, während sie weiterhin auf den

Buchumschlag starrte. *Dreißig Jahre, das wäre die Perlenhochzeit.* Vivian schüttelte langsam den Kopf. *Ts, ts, wirklich schade.*

Sie streckte ihre manikürte Hand nach seiner farbverschmierten aus. Edward hatte nie viele Worte verloren, und für seine Verhältnisse war das eben jede Menge gewesen. Sie kannte ihn gut genug, um das zu wissen. Edward nahm ihre Hand in seine, und so saßen sie still nebeneinander auf der Couch im Wohnzimmer.

»Eddie hat seine Bewährungsauflagen verletzt, um von Syracuse hierher zu kommen.«

»Mm-hmm«, machte Vivian.

»Sie haben ihn wieder ins Gefängnis gesteckt.«

»Mm-hmm.«

»Ich würde ihn gerne im Sommer dort besuchen.«

Vivian sagte nichts, nickte aber und drückte seine Hand. Dann blickten sie beide gefühlte Stunden lang geradeaus durch das Panoramafenster.

»Hast du gehört«, durchbrach Vivian schließlich die Stille und wandte ihr Gesicht ihrem Mann zu. »Sylvia Emerich will eventuell nächstes Jahr als Bürgermeister kandidieren.«

# KAPITEL 48

Charlotte hätte gesagt, dass sie für dieses Jahr schon genug böse Überraschungen erlebt hatte, schönen Dank auch. Eines Sonntagnachmittags jedoch, ein paar Wochen nach Muttertag, kam sie von ihrer Freundin Barb nach Hause und fand ihre Mutter in eine Ecke der Couch gekuschelt vor, das neue Wörterbuch auf dem Couchtisch vor sich aufgeschlagen, wie sie die Nase in Charlottes geflickte Ausgabe von *Der Mythos von Sisyphos* steckte. Sisyphos, der griechische König, der den Göttern listenreich Geheimnisse abluchste und dafür dazu verdammt wurde, für alle Ewigkeit einen Felsblock einen Berg hinaufzuwälzen.

In diesem Moment hätte Charlotte lieber den Felsen hinaufgewälzt, als sich der unmöglichen Aufgabe zu stellen, ihre Familie verstehen zu wollen. Ihre Mutter, die normalerweise ihre Schürze trug und in der Küche Schränke zuschlug (was sie seit Monaten nicht mehr getan hatte), trug einen Hausanzug und Dads Socken und las ein Buch. Ein Buch.

»Sisyphos war ein absurder Held«, hatte Mr. Grandy vor der Tafel in ihrem Englischunterricht stehend gesagt.

Was absurd war, war Charlottes Mutter. Vivian »Menschen, die lesen, traue ich nicht über den Weg« Dalton las freiwillig klassische Literatur im Wohnzimmer der Daltons und weit und breit keine Spur von einem Filmmagazin. Charlotte stand da und klappte den Mund auf und zu wie ein Fisch.

* * *

»Ich habe beschlossen«, verkündete ihre Mutter beim Abendbrot, »dass ich gerne mein Highschool-Diplom nachholen würde.«

Das Wort »Diplom« hing über dem Auflauf aus Käse und verbranntem Hühnchen in der Luft wie ein Schriftzug in einer Sprache, die ihr plötzlich ganz fremd vorkam. *Hatte sie gerade Diplom gesagt?* Charlotte und ihr Dad starrten ihre Mutter an, die mit der Gabel ein paar hin- und herrollende Erbsen auf ihrem Teller anschubste.

»Was?«, fragte ihr Vater.

»Ich sagte«, wiederholte ihre Mutter und dehnte das Wort zu mehreren Silben aus. *Sa-a-a-a-agte.*

»Du wirst aber nicht im Unterricht sitzen, oder?«, platzte Charlotte heraus. Sie sah schon vor sich, wie Mrs. Kelvin sagen würde: »Vivian Dalton, sag mal, hast du das Kleid selbst genäht? Und was für eine schöne Hahnenbrosche! Komm, setz dich doch neben Charlotte!«

»Nein, Charlotte«, antwortete ihre Mutter leichthin. »Ich habe mit Rektor Scott gesprochen, der alles koordinieren wird. Ein paar Lehrer werden ein Curriculum für meinen Hausunterricht zusammenstellen.«

*Koordinieren. Curriculum.* Charlotte starrte ihre Mutter mit großen Augen an. Ein ekliges, klebriges Grauen erfasste sie bei der Vorstellung, ihre Mutter habe mit ihrem Rektor geredet. Dann runzelte sie angesichts der Absurdität des Ganzen die Stirn. *Absurd.*

»Aber warum?«, fragte Charlottes Dad.

»Ja«, stimmte Charlotte ein und hoffte, weniger vorwurfsvoll zu klingen. »Warum eigentlich?«

»Weil ich es will. Das ist alles.«

Ihr Dad zuckte mit den Achseln und ging wieder dazu

über, seinen Käse-Hähnchen-Auflauf zu essen, wobei ein kleines Lächeln seine Lippen umspielte. Charlotte zog erneut die Augenbrauen hoch, als sie ihrer Mutter dabei zusah, wie sie die Erbsen auf ihrer Gabel balancierte und sich in den Mund schob.

Charlottes Wunsch, Wooster zu verlassen, kehrte mit der Wucht eines Tornados zurück. Aber erst musste sie die Schule fertig machen. So lange würde sie es aushalten müssen, und wer weiß, vielleicht war das Vorhaben ihrer Mutter nicht das schlechteste. Das Wörterbuch zum Muttertag war mehr als Scherz gedacht gewesen, aber was sprach eigentlich dagegen, wenn ihre Mutter sich weiterbilden wollte? Mit etwas Glück würde sie dank des Wörterbuchs ihren Wortschatz erweitern und aufhören, ihre rassistischen Schimpfwörter zu benutzen, die sie ohnehin nicht verstand und die Charlotte vor Scham zusammenzucken ließen. Und vielleicht würde sie endlich herausfinden, was »Bluffer« eigentlich hieß.

# KAPITEL 49

Der Juni ereilte Vivian beinahe ohne Vorwarnung. Plötzlich war es Zeit, das Kalenderblatt an der Küchenwand umzuschlagen. Edward hatte Fliegengitter an allen Fenstern angebracht, die mit Vivians neuen Blumenkästen mit frisch gepflanzten Geranien bestückt waren und nun offen standen, um das hin und wieder wehende laue Lüftchen hereinzulassen.

Der Frühling war dieses Jahr spät in Ohio eingekehrt, aber damit auch endlich wieder das Wetter, bei dem Vivian Lust bekam, alle Fenster und Türen aufzureißen, um den Duft der Blumen einzuatmen, die warme Sommerbrise zu spüren und die Grillen am Abend zirpen zu hören. Eine liebliche Duftwolke vom Geißblatt direkt unter dem Küchenfenster wehte herein, und Vivian erwischte sich dabei, wie sie beim Abwasch bummelte, um das Gefühl von Frühling in sich aufzusaugen.

»Meinst du, das, woran sie im Februar litt, hatte irgendwas damit zu tun?«, fragte Edward vom Tisch aus.

»Mmm«, machte Vivian, hielt den Blick aber auf den Garten gerichtet.

Vera war, soweit sie wusste, im Februar gar nicht wirklich krank gewesen, aber wenn das für Edward die nachvollziehbarste Version war und er glaubte, Vivian als pflichtbewusste Schwester habe sie in Akron besucht, umso besser.

»Kam sie dir bei der Geburtstagsfeier krank vor?«

»Nein.« Vivian unterdrückte eine Grimasse bei der Erinnerung an Großmutter Kurtz' Geburtstagsfeier und Veras grobes, unverschämtes Verhalten. »Gesund und munter wie immer.«

Vivian hatte es die Sprache verschlagen, als ihre Schwester Violet sie anrief, um ihr von Veras Schlaganfall zu erzählen.

»Momentan liegt sie im Krankenhaus, dürfte aber in ein paar Tagen nach Hause entlassen werden«, hatte Violet am Telefon gesagt, ehe sie einen langen Zug an der Zigarette nahm.

Violet hatte, genau wie Vivian bei Charlotte, aufgehört zu rauchen, als ihre Kinder James und Emily geboren waren, hatte aber wieder angefangen, als James Kinderlähmung bekam. Inzwischen ging es ihm wieder gut, aber Violet hatte sich von diesem Schock nie ganz erholt. Wenn alles gut lief, rauchte sie nur hin und wieder. Seit sie vom Schlaganfall ihrer ältesten Schwester erfahren hatte, qualmte sie wieder eine Schachtel pro Tag.

»Aha«, war das Einzige, was Vivian dazu äußerte.

»Der Arzt meint, sie könne nicht sprechen, verstehe aber alles. Und ihre gesamte linke Seite ist gelähmt. Wally will jetzt eine Pflegerin einstellen, die aushilft, wenn er bei der Arbeit ist.«

Vivian hatte die Telefonstrippe bis zum Anschlag mitgezogen und war fast oben auf der Treppe angekommen. Sie wollte sich ins Bett legen, sackte aber stattdessen auf der zehnten Stufe zusammen.

»Viv? Hörst du mich? Bist du noch dran?«

* * *

Sie lenkte den Buick über den Bordstein vor Violets Haus und hupte. Violet hatte noch immer keinen Führerschein und hatte auch nicht vor, ihn zu machen. Aber wozu auch? Roger fuhr sie überall hin. Vivian hatte nur die Augen verdreht. Es war fast, als ob Violet es ein wenig genoss, hin und wieder auf die Hilfe anderer angewiesen zu sein. Das hätte Vivian gar nicht so sehr gestört, wenn Violet zwar hilflos, aber dafür pünktlich wäre. Violet kam immer zu spät.

Vivian drehte sich den Rückspiegel zu und betastete die Haut unter ihren Augen. Das Make-up konnte ihre Augenringe nicht ganz abdecken, die von den schlaflosen Nächten zeugten, die sie plagten, seit sie von Veras Schlaganfall erfahren hatte. Vera war erst vierundvierzig. Seither musste Vivian mit gelegentlich aufblitzenden »Geschieht ihr recht!«-Gedanken kämpfen, die ihr Mitgefühl zunichtemachten, das sie die ganze Zeit über empfinden sollte. In ihr schlummerte immer noch jede Menge Zorn gegen Vera, und sie dachte insgeheim, dass ihr Schlaganfall vermutlich die gerechte Strafe dafür war, dass ihre Schwester in all den Jahren so gemein zu ihr gewesen war.

Fünf Minuten verstrichen, ehe Violet aus dem Haus kam, und durch die offenen Fenster des Buicks hörte Vivian ihre Schwester ins Haus zu ihrem Mann Roger rufen, dass sie rechtzeitig zum Abendessen zurück wäre. Nachdem sie auf der Beifahrerseite eingestiegen war, konnte die Fahrt der beiden McGinty-Schwestern nach Akron losgehen.

»Viv, Gott, bist du dünn!«, rief Violet aus. Sie hatte Vivian seit Großmutter Kurtz' Geburtstagsfeier nicht mehr gesehen. »Du siehst aus wie Katharine Hepburn.«

Vivian verzog das Gesicht. Katharine Hepburn war eine dieser Frauen, die Hosen trugen.

»Ich habe zuletzt nicht so viel gebacken. Außer die hier.«

Sie tätschelte die Dose mit Erdnussbutterplätzchen neben ihr. Vera hatte Erdnussbutterplätzchen immer gemocht.

***

Vivian mochte ein paar Pfund abgenommen haben, aber das war nichts im Vergleich zu Vera. Vivian atmete scharf ein, als sie Veras Schlafzimmer betrat. Sie hatte ihre ältere Schwester nie so schwach, nie so ausgemergelt gesehen. Ihre Haut spannte sich über ihre Knochen wie Pergament. Ja, sie sah aus wie die knöchrige Version ihrer Mutter. Violet nahm Vivians Hand und stellte sich mit ihr neben das Bett, wo Vera auf einem Kissen mit Spitzensaum hochgelagert dalag und in die quietschbunte Patchworkdecke ihrer Mutter eingewickelt war. Zwei Stühle standen zur Linken von Veras Bett am Fenster.

Veras Augen leuchteten auf, als die beiden näher kamen. Ihre Augen waren wässrig, aber aufmerksam, und darin lag ein Leuchten, das Vivian noch nie an ihr gesehen hatte. Das machte ihr sogar noch mehr Angst als Veras gebrechliche Erscheinung. Sie konnte sich nicht erinnern, wann ihre Schwester je erfreut gewesen wäre, sie zu sehen. Vivian war so perplex, dass sie sich mit einer Hand auf einer Stuhllehne abstützen musste.

»Hi!« Violet begrüßte Vera mit heiterer, aber gedämpfter Stimme, als ob Vera der nächste Schlaganfall ereilen würde, wenn sie zu laut sprach.

Der rechte Mundwinkel zuckte verzerrt nach oben. Auf dem Nachtschränkchen neben dem Bett stand ein Glas Wasser, daneben lagen ein Notizblock und ein Stift. Durch den Schlaganfall waren Veras Stimmbänder sowie ihre linke Körperhälfte gelähmt, sodass sie nicht sprechen konnte. Doch sie konnte schreiben und sich so mitteilen.

»Sie lächelt, Viv«, erklärte Violet den schiefen Gesichtsausdruck, von dem Vivian bestimmt Albträume bekommen würde.

Vivian stand neben dem Stuhl, an dem sie sich immer noch mit einer Hand festhielt, in der anderen hielt sie ihre Handtasche. Die Pflegerin hatte ihr die Plätzchendose bei ihrer Ankunft abgenommen und in die Küche gebracht. Vera in diesem Zustand zu sehen stürzte Vivian in ein Wechselbad der Gefühle. Vom Bett aus bedeutete Vera ihnen mit einem Winken der rechten Hand, auf den Stühlen Platz zu nehmen.

»Komm schon, Vivy«, ermunterte sie Violet und tätschelte den leeren Stuhl neben sich, als würde sie mit ihren Katzen reden.

Veras Hand kam auf dem Notizbuch zu liegen, dann tippte sie mit dem Mittelfinger auf die oberste Seite.

»Möchtest du etwas schreiben?«, fragte Violet und stand vom Stuhl auf, um nach dem Notizblock zu greifen.

Sie reichte Vera den aufgeschlagenen Block und den Stift, den sie mit ungelenken Bewegungen über das Blatt führte. Obwohl sich die Muskeln auf ihrer rechten Seite allmählich von dem Schlaganfall erholten, wollten sie noch immer nicht so wie vorher. Als sie den Stift auf dem Nachttisch ablegte, nahm Violet den Notizblock wieder an sich, um zu lesen, was Vera geschrieben hatte.

»Ah, ist es hinten?«, fragte sie, während sie vorblätterte, an leeren Seiten vorbei, bis sie fast bei der letzten angekommen war. Dann hielt sie den aufgeschlagenen Notizblock Vivian hin, die ihre Knöchel verschränkt hatte und mit ihrer Handtasche im Schoß dasaß.

»Hmm?«, sagte Vivian, nahm den Notizblock aber entgegen und legte ihn oben auf ihrer Handtasche ab.

Sie sah zu Violet.

»Sie möchte, dass du das liest«, erklärte Violet achselzuckend und wandte sich dann Vera zu. »Hast du Hunger? Soll ich dir etwas zu essen holen?«

Vera verzog das Gesicht erneut zu einem grotesken Halblächeln, als ihr Blick zum Notizblock wanderte.

»Ach so, ja.« Vivian reichte ihn Violet zurück, die ihn erneut vorne öffnete, wo genug weiße Seiten zum Beschreiben waren.

»Ein wenig Toast«, las Violet vor, nachdem Vera sich erneut mit dem Stift abgemüht hatte, um ein paar Wörter zu kritzeln. »In Ordnung, bleib einfach sitzen, ich bin gleich wieder da.« Sie reichte den Notizblock Vivian, die ihn wieder an der Stelle aufschlug, wo Vera eine Nachricht für sie hinterlassen hatte.

Während Violets Pumps draußen über den Flur klackerten, begann Vivian zu lesen. Und während sie las, erkannte sie, dass es eine schriftliche Entschuldigung ihrer Schwester war. Eine Entschuldigung dafür, dass sie es gewesen war, die das Geheimnis um Edwards erste Frau ausgeplaudert hatte.

# KAPITEL 50

Es war kurz nach Halloween, und Vera McGinty Irwin saß in der Spätnachmittagssonne auf Zella Johnsons Veranda in Akron. Zella ging mit Forest Sadler, einem von Wallys Trink- und Spielkumpanen, der später jener betrunkene Weihnachtsmann sein sollte, den man im Kaufhaus Freedlander's feuerte. Vera und Zella zerrissen sich das Maul über Wooster.

»Unsere Verwandten in Wooster haben eine echte Country-Club-Mentalität, du weißt, wie ja, wie sie sind.«

»Und ob, und ob«, sagte Vera, die sich an die anderthalb Jahre erinnerte, die sie auf die Kinder der Familien Dean und Thompson aufgepasst hatte. Das war auf dem Höhepunkt der Großen Depression gewesen, aber Edith Dean und Beverly Thompson waren von ihren Shoppingstreifzügen aus der Stadt zurückgekommen und hatten sich damit gebrüstet, dass es bei Beulah Bechtel's jedes Kleid für nur 14,95 $ gab und sie gleich zwei gekauft hätten! Vera hätte vierzig Stunden arbeiten müssen, um sich nur eins der Kleider leisten zu können.

»Wir sind nicht die Art Verwandten, mit denen sich die Reeds und Millers schmücken, wenn du weißt, was ich meine.« Zella sagte »wir«, als ob sie mehrere Leute meinte, redete aber womöglich über sich selbst. »Wie wär's mit einem Drink?«

»Klar.«

Die Fliegengittertür knallte zu, als Zella ins Haus verschwand. Es war zu warm für November, und Vera zog ihre

Strickjacke aus und ließ sich von der Sonne ihre bloßen Arme wärmen. Sie hatte den ganzen Tag gefaulenzt und würde das nicht verderben, indem sie Hausarbeit erledigte. Sie streckte ihre Beine auf den Stufen vor sich aus und lehnte sich auf den Handballen abgestützt zurück. Ein von Halloween übrig gebliebener geschnitzter Kürbis stand nur Zentimeter von ihren Fingern entfernt und grinste zur Straße. Er sah ein wenig aus wie Vivy, bevor sie ihre neuen Zähne bekam. Vera grinste in sich hinein, doch das Grinsen schwand fast augenblicklich. Sie holte tief Luft und stieß sie mit aufgeblähten Wangen aus. Sie wusste nicht, was sie von diesem neuesten Schandfleck in der Ehe von Vivian und ihrem Mann halten sollte. Einem Schandfleck, von dem Vivy nichts wusste. Vera rieb mit dem Daumen über einen aus einer der Verandadielen herausstehenden Nagel, über den ihre weiche Haut genauso stolperte wie über die nagenden Gewissensbisse gegenüber ihrer jüngeren Schwester.

Vivy hatte immer alles bekommen, was sie wollte, und das auch noch als Erste. Vera war die älteste der drei Schwestern, aber Vivian hatte zuerst einen Job gefunden, zuerst geheiratet und zuerst ein Kind bekommen. Womöglich verwechselte sie Vivians Stolz mit Selbstgefälligkeit, aber das war schwer zu sagen. »Das ist ein feiner Unterschied«, wie ihr Papi zu sagen pflegte. Vera hatte sich mit Wally auch Kinder gewünscht, aber es hatte nicht geklappt, also hatten sie sich für einen anderen Lebensstil entschieden. Die Art von Lebensstil, vor dem ihre Mutter sie gewarnt hatte, als sie all die »kriminellen Elemente, die nach Wooster einsickern« beklagt hatte, damals. Damals, als die Brinkerhoffs von nebenan während der Großen Depression Zimmer an ein paar Arbeit suchende Landstreicher untervermieteten. Tja, ihre Mutter hatte recht gehabt. Wally

Irwin hatte, was Vera eine »schillernde« Vergangenheit nennen würde, und entsprechend »schillernde« Freunde.

Wally war der einzige Mensch, der sich gegen sie behaupten konnte. Was sie mochte. Beziehungsweise mochte sie es bis zu dem Punkt, an dem sie ihren Kopf durchsetzen wollte, und dann konnten die Fetzen fliegen. Es hatte hin und wieder blaue Augen gegeben, bei ihm wie bei ihr, denn Vera konnte ebenso gut austeilen wie einstecken. Sie hatte sich schon ein, zwei Rippen gebrochen, aber die heilten auch wieder, wenn sie beim Schlafen aufpasste, auf welcher Seite sie schlief, und den Wäschekorb richtig hielt. Allerdings kam das nicht vor, wenn Freunde zugegen waren, sodass Vera lernte, die Casino-/Fremdenpensions-artige Atmosphäre ihres Hauses in Akron zu schätzen, da es dann zwischen den beiden Eheleuten mehr oder weniger friedlich zuging.

Und so kam es, dass Vera Poker mit ihnen spielte, mit ihnen trank und sie verköstigte. Und sich all ihre Geschichten anhörte.

Die Fliegengittertür ging knarzend auf, und Zella erschien mit zwei großen Gläsern in der Hand, die offenbar Eistee enthielten. Vera nahm eins der Gläser.

»Das ist Limonade mit Whiskey«, erklärte Zella. »Aber ich bereite es extra so zu, dass es wie Eistee aussieht, damit die Nachbarn keine großen Augen kriegen.«

Vera hob ihr Glas und stieß mit Zella an.

»Darauf stoßen wir an!«

Während sie ihren »Eistee« tranken, erzählte Zella ihr alles über ihre Cousine Betty und ihren Cousin Johnston und darüber, dass ihre Mutter und Zellas Mutter Schwestern waren, aber dass sie nicht mehr wirklich miteinander redeten, wie das bei Schwestern eben manchmal so ist. Vera blickte zu dem

Kürbis. Nachdem Zella sich über den vornehmen Country Club in Wooster lustig gemacht hatte, etwas hochnäsig und affektiert herüberkam und nun betonte, wie sehr sie sich von ihren Verwandten unterschied, konnte Vera hinter der Abneigung eine gewisse Wehmut heraushören.

»Wusstest du eigentlich«, begann Vera zögerlich, »dass meine Schwester früher mal mit Johnston gegangen ist?«

»Johnston Reed? Mein Cousin Johnston? Kein Witz?«

Vera nickte. »Bevor sie geheiratet hat.«

»Wie heißt deine Schwester?«

»Vivian. Vivian McGinty, hieß sie damals noch.«

»Hah.« Zella nahm einen Zug von ihrer frisch angesteckten Zigarette. »Ist sie hübsch?«

*Vera ist unsere Robuste, Vivy unsere Hübsche und Violet unser Nesthäkchen*. Ihr ganzes Leben lang hatte sie das zu hören bekommen, und es wurde nicht leichter mit der Zeit.

»Schätze schon«, presste sie heraus.

Sie gab es selbst vor sich ungern zu, aber vielleicht hätte Vera, einmal nur, gerne gehört, dass sie hübsch war.

»Ich frage mich, ob sie es war, nach der er so verrückt war. Es gab wohl mal ein Mädchen, in das er über beide Ohren verliebt war, total verknallt, und als sie ihn sitzen ließ, hat ihn das ziemlich mitgenommen.« Zella beobachtete ein Eichhörnchen, das über die Straße hopste. »Jap. Ihn hat es ganz schön mitgenommen, aber Betty noch mehr. Sie hat beinahe durchgedreht.«

Vera hatte sich nie groß um Vivians Liebeleien gekümmert, konnte sich aber an Johnston Reed erinnern, weil er aus dem Norden der Stadt kam. Ein Bluffer. Einmal hatte sie Wally versucht zu erklären, dass das eine Bezeichnung für »reiche Schnösel« war, als er behauptete, es habe mit Kartenspielen zu tun, aber er war nicht in der Stimmung gewesen, herumzudiskutieren, und Vera hatte sich kein weiteres blaues Auge einfangen wollen.

Alle Leute fanden, Vivian sei ein schönes Mädchen, aber Vera fand, Vivian war schön *blöd*, Johnston Reed nicht zu heiraten. Sie hätte so viele Kleider vom Beulah Bechtel's haben können, wie sie wollte; wo ihr doch Kleidung so viel bedeutete.

Vera verspürte erneut Wut auf Vivian, die kleine Prinzessin. Vivian, die immer alles bekam, was sie wollte, und es nicht einmal merkte. Ständig bemitleidete sie sich. Vielleicht war es mal an der Zeit, dass man ihr *ernsthaft* Grund dazu gab.

Vera hatte es aus dem Mund von Marvin Taggart gehört, einem von Wallys Kumpels »aus der guten alten Zeit«. Jene Zeit, nachdem er der Pension der Brinkerhoffs den Rücken kehrte und eine völlig verknallte Vera zurückließ, die acht Jahre lang allein als Strohwitwe ausharren musste. Wally hatte den anderen Untermieter, Ralph Eberly, mitgenommen, und am Tag ihrer Abreise hatte Vera ihm hinterhergeschrien, sie hoffe, er werde sich nun nachts an Ralph wärmen.

Die beiden Männer waren entlang der Bahnstrecke in der Gegend um Galion auf die Züge aufgesprungen und mit der New-York-Central-Bahnlinie zuerst nach Cleveland gefahren und von dort aus weiter nach Buffalo, dann Syracuse, dann Albany und wieder zurück nach Wooster. Während es die meisten nach der Großen Depression nach Westen zog, hielten es Wally und Ralph für besonders schlau, genau die entgegengesetzte Richtung einzuschlagen und alle Gelegenheitsjobs anzunehmen, die sich ihnen boten. Einer davon war auf dem Bau in Syracuse im Bundesstaat New York im Jahr '33. Irgendein Bonze, der in Syracuse Baseball-Wettkämpfe als Franchise-Modell aufziehen wollte, hatte ein Stadion in Auftrag gegeben, das in drei Monaten fertig sein musste. Wegen des Termindrucks war die Bezahlung gut; Wally erzählte Vera immer gerne aus jenen Zeiten, als er »schönes Geld verdient« habe. *Das waren noch Zeiten*, sagte er gern. Wally, Ralph Eberly, Forest Sadler, Marvin Taggart. Sie waren dicke Kumpels gewesen, und auch wenn sich ihre Wege danach getrennt hatten, trafen sie sich hin und wieder in Akron, um zusammen einen zu trinken und bei Wally und Vera zu Hause Poker zu spielen. Marvins getrennter Weg hatte ihn geradewegs ins Gefängnis von Aubron geführt, nachdem er nahe Syracuse dabei erwischt worden war, wie er ein Auto klaute.

»Betty mag heute eine ›feine Dame‹ sein und etepetete«, sagte Zella und schwenkte die Eiswürfel in ihrem Glas. »Aber als wir klein waren, haben wir uns prächtig amüsiert. Betty hat sich allerdings ein klein wenig zu sehr amüsiert, wenn du verstehst, was ich meine.« Zella zündete sich eine Zigarette an, die sie festhielt, während sie mit dem Zeigefinger auf Vera deutete. Ihre Augenlider waren auf halbmast, der Pegel ihres Drinks sogar noch tiefer gesunken.

»Jap. Betty war in anderen Umständen, da musste sie Charlie Miller direkt heiraten. Tja, schade für Forest.«

»Forest?«, fragte Vera. »Dein Forest?« Forest Sadler hatte am lautesten gelacht, als Marvin Taggart ihnen allen verkündet hatte, dass er sich von seiner Frau Mildred scheiden lassen müsse, da sich herausgestellt hatte, dass sie bereits verheiratet war.

»Gansgenau.« Zella begann allmählich zu lallen und wiegte sich auf der obersten Verandastufe sitzend sanft vor und zurück, während sie in die Ferne starrte.

»Betty is vor Charlie mit Foress gegangn. Aber Foress hätte

sich denkn müssn, dass das nich gut geht, wenn man Bettys Eltern kennt, un dann arbeitet er auch noch anner Tankstelle und riecht die ganse Seit nach Bensin. Lussig, weil er hat dort nur angefangn, weil sie im Norden lag und er ausprobiern wollte, wie viele reiche Flittchen er rumkriegt. Wascheinlich hätte er selbss nie gedacht, dass er sich in eine verliebt. Hat richich gefunkt zwischen den beiden.«

Vera hatte noch über die Hälfte ihres Drinks übrig und schwenkte ihn im Glas. Sie schüttelte den Kopf und konnte Zella kaum folgen. Vielleicht, wenn sie schneller trank.

»Vielleich binnich nur sein Trosspreis. Gleiche Familie, andere Herkunff, weissuwie?«

»Mmh-mmh«, pflichtete Vera bei, dachte aber daran zurück, wie sie fast vom Stuhl gekippt war, als sie erfuhr, mit wem Marvin Taggarts Frau Mildred bereits verheiratet war.

Zella tat sich an ihrer Whiskeylimonade gütlich.

»Klar, Foress is nich mehr so ansehnlich wie früher. Unner trinkt su viel. Hat erss angefangn su trinken, als Betty mit Charlie angebändelt hat.«

»Das hat ihn schwer getroffen, oder?«

»Un wie. Die Wahrheit iss, Vera«, sagte Zella, drehte sich wankend Vera zu und tippte sie mit den Fingern am Unterarm. »Nich weiterersähln, aber ich hatte immer den Verdacht, dass Margie gar nich Charlies Tochter iss, weissu wie? Vielleich issie Foressss Kind.« Als sie immer mehr *s* in Forests Namen aneinanderreihte, begann sie zu lachen.

Vera stimmte in das Lachen ein, erinnerte sich aber erneut an Marvin Taggart, wie er am Esstisch gesessen und sich die Seele aus dem Leib geschrien hatte: »Mildred, dieses nichtsnutzige Weibsbild!« Mit hochrotem Kopf und geballten Fäusten hatte er keinen Zweifel daran gelassen, wie wutentbrannt er darüber war, dass seine Frau bereits mit »irgendeinem Kerl namens Edward Dalton« verheiratet war.

Zellas Lachen war zusammen mit ihrem Drink verebbt, und als sie ganz aufhörte, wurde sie wieder philosophisch.

»Ja, das hat richich gefunkt zwischen den beiden. Betty ist immer rüber zur Sohio-Tankstelle gefahrn, um ihn zu sehen in seiner Uniform mitter Kappe aufm Kopf. Sie hat den Geruch von Bensin geliebt, hat sie mir mal gesagt.« Zella bekam Schluckauf. »Meinte, es sei sexxy.« Sie verdrehte die Augen und beschrieb mit dem Zeigefinger einen Kreis neben dem Ohr. »Inszwischen issie gans anders. Aber ab un su telefonieren wir noch miteinanner. Wennich was Inneressantes gehört hab oder so.« Sie verdrehte erneut die Augen und seufzte.

Vor allem der letzte Satz hallte in Veras Erinnerung noch lange nach, nachdem sie sich verabschiedet, ihr das leere Glas gereicht und sich zurück nach Hause begeben hatte. *Ab und zu telefonieren wir noch miteinander.* Und als der Winter dann doch noch hereinbrach und es schneite, hatte Vera Vivian angerufen, um sie zu fragen, was sich Charlotte zu Weihnachten wünschte. Vivian hatte mal wieder eine ihrer seltsamen Anwandlungen gehabt und irgendwas von Charlottes »Rummel« erzählt, den sie um ihre diversen Mitgliedschaften an der Highschool machte.

Vera, die fand, dass sie darauf stolz sein könne, hatte geantwortet: »Das ist doch schön für sie!«

Aber das hatte Vivian nur noch mehr auf die Spitze getrieben.

»*Du* weißt ja nicht, wovon ich rede. *Du* hast ja keine Kinder.«

Genauso gut hätte Vivian Vera ohrfeigen können.

Und so kam es, dass Zella Johnson praktisch das Wasser

im Mund zusammenlief, als sie am fünfzehnten Dezember die Telefonistin in Wooster bat, einen Anruf an ihre Cousine Betty Miller durchzustellen. Denn sie hatte gerade den heißesten Klatsch und Tratsch von ihrer Nachbarin in Akron erfahren.

## KAPITEL 51

Das alles hatte Vera natürlich nicht auf dem Notizblock niedergeschrieben. Das hätte sie auch gar nicht gekonnt, selbst wenn sie gewollt hätte, was nicht der Fall war. Angesichts ihrer teilweisen Körperlähmung und allgemeinen Schwächung, hatte es sie einen halben Tag und all ihre Kraft gekostet, nur das Wichtigste auf Vorder- und Rückseite unterzubringen.

*Vivy,*
*ich kann nicht behaupten, dass ich Dir das je gestanden hätte, wäre nicht dieser verflixte Schlaganfall gewesen. Schon komisch, was das mit meinem Kopf gemacht hat. Geistig bin ich noch voll da, und auch wenn eine Hälfte meines Körpers eingeschlafen ist, ist es, als sei mein Hirn durchgeschüttelt und alles darin richtig einsortiert worden. Was ich richtig gemacht habe und was ich nicht richtig gemacht habe. Und was ich mit Dir gemacht habe, war nicht richtig. Und mir war damals nicht einmal bewusst, wie sehr es Dir wehtun, wie sehr es Dein Leben ruinieren würde. Ich habe jemandem erzählt, was ich über Eddie und seine erste Frau wusste. Einer Person, von der ich genau wusste, dass sie es nicht für sich behalten und an wen sie es weitertratschen würde. Damals war ich überzeugt, dass es Dir recht geschieht. Dich ein wenig zurechtstutzen würde. Ich dachte, alles geht immer nur nach Deinem Kopf. Letztlich war ich eifersüchtig. Eifersüchtig darauf, dass Du immer die Hübsche warst und Papis Liebling und immer alles bekommen*

*hast, was Du wolltest. Heute schäme ich mich sehr dafür! Wahrscheinlich sollte man annehmen, dass ich nun, da ich ans Bett gefesselt bin, mich noch mehr vom Leben gebeutelt und ungerecht behandelt fühle. Ach, ich Ärmste! Aber seltsamerweise ist es nicht so. Ich wäre gerne in der Lage, meine linke Seite zu spüren und ohne Hilfe aufzustehen, aber ich glaube, das ist Gottes Art und Weise, mir zu zeigen, wie gut ich es hatte. Und vielleicht habe ich das vermasselt, indem ich es nicht genug zu schätzen gewusst habe. Oder vielleicht hat der Schlaganfall meinem Hirn schwerer zugesetzt, als mir bewusst ist. Auf jeden Fall weiß ich, dass ich Dir schwer zugesetzt habe, und Du musst mir glauben, dass mir das leidtut, aufrichtig leidtut. Ich hätte nie gedacht, dass es so schlimme Folgen haben würde. Ich weiß, wir hatten immer unsere Schwierigkeiten, wir beide, aber ich hab Dich lieb, Vivy. Und für den Fall, dass sich mein Zustand verschlechtert, möchte ich, dass Du das weißt. Wenn ich das, was ich gemacht habe, ungeschehen machen könnte, würde ich es tun.*

*Vera*

Während Vivian den Brief las, beobachtete sie Vera mit wässrigen Augen, bis sie sich so sehr mit Tränen füllten, dass sie hinunterliefen. Es war mühsam, die rechte Hand zu heben, um sie wegzuwischen. Sie konnte sie zwar nicht spüren, aber die Tränen liefen ihr auch über die linke Gesichtshälfte. In diesem Moment kam Violet mit einem Tablett mit Toast und Erdnussbutterplätzchen herein. Als sie Veras Gesicht sah, stellte sie das Tablett schnell neben ihrem Bett ab und nahm eine Stoffserviette, um ihr die Tränen abzutupfen.

»O nein, was ist denn passiert?«

Vera wusste, wenn es mit der von Wally engagierten Pflegerin nicht gut laufen würde, würde Violet mit Freuden selbst einspringen. So war sie schon immer gewesen.

Vera hielt den Blick auf Vivian fixiert, die aussah, als ob sie einen mittelschweren Schock erlitten hätte, was Vera ihr nicht verdenken konnte. Wie um die Frage ihrer jüngsten Schwester zu beantworten, vielleicht aber auch nur, um es selbst besser zu begreifen, las Vivian laut vom Notizblock vor. Derweil stand Violet mit dem Rücken zu Vera, hielt sich eine Hand vor den Mund und schüttelte bestürzt den Kopf. Das konnte sie Violet ebenfalls nicht verdenken.

Als Vivian zu Ende vorgelesen hatte, klappte sie den Notizblock zu und konnte Vera nicht ansehen, wie sie dalag in ihrem Bett. Ihre Tränen, die Violet nun nicht mehr trocknete, hatten sich mit dem Rotz vermischt, der ihr aus der Nase lief. Ohne ein Wort stand Vivian auf, legte den Notizblock auf das Nachtschränkchen und verließ das Schlafzimmer. Violet sah von der in der Tür verschwindenden Vivian zur im Bett liegenden Vera. Beide hörten, wie die Haustür auf- und zuging, dann ging Violet zum Fenster und sah, wie ihre mittlere Schwester (die permanent Aufmerksamkeit braucht!) vom Haus wegging. Geradewegs am Buick vorbei, der am Bordstein geparkt stand, lief sie die Straße hinunter, bis sie nicht mehr zu sehen war.

Tief in ihrem noch stets geistig regen Inneren hätte Vera nie zugegeben, ob sie mit ihrem gezielt gestreuten Klatsch über Edward nicht vielleicht genau den desaströsen Effekt erreicht hatte, den sie beabsichtigt hatte. Durch die Telefonleitung hindurch war er von Akron nach Wooster hindurchgesickert und dann in einem Flammenmeer explodiert, wie ein Streichholz, das man auf eine Benzinspur fallen lässt, die direkt bis zur Zapfsäule verläuft.

***

An ein paar Häusern waren bereits die Verandalichter eingeschaltet worden, als Vivian zurück zum Haus der Irwins kam. Sie hatte nicht auf ihre Armbanduhr geschaut, schätzte aber, dass sie zwei, drei Stunden unterwegs gewesen war. Der Boden knarrte unter ihren Pumps beim Betreten des Hauses, und sie warf einen Blick in den Salon, wo Wally dasaß und in den leeren, erloschenen Kamin blickte. Er sah nicht auf. Vivian nahm an, dass die Pflegerin bereits nach Hause gegangen war.

Wally würde später mit der Pflegerin ein Verhältnis anfangen und damit einen Riesenskandal in der Nachbarschaft und der Familie anzetteln, aber im Moment stand er noch unter Schock und trauerte darum, dass seine Frau nie wieder so sein würde wie früher. Fragte sich, ob er Mitschuld am Schlaganfall trug. Ob er vielleicht nicht so hart hätte zuhauen dürfen.

Vivian stieg langsam die Stufen hinauf und zählte sie, so wie sie es manchmal in ihrem eigenen Haus tat. Fünfzehn. Immerhin besser als dreizehn, aber auch nicht unbedingt mehr als Glückszahl geeignet, wenn man von der obersten Stufe herunterfiel. Vivian würde den fünfzehnten Dezember für immer mit den fünfzehn Stufen verbinden, die zum Zimmer ihrer Schwester hinaufführten. Violet hatte die Lampe neben Veras Bett eingeschaltet und saß auf dem Stuhl, von dem Vivian vor ein paar Stunden wortlos aufgestanden war. Sie beobachtete die schlafende Vera, hatte es aber aufgegeben, ihr den Sabber, der ihr vom linken Mundwinkel herunterlief, abzutupfen.

Als Vivian den Raum betrat, sah sie auf und stand vom Stuhl auf. Die Hände ans Herz gelegt, formte sie mit den Lippen lautlos die Worte »Es tut mir so leid.« Vivian nickte nur kurz und niedergeschlagen und stellte sich neben das Bett über Vera. Ihr Blick schnellte kurz zu dem Wecker, der auf dem Nachtschränkchen stand. Vor langer Zeit hätte sich das Gewicht gut in ihren Händen angefühlt. Aber jetzt nicht mehr. Anstatt nach dem Wecker zu greifen, streifte sie sich Tante Catharines irischen Claddagh-Ring vom rechten Ringfinger, hob Veras zerbrechliche, geschwächte Hand an und schob ihr den Ring über den knubbeligen Knöchel ihres Mittelfingers. Dann drehte sie sich zu Violet um und deutete mit dem Kopf Richtung Tür. Violet ließ die Lampe an, zog aber die Tür hinter ihnen zu. Keine von beiden sagte ein Wort zu Wally, als sie am Wohnzimmer vorbei und durch die Tür nach draußen in die milde Sommerabendluft traten.

Die zwei jüngeren McGinty-Schwestern saßen schweigend auf den vorderen Sitzen im Buick der Daltons und starrten durch die Windschutzscheibe, während sie auf dem Rückweg nach Wooster der Spur der Scheinwerfer folgten. Das Dröhnen des Motors und das konstante Vibrieren der Räder sorgten dafür, dass die Stille nicht unangenehm wurde. Vivian ging geistig immer und immer wieder die Worte aus Veras Brief durch, genau wie sie es auf ihrem ausgedehnten Spaziergang getan hatte. Violet dachte ebenfalls über Veras Geständnis nach und Vivians angespannte Stimme, als sie es vorlas. Und dann dachte sie über Vivians letzte Handlung nach und würde noch lange über diesen Tag hinaus darüber nachdenken.

Vera war Violets Meinung nach schon immer viel zu sehr von diesem Claddagh-Ring besessen gewesen, und sie konnte nicht fassen, dass Vivian ihr ihn gegeben hatte, nach allem, was Vera ihr angetan hatte. Aber Vera war krank, und ihr Zustand würde sich mit Sicherheit nicht zum Besseren wenden. Violet warf Vivian einen heimlichen Blick zu, während diese mit dem Buick von der Autobahn abfuhr. Vera war immer die Besserwisserin der Familie gewesen, aber wenn man Violet fragte, würde sie sagen, dass Vivian diejenige war, die Menschenkenntnis besaß.

»Hast du das in der Zeitung gelesen?«, durchbrach Vivian schließlich die Stille, als sie nach Wooster hineinfuhren und die ersten leuchtenden Straßenlampen in Sicht waren. »Am Freitag werden die Rosenbergs hingerichtet. Auf dem elektrischen Stuhl.«

»Ach ja?«, antwortete Violet. »Das habe ich nicht gesehen, aber Roger hat etwas erwähnt. Liest du jetzt die Zeitung?«

»Mmm-hmmm«, machte Vivian. Mit ihren Handschuhen trommelte sie auf das Lenkrad, während sie auf der Beall Avenue Richtung Süden fuhren, vorbei am Campus der Universität von Wooster, wo sie früher immer leise über die sorglosen, Bücher im Arm schwingenden Studenten geflucht hatte. Allein ihr Anblick hatte ihr früher den ganzen Tag verdorben und ihr das Gefühl gegeben, nicht gut genug zu sein.

Als sie nun vorbeifuhr, erfüllte sie ein nervöses Kribbeln, das sich vom Bauch bis in alle Gliedmaßen ausbreitete: ein Gefühl von Vorfreude, Hoffnung und neuen Möglichkeiten.

»Und habe ich dir schon erzählt?« Sie hielt ihren Blick auf die Studenten gerichtet, beugte sich aber zu ihrer Schwester. »Ich werde meinen Highschool-Abschluss machen.«

## KAPITEL 52

Vivian war guter Dinge, was ihre Pläne, den Highschool-Abschluss zu machen, betraf. Was ihren bevorstehenden Hochzeitstag dieses Jahr betraf, war sie weniger sicher, was sie empfand. Sie waren jetzt sechzehn Jahre zusammen, wenn man die ersten fünfzehn Jahre und sieben Monate mitzählte, die vor dem Gesetz nicht rechtskräftig gewesen waren. Hätte sie einem Stück Papier, das Reverend Alsops Unterschrift trug, mehr Bedeutung beigemessen als sechzehn Jahren halbwegs treuer Ehe, hätte sie das ein wenig aus der Ruhe gebracht, aber seit jenem schicksalhaften Tag hatte sich jede Menge getan. Der sechzehnte Hochzeitstag war mit keinem bestimmten traditionellen Geschenk verbunden. Letztes Jahr hatten sie ihre Kristallhochzeit gefeiert, und sie hatte auf Kerzenhalter gehofft, aber Edward hatte ihr gar nichts geschenkt, weil er ihren Hochzeitstag vergessen hatte. Aber das war vorher gewesen. Dieses Jahr würde er ihn garantiert nicht vergessen.

***

Edward stellte eine große Kiste vor Vivian auf den Couchtisch. Er musste sie draußen hinterm Haus im Schuppen versteckt haben, da sie sie weder im Keller noch in einem ihrer Schränke entdeckt hatte. Der Karton war schwer und mit einer hinreißenden silbernen Schleife verschnürt. Es sah aus, als habe er das Paket professionell im Freedlander's einpacken lassen, was er früher immer verächtlich abgetan hatte. »Ich habe zwei gesunde Hände. Ich brauche niemanden, der ein bisschen Papier zusammenklebt und eine Schleife bindet.« Ganz abgesehen davon, dass der Geschenkservice Geld kostete. Vivians Mundwinkel zog sich leicht nach oben, und sie warf ihm einen zweifelhaften Blick zu, als er mit der Hand über das Sofakissen neben ihr strich und sich hinsetzte.

Vivian wandte sich wieder dem Geschenk zu, zog vorsichtig an einem Ende der Schleife und sah zu, wie sie sich löste. Dann fummelte sie mit den Fingernägeln den Knoten auf, die nun mit Revlons Plum Beautiful lackiert waren, da sie sich an dem Fire & Ice sattgesehen hatte, streifte das Geschenkband herunter und legte es beiseite, um es aufzuheben. Neben ihr begann Edward mit den Füßen zu trommeln. Das Auspacken würde diesmal langsamer vonstattengehen, da Vivian nicht sicher war, ob sie wissen wollte, was sich in dem Paket befand. Sie hatte dieses Jahr schon genug Enttäuschungen erlebt. Sorgfältig löste sie das Klebeband vom Geschenkpapier und gab sich größte Mühe, es nicht einzureißen. Das Papier war es ebenfalls wert, aufbewahrt zu werden, und sie verstaute es zusammengefaltet unter der Schleife.

Als sie den Deckel der Kiste abnahm und hineinsah, zog sie verdutzt die Augenbrauen zusammen. Sie griff hinein und zog mehrere nigelnagelneue Notizbücher heraus und klappte sie auf, um zu sehen, was darin war. Leere Seiten. Sie legte sie auf dem Tisch neben Geschenkpapier und -band ab und griff erneut hinein, um einen Stapel Papier herauszuziehen. Ebenfalls leer. Sie spähte in die Kiste und holte dann ein Buch nach dem anderen heraus. Als sie die Titel las, erkannte sie, dass es sich um die Bücher handelte, die sie für ihr erstes Jahr an der Highschool brauchen würde.

Die Karte hatte sie sich für zuletzt aufgehoben, aber schon jetzt brannten Tränen in ihren Augen, und ihre Sicht war verschwommen, als sie mit einem Plum-Beautiful-Fingernagel unter die Lasche fuhr, um die Karte zu öffnen. Sie hatte Angst, dass sie sie nicht lesen können würde. Sie schämte sich ihrer Tränen und wünschte sich, Edward würde ihr nicht dabei zusehen. Er hatte aufgehört, mit dem Fuß zu trommeln, und reichte ihr nun sein Stofftaschentuch, mit dem sie die Tränen in den Augenwinkeln aufsaugte, ehe sie auf ihre Wangen hinunterkullern und ihr Make-up ruinieren konnten. Die Karte war, anders als die Verpackung, nicht professionell gemacht. Sondern einfach nur ein Stück Papier, das Edward selbst beschrieben und zweimal gefaltet hatte. Eine selbst gemachte Grußkarte, wie sie Charlotte früher aus der Grundschule mit nach Hause gebracht hatte.

Darauf stand:

»Alles Gute zum Hochzeitstag, meine Lieblingsehefrau.«

Vivian hätte beinahe das Papier zerknüllt und ihn damit beworfen. Sie weigerte sich, ihn anzusehen, selbst als sie ihn neben sich kichern hörte. Der Mann hatte wirklich Nerven! Sie schürzte die Lippen und blähte die Nasenflügel auf, aus Angst, dass sie loslachen würde, wenn sie ihn ansah, denn sie fand, das hätte er noch nicht verdient. Stattdessen schnaubte sie, schüttelte kurz den Kopf und klappte dann die Karte auf. »Auf einen Neuanfang«, stand in großen Buchstaben darauf, dann die Nummer »1« und in Klammern das Wort »Papierne Hochzeit«.

Sie sah hinab auf den Stapel aus Notizbüchern, das Papier, die Bücher. Aber natürlich! Alles war aus Papier. Passend zum ersten Hochzeitstag. Dann drehte sie sich zu Edward um, der die Stirn runzelte und die wilden, angegrauten Augenbrauen zusammenzog. Wenn Vivian es nicht besser gewusst hätte, hätte sie gesagt, er sah nervös aus. Und zwar verdammt nervös, wie er sie vorgebeugt beobachtete und mit den vom Papier zerschnittenen Händen über die Knie seiner Hose rieb. Diesmal hatte es keine Rosen in einer Kristallvase gegeben. Keine »Entschuldigungsblumen«. Dieses Geschenk war nicht Ausdruck von Schuldbewusstsein. Sondern von Liebe, und es sah so aus, als ob Vivian und Edward Dalton noch einmal von vorne anfangen würden.

»Vivy.« Edward stupste sie sanft an. »Warum haut sich ein Kerl immer wieder mit dem Hammer auf den Kopf?«

Sie holte tief Luft und zog eine Augenbraue hoch, ohne ihn jedoch anzusehen.

»Weil es so schön ist, wenn der Schmerz nachlässt.«

Sie seufzte, und Tränen traten ihr erneut in die Augen, als sie seine Hand auf ihrem Knie mit ihrer bedeckte. »Edward, du gehst mir gewaltig auf die Nerven.«

Dann fing sie an zu lachen.

# EPILOG

Flora Parker hatte Gilberts Geburtsurkunde einen Tag, nachdem er erschossen worden war, an den *Daily Record* in Wooster geschickt. Hätte Harry Sweeney auf die kanadische Briefmarke auf dem anonymen Brief geachtet, hätte das seinen Artikel umso interessanter gemacht, aber Harry war oft nachlässig. Das war einer der Gründe, weshalb er nicht zum Redakteur befördert worden war.

Flora und Gilbert hatten zeit ihres Lebens Kopien ihrer Geburtsurkunde bei sich getragen, da ihre Mutter darauf bestanden hatte. Sie war sicher, dass diese Information ihnen eines Tages nützlich sein konnte. Gilberts Groll gegen ihren leiblichen Vater war immer größer gewesen. Aber womöglich hatte Floras Zorn unter der Oberfläche geschwelt, denn er brach mit einem Mal explosionsartig hervor, als sie vom Tod ihres Bruders erfuhr. Als die Nachricht sie über den Polizeifunk erreichte, den ihr Bruder im Dachboden des Hauses abhörte. J. Ellis Reed verdiente es, zur Verantwortung gezogen zu werden, Rechenschaft für sein Tun abzulegen, etwas, was er mit Sicherheit in seinem langen, privilegierten Leben noch nie musste.

In Wooster verbreiteten sich Gerüchte, dass das ganze krumme Ding von langer Hand geplant war. Es gab die wildesten Spekulationen über Flora, Gilbert und J. Ellis Reed. Dass Flora und Gilbert die Rache an ihrem leiblichen Vater ausgeheckt hätten, lange bevor sie überhaupt in die Stadt gezogen wären. Flora hatte nichts anderes von den braven Bürgern von Wooster erwartet.

Laut dem, was ihre Mutter ihr erzählt hatte, hatte Ellis versprochen, sie zu heiraten und immer behauptet, dass ihm ihre schwarze Hautfarbe nichts ausmache. Aber dann, als es hart auf hart kam, war er nach Wooster abgehauen »wie eine dreckige Ratte«. Mit diesen Worten hatte ihre Mutter auch ihre Geburt beschrieben. »Wenn es hart auf hart kommt, Flora, fährst du deine Krallen aus«, hatte sie gelacht. »Du hast deinen Bruder schon herumgeschubst, noch ehe du deinen ersten Atemzug getan hast!«

Isabelle Jacobs war viel zu stolz, um einem Mann hinterherzulaufen, der abgehauen war, und sie besaß zu viel Verstand, um einen Feigling zu lieben. Die Pflegerin im Krankenhausflügel für Farbige hatte ihre Hilfe beim Ausfüllen der Geburtsurkunde der Zwillinge angeboten. Da hatte Isabelle Schwester Tucker von Ellis erzählt.

»Möchten Sie, dass Ihr Sohn seinen Namen trägt?«, hatte Schwester Tucker gefragt, deren steife blonde Locken wild unter ihrer Schwesternhaube hervorstanden. »In all meiner Zeit hier habe ich schon viel gesehen, und oft möchten die Frauen, dass der Vater weiß, dass das Kind seins ist.«

»Nein«, hatte Isabelle geantwortet. »Dieser Mann war eine einzige Enttäuschung. Ein törichter Fehler. Der Junge soll Gilbert heißen, nach meinem Bruder. Und Ogden, nach meinem Stiefvater.«

»In Ordnung«, sagte Schwester Tucker. »Dann wollen wir mal sichergehen, dass ich auch alles richtig geschrieben habe.« Sie hielt Isabelle das ausgefüllte Formular hin.

»Sieht gut aus«, bestätigte Isabelle und nahm angenehm

davon Notiz, dass Schwester Tucker nicht davon ausgegangen war, dass sie nicht lesen konnte.

»Und was ist mit Ihrer Tochter?«

»Mir hat immer der Name Flora gefallen«, hatte Isabelle mit verträumtem Blick gesagt. »Wissen Sie, Flora ist die römische Göttin der Blumen und des Frühlings.«

Schwester Tucker brauchte ein wenig, ehe sie »Das ist doch ein hübscher Name!«, hervorbrachte, während ihr Gesicht eindeutig besagte: *Na, schau mal einer an!*

»Es ist nicht die Schuld der Menschen«, hatte sie später ihren Kindern erklärt. »Sie sind einfach ignorant und müssen noch vieles lernen.«

Flora hätte gerne einen privaten Gedenkgottesdienst für Gilbert und ihre Mutter im Wohnzimmer ihres Hauses in Toronto abgehalten, das Gilbert, Bill und sie eine Weile lang Zuhause genannt hatten, aber dafür war keine Zeit. Sobald Bill und sie von der Schießerei erfuhren, wussten sie, dass auch ihre Nachbarn schon bald davon erfahren würden. Sie mussten schnellstmöglich verschwinden. Sie brauchten eine halbe Stunde, um ihre Sachen zusammenzupacken, und Bill packte eine Kiste mit ein paar Büchern und Brettspielen oben auf den Koffer, der das Geld enthielt. Flora ging besonders pfleglich mit dem Nerz um, den Gilbert ihr geschenkt hatte, und hielt sich ein Taschentuch an die Augen, damit die Tränen nicht auf ihren Mantel fielen.

Ab und an im Spätfrühling zog sie noch immer gerne den Nerz an, wenn sie vor dem Kamin in ihrem kleinen gemütlichen Häuschen saßen, das nur ungefähr ein Drittel so groß war wie ihr altes viktorianisches Erker-und-Giebel-Haus in Toronto, und damit genau richtig für sie beide. Flora half Bill, Französisch zu lernen, denn wenn sie in örtlichen Theaterproduktionen mitspielen wollten, mussten sie ihren Text verstehen. Außerdem wartete sie auf den richtigen Zeitpunkt, um ihm zu sagen, dass sie vorhatte, das restliche Geld an die Wayne Building & Loan zurückzusenden. Sie wollte das Geld endlich los sein. Und damit all die Erinnerungen, die es mit sich brachte, und alle Verbindungen zu J. Ellis Reed.

Flora war glücklich an dem Ort, an dem sie nun waren, und wenn sie so weit wäre, würde sie einem auch den Namen der Stadt sagen. Bis dahin verriet Flora nur so viel, dass es »ein kleines Städtchen irgendwo« war. Genau wie Wooster.

# ANMERKUNGEN DER AUTORIN

Die Gedichte und Rezepte in diesem Buch stammen von meiner Großmutter (für Tippfehler und Ähnliches bitte nicht die Lektoren verantwortlich machen!). Die Zeitungsartikel sind wortgetreu aus *The Daily Record* übernommen, nur die Namen wurden abgeändert sowie an einer Stelle ein Detail (der »Sprössling«). Bei anderen historischen Fakten habe ich mir ein paar künstlerische Freiheiten herausgenommen, die ich anmerken möchte. Die Erzählung basiert lose auf dem Leben meiner Großmutter, wobei die Betonung hier auf »lose« liegt. Die Darstellung von Vivian McGintys Eltern kommt der Wahrheit sehr nahe, wohingegen ihre Geschwister rein fiktional sind, und ihr Charakter entspricht nicht der Familie meiner Großmutter (abgesehen davon, dass ihre jüngste Schwester, meine Großtante Ginny, tatsächlich den bewaffneten Raubüberfall auf das William-Annat-Company-Kaufhaus vereitelte). *Der Mythos des Sisyphos* wurde erst 1955 aus dem Französischen ins Englische übersetzt, insofern konnte Charlottes Lehrer das Buch gar nicht 1952 im Englischunterricht durchnehmen. Das A&W-Restaurant wurde erst 1957 in Wooster eröffnet, insofern hätte Clyde Walsh seine Ginny Frazier beim ersten Date woandershin ausgeführt. Außerdem standen in den Anfangsjahren offenbar Burger noch gar nicht auf der Speisekarte, sondern nur Hotdogs und Hähnchensandwiches. Die Heidelberg-Schokoladenfabrik ist kein real existierender Ort, zumindest nicht in Wooster. Die Forest Chapel Methodist Church und die Bank Wayne Building & Loan wurden ebenfalls frei erfunden. Die Telefonistinnen saßen bei der Arbeit nicht auf Drehstühlen, sondern auf gewöhnlichen Stühlen (wenn man den Fotos Glauben schenken darf), aber ich wollte, dass die Stühle Rollen haben. Einfach so. Ansonsten habe ich versucht, alles so authentisch wie möglich zu schildern, da ich aber selbst nicht zu jener Zeit gelebt habe, wird es sicher Abweichungen geben. Dafür möchte ich mich im Voraus entschuldigen.

## DANKSAGUNG

Ich muss mich bei Kate Jackiw und Donna Quathamer bedanken, dafür, dass sie dieses Buch in der Anfangsphase gelesen haben, als es noch ein unreifes und unsauberes Manuskript und es ganz sicher keine Freude war, es zu lesen. »Hier ist ein einziges Chaos. Bitte lies es dir mal durch.« Kendra Cleveland hat ebenfalls das erste Kapitel in einer frühen Phase gelesen und mir vermutlich hervorragendes Feedback gegeben, das ich nur nie erhielt, da sie es von ihrem nicht ganz so hervorragenden und smarten Klapptelefon aus geschickt hatte. Aber der Gedanke zählt. Des Weiteren danke ich Ann Schluter Kowaliczco, auch wenn sie nach ihrer Knöchel-OP von den Schmerzmitteln und ihrem Kreuzworträtselspiel Words With Friends zu abgelenkt war, um das Buch in der Anfangsphase zu lesen, aber sie hat jede Menge anderen Kram von mir gelesen und mir mit ihrer Ermutigung und Unterstützung, z.B. durch Fotos (siehe Autorenfoto), sehr geholfen. Jim Redmond hat ebenfalls viel von dem anderen Kram gelesen und war mit seinen ermutigenden Worten, seiner praktischen Unterstützung, seinem unaufgeforderten Lob und seiner unschätzbaren konstruktiven Kritik der Fels in der Brandung.

Dank geht auch an meine superlativische, Columbo-mäßige Agentin Susan Ramer (und die stets aufmerksame Cara Bellucci), die mit ihren Anmerkungen und Vorschlägen sowie ihrer unermüdlichen Aufmerksamkeit und Mühe dieses Buch erheblich verbessert hat. Und meine scharfsinnige, gründliche Lektorin Jennifer Brehl, die mich dazu brachte, mich tiefer in die Motivation meiner Figuren hineinzudenken (und damit ganz erheblich zum Resultat beigetragen hat). Zwei Agentinnen, die nicht meine eigenen sind, Stefanie Lieberman und Janet Reid, die mir ganz am Anfang (noch vor diesem Buch) mit hervorragenden Tipps und ermutigenden Worten zur Seite standen, was mich dazu motivierte, weiterzuschreiben und hinzuzulernen (Janets Blog lese ich nach wie vor täglich). Ich habe jetzt dreimal das Wort »Ermutigung« in der einen oder anderen Form verwendet, weil Ermutigung ziemlich wichtig ist. *Er-mut-igung* macht einem *Mut* oder so.

Ewiger Dank gilt meiner Lehrerin an der Highschool, Mrs. Gentry, die mir das 10-Finger-Tippsystem beibrachte. »A, a, a, Leerzeichen. A, a, a, Leerzeichen. A, a, a, Leerzeichen. Zeilenumbruch!«

Brad Harmon, dem Vorsitzenden der Abteilung für Mittelamerika der Gate House Media, für seine blitzschnelle Antwort auf meine Anfrage zur Verwendung von Auszügen aus der Zeitung *The Daily Record*. Elaine Fletty bei der Stadtbibliothek von Wayne County, die mir bereits bei der Ahnenforschung zu meiner Familie behilflich gewesen war und die mir zudem half, einige Gedichte meiner Großmutter für dieses Buch auszugraben.

Dankbar bin ich auch für die Instagram-Seite der Firmdale Hotels, deren Fotos ich vor, während und nach dem Schreiben zur Einstimmung durchstöberte. (Die Hotels befinden sich vorwiegend in London und bilden mit ihrer entspannten, charmanten Atmosphäre genau den richtigen Hintergrund.) Ebenfalls gilt mein Dank dem Turner-Classic-Movies-Sender, der häufig auf meinem Fernseher im Hintergrund lief, um mich mit seinen Filmen aus den 1930ern, 40ern und 50ern in die richtige Stimmung zu versetzen.

Danke auch meiner (unmittelbaren und erweiterten) Familie, insbesondere meiner Mom und Tante Rosemary, die mit ihren Anekdoten skurrile und witzige Beiträge zu diesem Buch lieferten. Meiner Cousine Sandy für die Geschichte mit den Eisenbahnbriefen und meiner Cousine Leta (die noch immer in Wooster lebt) für ihren unerschütterlichen Glauben daran, dass dieses Buch veröffentlicht werden würde. Und zuletzt Dank meinem Dad, der mir letztlich wider Willen enorm geholfen hat und bestimmt hinter mir steht, sobald er das Buch in den Händen hält.